庐隐作品集

庐隐　著

凡尼　郁苇　编

中国出版集团　现代出版社

图书在版编目（CIP）数据

庐隐作品集 / 庐隐著；凡尼，郁苇编 .—北京：现代出版社，2018.3
（2021.5 重印）

ISBN 978-7-5143-6673-0

Ⅰ . ①庐… Ⅱ . ①庐… ②凡… ③郁… Ⅲ . ①散文集－中国－
现代 ②小说集－中国－现代 Ⅳ . ① I216.2

中国版本图书馆 CIP 数据核字（2017）第 329273 号

庐隐作品集

作　　者	庐　隐
编　　者	凡尼　郁苇
责任编辑	申晶
出版发行	现代出版社
地　　址	北京市安定门外安华里 504 号
邮政编码	100011
电　　话	010-64267325　010-64245264（兼传真）
网　　址	www.1980xd.com
电子邮箱	xiandai@vip.sina.com
印　　刷	永清县晔盛亚胶印有限公司
开　　本	710 mm × 1000 mm　1/16
印　　张	23.25
字　　数	370 千
版　　次	2018 年 3 月第 1 版　2021 年 5 月第 2 次印刷
书　　号	ISBN 978-7-5143-6673-0
定　　价	58.00 元

目录

小　说

编者前言

庐隐（1898—1934），是五四时期走上文坛的著名女作家。

庐隐早期的小说以"问题小说"为主，但是其小说描写的内容与冰心的不同。她更贴近现实，真切地反映现实生活，如《一封信》描写了农村少女的悲剧命运，《两个小学生》描写两个小学生在请愿运动中遭军警的镇压，《灵魂可以卖么》写纱厂女工的非人生活。她的创作初衷与冰心更不一样，正如茅盾所说："冰心的生活环境使冰心回答道：是'爱'不是'憎'，庐隐的生活环境却使得庐隐的回答全然两样。"[①] 所以在庐隐的小说中，没有平静的对母爱、人类之爱和大自然的赞颂，有的是她极度的愤懑和激烈的鞭挞。

《海滨故人》是庐隐的小说代表作，鲜明地反映了她的创作风格。1923年分两期在《小说月报》上发表，曾引起过文艺界和青年们的共鸣。小说写了五个女知识青年：露沙、玲玉、莲裳、云青、宗莹。露沙出身于一个官宦家庭，本来她的出生给已有四个儿子的家庭带来了欢乐，可是她出生的时候正好她的外祖母去世，她的妈妈认为她不祥，把她送给奶妈抚养，对她的热情变成了憎恨。童年的遭遇伤了露沙的心，连她的朋友都认为："最没情就是露沙了，她永远不相信人。"对爱慕她的梓青的求婚，她也是冷冷地回答："人生不过尔尔。苦也罢，乐也罢，几十年全都完了，管他呢，且随遇而安罢！"她把人间比作是一个荷花缸，人类譬如缸里的小虫，无论怎样聪明，也逃不出人间束缚。

这些"问题"都带着鲜明的时代印记，"我们现在读庐隐的全部著作，就仿佛在呼吸着五四时期的空气"，使"我们看见一些'追求人生意义'的热情的然而空想的青年们在书中苦闷地徘徊，我们又看见一些负荷着几千年传统思想束缚

---

① 茅盾：《现代小说导论（一）》，见《中国新文学大系导论集》，上海书店，1982。

的青年们在书中叫着'自我发展'，可是他们的脆弱的心灵却又动辄多所顾虑"（茅盾：《庐隐论》）。是的，作家的庐隐，题材与生活贴近，思想与时代同步，她"喜欢玩火"，她"游戏人间"；女性的庐隐，无掩饰地袒露内心情感，无顾虑地摊开矛盾、爱憎。她，"既是一个受时代虐待的女性，又是一个叛逆时代的女性"（陆晶清：《庐隐选集·序》）。

庐隐以情为文，气机流畅；真切自然，风格明快。她才思敏捷，任意挥写，从不在形式上炫奇斗巧，也从不对读者隐讳自己真实的思想和情感。她的作品，因为写的多是自己，自己的爱人，自己的朋友，自己的所见所感，带有明显的"自传"性质，因此感情色彩浓郁，"真"就是她最鲜明的特色。她襟怀坦白，总是将自己的苦闷和忧伤，憎恶和愤恨，直接宣泄到纸上，让读者和她一起品尝这人世间的苦涩，诅咒这人世间的不平。《或人的悲哀》中的亚侠那悲苦的慨叹和绝望的呼喊，《月下的回忆》中的"我"那悲愤交织、忧国忧民的赤子深情，《雷峰塔下》中的"我"那如泣如诉、哀婉凄楚的喃喃细语，无不撼人心旌，动人肺腑。

比较起来，她的散文比小说更无所顾忌地表达了自己与现实相冲撞的心情，在这里，一个天真、直率、倔强、苦闷、忧伤的庐隐——一个矛盾挣扎着的个性，表现得最生动、最完整、最形象。她以小说《海滨故人》登上文坛，但她的散文也很有成绩，诚如茅盾所说："庐隐未尝以'小品'文出名。可是在我看来，她的几篇小品如《月下的回忆》和《雷峰塔下》似乎比她的小说更好。那篇'散记'式的《玫瑰的刺》也是清丽可爱的……"（《庐隐论》）她的作品大多接触到某些黑暗的社会现实，主要描写爱情纠葛，并反映了包括她在内的那个时代的青年知识分子的苦闷、忧郁、徘徊和追求，发出对"恶浊社会"和"糟糕的人生"的诅咒。正如茅盾在《庐隐论》中所分析的："庐隐与五四运动，有'血统'的关系。"她的作品采用书信体和日记体，风格自然流畅，文字清丽隽永，情绪较为伤感。

《庐隐作品集》选的都是具有代表性的作品。由于篇幅所限，可能该选的优秀之作遗漏了不少，请读者随时指正。同时，为保留时代特色，本书在整理过程中，除明显讹误外，字词用法等均保留作者同时代习惯用法，择善而从。

编者

2016.8

窗外的春光

　　几天不曾见太阳的影子，沉闷包围了她的心。今早从梦中醒来，睁开眼，一线耀眼的阳光已映射在她红色的壁上，连忙披衣起来，走到窗前，把洒着花影的素幔拉开。前几天种的素心兰，已经开了几朵，淡绿色的瓣儿，衬了一颗朱红色的花心，风致真特别，即所谓"冰洁花丛艳小莲，红心一缕更嫣然"了。同时一股沁人心脾的幽香，喷鼻醒脑，平板的周遭，立刻涌起波动，春神的薄翼，似乎已扇动了全世界凝滞的灵魂。

　　说不出是喜悦，还是惆怅，但是一颗心灵涨得满满的——莫非是满园春色关不住——不，这连她自己都不能相信，然而仅仅是为了一些过去的眷恋，而使这颗心不能安定吧！本来人生如梦，在她过去的生活中，有多少梦影已经模糊了，就是从前曾使她惆怅过，甚至于流泪的那种情绪，现在也差不多消逝净尽，就是不曾消逝的而在她心头的意义上，也已经变了色调，那就是说从前以为严重了不得的事，现在看来，也许仅仅只是一些幼稚的可笑罢了！

　　兰花的清香，又是一阵浓厚的包袭过来，几只蜜蜂嗡嗡的在花旁兜着圈子，她深切的意识到，窗外已充满了春光；同时二十年前的一个梦影，从那深埋的心底复活了：

　　一个仅仅十零岁的孩子，为了脾气的古怪，不被家人们所了解，于是把她送到一所囚牢似的教会学校去寄宿。那学校的校长是美国人——一个五十岁的老处女，对于孩子们管得异常严厉，整月整年不许孩子走出那所建筑庄严的楼房外去；四围的环境又是异样的枯燥，院子是一片沙土地；在角落里时时可以发现被孩子们踏陷的深坑，坑里纵横着人体的骨骼，没有树也没有花，所以也永远听不见鸟儿的歌曲。

春风有时也许可怜孩子们的寂寞吧！在那洒过春雨的土地上，吹出一些青草来——有一种名叫"辣辣棍棍"的，那草根有些甜辣的味儿，孩子们常常伏在地上，寻找这种草根，放在口里细细的嚼咀；这可算是春给她们特别的恩惠了！

那个孤零的孩子，处在这种阴森冷漠的环境里，更是倔强，没有朋友，在她那小小的心灵中，虽然还不曾认识什么是世界；也不会给这个世界一个估价，不过她总觉得自己所处的这个世界，是有些乏味；她追求另一个世界。在一个春风吹得最起劲的时候，她的心也燃烧着更热烈的希冀，但是这所囚牢似的学校，那一对黑漆的大门仍然严严的关着，就连从门缝看看外面的世界，也只是一个梦想。于是在下课后，她独自跑到地窖里去，那是一个更森严可怕的地方，四围是石板作的墙，房顶也是冷冰冰的大石板，走进去便有一股冷气袭上来，可是在她的心里总觉得比那死气沉沉的校舍，多少有些神秘性吧。最能引诱她的当然还是那几扇矮小的窗子，因为窗子外就是一座花园。这一天她忽然看见窗前一丛蝴蝶兰和金钟罩，已经盛开了，这算给了她一个大诱惑，自从发现了这窗外的春光后，这个孤零的孩子，在她生命上，也开了一朵光明的花，她每天像一只猫儿般，只要有工夫，便蜷伏在那地窖的窗子上，默然的幻想着窗外神秘的世界。

她没有哲学家那种富有根据的想象，也没有科学家那种理智的头脑，她小小的心，只是被一种天所赋予的热情紧咬着。她觉得自己所坐着的这个地窖，就是所谓人间吧——一切都是冷硬淡漠，而那窗子外的世界却不一样了。那里一切都是美丽的，和谐的，自由的吧！她欣羡着那外面的神秘世界，于是那小小的灵魂，每每跟着春风，一同飞翔了。她觉得自己变成一只蝴蝶，在那盛开着美丽的花丛中翱翔着，有时她觉得自己是一只小鸟，直扑天空，伏在柔软的白云间甜睡着。她整日支着颐不动不响的尽量陶醉，直到夕阳逃到山背后，大地垂下黑幕时，她才快快的离开那灵魂的休憩地，回到陌生的校舍里去。

她每日每日照例的到地窖里来——一直过完了整个的春天。忽然她看见蝴蝶兰残了，金钟罩也倒了头，只剩下一丛深碧的叶子，苍茂的在熏风里撼动着，那时她竟莫明其妙的流下眼泪来。这孩子真古怪得可以，十零岁的孩子前途正远大着呢。这春老花残，绿肥红瘦，怎能惹起她那末深切的悲感呢？！但是孩子从小就是这样古怪，因此她被家人所摒弃，同时也被社会所摒弃。在她的童年里，便只能在梦境里寻求安慰和快乐，一直到她否认现实世界的一切，她终成了一个疏狂孤介的人。在她三十年的岁月里，只有这些片段的梦境，维系着她的生命。

阳光渐渐的已移到那素心兰上，这目前的窗外春光，撩拨起她童年的眷恋，她深深的叹息了："唉，多缺陷的现实的世界呵！在这春神努力的创造美丽的刹那间，你也想遮饰起你的丑恶吗？人类假使的连这些梦影般的安慰也没有，我真不知道人们怎能延续他们的生命哟！"

但愿这窗外的春光，永驻人间吧！她这样虔诚的默祝着，素心兰像是解意般的向她点着头。

我愿秋常驻人间

　　提到秋，谁都不免有一种凄迷哀凉的色调，浮上心头；更试翻古往今来的骚人、墨客，在他们的歌咏中，也都把秋染上凄迷哀凉的色调，如李白的《秋思》："……天秋木叶下，月冷莎鸡悲。坐愁群芳歇，白露凋华滋。"柳永的《雪梅香辞》："景萧索，危楼独立面晴空，动悲秋情绪，当时宋玉应同。"周密的《声声慢》："对西风休赋登楼，怎去得，怕凄凉时节，团扇悲秋。"

　　这种凄迷哀凉的色调，便是美的元素，这种美的元素只有"秋"才有。也只有在"秋"的季节中，人们才体验得出，因为一个人在感官被极度的刺激和压轧的时候，常会使心头麻木。故在盛夏闷热时，或在严冬苦寒中，心灵永远如虫类的蛰伏。等到一声秋风吹到人间，也正等于一声春雷，震动大地，把一些僵木的灵魂如虫类般的唤醒了。

　　灵魂既经苏醒，灵的感官便与世界万汇相接触了。于是见到阶前落叶萧萧下，而联想到不尽长江滚滚来，更因其特别自由敏感的神经，而感到不尽的长江是千古常存，而倏忽的生命，譬诸昙花一现。于是悲来填膺，愁绪横生。

　　这就是提到秋，谁都不免有一种凄迷哀凉的色调，浮上心头的原因了。

　　其实秋是具有极丰富的色彩，极活泼的精神的，它的一切现象，并不像敏感的诗人墨客，所体验的那种凄迷哀凉。

　　当霜薄风清的秋晨，漫步郊野，你便可以看见如火般的颜色染在枫林、柿丛和浓紫的颜色泼满了山巅天际，简直是一个气魄伟大的画家的大手笔，任意趣之所之，勾抹涂染，自有其雄伟的丰姿，又岂是纤细的春景所能望其项背？

　　至于秋的犀利，可以洗尽积垢；秋月的明澈，可以照烛幽微；秋是又犀利又潇洒，不拘不束的一位艺术家的象征。这种色调，实可以苏醒现代困闷人群的灵魂，因此我愿秋常驻人间！

蓬莱风景线

日本的风景，久为世界各国所注目，有东方公园的美誉；再加上我爱美景如生命，所以推己及人，便先把"蓬莱"的美景写出以供同好：

（一）西京　西京风景清幽，环山绕水，共有四座青山——吉田山，睿山，大文字山，圆山。四山中睿山最高，我们登睿山之巅，可窥西京全市，而最称胜绝的是清水寺，琵琶湖。

清水寺在音羽山之巅，山上满植翠柏苍松；在万绿丛中，杂间几枝藤花，嫩紫之色，映日成彩，微风过处，松涛澎湃，花影袅娜。我独倚大悲阁的碧栏，近挹清香，远收绿黛，超然有世外感。庙宇之前，有滴漏，为香客顶礼时洗手之用。漏流甚急，其声潺潺，好像急雨沿屋檐而下。

琵琶湖是西京第一名胜。沿江共有八景。我们在五月七日的那一天泛棹湖中，时正微雨，阴云四合，满湖笼烟漫雾，一片苍茫，另有一种幽趣。后来雨稍住，雾稍散，青山隐约可辨。远望诸峰，白云冉冉，因风变化，奇形怪状，两眼为之迷离。

后来船到石山寺，我们便舍舟登岸，向寺直奔。此寺也在高山之巅，仿佛中国西湖之灵隐寺。中多独干老木，高齐庙阁。院中满植芭蕉，被急雨敲击，清碎如弄珠玉。

傍晚雨止雾收，斜阳残照，从白云隙中射出，照在湖面上，幻成紫的、粉红的、嫩黄的种种色彩。我们坐在船上，如观图画，不久斜阳沉入湖心，湖上立刻幂上一层黄幂，青山白云，都隐入黑幂中，但数点渔火独兀自含情向人呢。

（二）日光　日光乃日本景致最好的地方，日本人有句俗话说："不到日光不算见物。"日光的身价可想而知了。

7

日光共有十六景，其中杉并木，中禅寺湖，雾降泷，里见泷，中禅寺湖大尻桥几个地方更自然，更秀丽；不过最使我不能忘怀的还要算是华严三千尺的大瀑布了。

当日游华严，往还走了六十里路，辛苦是最辛苦，而有了这种深刻的印象，也就算值得。在华严泷的背后，还有一个白云泷，我们到了白云泷，看见急水如云，从半山中奔腾而下，已经叹为奇观；及至到了华严泷，只见三千尺的云梯，从上巅下垂，云梯之下，都是飞烟软雾，哪有一点看出是水。这种奇妙的大观，怎能不引诱人们忘记人间之乐呢？

（三）宫岛　宫岛乃日本三景之一，所谓三景：是松岛（在北部）、天之桥及宫岛。我们于黄昏时泛舟海上，碧水渺渺，波光耀霞，斜阳余辉，映浪成花；沿海青山层叠，白云氤氲。在海上游荡些时，又登岸奔红叶谷。这时微风吹来，阵阵清香，夹路松杉峥嵘。渡过一小红桥，就看见红叶如锦，喷火吐焰，真是妙境；便是武陵人到桃源，恐怕还要叹不及此呢！

“蓬岛”称绝的三景，我只到了一处，未免是个憾事；不过在日本住了一个多月，游了八九个地方，无论到哪处，都没有感到飞沙扬尘满目苍凉的况味；就是坐在火车上，也是目不断青山的倩影，耳不绝松涛的幽韵，更有碧绿的麦陇，如茶的杜鹃，点缀田野，快目爽心，直使我赞不绝口。

其实中国的江南川北，也何尝没有好风景，何值得我如是沉醉；但是“蓬莱”另有“蓬莱”之景，其潇洒风流，纤巧灵秀，不可与中国流丽中含端庄的西子湖同日而语。所以我虽赞许蓬莱之美，亦不敢抹煞西子湖之胜；燕瘦环肥，各有可以使人沉醉之处呢！

生命的光荣

——叩苍从狱中寄来的信

这阴森惨凄的四壁，只有一线的亮光，闪烁在这可怕的所在，暗陬里仿佛狞鬼睁视，但是朋友！我诚实的说吧，这并不是森罗殿，也不是九幽十八层地狱，这原来正是覆在光天化日下的人间哟！

你应当记得那一天黄昏里，世界呈一种异样的淆乱：空气中埋伏着无限的恐惧。我们正从十字街头走过，虽然西方的彩霞，依然罩在滴翠的山巅，但是这城市里是另外包裹在黑幕中，所蓄藏的危机时时使我们震惊。后来我们看见槐树上，挂着血淋淋的人头，峰如同失了神似的"哎哟"一声，用双手掩着两眼，忙忙跑开。回来之后，大家的心魂都仿佛不曾归窍似的……过了很久峰才舒了一口气，凄然叹道："为什么世界永远的如是惨淡？命运总是如饿虎般，强口向人间搏噬？！"自然啦，峰当时可算是悲愤极了，不过朋友你知道吧！不幸的我，一向深抑的火焰，几乎悄悄焚毁了我的心，那时我不由得要向天发誓，我暗暗咒诅道："天！这纵使是上苍的安排，我必以人力挽回，我要扫除毒氛恶气，我要向猛虎决斗，我要向一切的强权抗冲……"这种的决心我虽不会明白告诉你们，但是朋友，只要你曾留意，你应当看见我眼内的暴烈的火星。

后来你们都走了，我独自站在院子里，只见宇宙间充满了冷月寒光，四境如死的静默。我独自厮守着孤影，我曾怀疑我生命的荣光。在这世界上，我不是巍峨的高山，也不是湛荡的碧海，我真微小，微小如同阴沟里的萤虫，又仿佛冢间闪荡的鬼火，有时虽也照见芦根下横行跋扈的螃蟹，但我无力使这霸道的足迹，不在人间践踏。

朋友！我独立凄光下，由寂静中，我体验出我全身血液的滚沸，我听见心田

9

内起了爆火，我深自惊讶。呵！朋友！我永远不能忘记，那一天在马路上所看见的惨剧，你应也深深的记得：

那天似乎怒风早已诏示人们，不久将有可怕的惨剧出现。我们正在某公司的楼上，向那热闹繁华的马路瞭望，忽见许多青年人，手拿白旗向这边进行。忽然间人声鼎沸如同怒潮拍岸，又像是突然来了千军万马。这一阵紊乱，真不免疑心是天心震怒。我们正摸不着头脑的时候，忽听噼啪一阵连珠炮响，呵！完了！完了！火光四射，赤血横流，几分钟之后，人们有的发狂似的掩面而逃，有的失神发怔。等到马路上人众散尽，唉！朋友！谁想到这半点钟以前，车水马龙的大马路，竟成了新战场！愁云四裹，冷风凄凄，魂凝魄结，鬼影憧憧，不但行人避路，飞鸦也不敢停留，几声哑哑飞向天闺高处去了。

朋友！我恨呵！我怒呵！当时我不住用脚跺那楼板，但是有什么用处，只不过让那些没有同情的人类，将我推操下楼。我是弱者，我只得含着眼泪回家，我到了屋里，伏枕放量痛哭。我哭那锦绣河山，污溅了凌践的血腥；我哭那皇皇中华民族，被虎噬狼吞的奇辱；更哭那睡梦沉酣的顽狮，白有好皮囊，原来是百般撩拨，不受影响。唉！天呵！我要叩穹苍，我要到碧海，虔诚的求乞醒魂汤。

可怜我走遍了荒漠，经过崎岖的山峦，涉过汹涌的碧海，我尚未曾找到醒魂汤，却惹恼了为虎作伥的厉鬼，将我捉住，加我以造反的罪名，于是我从陡峭山巅，陨落在这所谓人间的人间。

朋友！在我的生命史上，我很可以骄傲，我领略过玉软香温的迷魂窟的生活，我品过游山逛海的道人生活……现在我要深深尝尝这囚牢的滋味，所以我被逮捕的时候，我并不诅咒，作了世间的人，岂可不遍尝世间的滋味？……当我走进刚足容身的牢里的时候，我曾酣畅的微笑着，呵！朋友，这自然会使你们怀疑，坐监牢还值得这样的夸耀？但是朋友！你如果相信我，我将坦白的告诉你说，世界最苦痛的事情，并不是身体的入牢狱，只是不能舒展的心狱。这话太微妙了；但是朋友！只要你肯稍微沉默的想一想，你当能相信我不是骗你呢。

这屋子虽然很小，但它不能拘束我心，不想到天边，不想到海角，我依然是自由，朋友你明白吗？我的心非常轻松，没有什么铅般的压迫，有，只是那未沥尽的热血在蒸沸。

今天我伏在木板上，似忧似醉的当儿，我的确把世界的整个体验了一遍，唉！我真像是不流的死沟水，永远不动的，伏在那里，不但肮脏，而且是太有限了。我不由得自己倒抽了一口气，便是我感谢上帝，在我死之前，已经觉悟了，即使我的寿命极短促，然而不要紧；我用我纯挚的热血为利器，我要使我的死沟流，与荡荡的大海洋相通，那末我便可成为永久的，除非海枯石烂了，我永远是万顷中的一滴。朋友！牢狱并不很坏，它足以淘熔精金。

昨夜风和雨，不住的敲打这铁窗，这也许有许多的罪囚，要更觉得环境的难堪；但我却只有感谢，在铁窗风雨下，我明白什么是生命的光荣。

按罪名我或不至于死，不过从进来时，审问过一次后，至今还没有消息。今早峰替我送来书和纸笔，真使我感激，我现在不恐惧，也不发愁，虽然想起兰为我担惊受怕，有点难过，但是再一想"英雄的忍情，便是多情"的一句话，我微笑了，从内心里微笑了。兰真算知道我，我对她只有膜拜，如同膜拜纯洁圣灵的女神一般。不过还请你好好的安慰她吧！倘然我真要到断头台的时候，只要她的眼泪滴在我的热血上，我便一切满足了。至于儿女情态，不是我辈分内事……我并不急于出狱，我虽然很愿意看见整个的天，而这小小的空隙已足我游刃了。

我四周围的犯人很多，每到夜静更深的时候，有低默的呜咽，有浩然的长叹。我相信在那些人里，总有多一半是不愿犯罪，而终于犯罪的，唉！自然啦，这种社会底下，谁是叛徒，谁是英雄？真有点难说吧！况且设就的天罗地网，怎怪得弱者的陷落？朋友！在这种情形之下，我们该做什么？让世界永远埋在阴惨的地狱里吗？让虎豹永远的猖獗吗？朋友呵！如果这种恐慌不去掉，我们情愿地球整个的毁灭，到那时候一切死寂了，便没有心焰的火灾，也没有凌迟的恐慌和苦痛。但是朋友要注意，我们是无权利存亡地球的，我们难道就甘心做走狗吗？唉！我简直不知道要说什么哟。

我在这狭逼囚室里，几次让热血之海沉没了。朋友呵！我最后只有祷祝，只有恳求，青年的朋友们，认清生命的光荣……

东京小品（节选）

一　咖啡店

橙黄色的火云包笼着繁闹的东京市，烈焰飞腾似的太阳，从早晨到黄昏，一直光顾着我的住房；而我的脆弱的神经，仿佛是林丛里的飞萤，喜欢忧郁的青葱，怕那太厉害的阳光，只要太阳来统领了世界，我就变成了冬令的蛰虫，了无生气。这时只有烦躁疲弱无聊占据了我的全意识界；永不见如春波般的灵感荡漾……呵！压迫下的呻吟，不时打破木然的沉闷。

有时勉强振作，拿一本小说在地席上睡下，打算潜心读两行，但是看不到几句，上下眼皮便不由自主的合拢了。这样昏昏沉沉挨到黄昏，太阳似乎已经使尽了威风，渐渐的偃旗息鼓回去，海风也凑趣般吹了来，我的麻木的灵魂，陡然惊觉了，"呵！好一个苦闷的时间，好像换过了一个世纪！"在自叹自伤的声音里，我从地席上爬了起来，走到楼下自来水管前，把头脸用冷水冲洗以后，一层遮住心灵的云翳遂向苍茫的暮色飞去，眼前现出鲜明的天地河山，久已凝闭的云海也慢慢掀起波浪，于是过去的印象，和未来的幻影，便一种种的在心幕上开映起来。

忽然一阵非常刺耳的东洋音乐不住的送来耳边，使听神经起了一阵痉挛。唉！这是多么奇异的音调，不像幽谷里多灵韵的风声，不像丛林里清脆宛转的鸣鸟之声，也不像碧海青崖旁的激越澎湃之声……而只是为衣食而奋斗的劳苦挣扎之声。虽然有时声带颤动得非常婉妙，使街上的行人不知不觉停止了脚步，但这只是好奇，也许还含着些不自然的压迫，发出无告的呻吟，使那些久受生之困厄的人们同样的叹息。

这奇异的声音正是从我隔壁的咖啡店里一个粉面朱唇的女郎樱口里发出来的。那所咖啡店是一座狭小的日本式楼房改造成的，在三四天以前，我就看见一张红纸的广告贴在墙上，上面写着本咖啡店择日开张。从那天起，有时看见泥水匠人来洗刷门面，几个年青精壮的男人布置壁饰和桌椅，一直忙到今天早晨，果然开张了。当我才起来，推开玻璃窗向下看的时候，就见这所咖啡店的门口，两旁放着两张红白夹色纸糊的三角架子，上面各支着一个满缀纸花的华丽的花圈，在门楣上斜插着一支姿势活泼鲜红色的枫树，沿墙根列着几种松柏和桂花的盆栽，右边临街的窗子垂着淡红色的窗帘，衬着那深咖啡色的墙，真有一种说不出的鲜明艳丽。

在那两个花圈的下端，各缀着一张彩色的广告纸，上面除写着本店即日开张，欢迎主顾以外，还有一条写着"本店用女招待"字样——我看到这里，不禁回想到西长安街一带的饭馆门口那些红绿纸写的雇用女招待的广告了。呵！原来东方的女儿都有招徕主顾的神通！

我正出神的想着，忽听见叮叮当当的响声，不免循声看去，只见街心有两个年青的日本男人，身上披着红红绿绿仿佛袈裟式的半臂，头上顶着像是凉伞似的一个圆东西，手里拿着铙钹，像戏台上的小丑一般，在街心连敲带唱，扭扭捏捏，怪样难描，原来这就是活动的广告。

他们虽然这样辛苦经营，然而从清晨到中午还不见一个顾客光临，门前除却他们自己做出热闹声外，其余依然是冷清清的。

黄昏到了，美丽的阳光斜映在咖啡店的墙隅，淡红色的窗帘被晚凉的海风吹得飘了起来，隐约可见房里有三个年青的女人盘膝跪在地席上，对着一面大菱花镜，细细的擦脸，涂粉，画眉，点胭脂，然后袒开前胸，又厚厚的涂了一层白粉，远远看过去真是"肤如凝脂，领如蝤蛴"，然而近看时就不免有石灰墙和泥塑美人之感了。其中有一个是梳着两条辫子的，相比较最年轻也最漂亮，在打扮头脸之后，换了一身藕荷色的衣服，腰里拴一条橙黄色白花的腰带，背上驮着一个包袱似的东西，然后款摆着柳条似的腰肢，慢慢下楼来，站在咖啡店的门口，向着来往的行人"巧笑倩兮，美目盼兮"，大施其外交手段。果然没有经过多久，就进去两个穿和服木屐的男人。从此冷清清的咖啡店里骤然笙箫并奏，笑语杂作起来。有时那个穿藕荷色衣服的雏儿唱着时髦的爱情曲儿，灯红酒绿，直闹到深夜兀自不散。而我呢，一双眼的上眼皮和下眼皮简直分不开来，也顾不得看个水落石出。总而言之，想钱的钱到手，赏心的开了心，圆满因果，如是而已，只应合十念一声"善哉！"好了，何必神经过敏，发些牢骚，自讨苦趣呢！

二　庙会

正是秋雨之后，天空的雨点虽然停了，而阴云兀自密布太虚。夜晚时的西方的天，被东京市内的万家灯火照得起了一层乌灰的绛红色。晚饭后，我们照例要到左近的森林中去散步。这时地上的雨水还不曾干，我们各人都换上破旧的皮鞋，拿着雨伞，踏着泥滑的石子路走去。不久就到了那高矗入云的松林里。林木中间有一座土地庙；平常时都是很清静地闭着山门，今夜却见庙门大开，门口挂着两盏大纸灯笼。上面写着几个蓝色的字——天主社——庙里面灯火照耀如同白昼，正殿上搭起一个简单的戏台，有几个戴着假面具穿着彩衣的男人——那面具有的像龟精鳖怪，有的像判官小鬼。大约有四五个人，忽坐忽立，指手画脚的在那里扮演，可惜我们语言不通，始终不明白他们演的是什么戏文。看来看去，总感不到什么趣味，于是又到别处去随喜。在一间日本式的房子前，围着高才及肩的矮矮的木栅栏，里面设个神龛，供奉的大约就是土地爷了。可是我找了许久，也没找见土地爷的法身，只有一个圆形铜制的牌子悬在中间，那上面似乎还刻着几个字，离得远，我也认不出是否写着本土地神位，——反正是一位神明的象征罢了。在那佛龛前面正中的地方悬着一个幡旌似的东西，飘带低低下垂。我们正在仔细揣摩赏鉴的时候，只见一位年纪五十上下的老者走到神龛面前，将那幡旌似的飘带用力扯动，使那上面的铜铃发出零丁之声，然后从钱袋里掏出一个铜钱——不知是十钱的还是五钱的，只见他便向佛龛内一甩，顿时发出铿锵的声响，他合掌向神前三击之后，闭眼凝神，躬身膜拜，约过一分钟，又合掌连击三声，这才慢步离开神龛，心安意得的走去了。

自从这位老者走后，接二连三来了许多人，男的女的，老的少的，——还有尚在娘怀抱里的婴孩也跟着母亲向神前祈祷求福。凡来顶礼的人都向佛龛中舍钱布施。还有一个年纪二十多岁的女人，身上穿着白色的围裙，手中捧着一个木质的饭屉，满满装着白米，向神座前贡献。礼毕，那位道袍秃顶的执事僧将饭屉接过去，那位善心的女施主便满面欣慰的退出。

我们看了这些善男信女礼佛的神气，不由得也满心紧张起来，似乎冥冥之中真有若干神明，他们的权威足以支配昏昧的人群，所以在人生的道途上，只要能逢山开路，见庙烧香，便可获福无穷了。不然，自己劳苦得来的银钱柴米，怎么便肯轻轻易易双手奉给僧道享受呢？神秘的宇宙！不可解释的人心！

我正在发呆思量的时候，不提防同来的建扯了我的衣襟一下，我不禁"呀！"了一声，出窍的魂灵儿这才复了原位。我便问道："怎么？"建含笑道："你在想什么？好像进了梦境，莫非神经病发作了吗？"我被他说得也好笑起来，便一同离开神龛到后面去观光。吓！那地方更是非常热闹，有许多倩装艳服，然而脚着木屐的日本女人，在那里购买零食的也有，吃冰激凌的也有。其中还有几个西装的少女，脚上穿着长统丝袜和皮鞋——据说这是日本的新女性，也在人丛里挤来挤去，说不定是来参礼的，还是也和我们一样来看热闹的。总之，这个小小的土地庙里，在这个时候是包罗万象的。不过倘使佛有眼睛，瞧见我满脸狐疑，一定要瞪我几眼吧。

迷信——具有伟大的威权，尤其是当一个人在倒霉不得意的时候，或者在心灵失却依据徘徊歧路的时候，神明便成为人心的主宰了。我有时也曾经历过这种无归宿而想象归宿的滋味，然而这在我只像电光一瞥，不能坚持久远的。

说到这里，使我想起童年的时候——我在北平一个教会学校读书。那一个秋天，正遇着耶稣教徒的复兴会——期间是一来复。在这一来复中，每日三次大祈祷，将平日所做亏心欺人的罪恶向耶稣基督忏悔，如是，以前一切罪恶便从此洗涤尽净——哪怕你是个杀人放火的强盗，只要能悔罪便可得救，虽然是苦了倒霉钉在十字架上的耶稣，然而那是上帝的旨意，叫他来舍身救世的，这是耶稣的光荣，人们的福音。这种无私的教理，当时很能打动我弱小的心弦，我觉得耶稣太伟大了，而且法力无边，凡是人类的困苦艰难，只要求他，便一切都好了。所以当我被他们强迫的跪在礼拜堂里向上帝祈祷时——我是无情无绪的正要到梦乡去逛逛，恰巧我们的校长朱老太太颤颤巍巍走到我面前也一同跪下，并且抚着我的肩说："呵！可怜的小羊，上帝正是我们的牧羊人，你快些到他面前去罢，他是仁爱的伟大的呵！"我听了她那热烈诚挚的声音，竟莫名其妙的怕起来了，好像受了催眠术，觉得真有这么一个上帝，在睁着眼看我呢，于是我就在那些因忏悔而痛哭的人们的哭声中流下泪来了。朱老太太更紧紧的把我搂在怀里说道："不要伤心，上帝是爱你的。只要你虔心的相信他，他无时无刻不在你的左右……"最后她又问我："你信上帝吗？……好像相信我口袋中有一块手巾吗？"我简直不懂这话的意思，不过这时我的心有些空虚，想到母亲因为我太顽皮送我到这个学校来寄宿，自然她是不喜欢我的，倘使有个上帝爱我也不错，于是就回答道："朱校长，我愿意相信上帝在我旁边。"她听了我肯皈依上帝，简直喜欢得跳了起来，一面笑着一面擦着眼泪……从此我便成了耶稣教徒了。不过那年以后，我便离开了那个学校，起初还是满心不忘上帝，又过了几年，我脑中上帝的印象便和童年的天真一同失去了。最后我成了个无神论者了。

但是在今晚这样热闹的庙会中，虔信诚心的善男信女使我不知不觉生出无限的感慨，同时又勾起既往迷信上帝的一段事实，觉得大千世界的无量众生，都只是些怯弱可怜的不能自造命运的生物罢了。

在我们回来时，路上依然不少往庙会里去的人，不知不觉又联想到故国的土地庙了，唉！……

三　邻居

别了，繁华的闹市！当我们离开我们从前的住室门口的时候，恰恰是早晨七点钟。那耀眼的朝阳正照在电车线上，发出灿烂的金光，使人想象到不可忍受的闷热。而我们是搭上市外的电车，驰向那屋舍渐稀的郊野去；渐渐看见陂陀起伏的山上，林木葱茏，绿影婆娑，丛竹上满缀着清晨的露珠，兀自向人闪动。一阵阵的野花香扑到脸上来，使人心神爽快。经过三十分钟，便到了我们的目的地。

在许多整饬的矮墙里，几株姣艳的玫瑰迎风袅娜，经过这一带碧绿的矮墙南折，便看见那一座郁郁葱葱的松柏林，穿过树林，就是那些小巧精洁的日本式的房屋掩映于万绿丛中。微风吹拂，树影摩荡，明窗净几间，帘幔低垂，一种幽深静默的趣味，顿使人忘记这正是炎威犹存的残夏呢。

我们沿着鹅卵石垒成的马路前进，走约百步，便见斜刺里有一条窄窄的草径，两旁长满了红蓼白荻和狗尾草，草叶上朝露未干，沾衣皆湿。草底鸣虫唧唧，清脆可听。草径尽头一带竹篱，上面攀缘着牵牛茑萝，繁花如锦，清香醉人。就在竹篱内，有一所小小精舍，便是我们的新家了。淡黄色木质的墙壁、门窗和米黄色的地席，都是纤尘不染。我们将很简单的家具稍稍布置以后，便很安然的坐下谈天。似乎一个月以来奔波匆忙的心身，此刻才算是安定了。

但我们是怎么的没有受过操持家务的训练呵！虽是一个很简单的厨房，而在我这一切生疏的人看来，真够严重了。怎样煮饭——一碗米应放多少水，煮肉应当放些什么调料呵，一切都不懂，只好凭想象力一件件的去尝试。这其中最大的难题是到后院井边去提水，老大的铅桶，满满一桶水真够累人的。我正在提着那亮晶晶发光的水桶不知所措的时候，忽见邻院门口走来一个身躯胖大，满面和气的日本女人——那正是我们头一次拜访的邻居胖太太——我们不知道她姓什么，可是我们赠送她这个绰号，总是很合式吧。

她走到我们面前，向我们叽里咕噜说了几句日本话，我们是又聋又哑的外国人，简直一句也不懂，只有瞪着眼向她呆笑。后来她接过我手里的水桶，到井边满满的汲了一桶水，放在我们的新厨房里。她看见我们那些新买来的锅呀、碗呀，上面都微微沾了一点灰尘，自动的替我们一件一件洗干净了，又一件件安置得妥妥帖帖，然后她鞠着躬说声サヨウナラ（再见）走了。

据说这位和气的邻居，对中国人特别有感情，她曾经帮中国人做过六七年的事，并且，她曾嫁过一个中国男人……不过人们谈到她的历史的时候，都带着一种猜度的神气，自然这似乎是一个比较神秘的人儿呢，但无论如何，她是我们的好邻居呵！

她自从认识我们以后，没事便时常过来串门。她来的时候，多半是先到厨房，遇见一堆用过的锅碗放在地板上，或水桶里的水用完了，她就不用吩咐的替我们洗碗打水。有时她还拿着些泡菜、辣椒粉之类零星物件送给我们。这种出乎我们意外的热诚，不禁使我有些赧然。

当我没有到日本以前，在天津大阪公司买船票时，为了一张八扣的优待券——那是由北平日本公使馆发出来的——同那个留着小胡子的卖票员捣了许久的麻烦。最后还是拿到天津日本领事馆的公函，他们这才照办了。而买票找钱的时候，只不过一角钱，那位含着狡狯面相的卖票员竟让我们等了半点多钟。当时我曾赌气牺牲这一角钱，头也不回的离开那里，他们这才似乎有些过不去，连忙喊住我们，从桌子的抽屉里拿出一角钱给我们。这样尖酸刻薄的行为，无处不表现岛国细民的小气。真给我一个永世不会忘记的坏印象。

及至我上了长城丸（日本船名）时，那两个日本茶房也似乎带着些欺侮人的神气。比如开饭的时候，他们总先给日本人开，然后才轮到中国人。至于那些同渡的日本人，有几个男人嘴脸之间时时表现着夜郎自大的气概——自然也由于我国人太不争气的缘故。那些日本女人呢，个个对于男人低首下心，柔顺如一只小羊。这虽然惹不起我们对她们的愤慨，却使我们有些伤心，"世界上最没有个性的女性呵，你们为什么情愿做男子的奴隶和傀儡呢！"我不禁大声的喊着，可惜她们不懂我的话，大约以为我是个疯子吧。

总之我对于日本人从来没有好感，豺狼虎豹怎样凶狠恶毒，你们是想象得出来的，而我也同样的想象那些日本人呢。

但是不久我便到了东京，并且在东京住了两个礼拜了。我就觉得我太没出息——心眼儿太窄狭，日本人——在我们中国横行的日本人，当然有些可恨，然而在东京我曾遇见过极和蔼忠诚的日本人，他们对我们客气，有礼貌，而且极热心的帮忙，的确的，他们对待一个异国人，实在比我们更有理智更富于同情些。至于做生意的人，无论大小买卖，都是言不二价，童叟无欺——现在又遇到我们的邻居胖太太，那种慈和忠实的行为，更使我惭愧我的小心眼了。

我们的可爱的邻居，每天当我们煮饭的时候，她就出现在我们的厨房门口。

"奥サン（太太）要水吗？"柔和而熟习的声音每次都激动我对她的感愧。她是怎样无私的人儿呢！有一天晚上，我从街上回来，穿着一件淡青色的绸衫，因为时间已晏，忙着煮饭，也顾不得换衣服，同时又怕弄脏了绸衫，我就找了一块白包袱权做围裙，胡乱的扎在身上，当然这是有些不舒服的。正在这时候，我们的邻居来了。她见了我这种怪样，连忙跑到她自己房里，拿出一件她穿着过于窄小的白围裙送给我，她说："我现在胖了，不能穿这围裙，送给你很好。"她说时，就亲自替我穿上，前后端详了一阵，含笑学着中国话道："很好！很好！"

她胖大的身影，穿过遮住前面房屋的树丛，渐渐的看不见了。而我手里拿着炒菜的勺子，竟怔怔的如同失了魂。唉！我接受了她的礼物，竟忘记向她道谢，只因我接受了她的比衣服更可宝贵的仁爱，将我惊吓住了；我深自忏悔，我知道世界上的人类除了一部分为利欲所沉溺的以外，都有着丰富的同情和纯洁的友谊，人类的大部分毕竟是可爱的呵！

我们的邻居，她再也想不到她在一些琐碎的小事中给了我偌大的启示吧。愿以我的至诚向她祝福！

四　沐浴

说到人，有时真是个怪神秘的动物，总喜欢遮遮掩掩，不大愿意露真相；尤其是女人，无时无刻不戴假面具，不管老少肥瘠，脸上需要脂粉的涂抹，身上需要衣服的装扮，所以要想赏鉴人体美，是很不容易的。

有些艺术团体，因为画图需要模特儿，不但要花钱，而且还找不到好的——多半是些贫穷的妇女，看白花花的洋钱面上，才不惜向人间现示色相，而她们那种不自然的姿势和被物质压迫的苦相，常常给看的人一种恶感，什么人体美，简直是怪肉麻的丑像。

至于那些上流社会的小姐太太们，若是要想从她们里面发见人体美，只有从细纱软绸中隐约的曲线里去想象了。在西洋有时还可以看见半裸体的舞女，然而那个也还有些人工的装点，说不上赤裸裸的。至于我们礼教森严的中国，那就更不用提了。明明是曲线丰富的女人身体，而束腰扎胸，把个人弄得成了泥塑木雕的偶像了。所以我从来也不曾梦想赏鉴各式各样的人体美。

但是，当我来到东京的第二天，那时正是炎热的盛夏，全身被汗水沸湿，加之在船上闷上好几天，这时要是不洗澡，简直不能忍受下去。然而说到洗澡，不由得我蹙起双眉，为难起来。

洗澡，本是平常已极的事情，何至于如此严重？然而日本人的习惯有些别致。男人女人对于身体的秘密性简直没有。在大街上，可以看见穿着极薄极短的衫裤的男人和赤足的女人。有时从玻璃窗内可以看见赤身露体的女人，若无其事似的，向街上过路的人们注视。

他们的洗澡堂，男女都在一处，虽然当中有一堵板壁隔断了，然而许多女人脱得赤条条的在一个汤池里沐浴，这在我却真是有生以来破题儿第一遭的经验。这不能不算是一个大难关吧。

"去洗澡吧，天气真热！"我首先焦急着这么提议。好吧，拿了澡布，大家预备走的时候，我不由得又踌躇起来。

"呵，陈先生，难道日本就没有单间的洗澡房吗？"我向领导我们的陈先生问。

"有，可是必须到大旅馆去开个房间，那里有西式盆汤，不过每次总要三四元呢。"

"三四元！"我惊奇的喊着，"这除非是资本家，我们哪里洗得起。算了，还是去洗公共盆汤吧。"

陈先生在我决定去向以后，便用安慰似的口吻向我道："不要紧的，我们初来时也觉着不惯，现在也好了。而且非常便宜，每人只用五分钱。"

我们一路谈着，没有多远就到了。他们进了左边门的男汤池去。我呢，也只得推开女汤池这边的门，呵，真是奇观，十几个女人，都是一丝不挂的在屋里。我一面脱鞋，一面踌躇，但是既到了这里，又不能做唐明皇光着眼看杨太真沐浴，只得勉强脱了上身的衣服，然后慢慢的脱衬裙袜子……先后总费了五分钟，这才都脱完了。急忙拿着一块大的洗澡毛巾，连遮带掩的跳进温热的汤池里，深深的沉在里面，只露出一个头来。差不多泡了一刻钟，这才出来，找定了一个角落，用肥皂乱擦了一遍，又跳到池子里洗了洗，就算完事大吉。等到把衣服穿起时，我不禁嘘了一口长气，严紧的心脉才渐渐的舒畅了。于是悠然自得的慢慢穿袜子。同时抬眼看着那些浴罢微带娇慵的女人们，她们是多么自然的，对着亮晶晶的壁镜理发擦脸，抹粉涂脂，这时候她们依然是一丝不挂，并且她们忽而起立，忽而坐下，忽而一条腿竖起来半跪着，各式各样的姿势，无不运用自如。我在旁边竟得饱览无余。这时我觉得人体美有时候真值得歌颂——那细腻的皮肤，丰美的曲线，圆润的足趾，无处不表现着天然的艺术。不过有几个鸡皮鹤发的老太婆，满身都是瘪皱的，那还是披上一件衣服遮丑些。

我一面赏鉴，一面已将袜子穿好，总不好意思再坐着呆看。只得拿了毛巾和换下来的衣服，离开这现示女人色相的地方了。

在回家的路上，我的神经似乎有些兴奋，我想到人间种种的束缚，种种的虚伪，据说这些是历来的圣人给我们的礼赐——尤其严重的是男女之大防，然而日本人似乎是个例外。究竟谁是更幸福些呢？

五　樱花树头

春天到了，人人都兴高采烈盼望看樱花，尤其是初到日本留学的青年，他们更是渴慕着名闻世界的蓬莱樱花，那红艳如天际火云，灿烂如黄昏晚霞的色泽真是使人迷恋呢。

在一个黄昏里，那位丰姿翩翩的青年，抱着书包，懒洋洋的走回寓所。正在门口脱鞋的时候，只见那位房东西川老太婆走了出来，行了一叩首的敬礼后便说道："陈样（日本对人之尊称）回来了，楼上有位客人在等候你呢！"那位青年陈样应了一声，便匆匆跑上楼去，果见有一人坐在矮几旁翻《东方杂志》呢，听见陈样的脚步声便回过头叫道：

"老陈！今天回来得怎么这样晚呢？"

"老张，你几时来的？我今天因为和一个朋友打了两盘球，所以回来迟些。有什么事？我们有好久不见了。"

那位老张是个矮胖子，说话有点土腔，他用劲的说道：

"没有……什么大事……只是……现在天气很——好！樱花有的都开了，昨天一个日本朋友——提起来，你大概也认得——就是长泽一郎，他家里有两棵大樱花开得很好……他请我们明天一早到他家里去看花，你去不？"

"哦，这么一回事呀！那当然奉陪。"

老张跟着又嘻嘻笑道："他家还有……很好看的漂亮姑娘呢！"

"你这个东西，真太不正经了。"老陈说。

"怎么太不正经呀！"老张满脸正色的说。

"得了！得了！那是人家的女眷，你开什么玩笑，不怕长泽一郎恼你！"老陈又说。

老张露着轻薄的神气笑道：

"日本的女儿，生来就是替男人开……心的呀！在他们德川时代，哪一个将军不是把酒与女人看成两件消遣品呢？你不要发痴了，要想替日本女人树贞节坊，那真是太开玩笑了！"

老陈一面蹙眉一面摇头道："咳！这是怎么说，老张简直越变越下流了……正

21

经的说吧，明天我们怎么样去法？"

老张眯着眼想了想道："明早七点钟我来找你同去好了。"

"好吧！"老陈道，"你今天在这里吃晚饭吧！"

"不！"老张站起来说，"我还要去……看一个朋友……不打搅你了，明天会吧！"

"明天会！"老陈把老张送到门口回来，吃了晚饭，看了几页书，又写了两封家信就去睡了。

第二天七点钟时，老张果然跑来了。等老陈穿好衣服便一同到长泽一郎家里去，走到门口已看见两棵大樱花树，高出墙头，那上面花蕊异常稠密，现在只开了一小部分，但是已经很动人了。他们敲了两下门，长泽一郎已迎了出来，请他们在一间六铺席的客堂里坐下。不久，有一个十四五岁的女郎托着一个花漆的茶盘，里面放着三盏新茶，中间还有一把细瓷的小巧茶壶，一面放在他们围坐着的那张小矮几上，一面恭恭敬敬的说了一声："诸位请用茶。"那声音娇柔极了，不禁使老陈抬起头来，只见那女孩头上盘着松松的坠马髻，一张长圆形的脸上，安置着一个端正小巧的鼻子，鼻梁两旁一双日本人特有的水秀细长的眼睛，两片如花瓣的唇含着驯良的微笑——老陈心里暗暗的想道："这个女孩倒不错。"只因初次见面不好意思有什么表示。但是老张却张大了眼睛，看着那女孩嘻嘻的笑道："呵！这位姑娘的相貌真漂亮！"

长泽一郎道："多谢张样夸奖，这是我的小舍妹，今年才十四岁，年纪还小呢，她还有一个阿姐比她大四岁……"长泽一郎得意扬扬的夸说他的妹子，同时又看了陈样一眼，向老张笑了笑。老张便向他挤眉弄眼的暗传消息。

长泽一郎敬过茶后便站起来道："我们可以到外面去看樱花吧！"

他们三个一同到了长泽一郎的小花园里，那是一个颇小而布置得有趣的花园：有玫瑰茶花的小花畦，在花畦旁还有几块假山石。长泽一郎同老张走到假山后面去了，这里只剩下老陈。他站在樱花树下，仰着头向上看时，只听见一阵推开玻璃窗的声音，跟着楼窗旁露出一个十八九岁少女的艳影。她身上穿着一件淡绿色大花朵的和服，腰间系了一根藕荷色的带子，背上背着一个绣花包袱，那面庞儿和适才看见的那个小女孩有些相像，但是比她更艳丽些。有一枝樱花正伸在玻璃窗旁，那女郎便伸出纤细而白嫩的手摘了一朵半开的樱花，放在鼻旁嗅了嗅，同时低头向老陈嫣然一笑。这真使老陈受宠若惊，连忙低下头装作没理会般。但是觉得那一刹那的印象竟一时抹不掉，不由自主的又抬起头来，而那个拈花微笑的女孩似乎害羞了，别转头去吃吃的笑，这些做作更使老陈灵魂儿飞上半天去了。不过老陈是一个很有操守的青年，而且他去年暑假才同他的爱人结婚，——这一个诱惑其势来得太凶，使老陈不敢兜揽，赶紧悬崖勒马，离开这个危险的处所，去找老张他们。

走到假山后，正见他们两人坐在一张长凳上，见他来了，长泽一郎连忙站起来让座，一面含笑说道："陈样看过樱花了吗？觉得怎么样？"

老陈应道："果然很美丽，尤其远看更好，不过没有梅花香味浓厚。"

"是的，樱花的好看只在它那如荼如火的富丽，再过几天我们可以到上野公园去看，那里樱花非常多，要是都开了，倒很有看头呢。"长泽一郎非常热烈的说着。

"那末很好，哪一天先生有工夫，我们再来相约吧。我们打搅了一早晨，现在可要告别了。"

"陈样事情很忙吧？那末我们再会吧！"

"再会！"老张、老陈说着就离开了长泽一郎家里。在路上的时候，老张嬉皮笑脸的向老陈说道：

"名花美人两争艳，到底是哪一个更动心些呢？"老陈被他这一奚落，不觉红了脸道："你满嘴里胡说些什么？"

"得了！别装腔吧！刚才我们走出门的时候，还看见人家美目流盼的在送你呢！你念过词没有——'若问行人去那边，眉眼盈盈处'。真算是为你们写真了。"

老陈急得连颈都红了道："你真是无中生有，越说越离奇，我现在还要到图书馆去，没工夫和你斗口，改日闲了，再同你慢慢的算账呢！"

"好吧！改天我也正要和你谈谈呢，那末这就分手——好好的当心你的桃花运！"老张狡狯的笑着往另一条路上去了。老陈就到图书馆里看了两点多钟的书，在外面吃过午饭后才回寓所。正好他妻子的信到了，他非常高兴拆开读后，便急急的写回信。写到正中，忽然间停住笔，早晨那一出剧景又浮上在心头，但是最后他只归罪于老张的爱开玩笑，一切都只是偶然的值不得什么。这么一想，他的心才安定下来，把其余的半封信续完，又看了些时候的书，就把这天混过去了。第二天是星期一，老早便起来到学校去，走到半路的时候，他忽然想起他到学校去的那条路是要经过长泽一郎的门口的。当他走到长泽一郎家的围墙时，那两棵樱花树枝在温暖的春风里微微向他点头，似乎在说"早安呵，先生！"这不禁使他站着了。正在这时候，那楼窗上又露出一张熟识的女郎笑靥来，那女郎向他微微点着头，同时伸手折了一枝盛开的樱花含笑的扔了下来，正掉在老陈的脚旁，老陈踌躇了一下，便捡了起来说了一声"谢谢"，又急急的走了。隐隐还听见女郎关玻璃窗的声音。老陈一路走一路琢磨，这果真是偶然吗？但是怎么这样巧，有意吗？太唐突人了。不过老张曾说过日本女人是特别驯良，是特别没有身份的，也许是有意吧？管她呢，有意也罢，无意也罢，纵使"小姑居处本无郎"，而"使君自有妇"……或者是我神经过敏，那倒冤枉了人家，不过魔由自招，我明天以后换条路走好了。

过了三四天，老张又来找他，一进门便嚷道：

"老陈！你真是红鸾星照命呵，恭喜恭喜！"

"喂！老张，你真没来由，我哪里又有什么红鸾星照命，你不知道我已经结过婚吗？"

"自然！你结婚的时候还请我喝过喜酒，我无论如何不会把这件事忘了，可是谁叫你长得这么漂亮，人家一定要打你的主意，再三央告我做个媒，你想我受人之托怎好不忠人之事呢！"

"难道你不会告诉他我已经结过婚了吗？"老陈焦急的说。

"唉！我怎么没说过啊，不过人家说你们中国人有的是三房四妾，结过婚，再结一个又有什么要紧。只要分开两处住，不是也很好的吗？"老张说了这一番话，老陈更有些不耐烦了，便道："老张，您这个人的思想竟是越来越落伍，这个三妻四妾的风气还应当保持到我们这种时代来吗？难道你还主张不要爱情的婚姻吗？你知道爱情是要有专一的美德的啊！"

"老陈，你慢慢的，先别急得脸红筋暴，做媒只管作，允不允许还在你。其实我早就知道这事一定是碰钉子的，不过我要你相信我一向的话——日本女人是太没个性，没身份的，你总以为我刻薄。就拿你这回事说吧，长泽一郎为什么要请你看樱花，就是想叫你和他的妹妹见面。他很知道青年人是最易动情的，所以他让他妹妹向你卖尽风情，要使这婚事易于成功……"

24

"哦！原来如此啊！怪道呢！……"

"你现在明白了吧！"老张插言道，"日本人家里只要有女儿，他便逢人就宣传这个女儿怎样漂亮，怎样贤慧，好像买卖人宣传他的货品一样，惟恐销不出去。尤其是他们觉得嫁给中国留学生是一个最好的机会，因为留学生家里多半有钱，而且将来回国后很容易得到相当的地位，并且中国女人也比较自由舒服。有了这些优点，他情愿把女儿给中国人做妾，而不愿为本国人的妻。所以留学生不和日本女人发生关系的可以说是很难得，而他们对于女人的贞操又根本没有这个观念。日本女人的性解放在世界上可算首屈一指了，并且和她们发生关系之后，只要不生小孩，你便可以一点责任不负的走开，而那个女孩依然可以光明正大的嫁人。其实呢，讲到贞操本应男女两方面共同遵守才公平。如像我们中国人，专责备女人的贞操而男子眠花宿柳养情妇都不足怪，倘使哪个女孩失去处女的贞洁便终身要为人所轻视，再休想抬头，这种残酷的不平等的习惯当然应当打破。不过像日本女人那样毫没有处女神圣的情感和尊严，也是太可怕的。唷！我是来做媒的，谁知道打开话匣子便不知说到哪里去了。怎么样，你是绝对否认的，是不是？"

"当然否认！那还成问题吗？"

"那末我的喜酒是喝不成了。好吧，让我给他一个回话，免得人家盼望着。"

"对了！你快些去吧！"

老张走后，老陈独自睡在地席上看着玻璃窗上静默的阳光，不禁把这件出乎意料的滑稽剧从头到尾想了一遍，心头不免有些不痛快。女权的学说尽管像海潮般涌了起来，其实只是为人类的历史装着好看的幌子，谁曾受到实惠？——尤其是日本女人，到如今还只幽囚在十八层的地狱里呵！难怪社会永远呈露着畸形的病态了！……

七　柳岛之一瞥

我到东京以后，每天除了上日文课以外，其余的时间多半化在漫游上。并不是一定自命作家，到处采风问俗，只是为了满足我的好奇心；同时又因为我最近的三四年里，困守在旧都的灰城中，生活太单调，难得有东来的机会，来了自然要尽量的享受了。

人间有许多秘密的生活，我常抱有采取各种秘密的野心。但据我想象最秘密而且最足以引起我好奇心的，莫过于娼妓的生活。自然这是因为我没有逛妓女的资格，在那些惯于章台走马的王孙公子们看来，那又算得什么呢？

在国内时，我就常常梦想：哪一天化装成男子，到妓馆去看看她们轻颦浅笑的态度，和纸迷金醉的生活，也许可以从那里发见些新的人生。不过，我的身材太矮小，装男子不够格，又因为中国社会太顽固，不幸被人们发见，不一定疑神疑鬼的加上些什么不堪的推测。我存了这个怀惧，绝对不敢轻试。——在日本的漫游中，我又想起这些有趣的探求来。有一天早晨，正是星期日，补习日文的先生有事不来上课，我同建坐在六铺席的书房间。秋天可爱的太阳，晒在我们微感凉意的身上；我们非常舒适的看着窗外的风景。在这个时候，那位喜欢游逛的陆先生从后面房子里出来，他两手插在磨光了的斜纹布的裤袋里，拖着木屐，走近我们书房的窗户外，向我们用日语问了早安，并且说道："今天天气太好了，你们又打算到哪里去玩吗？"

"对了，我们很想出去，不过这附近的几处名胜，我们都走遍了，最好再发现些新的，陆样，请你替我们做领导，好不好？"建回答说。

陆样"哦"了一声，随即仰起头来，向那经验丰富的脑子里，搜寻所谓好玩的地方。而我忽然心里一动，便提议道："陆样，你带我们去看看日本娼妓生活吧！"

"好呀！"他说，"不过她们非到四点钟以后是不做生意的，现在去太早了。"

"那不要紧，我们先到郊外散步，回来吃午饭，等到三点钟再由家里出发，不就正合式了吗？"我说。建听见我这话，似乎有些诧异，他不说什么，只悄悄的瞟了我一眼。我不禁说道："怎么，建，你觉得我去不好吗？"建还不曾回答，而陆样先说道："那有什么关系，你们写小说的人，什么地方都应当去看看才好。"建微笑道："我并没有反对什么，她自己神经过敏了！"我们听了这话也只好一笑算了。

午饭后，我换了一件西式的短裙和薄绸的上衣。外面罩上一件西式的夹上衣，我不愿意使她认出我是中国人。日本近代的新妇女，多半是穿西装的。我这样一打扮，她们绝对看不出我本来的面目。同时，陆样也穿上他那件蓝底白花点的和服，更可以混充日本人了。据陆样说日本上等的官妓，多半是在新宿这一带，但她们那里门禁森严，女人不容易进去。不如到柳岛去。那里虽是下等娼妓的聚合所，但要看她们生活的黑暗面，还是那里看得逼真些。我们都同意到柳岛去。我的手表上的短针正指在三点钟的时候，我们就从家里出发，到市外电车站搭车——柳岛离我们的住所很远，我们坐了一段市外电车，到新宿又换了两次的市内电车才到柳岛。那地方似乎是东京最冷落的所在，当电车停在最后一站——柳岛驿——的时候，我们便下了车。当前有一座白石的桥梁，我们经过石桥，沿着荒凉的河边前进，远远看见几根高矗云霄的烟筒，据说那便是纱厂。在河边接连都是些简陋的房屋，多半是工人们的住家。那时候时间还早，工人们都不曾下工。街上冷冷落落的只有几个下女般的妇人，在街市上来往的走着。我虽仔细留心，但也不曾看见过一个与众不同的女人。我们由河岸转弯，来到一条比较热闹的街市，除了几家店铺和水果摊外，我们又看见几家门额上挂着"待合室"牌子的房屋。那些房屋的门都开着，由外面看进去，都有一面高大的穿衣镜，但是里面静静的不见人影。我不懂什么叫做"待合室"，便去问陆样。他说，这样"待合室"专为一般嫖客，在外面钓上了妓女之后，便邀着到那里去开房间。我们正在谈论着，忽见对面走来一个姿容妖艳的女人，脸上涂着极厚的白粉，鲜红的嘴唇，细弯的眉梢，头上梳的是蟠龙髻；穿着一件藕荷色绣着凤鸟的和服，前胸袒露着，同头项一样的僵白，真仿佛是大理石雕刻的假人，一些也没有肉色的鲜活。她用手提着衣襟的下幅，姗姗地走来。陆样忙道："你们看，这便是妓女了。"我便问他怎么看得出来。他说："你们看见她用手提着衣襟吗？她穿的是结婚时的礼服，因为她们天天要和人结婚，所以天天都要穿这种礼服，这就是她们的标志了。"

"这倒新鲜！"我和建不约而同的这样说了。

穿过这条街，便来到那座"龟江神社"的石牌楼前面。陆样告诉我们这座神社是妓女们烧香的地方，同时也是她们和嫖客勾诱的场合。我们走到里面，果见正当中有一座庙，神龛前还点着红蜡和高香，有几个艳装的女人在那里虔诚顶礼呢。庙的四面布置成一个花园的形式，有紫藤花架，有花池，也有石鼓形的石凳。我们坐在石凳上休息，见来往的行人渐渐多起来，不久工厂放哨了，工人们三五成群从这里走过。太阳也已下了山，天色变成淡灰，我们就到附近中国料理店吃了两碗荞麦面，那时候已快七点半了。陆样说："正是时候了，我们去看吧。"我不知为什么有些胆怯起来，我说："她们看见了我，不会和我麻烦吗？"陆样说："不要紧，我们不到里面去，只在门口看看也就够了。"我虽不很满意这种办法，可是我也真没胆子冲进去，只好照陆样的提议做了。我们绕了好几条街，好容易才找到目的地，一共约有五六条街吧，都是一式的白木日本式的楼房，陆样和建在前面开路，我像怕猫的老鼠般，悄悄怯怯的跟在他俩的后面。才走进那胡同，就看见许多各阶级的男人，——有穿洋服的绅士，有穿和服的浪游者；还有穿制服的学生，和穿短衫的小贩。人人脸上流溢着欲望的光炎，含笑的走来走去。我正不明白那些妓女都躲在什么地方，这时我已来到第一家的门口了。那纸隔扇的木门还关着。但再一仔细看，每一个门上都有两块长方形的空隙处，就在那里露出一个白石灰般的脸，和血红的唇的女人的头。谁能知道这时她们眼里是射的哪种光？她们门口的电灯特别的阴暗，陡然在那淡弱的光线下，看见了她们故意做出的娇媚和淫荡的表情的脸，禁不住我的寒毛根根竖了起来。我不相信这是所谓人间，我仿佛曾经经历过一个可怕的梦境：我觉得被两个鬼卒牵到地狱里来。在一处满是脓血腥臭的院子里，摆列着无数株艳丽的名花，这些花的后面，都藏着一个缺鼻烂眼，全身毒疮溃烂的女人。她们流着泪向我望着，似乎要向我诉说什么，我吓得闭了眼不敢抬头。忽然那两个鬼卒，又把我带出这个院子！在我回头再看时，那无数株名花不见踪影，只有成群男的女的骷髅，僵立在那里。"呀！"我为惊怕发出惨厉的呼号，建连忙回头问道："隐，你怎么了？……快看，那个男人被她拖进去了。"这时我神志已渐清楚，向建手指的那个门看去，只见一个穿西服的男人，用手摸着那空隙处露出来的脸，便听那女人低声喊道："请，哥哥……洋哥哥来玩玩吧！"那个男人一笑，木门开了一条缝，一只纤细的女人的手伸了出来，把那个男人拖了进去。于是木门关上，那个空隙处纸帘也放下来了，里面的电灯也灭了。……

我们离开这条胡同，又进了第二条胡同，一片"请呵，哥哥来玩玩"的声音，在空气中震荡。假使我是个男人，也许要觉得这娇媚的呼声里，藏着可以满足我欲望的快乐，因此而魂不守舍的跟着她们这声音进去的吧。但是实际我是个女人，竟使那些娇媚的呼声，变了色彩。我仿佛听见她们在哭诉她们的屈辱和悲惨的命运。自然这不过是我的神经作用。其实呢，她们是在媚笑，是在挑逗，引动男人迷荡的心。最后她们得到所要求的代价了，男人们如梦初醒的走出那座木门，她们重新在那里招徕第二个主顾。我们已走过五条胡同了。当我们来到第六条胡同口的时候，看见第二家门口走出一个穿短衫的小贩。他手里提着一根白木棍，笑眯眯的，似乎还在那里回味什么迷人的经过似的。他走过我们身边时，向我看了一眼，脸上露出惊诧的表情，我连忙低头走开。但是最后我还逃不了挨骂。当我走到一个没人照顾的半老妓女的门口时，她正伸着头在叫"来呵！可爱的哥哥，让我们快乐快乐吧！"同时她伸出手来要拉陆样的衣袖。我不禁"呀"了一声——当然我是怕陆样真被她拖进去，那真太没意思了。可是她被我这一声惊叫，也吓了一跳，等到仔细认清我是个女人时，她竟恼羞成怒的骂起我来。好在我的日本文不好，也听不清她到底说些什么？我只叫建快走。我逃出了这条胡同，便问陆样道；"她到底说些什么？"陆样道："她说你是个摩登女人，不守妇女清规，也跑到这个地方来逛，并且说你有胆子进去吗？"这一番话，说来她还是存着忠厚呢！我当然不愿怪她，不过这一来我可不敢再到里边去了。而陆样和建似乎还想再看看。他们说，"没关系，我们既来了，就要看个清楚。"可是我极力反对，他们只好随我回来了。在归途上，我问陆样对于这一次漫游的感想，他说："当我头一次看到这种生活时，的确心里有些不舒服；不过看过几次之后，也就没有什么了。"建是初次看，自然没有陆样那种镇静，不过他也不像我那样神经过敏。我从那里回来以后，差不多一个月里头每一闭眼就看见那些可怕的灰白脸，听见含着罪恶的"哥哥！来玩"的声音。这虽然只是一瞥，但在心幕上已经留下不可磨灭的印象了！

九　烈士夫人

　　异国的生涯，使我时时感到陌生和飘泊。自从迁到市外以来，陈样和我们隔得太远，就连这唯一的朋友也很难有见面的机会。我同建只好终日幽囚在几张席子的日本式的房屋里读书写文章——当然这也是我们的本分生活，一向所企求的，还有什么不满足；不过人总是群居的动物，不能长久过这种单调的生活而不感到不满意。

　　在一天早饭后，我们正在那临着草原的窗子前站着——这一带的风景本不坏，远远有滴翠的群峰，稍近有万株矗立的松柯，草原上虽仅仅长些蓼荻同野菊，但色彩也极鲜明，不过天天看，也感不到什么趣味。我们正发出无聊的叹息时，忽见从松林后面转出一位中年以上的女人。她穿着黑色白花纹的和服，拖着木屐往我们的住所的方向走来，渐渐近了，我们认出正是那位嫁给中国人的柯太太。唉！这真仿佛是那稀有而陡然发现的空谷足音，使我们惊喜了，我同建含笑的向她点头。

来到我们屋门口，她脱了木屐上来了，我们请她在矮几旁的垫子上坐下，她温和地说：

"怎么，你们住得惯吗？"

"还算好，只是太寂寞些。"我有些怅然的说。

"真的，"建接着说，"这四周都是日本人，我们和他们言语不通，很难发生什么关系。"

柯太太似乎很了解我们的苦闷，在她沉思以后，便替我们出了以下的一条计策。她说："我方才想起在这后面西川方里住着一位老太婆，她从前曾嫁给一个四川人，她对于中国人非常好，并且她会煮中国菜，也懂得几句中国话。她原是在一个中国人家里帮忙，现在她因身体不好，暂且在这里休息。我可以去找她来，替你们介绍，以后有事情尽可请她帮忙。"

"那真好极了，就是又要麻烦柯太太了！"我说。

"哦，那没有什么，黄样太客气了，"柯太太一面谦逊着，一面站起来，穿了她的木屐，绕过我们的小院子，往后面那所屋里去。我同建很高兴的把坐垫放好，我又到厨房打开瓦斯管，烧上一壶开水。一切都安排好了，恰好柯太太领着那位老太婆进来——她是一个古铜色面孔而满嘴装着金牙的硕胖的老女人，在那些外表上自然引不起任何人的美感，不过当她慈和同情的眼神射在我们身上时，便不知不觉想同她亲近起来。我们请她坐下，她非常谦恭的伏在席上向我们问候。我们虽不能直接了解她的言辞，但那种态度已够使我们清楚她的和蔼与厚意了。我们请柯太太当翻译，随意的谈着。

在这一次的会见之后，我们的厨房里和院子中便时常看见她那硕大而和蔼的身影。当然，我对于煮饭洗衣服是特别的生手，所以饭锅里发出焦臭的气味，和不曾拧干的衣服从晒竿上往下流水等一类的事情是常有的；每当这种时候，全亏了那位老太婆来解围。

那一天上午因为忙着读一本新买来的《日语文法》，煮饭的时候完全"心不在焉"，直到焦臭的气味一阵阵冲到鼻管时，我才连忙放下书，然而一锅的白米饭，除了表面还有几颗淡黄色的米粒可以辨认，其余的简直成了焦炭。我正在不知所措的时候，那位老太婆也为着这种浓重的焦臭气味赶了来。她不说什么，立刻先把瓦斯管关闭，然后把饭锅里的饭完全倾在铅筒里，把锅拿到井边刷洗干净；这才重新放上米，小心的烧起来。直到我们开始吃的时候，她才含笑的走了。

我们在异国陌生的环境里，居然遇到这样热肠无私的好人，使我们忘记了国籍，以及一切的不和谐，常想同她亲近。她的住室只和我们隔着一个小院子。当我们来到小院子里汲水时，便能看见她站在后窗前向我们微笑；有时她也来帮我，抬那笨重的铅筒，有时闲了，她便请我们到她房里去坐，于是她从橱里拿出各式各种的糖食来请我们吃，并教我们那些糖食的名词；我们也教她些中国话。就在这种情形之下，大家渐渐也能各抒所怀了。

在一个星期六的下午，建同我都不到学校去。天气有些阴，阵阵初秋的凉风吹动院子里的小松树，发出沙沙的响声。我们觉得有些烦闷，但又不想出去，我便提议到附近点心铺里买些食品，请那位老太婆来吃茶，既可解闷，又应酬了她。建也赞成这个提议。

不久我们三个人已团团围坐在地席上的一张小矮几旁，喝着中国的香片茶。谈话的时候，我们便问到她的身世——我们自从和她相识以来，虽然已经一个多月了，而我们还不知道她的姓名，平常只以"オバサン"（伯母之意）相称。当这个问题发出以后，她宁静的心不知不觉受了撩拨，在她充满青春余辉的眸子中宣示了她一向深藏的秘密。

"我姓斋藤，名叫半子，"她这样的告诉我们以后，忽然由地席上站了起来，向我鞠躬道，"请二位稍等一等，我去取些东西给你们看。"她匆匆的去了。建同我都不约而同的感到一种新奇的期待，我们互相沉默的猜想着等候她。约莫过了十分钟她回来了，手里拿着一个淡灰色绵绸的小包，放在我们的小茶几上。于是我们重新围着矮几坐下，她珍重的将那绵绸包袱打开，只见里面有许多张的照片，她先拣了一张四寸半身照递给我们看，一面叹息着道："这是我二十三年前的小照，光阴比流水还快，唉，现在已这般老了。你们看我那时是多么有生机！

实在的，我那时有着青春的娇媚——虽然现在是老了！"我听了她的话，心里也不免充满无限的惆怅，默然的看着她青春时的小照。我仿佛看见可怕的流光的锤子，在捣毁一切青春的艺术。现在的她和从前的她简直相差太远了，除了脸的轮廓还依稀保有旧时的样子，其余的一切都已经被流光伤害了。那照片中的她，是一个细弱的身材，明媚的目睛，温柔的表情，的确可以使一般青年沉醉的，我正在呆呆的痴想时，她又另递给我一张两人的合影；除了年青的她以外，身旁还站着一个英姿焕发的中国青年。

"这位是谁？"建很质直的问她。

"哦，那位吗？就是我已死去的丈夫呵！"她答着话时，两颊上露出可怕的惨白色，同时她的眼圈红着。我同建不敢多向她看，连忙想用别的话混过去，但是她握着我的手，悲切的说道："唉，他是你们贵国一个可钦佩的好青年呢，他抱着绝大的志愿，最后他是作了黄花岗七十二个烈士中的一个——他死的时候仅仅二十四岁呢，也正是我们同居后的第三年……"

老太婆说到这些事上，似乎受不住悲伤回忆的压迫。她低下头抚着那些相片，同时又在那些相片堆里找出一张六寸照递给我们看："你看这个小孩怎样？"我拿过照片一看，只见是个十五六岁的男孩，穿着学生装，含笑的站在那里，一双英敏的眼眸很和那位烈士相像，因此我一点不迟疑的说道："这就是你们的少爷吗？"她点头微笑道："是的，他很有他父亲的气概咧。"

"他现在多大了？在什么地方住？怎么我们不曾见过呢？"

"唉！"她叹了一口气道，"他今年二十一岁了，已经进了大学，但是，"说到这里，她的眼皮垂下来了，鼻端不住的掀动，似乎正在那里咽她的辛酸泪液。这使我觉得窘迫了，连忙装着拿开水兑茶，走出去了！建也明白我的用意，站起来到外面屋子里去拿点心。过了些时，我们才重新坐下，请她喝茶，吃糖果，她向我们叹口气道："我相信你们是很同情我的，所以我情愿将我的历史告诉你们：

"我家里的环境，一向都不很宽裕，所以在我十八岁的时候，我便到东京来找点职业做。后来遇到一个朋友，他介绍我在一个中国人的家里当使女，每月有十五块钱的工资，同时吃饭住房子都不成问题。这是对于我很合宜的，所以就答应下来。及至到了那里，才知道那是两个中国学生合租的贷家，他们没有家眷，每天到大学里去听讲，下午才回来。事情很简单，这更使我觉得满意，于是就这

32

样答应下来。我从此每天为他们收拾房间，煮饭洗衣服，此外有的是空闲的时间，我便自己把从前在高等学校所读过的书温习温习，有时也看些杂志，遇到不明白的地方，常去请求那两位中国学生替我解释。他们对于我的勤勉，似乎都很为感动，在星期日没有什么事情的时候，便和我谈论日本的妇女问题，等等。这两个青年中有一位姓余的，他是四川人，对我更觉亲切。渐渐的我们两人中间就发生了恋爱，不久便在东京私自结了婚。我们自从结婚后，的确过着很甜蜜的生活；所使我们觉得美中不满足的，就是我的家族不承认这个婚姻，因此我们只能过着秘密的结婚生活。两年后我便怀了孕，而余君便在那一年的暑假回国。回国以后，正碰到中国革命党预备起事的时期，他为了爱祖国，不顾一切的加入工作，所以暑假后他就不曾回日本来。过了半年多，便接到黄花岗七十二烈士遭难的消息，而他的噩耗也同时传了来。唉！可怜我的小孩，也就在他死的那一个月中诞生了。唉！这个可怜的一生下来就没有父亲的小孩，叫我怎样安排？而且我的家族既不承认我和余君的婚姻，那末这个小孩简直就算是个私生子，绝不容我把他养在身边。我没有办法，恰好我的妹子和妹夫来看我，见了这种为难，就把孩子带回去作为她的孩子了。从此以后，我的孩子便姓了我妹夫的姓，与我断绝母子关系；而我呢，仍在外面帮人家做事，不知不觉已过了二十多年……"

"呵，原来她还是烈士夫人呢！"建悄悄的对我说。

"可不是吗？……但她的境遇也就够可怜了。"我说。

建和我都不免为她叹息，她似乎很感激我们对她的同情，紧紧握着我的手，好久才说道："你们真好呵！"一面含笑将绸包收起告辞走了。

过了两个月，天气渐渐冷了，每天自己做饭洗碗够使人麻烦的，我便和建商议请那位烈士夫人帮帮我们。但我们经济很穷，只能每月出一半的价钱，不知道她肯不肯就近帮帮忙，因此我便去找柯太太请她代我们接洽。

那时柯太太正坐在回廊晒太阳，见我们来了，便让我们也坐在那里谈话，于是我便把来意告诉她。柯太太笑了笑道："这正太不巧……不然的话那个老太婆为人极忠厚，绝不会不帮你们的。不过现在她正预备嫁人，恐怕没有功夫吧！"

"呀，嫁人吗？"我不禁陡然的惊叫起来道，"这真是想不到的事，她现在将近五十岁的人，怎么忽然间又思起凡来呢？"

柯太太听了这话也不禁笑了起来，但同时又叹了一口气道："自然，她也有她

33

的苦痛，照我看来，以为她既已守了二十多年寡，断不至于再嫁了。不过，她从前的结婚始终是不曾公布的，她娘家父母仍然认为她没有结婚，并且余先生家里她势不能回去。而她的年纪渐渐老上来，孤孤单单一个无依无靠的人，将来死了都找不到归宿，所以她现在决定嫁了。"

"嫁给什么人？"建问。

"一个日本老商人，今年有五十岁吧！"

"倒也是个办法！"建含笑的说。

他这句话不知为什么惹得我们全笑起来。我们谈到这里，便告辞回去。在路上恰好遇见那位烈士夫人，据说她本月就要结婚，但她脸上依然憔悴颓败，再也看不出将要结婚的喜悦来。

真的，人们都传说："她是为了找死所而结婚呢！"呵！妇女们原来还有这种特别的苦痛！

云鸥情书①（节选）

一

可敬的冷鸥女士：

　　相谈后，心中觉着一种说不出的怪感；你总拿着一声叹息，一颗眼泪，去笼罩宇宙，去解释一切，我虽则反对你，但仍然深与你同情。我呵！昔日也虽终夜流过泪的，但无论如何我闭紧嘴绝不发一声太息，因为在这世上，你如果觉得无聊或悲观，那末趁早去自杀罢，不然只望着生命空长呻吟，有何用处？你说你看透了世上早就是这么一回事。但是你能反对"自然"，反对"命运"，你就当努力去向它们宣战，失败成功，毫不顾及，努力去创造好环境，这才是真的人生。如果你畏缩，你岂不是落入命运之手？岂不是更入悲境？这样下去，又怎样才好呢？要知道奋斗即是人生意义，悲观乐观幸运劫运一切一切都是假的！你也许说我不了解你的心情，和你的环境，所以才有这类意思，不过，可敬的冷鸥！主张是主张，环境是环境，外面的一切都不能改变我们的主张和见解，现在我把这首长诗《祈祷》寄与你，希冀你从它那里能得些安慰，我的目的也尽于此了。呵！冷鸥，我很盼望你能时赐我书，更盼望你能给我纠正与指导，让我俩永远是心灵中的伴侣吧！

异云

---

① 《云鸥情书集》，1931 年上海神州国光社出版。

二

信收到了，诗尚未寄来，想因挂号耽误之故吧。

承你鼓舞我向无结果人生路上强为欢笑，自然是值得感激的；不过，异云，神经过敏的我，觉得你不说悲观是不自然的……什么是奋斗？什么是努力？反正一句话，无论谁在没有自杀或自然的死去之先，总是在奋斗在努力，不然便一天也支持不过去的。

异云，我告诉你，我并不畏缩，我虽屡经坎坷，汹浪，恶涛，几次没顶，然而我还是我，现在依然生活着；至于说我总拿一声叹息一颗眼泪去罩笼宇宙，去解释一切，那只怪我生成戴了这副不幸的灰色的眼镜，在我眼睛里不能把宇宙的一切变得更美丽些，这也是无办法的事。至于说悲观有何用——根本上我就没有希望它有用——不过情激于中，自然的流露于外，不论是"阳春白雪"或"下里巴人"，总而言之，心声而已。

我一生别的不敢骄人，只有任情是比一切人高明。我不能勉强敷衍任何人，我甚至于不愿见和我不洽合的人，我是这样的，只有我，没有别人，换言之，我的个性是特别顽强，所以我是不容易感化的，而且我觉得也不必勉强感化。世界原来是种种色色的，况悲切的哀调是更美丽的诗篇，又何必一定都要如欢喜佛大开笑口呢？异云，我愿你不要失去你自己——不过，如果你从心坎里觉得世界是值得歌颂的，那自然是对的，否则不必戴假面具——那太苦而且无聊！

我们初次相见，即互示以心灵，所以我不高兴打诳语，直抒所欲言，你当能谅我，是不是？

再说吧，祝你

快乐！

冷鸥

三

亲爱的鸥姐：

我确信你不至于误会我的——

现在我先要来"正名"！我觉得我无相当名称赏于你，除了"心灵的姐"——这是诗人雪莱叫黑琴籁女士用的，你以为如何？最好再声明一下：我这信是乱七八糟的，无系统的，我感着什么便吐出什么，毫不作假，决非假面具！鸥姐，你说这个态度对不对？以下便是我的疯话，请听吧：

你在中央公园时不是说过，我来当你的领导吗？那末，我这一生就算是有意义了。我相信当我"领导"的人至少经验学问年纪三者须比我大，所以从前有一位德国学者曾言他最合适为我的"领导"，亲爱的鸥姐，你这般重视我，这样慷慨，在我请求你当我的"领导"之先，你便说这一句我永永远远不能忘的话哟！人类自古到今，圣贤哲士，当然也不少，我读的诗人也不很少，他们的话没有一句不像你那一句话——呵！就只那一句话，那般感动我的。唉，鸥姐，你须知道，我永远是单独的；我每觉这世界上不是我栖息的地方，总愿飞到他处——不管何处，只须离了这世界。如今哟，也许以后我再不觉着生命如何无聊，也许不十分想飞离此世，那是谁的功劳呢？我说那并非你的力量，实在是上帝的力量，上帝的力量又在哪里？上帝的力量在我俩的内心的感应，说到这里，我入了神秘之境，希望你也进入神秘之境。

别后回学校，世界的面目好似改了，我心中有种说不出来的压迫，有种不可言喻的神奇，使得我昨夜通夜未尝安眠；呵，鸥姐，你到底是什么？我不知道，即使知道，也不敢讲；从今后我将用全般精神来侍奉你。请你别以为我龌龊——呵！不，即使我龌龊，你就应当完成你在世上的使命，来使人类清洁。我呢？也是人类之一，那你自然也当使我这龌龊的灵魂神洁。啊，我哭了。哭出过喜的眼泪，呵，我心中有美丽鲜花一朵——那是你对我的明白与怜爱。

现今再说几句关于我个人的话：人人都以为我是一个太浪漫的人，其实我浪漫的动机正似李太白喝酒过度的原因。我来到世上与别人一样，想得点安慰，了解种种，现在固无论别的，只有一事是真的，就是我总觉得我自呱呱坠地以来没有得过一点的安慰与了解。我昔在上海，屡想自杀，但终屡弱胆怯，未能实现，到而今仍然生存着，过一天算一天。唉，亲爱的鸥姐，你细想我如何的可怜？哦，请别哭，请保留着你那可贵的神泪，等我的其他的更大悲痛来临时，再来替我滴一两颗吧。

两三月前，那位德国学者由广州来函，还对我讲："异云，你一人东飘西流的，真可怜，无人注意你，也无人指导你，——除了我，异云，亲爱的异云，你如愿到广州来，那就快来，跟我一处吧！"他又讲，我如果有一个好的有力量的乳母，那就比什么书什么朋友都强。当时，我听着心下阵阵发酸，知道这是很难的，因为他以那样多的经验与学问，尚且说他恐怕不能怎样对我有效。以后，他又对我说，虽然不容易找一位神圣的乳母，但我知道这位乳母是在女子中，这女子虽没有那般年纪、学问和经验，但比较容易有相当的成绩；他又说要替我解决这一个特别对我是最大最难的问题——婚姻问题，所以这几年来，我也认识一些女子，我毫不重视她们，其中有些都很喜欢我，爱我，但我始终不大理她们，只是无聊时同她们玩玩罢了！

唉！我最敬爱的鸥姐！你听了这些话一定不致误会的，因为你是聪明人，我是疯人，真正的聪明人是真正了解真正的疯人的。现在你哟，我以为比一切一切都伟大，我便愿终生在你这种伟大无边的智慧之光中当一只小鸟或一只小蝶，早晨唱唱歌，中午翩翩的在花丛中飞舞，写到这里，还有许多许多的话想说，我觉得文字这种东西现在很不能表现我的万分之一的感想与感觉，我要用音乐图画来使你同样感到我心中的感觉，但我既非音乐家，也非图画家，——咳！我将用沉默来使你了解我。你沉默了吗？告诉我，请温柔的低声的告诉我，你在沉默中感觉到什么，看看我俩感着的是否相同。

我的心，这一颗多伤，跳得不规则的心，从前跳，跳，单独的跳，跳出单独的音调；自从认识你后，渐渐的跳，跳出双音来。现在呢？这双音又合为一音了，此后，你的呼吸里，你的血管里，表面看来是单的，其实是双的；我呢，也在同样的情形中。这些谁知道谁了解呵？除了我俩！

啊！世界，跳舞，微笑，别再痴呆的坐在那儿板着灰的脸，我的生命，我的天使，我的我，——鸥姐！我看见你在教世界跳一种舞蹈，笑一种新微笑，我也学会了一首新生命的歌调，新生命的舞蹈，我即死，我的生命已经居在永久不朽之中，你说是不是？

我很想再见你，还有许多话要向你讲；但是话有时不能表现我的奥义与深情，奈何？

你礼拜天如果有空时，我虔诚盼望你能许我礼拜天上午在你家里等我，我俩同到城外我的茅屋看看，然后同到玉泉山或西山一游。亲爱的姐姐，想来你不至于拒绝吧？鸥姐，我说一句真话，我从前没有被人动心像被你动心那样！希望你以后对我万万分的诚真，指导指教我的一切——身体和精神。希望你接到这封疯狂但是天真的信以后，即刻就回我一封。

异云

四

云弟：

放心！我一切都看得雪亮，绝不致误会你！

人间虽然污浊，但是黑暗中也未尝没有光明；人类虽然渺小，但在这种环境之中也未尝没有伟大。云弟，我们原是以圣洁的心灵相结识，我们应当是超人间的情谊，我何至那末愚钝而去误会你，可怜的弟弟，你放心吧，放心吧！

人与人的交接不得已而戴上假面具，那是人间最残酷最可怜的事实，如果能够在某一人面前率真，那就是幸福，所以你能在我面前不虚伪，那是你的幸福，应当好好的享受。

什么叫疯话？——在一般人的意义（解释疯狂的意义之下）你自然难免贤者之讥；但在我觉得这疯话就是一篇美的文学——至少它有着真诚的情感吧。

但是云弟，你入世未深，你年纪还小，恐怕有那末一天你的疯话将被你的经验和苦难的人生而陶铸成了假话呢！到那时候，才是真正可悲哀的，古人说："哀莫大于心死。"现在一般社会上的人物，哪一个是有着活泼生动的心灵？哪一个不是行尸走肉般在光天化日之下转动着？唉！愚钝本是人类的根性，佛家所谓"真如"早已被一切的尘浊所遮掩了，还有什么可说？

其实我也不比谁多知道什么，有的时候我还要比一切愚钝的人更愚钝，不过我有一件事情可以自傲的：就是无论在什么环境中，我总未曾忘记过"自我"的伟大和尊严；所以我在一般人看起来是一个最不合宜的固执人，而在我自己，我的灵魂确因此解放不少，我除非万不得已的时候，我总是行我之心所安——这就是我现在还能挣扎于万恶的人间绝大的原因。云弟，我所能指导你的不过如是而已！

你是绝对主情生活的人，这种人在一方面说是很伟大很真实的，但在另一方面说，也是最苦痛最可怜的。因为理智与情感永远是冲突的，况且世界上的一切事实往往都穿上理智的衣裳，在这种环境之下，只有你一个人骑着没有羁勒的天马，到处奔驰，结果是到处碰钉子——这话比较玄妙，我可以举一件事实证明我的话是对的：比如你在南方饭店里所认识的某女士，在你不过任一时的情感说一两句玩话罢了，而结果？别人就拿你的话当作事实，然后加以理智的批评，因之某博士也不高兴你，某诗人也反对你，弄到现在，你自己也进退两难——这个大概够你受了吧？——所以，云弟，我希望你以后稍微冷静，一般没什么智识的女子，她们不懂得什么神秘，她们可以把你一两句无意的话当作你对她们表示情爱的象征呢！——世路太险恶，天真的朋友，你要留心荆棘的刺伤呢。

云弟，你是极聪明的人，所以你比谁都疯狂——自然这话也许你要笑我偷自"天才即狂人"的一句话；不过，我确也很了解这话的意义。所谓天才，他的神光与人不同，他的思想是超出人间的，而一般的批评家却是地道的人间的人，那些神秘惊奇的事迹在他们眼里看来自然是太陌生，又焉得不以疯子目之呢？

可是我并不讨厌疯子，我最怕那方行矩步的假人物。——在中国诗人中我最喜欢李太白和苏东坡，我最讨厌杜甫和吴梅村；在外国诗人中我所知道有限，可是我很喜欢雪莱——这也许就是我们能够共鸣的缘故吧。

天地间的东西最神秘的，是无言之言，无声之声，就是你所说的沉默。中国有一句俗语说："无限心头事，都在不言中。"所谓沉默的时候，就是包容宇宙一切的时候，这时候是超人间的，如醉于美酒后的无所顾忌飘逸美满的心情。云，你说对不对？再谈吧，祝你
高兴！

冷鸥

五

异云：

你的信我收到了，没有什么可说。天底下的春蚕没有不作茧的，也正犹之乎飞蛾扑火，明知是惹火烧身，但是命运如此——正如你所说除了冷静去承受，实在也没有更高明的办法。

不过，异云，你要知道人类是不可思议的神秘的怪物，所以自苦的情形虽等于春蚕等于飞蛾，然而蚕茧的收获可以织出光辉的绸缎，飞蛾投入火中虽是痛苦，同时可以加火的燃烧力，因之，人类虽愚，自甘沉没的结果，便得到最高的快乐和智慧了。异云，你为什么病？你是否为了搜寻智慧而病呢？……我愿意知道。

这些天连着喝酒，我愿迷醉，但是朋友们太小心，唯恐我醉，常常不许我尽量，因此，我只能半醉，我只能模糊的记忆痛苦的已往——但是我不能整个忘了宇宙啊，异云，这是多么苦痛的事情呢？我希望有一天我能够醉得十分深——最好永不醒来，唉，异云，我是怪人，我不了解快乐，我只能领会悲哀。

自从认识你以后，我的心似乎有了一点东西——也许是一把钥匙，也许是一阵风，我的心不安定呢。

我觉得有一个美丽的幻影在我面前诱惑，我发誓纵使这幻影终久是空虚而苦痛的，但是我为了他醉人的星眸，我要追逐他——以至于这幻影消灭了——我也毁灭的时候！呵！异云，我不愿更饶舌了，我只有沉默——除了沉默是没有方法可以包含我心中无限的意思！

疯话一篇也许你懂——当然我是希望你懂；不过，不懂也好，至少没有钥匙，没有了风，我的心门将永久闭寒，我的生命也永不起波浪。好了，星期日见吧。

冷鸥

六

鸥姐如侍：

又得说几句狂语方能去就寝。几日来我疯了，我正害着疟疾，忽然发冷，忽然发热，白天黑夜都被感觉与思想所重压，唉！可怜我，一个苦人，一个被命运压迫的人，我在人间似一个虚影一个幻象，悄悄的来，悄悄的又去了。啊！我愿去，去到无论什么地方都好，鸥姐，你不必替我太息，我去后，希望你仍然生活下去，快乐的追逐你那高超的理想——唉，什么触着我冰冷的足尖？呵，原来是你们哟！——两只小白兔（朋友送我的），你们对我仍有这般温柔，我呵，虽在世间如此坎坷，但有这样两只小白兔与我许多的温和，我在世上也并非没有一线的安慰……此时，我并未做梦，我入世了，我仍旧活着，时间已是十一点了，去睡罢！

这些话太无条理太疯颠，求你的原谅。

敬祝

您好

弟昪云手上

七

鸥：

我又搬家了，可怜如此不安定飘泊的灵魂，何时方能归宿呢？鸥，你如注意我，可怜我，我便胆大地讲一声：我终久的归宿是在你柔温的胸中！你不必拒绝，更无须退缩，我告诉你，我现在外面虽然像流动无归的浮云，其实我深心处，呵，不，我的心之根已长在一块润湿肥沃的土中，鸥，你说是不是？

我的心往常在独自改造世界，独自毁灭世界，我的感情激动无尽的细波。呵！那时我如何的孤单，而今无意中生出一种我理想之外的奇异细波，同我的互相缠结而不可分，鸥，你说我感着一种如何神秘的怪感呢？你须知道神秘这种东西，是在言语文字之外的，亲爱的，鸥，你叫我怎样表明它呢？我只有等，等到我俩共同感到这神秘时（也许你已觉着），我不必讲，你早已深知，但现在我又不得不说一点：

从前我从这世界抓出一种神秘，每当世界上的一切不能满足我时，我便悄悄地进了我唯一的神秘世界，那里，一切一切与我们这个世界的一切都不同，我每想到这么一个世界只有我一个人住居，便不觉两眼发花，心中来了一阵辛酸，宇宙的形形色色都变为惨淡的模样。唉！这世上我该不来，真该不来，但不来也罢，如今既来了，又如何呢？所以我想这种神秘世界虽不能十分满足，唉！并非不能满足我，只因我伤心世人不能与我共此神境——但这个世界更不能满足我了，因之我发誓永入神秘之境，我便掷弃了现世。自从你我相识后，我才知道我所感觉与想象的世界并不在第二世界，更不在虚无飘渺间，乃在人心中呵！鸥！即在你我的心中，这一点是我的生命！你教我的。至少是你给我这种灵感。呵！

吾鸥。你难道不是我的新生命吗？新生命便是你！

我知道你有许多地方不相信我的，但是，鸥，你如果能了解上面一段话，那你便明白我的心是如何的真诚不朽与不变，不然你的心便是虚伪腐朽与改变！

这几天我要努力写诗，不多谈了，祝你

安好！

异云

八

鸥：

分襟后，一路来心上好像失了一个什么似的。鸥，你说我如何离得了你？——那岂不是受活罪吗？我盼将来我俩纵被地狱（代表一切阻碍与痛苦）所隔离，也得默默的虔诚的两颗心互相结合，安慰，——这是我的理想生活。

我要飞，早迟都得飞的，从前我只有一只翅膀，现在有了两只，还不高飞吗？飞到我们共同的乐园，飞，飞，飞高些，还要再高些，鸥姐，你在一方面真的把我看透入骨髓，你说我表面虽时刻变幻无常，其实内心是不大变的。对！一点不错，如何我这般变化无定，这是由于我是"风"的缘故，我的根性如是！

这几天我要作诗，请你于最近的将来给我一篇短篇小说。我能帮你些什么忙，请明示我！

异云

九

云：

我将怎样的感激你呢？——这虽是几个不能写出蕴蓄着我心灵深处的情感的文字，但是我得到你的信之后，总觉得心头更充实一点，自然这未免太愚钝了，是不是？

你这几天生活如何？"风"到底经过些什么所在？——美丽的花丛吗？幽暗的森林吗？我虽是捉摸不来，但是我准知道"风"总是"风"罢了，聪明的云，

43

你说对不对?

好了，见面在即，留些话慢慢倾吐吧。你问我每顿吃几碗饭，惭愧！还是一碗主义，然而你呢?——我希望你强饭自爱！

鸥书于灯下

十

异云:

炎热的天气，真使人烦躁，灼烁的金色的太阳几乎把我炙成溶液，我真怕夏天！

但是每一年的夏天我也得挣扎着过去，因此我想"人"真太可怜了：形体上要受许多剥蚀，同时精神上也要受各种各式的煎熬，最残酷的要算是不可捉摸的希望，它对于人用尽诱惑的手段，显示着无尽藏的优美与欢乐，于是可怜的人就一步一步向它走去，然而等到接近它的时候，一切又都平凡而丑恶！唉！我真不免要咒诅事实！所以我一生别无大志，只愿离人间远一点，我的痛苦要少一点，与你所说你应当入世些，你或者可以忘记你的痛苦，简直正相反了。异云，我们试验着谁的真理多一些，好不好?

冷鸥

春的警钟

不知哪一夜，东风逃出它美丽的皇宫，独驾祥云，在夜的暗影下，窥伺人间。

那时宇宙的一切正偃息于冷凝之中，东风展开它的翅儿向人间轻轻扇动，圣洁的冰凌化成柔波，平静的湖水唱出潺湲的恋歌！

不知哪一夜，花神离开了她庄严的宝座，独驾祥云，在夜的暗影下，窥伺人间。

那时宇宙的一切正抱着冷凝枯萎的悲伤，花神用她挽回春光的手段，剪裁绫罗，将宇宙装饰得嫣红柔绿，胜似天上宫阙，她悄立万花丛中，赞叹这失而复得的青春！

不知哪一夜，司钟的女神，悄悄地来到人间！

那时人们正饮罢毒酒，沉醉于生之梦中，她站在白云端里敲了春的警钟。这些迷惘的灵魂，都从梦里惊醒，呆立于尘海之心，——风正跳舞，花正含笑，然而人类却失去了青春！

他们的心已被冰凌刺穿，他们的血已积聚了巨澜，时时鼓起腥风吹向人间！

但是司钟的女神，仍不住声地敲响她的警钟，并且高叫道：

"青春！青春！你们要捉住你们的青春！

它有美丽的翅儿，善于逃遁，

在你们踌躇的时候，它已逃去无踪！

青春！青春！你们要捉住你们的青春！"

世界受了这样的警告，人心撩乱到无法医治。

然而，不知哪一夜，东风已经逃回它美丽的皇宫。

不知哪一夜，花神也躲避了悲惨的人间！

不知哪一夜，司钟的女神，也不再敲响她的警钟！

青春已成不可挽回的运命，宇宙从此归复于萧杀沉闷！

美丽的姑娘

他捧着女王的花冠，向人间寻觅你——美丽的姑娘！

他如深夜被约的情郎，悄悄躲在云幔之后，觑视着堂前的华烛高烧，欢宴将散。红莓似的醉颜，朗星般的双眸，左右流盼。但是，那些都是伤害青春的女魔，不是他所要寻觅的你——美丽的姑娘！

他如一个流浪的歌者，手拿着铜钹铁钣，来到三街六巷，慢慢地唱着醉人心魄的曲调，那正是他的诡计，他想利用这迷醉的歌声寻觅你，他从早唱到夜，惊动多少娇媚的女郎。她们如中了邪魔般，将他围困在街心，但是那些都是粉饰青春的野蔷薇，不是他所要寻觅的你——美丽的姑娘！

他如一个隐姓埋名的侠客，他披着白羽织成的英雄氅，腰间挂着莫邪宝剑；他骑着嘶风啮雪的神驹，在一天的黄昏里，来到这古道荒林。四壁的山色青青，曲折的流泉冲激着沙石，发出悲壮的音韵，茅屋顶上萦绕着淡淡的炊烟和行云。他立马于万山巅。

陡然看见你独立于群山前，——披着红色的轻衫，散着满头发光的丝发，注视着遥远的青天，噢！你象征了神秘的宇宙，你美化了人间。——美丽的姑娘！

他将女王的花冠扯碎了，他用腰间的宝剑，划开胸膛，他掏出赤血淋漓的心，拜献于你的足前。只有这宝贵的礼物，可以献纳。支配宇宙的女神，我所要寻觅的你——美丽的姑娘！

那女王的花冠，它永远被丢弃于人间！

秋　声

　　我曾酣睡于温柔芬芳的花心，周围环绕着旖旎的花魂，和美丽的梦影；我曾翱翔于星月之宫，我歌唱生命的神秘，那时候正是芳草如茵，人醉青春！

　　不知几何年月，我为游戏来到人间，我想在这里创造更美丽的梦境，更和谐的人生。谁知不幸，我走的是崎岖的路程，那里没有花没有树，只有墙颓瓦碎的古老禅林，一切法相，也只剩了剥蚀的残身！

　　我踟蹰于憧憧的鬼影之中，眷怀着绮丽的旧梦，忽然吹来一阵歌声，嘹唳而凄清，它似一把神秘的钥匙，掘起我心深处的伤痛。

　　我如荒山的一颗陨星，从前是有着可贵的光耀，而今已消失无踪！

　　我如深秋里的一片枯叶，从前虽有着可爱的青葱，而今只飘零随风！

　　可怕的秋声！世间竟有幸福的人，他们正期望着你的来临，但，请你千万莫向寒窗悲吟，那里面正昏睡着被苦难压迫的病人，他的一切都埋没于华年的匆匆，而今是更荷着一切的悲愁，正奔赴那死的途程。这阵阵的悲吟怕要唤起他葬埋了的心魂，徘徊于哀伤的荒冢！

　　呵！秋声！你吹破青春的忧境，你唤起长埋的心魂——这原是运命的拨弄，我何敢怒你的残忍！

郭君梦良行状

君讳弼藩，字梦良，福建闽侯县郭宅乡人。北京大学法科毕业生，任国立政治大学总务长。君为人明敏沉默，幼从陈竹安先生启蒙，勤慎敦笃，极为陈先生所称许。

少长入福州第一中学肄业，每试辄冠其曹，而翁姑望其大成之心至切，恐学校之作业不足，于课余之暇，复为请师补授经史，君亦能善体亲心，日夜苦攻，朝夕侍师于古庙荒斋中，未尝言倦。至新年元日及家祭大典时，始一宁家，而君时年仅十五六耳。

君年十九，卒业于第一中学，即拟负笈京师。时先翁姑年已七十晋九，抱孙之念颇殷，必欲使之完婚而行。君不敢违，因于次年六月间与林瑞英（贞）女士结婚。婚后甫一月，即束装北上，考入北京大学，时在民国六年。

君入学后，初以言语不通，颇苦艺之难进，然不期月，已能了解。且君于良师讲授之外，复日埋头图书馆，手披目览，未尝顷刻息，因大有所得，曾著《〈周易〉政窥》等论文，刊于《法政学报》，阅者称积学焉。

民国八年下季，因日人在福州枪杀学生案发生，旅京福建学生闻信愤极，组织福建学生联合会，以为雪耻计。每校例举代表二人，君为北京（大学）代表之一。时庐隐肄业于前国立女子师范大学，亦被推为代表，因得识君。且君时为《闽潮》编辑主任，庐隐则为编辑员，以此接谈之机会益多。书札往还，不觉竟成良友。不数月，福建学生联合会以内部风潮解散。吾辈少数同志组织 SR 会，盖寓改造社会之意也。第一次开成立会于万牲园之豳风堂，同志自述已往之生活及将来之志趣。于是庐隐乃得深悉君之家事，融洽益深矣。盖君不但学业精深，且品格清华，益使庐隐心折也。

民国十年暑假，君由京回闽，庐隐则宁家上海，因约同道而行。至沪后，郑君振铎及徐君六几，倡游西湖，遂同往焉。一夕，正星月皎洁，湖水澄澈，六几与振铎凭栏望月，庐隐与君同坐回廊上闲谈，时君忽询庐隐以毕业后之行踪，并曰："吾二人之友谊，当抵于何时？"庐隐闻言，不禁怅触殊深，盖庐隐与君时已由友谊进而为恋爱矣，然君正直，不愿欺庐隐，亦不忍苦林女士，明告庐隐已娶，虽爱庐隐，而恐无以处庐隐，然又恐毕业后，劳燕分飞，不能赓续友谊，颇用怅怅。庐隐感而怜之，因许以精神之恋爱，为彼此之慰安。君喜而赞同，遂于是夕订约，永不相忘。暑假后，仍约同时北上。到京各入学校，每星期辄同游万牲园及西山等处。时君喜研究基尔特社会主义之学说，与徐君六几日夜研讨（著作颇多，散见于《京报·青年之友》、《晨报副刊》、《时事新报》之"社会主义研究"），并以其意见要庐隐批评。于是函札每日不断。

　　民国十一年，庐隐毕业于国立女子师范大学。暑假后任教安徽。君以回闽路过上海，庐隐与之话别，君不禁泣泪泛澜曰："精神之恋爱，究竟难慰心灵深处之愿望。若长此为别，宁不将彼此憔悴而死耶？"庐隐无以慰之，亦只相对唏嘘耳。庐隐行后，君竟病矣。呜呼，春蚕自束，庐隐实有以致之，更使之忧愁以死，庐隐究竟胡忍！

　　十二年春，庐隐生母忽而见背，虽有兄嫂，不患无依，而庐隐精神上之慰藉益鲜矣。君不忍庐隐之悲苦，恒彻夜思维慰安之计，不免失眠，身体衰弱，潜于斯矣。友辈有知其事者，大不以为可，因劝君具体解决。筹思半载，始划一策，盖即以君与庐隐相爱之情形，诉之于翁姑，并恳其许吾辈结婚，卒蒙其赞同。然不可不商之林女士及外家也。此中大费周折，故君之不能成眠者月余。最后虽庆成功，以同室名义与庐隐结婚于上海远东饭店，但已心力交瘁矣。且当此时，正张君劢先生与瞿君世英、胡君铁岩，约君创办自治学院。开办伊始，事颇繁巨。且君不善摄养，恒恃脑力之强，夜午始眠。至饮食精粗不择，病根潜伏于不知觉中，而形容日槁。庐隐殊引以为忧，为购鱼肝油及牛肉汁等，君又嫌其味异，屏而不食。庐隐不忍过拂其意，亦惟听之。呜呼，孰知竟因此而陨其生耶？

　　今春自治学院总务长陈伯庄先生辞职，君因继任。惟恐偾事，事无巨细，必亲自料理，竟至饮食无心，精神益疲。复以学校经费缺乏，筹划应付，苦乃无艺。君曾告庐隐曰："学校之事，实不易办。若长此以往，必将不支。"庐隐亦然其言，惟责任所在，亦无可如何耳。

　　今年暑假，君回闽省亲，家人见其瘦骨支离，皆大恐慌，曾劝其珍摄。君亦自认非调养不可，并告庐隐为之将养。及至沪，见校务猬集，复不克稍休养。至阴历八月二十七日，忽感风寒，时正疟疾流行，以为亦必是疾为厉，延医诊治，亦云恐系疟疾，遂不以为意，惟服金鸡纳霜数粒，仍照常赴校办事。庐隐虽再三劝其请假一二日以资休养，君则曰："事多未理，不能请假。"并云微有寒热，不足介意。庐隐无以强之，而心窃忧焉。乃一星期后，热度益高，庐隐心中如焚，不知为计。会金井羊先生颇知医理，见君精神疲茶，舌苔极厚，因惊曰："此病势非轻，非请医调治不可。"庐隐因恳其代请中医诊治。医云：系伏暑晚发伤寒之症颇重，连服三帖，疾不见减。复改请西医诊治，亦云疾颇棘手。因劝迁医院为是。因于九月初十日迁入上海宝隆医院。经德医诊断，系肠热病，势极危殆。然庐隐尚不料其与性命有关也。且进院后四五日，热度已渐退，以为无碍矣。乃九月十六日晨，忽大便出血不止，经德医打针止血后，症渐有生机，以为大难已过矣。孰料不可测之人事，竟变生仓卒。十月初六晨，庐隐轻按其脉，颇和缓，热度亦渐低，心为窃慰，以为更三四星期，当可出院矣。乃是午后一时，病忽大变，寒战不已，便溺竟污袍裤，肚腹鼓胀，急请德医视之，则曰肠断矣，呜呼！一声霹雳，庐隐心胆皆碎，知君之病不起矣。自顾身后，弱女未曾周岁，寡妇孤儿，将何以度此未了岁月。时庐隐忍痛询君，有无遗言。君方知其疾之危，因曰："生死本不足计，唯父母养育之恩，未报涓滴，殊对不住耳。"次则嘱善视幼女，待其嫁，好事翁姑，以尽其未尽人子之职。整理其所译《世界复古》一书，以之付梓，汇其平日散见各报之论文，刊之成册。庐隐并询其惧死否。君则曰："否。"又问其须待父母来否，则曰："不必待，惟烦尔代吾赎不孝之罪耳。"呜呼，苍苍者天，曷其有亟！君之聪敏忠正，乃未到颜子之年，已短命而死，所谓天道者，可信耶！读君前致庐隐书有曰："你说你自料不是长命之预兆，庐隐如果以天良犹未丧尽的人视我，当知道我听了是如何的难受！若果庐隐必死，我愿与庐隐一齐死去。有后悔者，不是脚色！"呜呼，孰知庐隐未死，而君已弃庐隐而去耶？当君弥留之际，庐隐曾告君愿与君同死，君则曰："奈孺子何？"呜呼，庐隐之心碎矣！然而为君故，不能不强延残喘，任不仁之造物宰割耳。君灵未远，当知庐隐五中之辛酸滋味也。虽然，庐隐亦知死生命也，强之不祥。况君曾有宣传基尔特社会主义之志，及改良中国政治之雄心。今也不禄，能无遗憾乎？庐隐知君之心，岂忍不为一努力乎？纵不能为君抉其内心所蕴藏者，然不可不为君整理其已成文者，此庐隐亦不敢与君俱死者也。矧翁姑暮年，既遭君夭折之痛，庐隐何敢更贻其悲媳之惨。呜呼，当君症变之前一日，君尚询以何日可出院，并云：年假拟不回闽，盖恐荒弛校务。并呼庐隐将账本至。庐隐劝君不可劳神。君尚曰："今日已略好。"则君诚料此疾之不起也。而刹那之间，竟至肠断而死，呜呼，生死只一线之隔耳！庐隐今日虽不死，然而无时无刻不可死，则庐隐与君之别，乃暂别耳！况君曾许再结来世之缘，庐隐宁不能以此自遣，且以自慰耶！虽然，君与庐隐，皆愚迷不悟。今日如此辛酸之果，尚不知悔，欲造来世之因。呜呼，实自为之，夫复何言！

　　君脑力之强，实所仅有。当君热度至摄氏四十一度时，尚能阅报，临命之数小时，犹能为幼女题名曰"薇萱"，其用意之深，及神志之清楚，庐隐实不信其将死，终至不起，其隐耶！然三尺桐棺，固赫然在也。庐隐固亲见君仰卧其中也，然则，非梦矣！天乎痛哉！

郭黄庐隐泣述

雷峰塔下

——寄到碧落

涵！记得吧！我们徘徊在雷峰塔下，地上芊芊碧草，间杂着几朵黄花，我们并肩坐在那软绵的草上。那时正是四月间的天气，我穿的一件浅紫麻纱的夹衣，你采了一朵黄花插在我的衣襟上，你仿佛怕我拒绝，你羞涩而微怯的望着我。那时我真不敢对你逼视，也许我的脸色变了，我只觉心脏急速的跳动，额际仿佛有些汗湿。

黄昏的落照，正射在塔尖，红霞漾射于湖心，轻舟兰桨，又有一双双情侣，在我们面前泛过。涵！你放大胆子，悄悄的握住我的手——这是我们头一次的接触，可是我心里仿佛被利剑所穿，不知不觉落下泪来，你也似乎有些抖颤，涵！那时节我似乎已料到我们命运的多磨多难！

山脚上忽涌起一朵黑云，远远的送过雷声，——湖上的天气，晴雨最是无凭，但我们凄恋着，忘记风雨无情的吹淋，顷刻间豆子般大的雨点，淋到我们的头上身上，我们来时原带着伞，但是后来看见天色晴朗，就放在船上了。

雨点夹着风沙，一直吹淋。我们拼命的跑到船上，彼此的衣裳都湿透了，我顿感到冷意，伏作一堆，还不禁抖颤，你将那垫的毡子，替我盖上，又紧紧的靠着我，涵！那时你还不敢对我表示什么！

晚上依然是好天气，我们在湖边的椅子上坐着，看月。你悄悄对我说："雷峰塔下，是我们生命史上一个大痕迹！"我低头不能说什么，涵！真的！我永远觉得我们没有幸福的可能。

唉！涵！就在那夜，你对我表明白你的心曲，我本是怯弱的人，我虽然恐惧着可怕的命运，但我无力拒绝你的爱意！

从雷峰塔下归来，一直四年间，我们是度着悲惨的恋念的生活。四年后，我们胜利了！一切的障碍，都在我们手里粉碎了。我们又在四月间来到这里，而且我们还是住在那所旅馆，还是在黄昏的时候，到雷峰塔下，涵！我们那时是毫无所拘束了。我们任情的拥抱，任意的握手，我们多么骄傲……

但是涵！又过了一年，雷峰塔倒了，我们不是很凄然的惋惜吗？不过我绝不曾想到，就在这一年十月里你抛下一切走了，永远的走了！再不想回来了！呵！涵！我从前惋惜雷峰塔的倒塌，现在，呵！现在，我感谢雷峰塔的倒塌，因为它的倒塌，可以扑灭我们的残痕！

涵！今年十月就到了。你离开人间已经三年了！人间渐渐使你淡忘了吗？唉！父亲年纪老了，每次来信都提起你，你们到底是什么因果？而我和你确是前生的冤孽呢！

涵！去年你的二周年纪念时，我本想为你设祭，但是我住在学校里，什么都不完全，我记得我只作了一篇祭文，向空焚化了。你到底有灵感没有？我总痴望你，给我托一个清清楚楚的梦，但是哪有？！

只有一次，我是梦见你来了，但是你为甚那末冷淡？果然是缘尽了吗？涵！你抛得下走了，大约也再不恋着什么！不过你总忘不了雷峰塔下的痕迹吧！

涵！人间是更悲惨了！你走后一切都变更了。家里呢：也是树倒猢狲散，父亲的生意失败了！两个兄弟都在外洋飘荡，家里只剩母亲和小弟弟，也都搬到乡下去住。父亲忍着伤悲，仍在洋口奔忙，筹还拖欠的债，涵！这都是你临死而不放心的事情，但是现在我都告诉你，你也有点眷恋吗？

我！大约你是放心的，一直挣扎着呢，涵！雷峰塔已经倒塌了，我们的离合也都应验了——今年是你死后的三周年——我就把这断藕的残丝，敬献你在天之灵吧！

夏的歌颂

出汗不见得是很坏的生活吧，全身感到一种特别的轻松。尤其是出了汗去洗澡，更有无穷的舒畅，仅仅为了这一点，我也要歌颂夏天。

其久被压迫，而要挣扎过——而且要很坦然的过去，这也不是毫无意义的生活吧——春天是使人柔困，四肢瘫软，好像受了酒精的毒，再无法振作；秋天呢，又太高爽，轻松使人忘记了世界上有骆驼——说到骆驼，谁也忘不了它那高峰凹谷之间的重载，和那慢腾腾，不尤不怨的往前走的姿势吧！冬天虽然是风雪严厉，但头脑尚不受压榨。只有夏天，它是无隙不入的压迫你，你每一个毛孔，每一根神经，都受着重大的压榨；同时还有臭虫蚊子苍蝇助虐的四面夹攻，这种极度紧张的夏日生活，正是训练人类变成更坚强而有力量的生物。因此我又不得不歌颂夏天！

二十世纪的人类，正度着夏天的生活——纵然有少数阶级，他们是超越天然，而过着四季如春享乐的生活，但这太暂时了，时代的轮子，不久就要把这特殊的阶级碎为齑粉，——夏天的生活是极度紧张而严重，人类必要努力的挣扎过，尤其是我们中国不论士农工商军，那一个不是喘着气，出着汗，与紧张压迫的生活拼命呢？脆弱的人群中，也许有诅咒，但我却以为只有虔敬的承受，我们尽量的出汗，我们尽量地发泄我们生命之力，最后我们的汗液，便是甘霖的源泉，这炎威逼人的夏天，将被这无尽的甘霖所毁灭，世界变成清明爽朗。

夏天是人类生活中，最雄伟壮烈的一个阶段，因此，我永远的歌颂它。

（选自庐隐《东京小品》，北新书局 1937 年版）

男人和女人

　　一个男人，正阴谋着要去会他的情人。于是满脸柔情地走到太太的面前，坐在太太所坐的沙发椅背上，开始他的忏悔："琼，在这个世界上只有你能谅解我——你知道我是一个天才，琼多幸福呀，作了天才者的妻！这不是你时常对我的赞扬吗？"

　　太太受催眠了，在她那感情多于意志的情怀中，漾起爱情至高的浪涛，男人早已抓住这个机会，接着说道："天才的丈夫，虽然可爱，但有时也很讨厌，因为他不平凡，所以平凡的家庭生活，绝不能充实他深奥的心灵，因此必须另有几个情人，但是琼你要放心，我是一天都离不得你的，我也永不会同你离婚，总之你是我的永远的太太，你明白吗？我只为要完成伟大的作品，我不能不恋爱，这一点你一定能谅解我，放心我的，将来我有所成就，都是你的赐予，琼，你够多伟大呀！尤其是在我的生命中。"

　　太太简直为这技巧的情感所屈服了，含笑地送他出门——送他去同情人幽会，她站在门口，看着那天才的丈夫，神光奕奕的走向前去，她觉得伟大，骄傲，幸福，真是哪世修来这样一个天才的丈夫！

　　太太回到房里，独自坐着，渐渐感觉到自己的周围空虚冷寂，再一想到天才的丈夫，现在正抱在另一个女人的怀里："这简直是侮辱，不对，这样子妥协下去，总是不对的。"太太陡然如是觉悟了，于是"娜拉"那个新典型的女人，逼真地出现在她的心头："娜拉的见解不错，抛弃这傀儡家庭，另找出路是真理！"太太急步跑上楼，从床底下拖出一只小提箱来，把一些换洗的衣服装进去。正在这个时候，门砰的一声响，那个天才的丈夫回来了，看见太太的气色不大对，连忙跑过来搂着太太认罪道："琼！恕我，为了我们两个天真的孩子您恕我吧！"

太太看了这天才的丈夫，柔驯得像一只绵羊，什么心肠都软了，于是自解道："娜拉究竟只是易卜生的理想人物呀！"跟着箱子恢复了它原有的地位，一切又都安然了！

男人就这样永远获得成功，女人也就这样万劫不复地沉沦了！

赠李唯建

心爱：

　　血与泪是我贡献给你的呵！唯建！你应看见我多伤的心上又加上一个症结！自然我也知道这不是你的错，你对我的真诚我不该再怀疑，然而呵，唯建，天给我的宿命是事事不如人，我不敢说我能得到意外的幸福，纵然这些幸福已由你亲手交给我过！唉，唯建！唯建！我是从断头台下脱逃的俘虏呵，你原谅我已经破裂的胆和心吧！我再不能受世上的风波，况且你的心是我生命的发源地，你要我忘了你，除非你毁掉我的生命。唉！唯建！你知道当我想象到将来有一天，我从你那里受了最后的裁判时，我不能再苟延一天在这个世界上，我只有丢下一切走，我不能用我的眼睛再看别人是在你温柔的目光里，我也不能听别人是在你甜美的声唤中！总之，我是爱你太深，我的生命可以失掉，而不能失掉你！我知道你现在是爱我的，并且你也预备永远爱我，然而我爱你太深，便疑你也深，有时在你觉得不经意的一件事，而放在我的身上便成了绝对紧张和压迫了。唯建，你明白地告诉我，我这样的痴情，真诚的心灵中还容不得你吗？人生在世上所最可珍贵的，不是绝对的得到一个人无私的忠挚的心吗？唉，唯建！我的心痛楚，我的热血沸腾，我的身体寒战，我的精神昏沉，我觉得我是从山巅上陨落的石块，将要粉碎了！粉碎了呵！唯建！你是爱护这块石头的，你忍心看它粉碎吗？并且是由你的掌握之下，使它粉碎的呵！唉！你！多情多感的唯建！我知你必定尽全力来救护我的，望你今后少给我点苦吃，你瞧我狼狈得还成样子吗？现在我的心紧绞如一把乱麻，我的泪流湿了衣襟，有时也滴在信笺上，亲爱的唯建呵！这样可怜的心要吐的哀音正不知多少，但是我的头疼眼花手酸喉哽，我只有放下笔倒在床上，流我未尽的泪吧。唉！唯建！你是绝顶的聪明人，你能知道我的心，纵使你沉默，你也是了然的！

你可怜的庐隐书于柔肠百转中

花瓶时代

　　这不能不感谢上苍，它竟大发慈悲，感动了这个世界上傲岸自尊的男人，高抬贵手，把妇女释放了，从奴隶阶级中解放了出来，现代的妇女，大可扬眉吐气的走着她们花瓶时代的红运，虽然花瓶，还只是一件玩艺儿，不过比起从前被锁在大门以内作执箕帚，和泄欲制造孩子的机器，似乎多少差强人意吧！

　　至少花瓶是一种比较精致的器具，可以装饰在堂皇富丽的大厅里：银行的柜台畔，办公室的桌子上，可以引起男人们超凡入圣的美感，把男人们堕落的灵魂，从十八层地狱中，提上人世界，有时男人们工作疲倦了，正要诅咒生活的干燥，乃一举眼视线不偏不倚的，投射到花瓶上，全身紧张着的神经轻松了，趣味油然而生。这不是花瓶的价值和对人类的贡献吗？唉，花瓶究竟不是等闲物呀！

　　但是花瓶们，且慢趾高气扬，你就是一只被诗人济慈所歌颂过的古希腊名贵的花瓶，说不定有一天，要被这些欣赏而鼓舞着你们的男人们，嫌你们中看不中吃，砰的一声把你们摔得粉碎呢！

　　所以这个花瓶的命运，究竟太悲惨，你们要想自救：只有自己决心把这花瓶的时代毁灭，苦苦修行，再入轮回，得个人身，才有办法。而这种苦修全靠自我的觉醒。不能再妄想从男人们那里求乞恩惠，如果男人们的心胸，能如你们所想象的，伟大无私，那末，这世界上的一切幻梦，都将成为事实了！而且男人们的故示宽大，正足使你们毁灭，不要再装腔作势，搔首弄姿的在男人面前自命不凡吧？花瓶的时代，正是暴露人类的羞辱与愚蠢呵！

玫瑰的刺

当然一个对于世界看得像剧景般的人，他最大的努力就是怎样使这剧景来得丰富与多变化，想使他安于任何一件事，或一个地方，都有些勉强。我的不安于现在，可说是从娘胎里带来的，而且无时无刻不想把这种个性表现在各种生活上——我从小就喜欢飘萍浪迹般的生活，无论在什么地方住上半年就觉得发腻，总得想法子换个地方才好，当我中学毕业时虽然还只有十多岁的年龄，而我已开始撇开温和安适的家庭去过那流浪的生活了。记得每次辞别母亲和家人，独自提着简单的行李奔那茫茫的旅途时，她们是那样的觉得惘然惜别，而我呢，满心充塞着接受新刺激的兴奋，同时并存着一肩行李两袖清风，来去飘然的情怀。所以在一年之中我至少总想换一两个地方——除非是万不得已时才不。

但人间究竟太少如意事，我虽然这样喜欢变化而在过去的三四年中，我为了生活的压迫，曾经俯首帖耳在古城中度过。这三四年的生活，说来太惨，除了吃白粉条，改黑卷，作留声机器以外，没有更新鲜的事了。并且天天如是，月月如是，年年如是。唉！在这种极度的沉闷中，我真耐不住了。于是决心闯开藩篱，打破羁勒，还我天马行空的本色，狭小的人间世界，我不但不留意了，也不再为它的职权所屈服了。所以在过去的一年中，我是浪迹湖海——看过太平洋的汹涛怒浪，走过繁嚣拥挤的东京，流连过西湖的绿漪清波。这些地方以西湖最合我散荡的脾胃，所以毫不勉强地在那里住了七个多月，可惜我还是不能就那样安适下去，就是这七个月中我也曾搬了两次家。

第一次住在湖滨——那里的房屋是上海式的鸽子笼，而一般人或美其名叫洋房。我们初搬到洋房时，站在临湖的窗前，看着湖中的烟波，山上的云霞，曾感到神奇变化的趣味，等到三个月住下来，顿觉得湖山无色，烟波平常，一切一切都只是那样简单沉闷，这个使我立刻想到逃亡。后来花了两天工夫，跑遍沿湖的地方，最终在一条大街的弄堂里，发现了一所颇为幽静的洋房；这地方很使我满意，房前有一片苍翠如玉的桑田，桑田背后漾着一湾流水。这水环绕着几亩禾麦离离的麦畦；在热闹的城市中，竟能物色到这种类似村野的地方：早听鸡鸣，夜闻犬吠，使人不禁有世外桃源之想。况且进了那所房子的大门，就看见翠森森一片竹林，在微笑里摇掩作态；五色缤纷的指甲花，美人蕉，金针菜，和牵牛木槿都历历落落布满园中：在万花丛里有一条三合土的马路，路旁种了十余株的葡萄，路尽头便是那又宽畅又整洁的回廊。那地方有八间整齐的洋房，绿阴阴的窗纱，映了竹林的青碧，顿觉清凉爽快。这确是我几年来过烦了死板和烦嚣的生活，而想找得的一个休息灵魂的所在。尤其使我高兴的是门额上书着"吾庐"两个字；高人雅士原不敢希冀，但有了正切合我脾味的这个所在，谁管得着是你的"吾庐"，或他的"吾庐"？暂时不妨算是我的"吾庐"，我就暂且隐居在这里，何尝不算幸运呢？

在"吾庐"也仅仅住了一个多月，而在这一个多月中，曾有不少值得记忆的片段，这些片段正像是长在美丽芬芳的玫瑰树上的刺，当然有些使接触到它的人们，感到微微的痛楚呢！

捉贼

当我们初到一个地方——一个陌生的地方，容易感到兴趣，但也最容易感到一种莫明其妙的疑惧，好像对于一个初次见面的朋友，多少总有些猜不透的感想。

当天我们搬到"吾庐"来——天气正是三伏，太阳比火伞还要灼人，大地生物都蒸闷得抬不起头来。我们站在回廊下看那些劳动的朋友们，把东西搬进来，他们真够受，喉咙里想是冒了火，口张着直喘气，额角上的青筋变成红紫色，一根根地隆起来。汗水淋着他们红褐色的脸，他们来往搬运了足足有二十多趟，才算完事。他们走后，我同建又帮着叶妈收拾了大半天，不知不觉已近黄昏了——这时候天气更蒸闷，云片呆板着纹丝不动，像一个严肃无情的哲人面孔。树木也都静静地立着，便是那最容易被风吹动，发出飒飒声音的竹叶，也都是死一般的沉寂。气压非常低，正像铅块般罩在大地上。这时候真不能再工作，那些搬来的东西虽只是安排了个大体，但谁真也不想再动一下。我们坐在回廊的石栏杆上，挥动大芭蕉叶，但汗依然不干。

吃过晚饭时，天空慢慢发生了变化。不知从哪里来了一股不合作的气流，这一冲才冲破了天空的沉闷。一阵风过，竹叶也开始歌唱起来，哗哗飒飒的声响，充满了小小的庭园。忽然一个巨大的响声，从围墙那里发出来，我们连忙跑去看，原来前几天连着下雨，土墙都霉烂了。这时经过大风，便爽性倒塌了。墙的用处虽然不大，但总强似没有。那末这倒了半边的墙，多少让我们有点窘，墙外面是隔壁农人家里的场院，那里堆了不少的干草，柳荫下还拴着一头耕田的黄牛。"呵，这里多么空旷，今夜要提防窃贼呢！"我看到之后不由对建和自己发出这样的警告。建也有同感，他皱紧眉头说："也许不要紧，因为这墙外不是大街，只是农人的家，他们都有房产职业，必不致做贼。再说我们也是穷光蛋……不过倘使把厨房里的锅和碗都偷去，也就够麻烦的。""是呵，我也有点怕。"我说。

"今夜我们留心些睡，明天我去找房东喊他派人来修理好了。"建在思索之后，这样对我说，这事情就这样解决了，大家都安然回到屋子里去。

"新地方总有些不着不落的。"我独自低语着。恰巧一眼又看到窗外黑黝黝的竹林，和院子中低矮而浓密的冬青树，这样幽怪的场所。陡然使我想到一个眼露凶焰，在暗陬里窥望着我们的贼，正躲藏在那里。"哎呀！"我竟失声地叫了出来。建和同搬来的陈太太都急忙跑来问是见了什么。

我不禁脸红，本来什么都没见，只是心虚疑神疑鬼罢了，但偏像是见了什么。这简直是神经病吗。承认了究竟有点不风光。只好撒谎说是一只猫的影子从我面前闪过，不提防就吓得叫起来了。这算掩饰过了，不过这时更不敢独自个坐在屋里，只往有人的地方钻。

晚上睡觉的时候，也是抱着满肚子鬼胎的，不住把眼往黑漆的角落里望，很怕果真是见到什么。但越怕越要看，而越看也越害怕。最上的方法还是闭上眼，努力的把思想用到别方面去，这才渐渐地睡熟了。

在梦中也免不了梦到小贼和鬼怪一类可怕的东西。

恍惚中似有一只巨大的手，从脑后扑来，撼动我的头部。"糟了！"我喊着。心想这一来恐怕要活不成，我拼命的喊叫"救命！"但口里却发不出声音来，莫非声带已被那只大手掐断了吗？想到这里真想痛哭。隐隐听见有人在叫我的名字，我用力的睁开两眼一看，原来是建慌张地站在我的面前，他的手正撼动着我的头部——这就是我梦中所见到的大手。但时候已是深夜，他为什么不睡却站在这里，而且电灯也不开，我正怀疑着，只听他低声说：

"外面恐怕来了贼！"

"真的吗，你怎么晓得？"我问。

"我听见有人从瓦上走过的声音，像是到我们的厨房里去了。""呀！原来真有人来偷我们的碗吗？"我自心里这么想着，但我说不出话来。只怔怔地看着建，停了一会儿，他说：

"我到外面看看去。"

"捉贼去吗？这是危险的事，你一个人不行，把陈喊起来吧！"我说——陈是我们的朋友，他和夫人也住在我们的新居里，他是有枪阶级，这年头枪是好东西，尤其捉贼更要借重他。建很赞同我的提议，然而他有些着慌，本打算打开寝室的门，走过堂屋去找陈！而在慌忙中，门总打不开。窗外的竹林飒飒的只是响，颓墙上的碎瓦片又不住哗哗地往下落，深夜寂静中偏有这些恼人心曲的声响，使我更加怕起来。但为了建的缘故，我只得大着胆子走向门边帮他开门；其实那门很容易开，我微微用力一拧，便行了，不知建为什么总打不开，这使得我们都有些觉得可笑。他走到陈的住房门口敲门，陈由梦中惊醒问道："什么事呀！"

"你快点起来吧！"陈听了这话，便不再问什么，连忙开了房门，同时他把枪放在衣袋里。

"我们到院子里看看去，适才我听见些声响！"建说。

"好，什么东西，敢到这里来捣乱！"陈愤然地说。

陈的马靴走在地板上，震天价响，我听见他们打开堂屋的门走出去了。我两眼望见黑黢黢的窗外不禁怕起来，倘使贼趁他俩到外面去时，他便从前面溜进来，那么好？想到这里就打算先把房门关上，但两条腿简直软到举不起。于是我便做出蠢得令人发笑的事情来，我把夹被蒙住头，似乎这样便可以不怕什么了。

担着心，焦急地等待他们回来，时间也许只有五分钟，而我却闷出了一身大汗，直到建进来，我才把头从被里伸出来。

"怎么样，看见贼了吗？"我问。

"没有！"建说。

"你不是说听见有人走路的声音吗？"我问。

"真的，我的确是听见的，也许我们出去时，他就从缺墙那里逃去了！"建说。

"不是你做梦吧？"我有些怀疑，但他更板起面孔，一本正经地说道："没有的话，我明明听见的，我足足听了两三分钟，才叫你醒来的。"

"园子里到处都看过了吗？莫非躲在竹林子里吗？"我说。

"绝对没有，我同陈到处都看过了，竹林里我们看过两次，什么都没有看到，除了一只黑猫！"建说。

"没有就是了！……不然捉住他又怎样对付呢？"我说。

"你真傻，这有什么难办，送到公安局去好了！"建说。

"来偷我们的贼，也就太可怜，我们有什么可偷？偷不到还要被捉到公安局去，不是太冤了吗？"我说。

"世界上只有小贼才是贼，至于大贼偷名偷利，甚至于把国家都偷卖了，那都是人们所崇拜的大人物，公安局的人连正眼都不敢觑他一觑呢！"建说。

"你几时又发明了这样的真理！"

建不禁笑了，我也笑了，捉贼的一幕，就这样下了台。

池旁

这所新房子里，原来还有一个小小的池塘，在竹林的前面的墙角边，今天下午我们才发现了。池塘中的水似乎不深，但用竹篙子试了试以后，才晓得虽不深，也有八九尺，倘若不小心掉下去，也有淹死的可能呢！

沿着池塘的边缘，石缝中，有几只螃蟹在爬着，据叶妈说里面也有三四寸长的小鱼——当她在那里洗衣服时，看见它们在游泳。这些花园，池塘，竹林，在我们住惯了弄堂房子的人们从来只看见三合土如豆腐干大小的天井的，自然更感到新鲜有生机了。黄昏时我同建便坐在池塘的石凳上闲谈。

正在这时候门口的电铃响了一阵，我跑去开门，进来了两位朋友，一个瘦长脸上面有几点痘瘢的是万先生，另外一位也是瘦长脸，但没有痘瘢，面色比较近褐色的是时先生。

万先生是新近从日本回国，十足的日本人的气派，见了我们便打着日语道"シバラクデシタ"意思是久违了，我们也就像煞有介事的说了一声"イラッシセイ"意思是欢迎他们来，但说过之后，自己觉得有点肉麻，为什么好好的中国人见了中国人，偏要说外国话？平常听洋学士洋博士们和人谈话，动不动夹上三两句洋文，便觉得头疼，想不到自己今天也破了例，洋话到底是现代的时髦东西咧！

说到那位时先生虽不曾到过外洋，但究竟也是二十世纪的新青年，因此说话时夹上两三个英文名词，也是当然的了。

我们请他们也坐在池塘旁的石凳上。

——这时我的思想仍旧跑到说洋话的问题上面去：据我浅薄的经验，我永不曾听见过外国人互相间谈话曾引用句把中文的，为什么我们中国人讲中国话一定要夹上洋文呢？莫非中国文字不足表达彼此间的意思吗？——尤其是洋学士大学生们——当然我也知道他们的程度是强煞一般民众，不过在从前闭关时代，就不见得有一个人懂洋文，那又怎么办呢？就是现在土货到底多过舶来品，然则这些人永远不能互相传达思想了，可是事实又不尽然——难道说，说洋话仅仅是为了学时髦吗？"时髦"这个名词究竟太误人了，也许有那末一天，学者们竟为了"时髦"废除国语而讲洋文……那个局面可就糟了！简直是人不杀你你自杀，自己往死里钻呵！……

我只呆想着这些问题，倒忘记招呼客人，还是建提醒说："天气真热，让叶妈剖个西瓜来吃吧？"

我到里面吩咐叶妈拿西瓜，同时又拿了烟来。客人们吸着烟，很悠闲地说东谈西，万先生很欣赏这所房子，他说这里风景清幽，大有乡村味道，很合宜于一个小说家，或一个诗人住的。时先生便插言道：

"很好，这里住的正是一位小说家，和一位诗人！"

我们对于时先生的话，没有谦谢，只是笑了一笑。

万先生却因此想到谈讲的题目，他问我：

"女士近来有什么新创作吗？我很想拜读！"

"天气太热，很难沉住心写东西，大约有一个多月，我不曾提笔写一个字。听说万先生近来很译些东西，是哪一个人的作品？"我这样反问他。

"我最近在译日本女作家林芙美子的《放浪记》，这是一篇轰动日本现代文坛的新著作。"万先生继续着谈到这一位女作家的生平……

"真的，这位女作家的生活是太丰富了，她当过下女，当过女学生，也当过戏子，并且嫁过几次男人……我将来想写一篇关于她的生活的文章，一定很有趣味！"

叶妈捧着一大盘子的西瓜来了，万先生暂时截断他的话，大家吃着西瓜，渐渐天色便灰暗起来。建将回廊下的电灯开了，隐隐的灯光穿过竹林，竹叶的碎影，筛在我们的襟袖上，大家更舍不得离开这地方。池塘旁的青蛙也很凑趣，它们断断续续地唱起歌来。万先生又继续他的谈话：

"林芙美子的样子、神气，和不拘的态度都很像你。"他对我这样说。

"真的吗？可惜我在日本的时候没有去看看她……我觉得一个人的样子和神气都能相像，是太不容易碰到的事情，现在居然有……我倘使将来有机会再到日本去，一定请你介绍我见见她。……"

"她也很想见你。"万先生说。

"怎么她也想见我？……"我有些怀疑地问他。

"是的，因为我曾经和她谈过你，并且告诉她你在东京，当时她就要我替她介绍，但我在广岛，所以就没有来看你。"

谈话到了这里，似乎应当换个题目了，在大家沉默几分钟之后，我为了有些事情须料理便暂时走开。他们依然在那里谈论着，当我再回到池塘旁时，他们正在低声继续地谈着。

"喂，当心，拥护女权的健将来了！"建对我笑着说。

"你们又在排揎女子什么了？"

"没有什么，我们绝不敢……"时先生含笑说。

"哼，没有什么吗？你们掩饰的神色，我很看得出，正像说'此地无银三十两'，不是辩解，只是口供罢了！"

这话惹得他们全哈哈地笑起来，万先生和时先生竟有些不大好意思，在他们脸上泛了点微红。

"我们只是讨论女性应当怎样才可爱。"万先生说。

"那为什么不讨论男性应当怎样才可爱呢？"我不平地反驳他们。

"本来也可以这样说。"万先生说。

"不见得吧！你们果真存心这样公平也就不会发生以上的问题了！"我说。

"不过是这样，女性天生是占在被爱的地位上，这实在是女性特有的幸福，并不是我们故意侮辱女性！"时先生说。

"好了，从古到今女子只是个玩物，等于装饰品一类的东西……这是天意，天意是无论如何要遵从的；不过你们要注意在周公制礼作乐之前，男女确是平等的呢！"

"其实这都不成问题，我们不过说说玩笑罢了！"万先生说。

他们脸上，似乎都有些不自然的表情，我也觉得不好深说下去，无论如何，今天我总是个主人，对于一个客人，多少要存些礼貌。我们正当辞穷境窘的时候，叶妈总算凑了趣，她来喊我们去吃饭。

小小的猜忌

我们的新家，不断的有客来。最近万先生因为喜欢这里的环境好，他就搬到我们的厢房里住着，使这比较冷静的小家庭顿然热闹起来。每天在午饭后，我们多半齐集在客厅里谈谈笑笑，很有意思，并且时先生也多半要来加入的。

有一天，天色有些阴暗，但仍然闷热，我们都不想工作，万先生虽比我们吃得苦，不管汗怎么流，他还伏在桌旁译他的文章，不过也只写了三五行，便气喘着到客厅里来，人人都有些倦，谈话也不起劲。正在这时，听见铃响，门响，最后是许多细碎的高跟皮鞋走在石子路的声响。我们知道有客来，然而想不起是谁，好奇心驱逐着我，离开沙发走到门口去欢迎。纱门打开后只见时先生领着两位时髦的小姐，走了进来。这两位小姐都是摩登式的，但一个是带有东方美人的姿态，长发掠得光光的披垂在肩上，身着水绿色镶花边的长旗袍，脚上穿着黑色的带钻花的漆皮鞋，长统肉色丝袜，态度称得起温柔婉媚，只是太富肉感，同时就不免稍嫌笨重。至于那一位呢，面容是比较清瘦，但因为瘦，所以脖颈就特别显长，再穿上中国化的西装，胸部的上端完全露在外面，更使人觉得瘦骨如柴的可怜了，她也是穿的黑皮鞋，肉色长统袜，但是衣服是鲜艳的桃色。时先生呢，还是穿的他那件已经旧了的白色夏布大衫。"究竟女子是被人爱的"，我莫明其妙的又想到这句话，神情呆板的忘却招呼这两位尊贵的来客，而客人竟来和我行握手礼。我有些窘，连忙问好，又请她们坐，仿佛在云端里似的忙乱了一阵。

这两位客人，绝不是初会，所以彼此间谈到别后的情形，竟至滔滔不绝，这一来把万先生和时先生都冷落在一旁，但我觉得他们也还感兴趣，大约这又是两位摩登小姐的魔力了。

天将近黄昏了，西北方的阴云更积得厚起来，两位小姐便站起来告辞，我当然要挽留她们再坐一坐，不过快到夜饭的时候了，家里没有留客吃饭的菜，也不敢着实的留住她们。而万先生和时先生挽留她们的态度就比我诚恳多了。两位小姐就允许明天早些来同我们玩个整天。

客人走后，我们仍旧回到客厅里来。

"你们看这两位小姐够得上几分？建！"万先生说。

"你们说说看。"建不曾具体答复。

"我说那位胖些的芝小姐还不错，可以得个七十五分，菡小姐呢，太瘦了，并且背似乎还有些驼，最多只得六十五分。"时先生这样批评。

"我觉得她们都很平常，大概也只能得这个分数吧！"建沉思后这样说了。

万先生听见他们两人的谈话，似乎有些不平，他很起劲地站起来，走到放在房中间的圆桌旁，倒了一杯茶喝过之后说：

"我的意思和你们两位正相反，我觉得菡小姐比芝小姐好，芝小姐那末胖，只能给人一些肉的刺激。菡小姐却有一种女性的美，眉梢眼角很有些动人处。"

"当然你是情人眼里出西施呀！"时先生似开玩笑似讥讽地说，"你们不晓得万先生对于菡小姐是一见倾心，他屡次在我面前夸奖她呢！"

"这真笑话，我老万何至于那末无聊！"万先生说。

"你何必说那样的撇清话呢，这个年头谁没有一两件浪漫事儿呢？"时先生打趣般地说。

"好了，老时你为什么不说说你自己的浪漫史呵！"万先生报复地说。

"万先生和时先生本来是很好的朋友，你们彼此间的浪漫史，自然谁也不必瞒谁，何妨说出来给我们听听呢？"我说。

"你们不晓得老时从前有许多爱人，就是那位玉小姐他也曾爱过。"万先生说。

"既是有过爱人怎么不爱到底呢？"建问。

"大约玉小姐又有了新欢吧？……这个年头的小姐们真不容易对付，因为恋爱不知害了多少好青年。"万先生说。

"不过恋爱到底是富于活跃的生命的，无论怎么可怕，我还是要爱，只可惜现在没有相当的对象，喂，你们也替我帮帮忙啊！"时先生说。

"你是不是想向芝小姐进攻？"万先生问。

"那也不一定……你呢？……不过你已经有了老婆，当然用不着了。"

"哦，万先生已经结过婚吗？……那真有点不对，前天晚上，你还要我替你介绍一个老婆，我幸喜还没替你进行！……"万先生本来说他需要一个老婆，我以为他还不曾结婚呢，时先生今夜无意中泄漏了他的秘密，我又责问他；自然他大不高兴，但他也不好说什么，只是无精打采地沉默着。

一个小小猜忌的根芽就在这时候种下了。

第二天我们伴着两位小姐去游湖，划子到岳王庙时，我们上了岸，到附近的杏花村去吃饭。

杏花村是一个很有幽趣的所在，小小的园子里有几座灵巧的亭子，我们就在西南的那一个亭子里坐下。伙计在那铺着白色的台布上安放了象牙箸，银匙，酒杯，随后就端了几盆时鲜的雪藕和板栗来。

在吃栗子的时候，万先生剥了一个送到菡小姐的面前说："请吃一个！"

"老万又要碰钉子了！"时先生插嘴说。

果然菡小姐将栗子送了回来说："万先生请自己吃，我们虽是弱者，但剥栗的力量还有。"

"哈哈……"全桌的人都笑了。

万先生真不好意思，由不得迁怒到时先生身上：

"老时你何必专门敲边鼓！"

时先生不说什么，只是笑。万先生也沉默起来，而那两位小姐却高谈阔论得非常起劲。

今夜大家都喝了些酒。时先生格外高兴地同两位小姐攀谈着，只有万先生一声不响地望着湖水出神。

"老万！怎么不说话，莫非见景生情，想到日本的情人吗？"时先生似挑拨般地说。

"真怪事，我老万有没有情人想不想情人，与你老兄有什么关系？何必这样和我过不去！"万先生真有些气愤了。

为了他俩的猜忌，我们也没了兴致。

在回来的路上，建如有所感地对我说：

"女人究竟是祸水，为了一个女人，可以亡国，可以破家，当然也可以毁了彼此间的友谊！何况小小的猜忌！"

一阵暴风雨

吃过午饭后建出去看朋友。

万先生陈太太和我都在客厅里坐着。不久时先生也来了，今天那两位小姐还要来——我们就在这里等候她们。

始终听不见门上的电铃响，时先生和我们都在猜想她们大概不来了。忽然沉默的陈太太叫道："客人来了！客人来了！"万先生抢先地迎了出去，一个面生的女客提着一个手提箱，气冲冲地走了进来：

"这里有没有一位张先生？"

"有，但是他出去了。"

"什么时候回来？"

"那我们不清楚！……您贵姓？"万先生问她。

"我吗？姓张。"

"是张先生的亲眷吗？从哪里来？"

"是的，我从上海来！"

万先生殷勤地递了一杯茶给她，她的眼光四处的溜着神气不善，我有些怀疑她的来路，因悄悄地走了出来，并向万先生和时先生丢了一个眼色。他们很机警，在我走后他们也跟了出来。

"你们看这个女人，是什么路道？"我问。

"来路有点不善，我觉得……你同张先生很熟，大约总有点猜得出吧！"

张先生是我一个很好的朋友，他最近也搬到此地来住，他是一个好心的人，不过年轻的时候，有些浪漫，我曾听他说，当他在上海读书的时候，曾被一个咖

71

啡店的侍女引诱过，——那时他住在学校附近的一所房子的三层楼上。有一天他到咖啡店里去吃点心，有一个女招待很注意他，不过那个女招待样子既不漂亮，脸上还有历历落落的痘瘢，这当然不能引起他的好感。吃过点心后他仍回到家里去。

过了一天，他正在房里看书，只见走进一个女子——这突如其来的不速之客当然使他不由得吃惊，不过在他细认之后，就看出那女子正是咖啡店里注意他的侍女。

"哦，贵姓张吗？……请将今天的报纸借我看看。"

张先生把报递给她，她看过之后，仍旧坐着不动。

当然张先生不能叫她走，便和她谈东说西地说了一阵，直到天黑了她才辞去。

第二天黄昏时，她又来找张先生，她诉说她悲苦的身世，张先生是个热心肠的人，虽不爱她，却不能不同情她没有父母的一个孤苦女儿，但天知道这是什么运命，这一天夜里，她便住在张先生的房里。

这样容易的便发生关系，张先生不能不怀疑是上了当，因此第三天就赶紧搬到他亲戚家里去了。

几个月之后，那个女子便来找他，在亲戚家里会晤这样一个咖啡店的侍女，究竟不风光，因此他们一同散步到徐家汇那条清静的路上去。

"你知道，我现在已经发觉生理上起了变化。"她说。

"什么生理上起了变化？我不懂你的意思！"但张先生心里也有点着慌，莫非说，就仅仅那夜的接触，便惹了祸吗？……

"怎么你不懂，老实告诉你吧，我已经怀了孕。"

"哦！"张先生怔住了。

"现在我不能回到咖啡店去，我又没有地方住，你得给我想想法子。"她说。

张先生心里不禁怦怦地跳动，可怜，这又算什么事呢？从来就没想和这种女人发生关系，更谈不到和她结婚，就不论彼此的地位，我对她就没有爱，但竟因她的诱引，最后竟得替她负责！……

张先生低头沉思着，一句话也说不出。

"你怎么不响？……我预备明天就搬出咖啡店，你究竟怎么对付我？"

"你不必急，我们去找间房子吧！"

总算房子找到了，把她安置好，又从各处筹了一笔款给了她，张先生便起身到镇江去做事。

　　两个月以后她来信报告说已经生了一个女孩。

　　这使张先生有点觉得怪，怎么这么快？不到六个月便生了一个女孩……但究竟年轻，不懂得孩子到底可否六个月生出。因脸皮薄，又不好对旁人讲。

　　张先生从镇江回来时曾去看她，并且告诉她将要回到北方的家里去。

　　"你不能回去，要走也得给我一个保障！"那女子沉思后毅然绝然的说。

　　"什么保障？"张先生慌忙地问。

　　"就是我们正式结了婚你再走！"那女子很强硬地要求。

　　"那无论如何办不到！我已经订过婚。"张先生说。

　　"订过婚也没有关系，现在的人就是娶两个妻子也并不是奇事，而且我已经是这个光景，怎能另嫁别人？"

　　"无论你的话对不对，我也得回去求得家庭的许可才是！"

　　"好吧，我也不忍使你为难，不过至少你得写一张婚书给我，不然你是走不得的。"

　　张先生本已定第二天就走，船票已经买好，想不到竟发生这些纠葛。"好吧！"张先生说，"你一定要我写，我就写一张！"

　　于是他在一张粗糙的信笺上写了：

　　"为订婚事，张某与某女士感情尚称融洽，订为婚姻，俟张某在社会上有相当地位时，再正式结婚……"

　　这么一张不成格式的婚书总算救了张先生的急。

　　张先生回到北方去后，才晓得那个孩子并不是他的；过了两个月孩子因为生病死了，张先生的责任问题，很自然的解除了。从那时起张先生便和那女子断绝了关系，不知怎么今天她又找了张先生来。

　　我同万先生和时先生正谈讲着，那位女客竟毫不客气地走了进来。

　　"张先生究竟什么时候回来？"

　　万先生道："那说不定，这里是一个姓陈的军官的房子，我们都是客人。"

　　"军官吗，军官我也不怕！"那女子神经过敏地愤怒起来。

　　"哦，我并没有说你怕军官，事实是如此，我只把事实告诉你……你不是找张先生吗？……但这里也不是张先生的房子，他也只是借住的客人！"万先生有些不高兴地说。

那女客没有办法又回到客厅里去，万先生和时先生也跟了进去。

"我从早晨六点钟从上海上车到此刻还没有吃东西，叫娘姨替我买碗面吃。"她说。

"她真越来越不客气，大有家主妇的神气。"万先生自心里想，但不好拒绝她，便喊娘姨来。可是娘姨的眼睛是雪亮的，这种奇怪的女客没得主人的命令，她们是不轻易受支配的。

一个新来的湖南娘姨走了进来。

"万先生喊我什么事？"她说。

"你去给买一碗面来，这位女客要吃！"

"我是新来的，不晓得那里有面卖。而且我正哄着小妹妹呢，你叫别个去吧！"她说完头也不回地走了。万先生无故地碰了一个钉子，正在没办法的时候，门口响着马靴的声音，军官陈先生回来了。

这位陈军官是现代的军人，他虽穿着满身戎装，但人却很温文客气。

"好了，陈先生回来了，您有什么事尽可同陈先生说，他是这里的主人……"万先生对那个女子说。

"陈先生您同张先生是朋友吧！"她问。

"不错，我们是朋友。"陈先生说。

"那就好办了，唉，张先生太不漂亮了，为什么躲着不见我！"女子愤然地说。

"女士同张先生也是朋友吗？几时认识的？"陈先生问。

"我们呀也可以说是朋友，但实际上我们的关系要在朋友以上哩！"

"那末究竟是那种关系呢？……怎么我从来没听张先生说过。"

"这个你自己去问张先生，自然会明白的。"

"那且不管他，只是女士找张先生有什么事？……张先生也是初搬到这里暂住，有时他也许不回来。我看女士无论有什么事告诉我，我可以替你转达，好吧？"

"不，我就在这里等他，今天不回来明天总要回来了！"女子悍然地说。

“但是女士在这里究竟不便当呵。”

“也没有什么不便当，我今夜就在这里坐一夜，再不然就在院子里站一夜也不要紧！”

“女士固然可以这么做，可是我不好这样答应，不但对不起女士，也对不起张先生的。我想女士还是把气放平些，先到旅馆里去，倘使张先生回来了，我叫他去看你，有什么问题你们尽可从长计议，这样不是两得其便吗？”陈先生委婉地说。

“但是我一个孤身女子住旅馆总不便当，而且我们上海也有许多亲戚朋友，说来不好听。”陈先生听见那女子推辞的话，不禁冷笑了一声，正在这时候门外又走进两位女客，正是我们所期待的芝小姐与蔺小姐了。她们走进来看了这位面生的女客，大家都怔住不响。

“我想女士还是先到旅馆去吧，一个女子住旅馆并不算希奇的事，你看这两位小姐不也是住在旅馆里吗？”陈先生指着芝小姐和蔺小姐说。

“不过她们是两个人呵！”她说。

“住旅馆有什么要紧，我在上海时还不是一个人住旅馆，像我们这种离家在外求学的人，不住旅馆又住在什么地方？没有关系的……”

“是呵，难道说她们两位住得，女士就住不得？……而且我这里还有熟识的旅馆可以送女士去。”

最后女子屈服了：“好吧，我就到旅馆去。”她说。“不过倘张先生不到旅馆来找我，我明天还是要来的。”她说。

“我想张先生再不会不见你的，放心好了！”陈先生说。

陈先生同着这位女客走了，一阵暴风雨也就消散了。

“你们猜要发生什么结果？”蔺小姐说。

“不过破费几个钱，把那张婚书拿回来就完，还有什么大不了的事？”万先生说。

“对了，我看她的目的也不过要敲一笔竹杠而已。”

——这小庭园里一切都恢复了原状，正如暴风雨过后的晴天一样恬适清爽。

她

这几天我正在期待着一个朋友的来临,果然在一天的黄昏时她来了。

我们不是初见,但她今夜的风度更使我心醉,一个脸色润泽而体态温柔的少妇,牵着一只西洋种的雄狗,款步走进来时,使我沉入美丽的梦幻里。如钩的新月,推开鱼鳞般的云,下窥人寰,在竹林的罅隙间透出一股清光,竹叶的碎影筛在白色的窗幔上,这一切正是大自然所渲染出最优美的色与光。

我站在回廊的石阶旁边迎接她,我们很亲切地行过握手礼。她说:"我早就想来看你,但这几天我有些伤风,所以没有来。"

那只披着深黄色厚裘的聪明的小狗,这时正跟在它主人的身旁,不住地嗅着。

Coming 这是小狗的名字,当它陡然抛开女主人跑向园角的草丛时,女主人便这样地叫唤它。真灵,它果然应声跳着蹿着来了。我们就在廊下的藤椅上坐下。

成群的萤火虫,从竹林子里飞出来,像是万点星光,闪过蔚蓝色的太空,青蛙开始在池旁歌唱了。"这里景致真好!"她赞美着。

"以后你来玩,好不?"我说。

"当然很好,只是我不久便打算到北平去!"

"作什么去?……游历吗?"

"也可以算作游历……许多人都夸说北平有一种静穆的美,而且又是中国文化的中心地点,所以我很想到北平去看看,同时我也想到那边读点书。"

"打算进什么学校?"

"我想到艺术学院学漫画。"

"漫画是二十世纪的时髦东西咧!"我说。

"不,我并不是为了时髦才学漫画,我只为了方便经济……你知道像我这样无产阶级的人,学油画无论如何是学不起……其实我也很爱音乐,但是这些都要有些资本……所以我到如今颇后悔当初走错了路,我不应当学贵族们用来消遣的艺术。"

"你天生是一个爱好艺术,富于艺术趣味的人,为什么不当学艺术?"

"但是一切的艺术都是专为富人的,所以你不能忘记经济的势力。"

"的确这是个很重要的前提。"

我们谈话陡然停顿了，她望着那一片碧森森的翠竹沉思，我的思想也走入了别一个区域。

真的，我对她有一种莫明其妙的同情与好感，也许是因为把她介绍给我的那一位朋友，给我的印象太好。——那时我还在北平，有一天忽然接到一封挂号信，信的字迹和署名对我都似乎是太陌生，我费很久的思索，才记起来——是一年前所结识一位姓黎名伯谦的朋友——一个富于艺术趣味的青年，真想不到他此时会给我写信，我在下课的十分钟休息时间中，忙忙把信看了。里面有这样的一段：

"我替你介绍一个同志的好朋友，她对于艺术有十分的修养，并且其人风度潇洒，为近今女界中不多见的人材，倘使你们会了面一定要相见恨晚了，她很景慕北平的文风之盛，也许不久会到北平去。"

我平生就喜欢风度潇洒的人，怎么能立刻见到她才好，在那时我脑子里便自行构造了一种模型。但是我等了好久，她到底不曾到北平来，暑假时我也离开北平了。

去年冬天我从日本回来时，住在东亚旅馆里，在一天夜里，有三位朋友来看我，——一个男的两个女的，其中就有一个是我久已渴慕着要见的她。

一个年轻而风度飘逸的少女，坐在我对面的沙发上，身上穿了一件淡咖啡色西式的大衣，衣领敞开的地方，露出玫瑰红的绸衫，左边的衣襟上，斜插着一朵白玫瑰。在这些色彩调和的衣饰中，衬托着一张微圆的润泽的面孔，一双明亮的眼瞳温和地看着我，……这是怎样使人不易消灭的印象呵，但是我们不曾谈过什么深切的话，不久他们就告辞走了。

春天，我搬到西湖来，在一个温暖的黄昏里，我同建在湖滨散着步，见对面走来一对年轻的男女——细认之后原来正是她同她的爱人，我们匆匆招呼着，已被来来往往的人影把我们隔断了。

从此我们又彼此不通消息，直到一个月以前，她同爱人由南方度过蜜月再回杭州来，我们才第二次正式的会面。他们打算在杭州常住，因此我们便得到时常会面的机会。

"你预备几时到北平去呢？"在我们彼此沉默很久之后我又这样问她。

"大约在一个星期之后吧。"

"时间不多了，此次分别后又不知什么时候再能聚会……希望你在离开杭州以前再到我这里来一次吧！"

"好，我一定来的，你下半年仍住在杭州吗？这里真是一个好地方，不过太住久了也没有什么意思，到底嫌太平静单调，你觉得怎样？"

"不错，我也就这样的感觉着了。所以我下半年大约要到上海去，同时也是解决我的经济问题！"

"唉，经济问题——这是个太可怕的问题呢，我总算尝够了它的残酷，受够了它的虐待……你大约不明白我过去的生活吧！"

"怎么？你过去的生活……当然我没有听你讲过，但是最近我却听到一些关于你的消息！"

"什么消息？"

"但是我总有些怀疑那情形是真的！……他们说你在和你的爱人结婚以前，曾经和人订过婚！"

"唉，我知道你所听见不仅仅是这一点，其实说这些话的人恐怕也不见得十分明白我的过去，老实说吧，我不但订过婚而且还结过婚呢！"

她坦白的回答，使我有些吃惊，同时还觉得有点对她抱愧，我何尝不是听说她已结过婚，但我竟拿普通女子的心理来揣度她，其实一个女子结了婚，因对方的不满意离了婚再结婚难道说不是正义吗？为什么要避讳——平日自己觉得思想颇彻底，到头来还是这样掩掩遮遮的，多可羞，我不禁红着脸，不敢对她瞧了。

"这些事情，我早想对你讲，——你知道这个世界上，有同情心的人不多呢，尤其像你这样了解我的更少；所以我含辛茹苦的生活只有向你倾吐了。"

实在的，她的态度非常诚恳，但为了我自己的内疚，听了她的话，我更觉忸怩不安起来。我只握紧她的手，含着一包不知什么情绪的眼泪看着她。这时冷月的清辉正射着她幽静的面容，她把目光注视在一丛纯白的玉簪花上，叹了一口气说：

"在我还是童年的时代，而我已经是只有一个弱小的妹子的孤儿了。这时候我同妹妹都寄养在叔父的家里，当我在初小毕业的那一年，我弱小的妹妹，也因为孤苦的哀伤而死于肺病。从此我更是天地间第一个孤零的生命了。但是叔父待我很亲切，使我能继续在高小及中学求学，直到我升入中学三年级的那一年，叔父为了一位执友的介绍将我许婚给一个大学生，他年轻老实，家里也还有几个钱，这在叔父和堂兄们的眼里当然是一段美满的姻缘。结婚时我仅仅十七岁。但是不幸，我天生就是个性顽强的孩子，嫁了这样一个人人说好的夫婿，而偏感到刻骨的苦痛。婚后十几天，我已决心要同他离异，可是说良心话，他待我真好，爱惜我像一只驯柔的小鸟，因此他忽视了我独立的人格。我穿一件衣服，甚至走一步路都要受他的干涉和保护，确然只是出于爱的意念，这也许是很多女人所愿意的，可是我就深憾碰到了这样一位丈夫。他给了我很大的苦头吃，所以我们蜜月时期还没有完，便实行分居了。分居以后我的叔父和堂兄们曾毫不同情地诘责我；但是那又有什么效果？最后我毅然提出离婚的要求，经过了很久的麻烦，离婚到底成了事实。叔父和堂兄宣告和我脱离关系。唉，这是多么严重的局面！不过'个性'的权威，助得了最后的胜利，我甘心开始过无靠，但是独立的生活。

"我自幼喜欢艺术，那时更想把全生命寄托在艺术上。于是我便提着简单的行装来到杭州艺术大学读书，在这一段艰辛的生活里，我可算是饱受到经济的压迫。我曾经两天不吃饭，有时弄到几个钱也只买一些番薯充充饥。这种不容易挣扎的岁月，我足足挨了两个多月。后来幸喜遇见了那位好心的女教授，她含泪安慰我，并且允许每月津贴我十块钱的生活费，嘱我努力艺术……这总算有了活路。

"那时候我天天作日记，我写我艰辛的生活，写我伤惨的怀抱，直到我和某君结婚后才不写了。前几天我收拾书箱把那日记翻来看了两页，我还禁不住要落泪，只恨我的文字不好，不能拿给世上同病的人看。"

"不过真的艺术品是用不着人工雕饰的，我想你还是把它发表了吧！"

"不，暂且我不想发表它，因为自始至终都是些悲苦的哀调，那些爱热闹的人们不免要讥责我呢！"

"当然各人的口味不同，一种作品出版后很难博得人人的欢心。不过我以为在这个世界上究竟是欢乐的事情太少，哪一个人的生命史上没有几页黯淡的呢？……将来我希望你能给我看看！"

她没有许可，也不曾拒绝，只是无言地叹了一口气。

那只小狗从老远的草堆中窜了出来，嗅着它主人的手似乎在安慰她。

"我真喜欢这只狗！"她说。

"是的，有的狗很灵……"

"这只狗就像一个聪明的小孩般地惹人爱，它懂得清洁，从来不在房里遗屎撒尿，适才你不是看见它跑到草堆里去吗？那就是去撒尿。"

"原来这样乖！"

她不住用手抚摸小狗的背。我从来对于这些小生物不生好感，并且我最厌恶是狗，每逢看见外国女人抱着一只大狼狗坐在汽车上我便有些讨厌。但今天为了她，我竟改了平日对狗的态度，好意地摸了它的头部，它真也知趣，两眼雪亮地望着我摆尾。

这时月光已移到院子正中来，时间已经不早了，几只青蛙在墙阴跳踉。她站起身整了整衣服道：

"我回去了，一两天再会吧！"

她的车子还等在门口，我送她上了车便折回来，走到院子里见了那如水的月光、散淡的花影恍若梦境。

时先生的帽子

我们的客厅，有时很像法国的"沙龙"。常来拜访的客人有著作家，诗人，也有雄辩家，每天三四点钟的时候，总可以听见门上的电铃断续地响着。在这样的响声中，走进各式各类的客人，带着各式各类的情感同消息。炎夏不宜于工作，有了这些破除沉闷空气的来宾总算不坏。

这一天恰巧是星期日，那末来的人就更多了。因为陈先生的缘故，也很有几个雄赳赳的武装同志光临。他们虽不谈文艺，但很有几个现代的军人，颇能欣赏文艺；这一来，谈话的趣味更浓厚了。

"我很想写一篇军人的生活。"我说。

"啊，说到军人的生活，真是又紧张又丰富的。我也觉得很有写的价值，只可惜我们没有艺术的训练！"一位高身材的上校说。

"喂，你们军队里收不收女兵？"我问。

"怎么？你想从军吗？……不过你的体格不够……前些日子有一位女同志曾再三要求到军队里来，最初当然不能通过；后来经过多方面的商榷，才允许让她来检查体格，但结果是失败了。而且她的身体真不坏，个子比你高得多呢！可是和男子比起来还是不行！"另一位脸上微有痘瘢的中尉说。

"这样看来，我是没有希望写军队生活一类的小说了。"我很扫兴地说。

"我看也不尽然，当兵你固然没有希望，但作看护妇是可以的。"陈先生说。

"好，将来你去打仗的时候，就收我作看护队队员吧！"

"你何必一定要写军队生活……我看你就替我的帽子作一篇小传吧！"时先生忽然举起他的陈旧的草帽向我笑着说。

"怎么，你的帽子有什么样历史吗？"

"唉，你们作文学的人，难道还观察不出我这帽子有点特别吗？"我听了这话，不禁把时先生的帽子拿来仔细地看了又看——帽子是细草编就的，花纹是四棱形，没有什么出奇处，但是颜色有些近于古铜，很明显地告诉我，这帽子所经过风吹日晒的日子至少在五年以上，再翻过帽子里来看，那就更不得了，黝黑的垢腻，把白色的布质完全掩盖住。

"呵，你从那个古物陈列所里买的这顶帽子？"我说。

"哈哈哈哈，"时先生大笑道，"那也不至于就成了古物吧？你们文学家真会虚张声势；老实说吧，这帽子在我头上盘旋的时候，不多不少，整整六个年头。"

"你真太经济，一顶草帽竟戴上六个年头！"建说。

"不，我并不经济，只是这顶帽子曾经伴着我，经过最甜和最苦的日子，所以我不忍弃了它。"

"哦，原来如此，那末请你的帽子说说它的汗马功劳吧！"我说。

"好吧，我来替它说，可是有一个条件，我说完你一定要替我写一写。"

"那也要看值不值写！"

"密司黄你就答应他，我晓得那里面一定有一段有趣的浪漫史……"陈先生含笑说。

"既然如此我就答应你。请你开始述说吧！"

那几位武装同志，都挺直着身子坐在旁边笑眯眯地等待时先生的陈述：

"自从我被命定成了一顶帽子，我就被陈列在上海大马路的一家铺子的玻璃橱里。在我的四周有很多的同伴，它们个个都争奇斗艳地在引诱过往的游人。果然有西装少年，长衫阔少，都停住脚，有的对它们看一看，便走开了；有的摸一摸也就放下了；有的像是对它们亲切些，把它们拿下来摸着看着最后放在头上试了试，但很少能终得人们的欢心，最后依然把它们放在橱里，毫不留恋地去了。我看了这个情形心里很悲哀，不知那一天才有好主顾呢？正在这时候，只见从外面走进一个身穿夏布大褂的青年来，他站在橱旁把我所有的同伴看了又看，试了又试，最后他竟看上了我，他欣然地把我戴在头上，从此我便跟着这位青年去了。

"第一次他把我带到他的家里，放在他的书桌上，他拿起一根香烟，燃了自来火吸着，他像是在沉思什么，不久他便拿出一张美丽的绿色信笺写了一封信给他的女友琼。他约她今晚在夏令配克看电影。我晓得今天晚上该我出风头了，我不禁喜欢地跳了起来，不小心几乎掉在地上，幸喜我的主人把我挡住，我才得安然无恙地伏在桌上。

"晚饭后我的主人一切都料理停当——皮鞋擦得雪亮，衣服穿得整整齐齐，又对着镜把头发梳了又梳，然后把我戴在头上，意气扬扬地出门去了。

"到电影场时他买了两张头等的入场券，看看时间还早，他便不忙到里面去，只在门口徘徊着。九点钟到了，来看电影的人接连不断往里走，但还没有看见那位琼女士的仙踪。眼看场里的电灯全熄了，那位琼女士才姗姗地来了。他们在电影场虽然没有谈说什么，可是我也知道主人很爱这位琼女士，因为主人常常侧转头向琼女士好意地注视着。从这一次后，我常常同着主人会琼女士在公园里、电影场，有时也在大菜间里。

"不久秋天到了，一阵阵的凉风吹着，主人便对我起了憎嫌，暂且把我放在帽盒里。在我们分别的一段时间中，我不能知道主人又经过些什么变化。

"第二年的夏天来时，我又恢复了和主人的亲切关系，但是主人那时候似乎遇见了什么不幸的事，他总不大出门，只在书房里呆坐着，有时还听见他低声的叹息。唉！究竟为了什么呢？我真怀疑，便整天守着他，打算探出他的秘密。有一天夜里，全家的人都睡了。只有主人对着窗外的月儿出神。后来他从屉子里拿出一张妃色的片子来……

　　某月某日某君和琼女士结婚。

"'啊，这就是了！'我不禁独自低语着，'怪不得主人那样不高兴呢，原来那位美丽的琼女士竟被别人占有了。'这时主人看着片子，竟至滴下泪来。多可怜那失恋的人儿。

"过了几天我看见主人收拾了书籍衣物，像是要长行的神气。'到哪儿去呢？'我怀疑着，'为什么要离开自己的家乡呢？'可怜的主人近来更忧郁更憔悴了。

"在一天东方才有些发亮的时候，主人就起来，坐在什物杂乱的书案旁，在一张白色的信笺上写道：

"'唉！我走了，走到天之涯地之角去，琼既然是不能给我幸福，我在这里只增加苦恼，反不如远去的好。幸福往往只给走运的人，我呢！正是爱情上失败的俘虏……'

"主人写了这张不知给什么人的信，他将信压在砚石下就匆匆拿着简单的行李走了。从此我同着主人过飘流的生活，在南洋的小岛上整整住了三年，主人似乎把从前的伤心事渐渐淡忘了，今年便又回到这里……"

时先生陈述到这里便停住了，所有在座的人们不禁望望时先生憔悴的面庞，同时也看看那顶值得留存的帽子，大家的心灵上，都微微觉得曾闪过一道黯淡的火花。

夜深了，这时来宾全兴尽告辞，时先生也怅然地拿着他的帽子，穿过那条长甬道去了。

月夜孤舟

　　发发弗弗的飘风，午后吹得更起劲，游人都带着倦意寻觅归程，马路上人迹寥落，但黄昏时风已渐息，柳枝轻轻款摆，翠碧的景山巅上，斜辉散霞，紫罗兰的云幔，横铺在西方的天际，他们在松荫下，迈上轻舟，慢摇兰桨，荡向碧玉似的河心去。

　　全船的人都悄默的看远山群岫，轻吐云烟，听舟底的细水潺谖，渐渐的四境溶于模糊的轮廓里，远景地更清幽了。

　　他们的小舟，沿着河岸慢慢的前进，这时淡蓝的云幕上，满缀着金星，皎月盈盈下窥，河上没有第二只游船，只剩下他们那一叶的孤舟，吻着碧流，悄悄的前进。

　　这孤舟上的人们——有寻春的骄子，有飘泊的归客——在咿呀的桨声中，夹杂着欢情的低吟，和凄意的叹息。把舵的阮君在清辉下，辨认着孤舟的方向，森帮着摇桨，这时他们的确负有伟大的使命，可以使人们得到安全，也可以使人们沉溺于死的深渊。森努力拨开牵绊的水藻，舟已到河心。这时月白光清，银波雪浪动了沙的豪兴，她扣着船舷唱道：

　　　　十里银河堆雪浪，
　　　　四顾何茫茫？
　　　　这一叶孤舟轻荡，
　　　　荡向那天河深处，
　　　　只恐玉宇琼楼高处不胜寒！
　　　　……

我欲叩苍穹，

问何处是隔绝人天的离恨宫？

奈雾锁云封！

奈雾锁云封！

绵绵恨……几时终！

这凄凉的歌声使独坐船尾的鞏愀然了，她呆望天涯，悄数陨落的生命之花；而今呵，不敢对冷月逼视，不敢向苍天申诉，这深抑的幽怨，使得她低默饮泣。

自然，在这展布天衣缺陷的人间，谁曾看见过不谢的好花？只要在静默中掀起心幕，摧毁和焚炙的伤痕斑斑可认，这时全船的人，都觉灵弦凄紧。虞斜倚船舷，仿佛万千愁恨，都要向清流洗涤，都要向河底深埋。

天真的丽，他神经更脆弱，他凝视着含泪的鞏，狂痴的沙，仿佛将有不可思议的暴风雨来临，要摧毁世间的一切；尤其要捣碎雨后憔悴的梨花，他颤抖着稚弱的心，他发愁，他叹息，这时的四境实在太凄凉了！

沙呢，她原是飘泊的归客，并且归来后依旧飘泊，她对着这凉云淡雾中的月影波光，只觉幽怨凄楚，她几次问青天，但苍天冥冥依旧无言！这孤舟夜泛，这冷月只影，都似曾相识——但细听没有灵隐深处的钟磬声，细认也没有雷峰塔痕，在她毁灭而不曾毁灭尽的生命中，这的确是一个深深的伤痕。

八年前的一个月夜，是她悄送掉童心的纯洁，接受人间的绮情柔意，她和青在月影下，双影厮并，她那时如依人的小鸟，如迷醉的荼蘼，她傲视冷月，她窃笑行云。

但今夜呵！一样的月影波光，然而她和青已隔绝人天。让月儿蹂躏这寞落的心，她扎挣残喘，要向月姊问青的消息，但月姊只是阴森的惨笑，只是傲然的凌视——指示她的孤独。唉！她枉将凄音冲破行云，枉将哀调深渗海底——天意永远是不可思议！

沙低声默泣，全船的人都罩在绮丽的哀愁中。这时船已穿过玉桥，两岸灯光，映射波中，似乎万蛇舞动，金彩飞腾，沙凄然道："这到底是梦境，还是人间？"

鞏道："人间便是梦境，何必问哪一件是梦，哪一件非梦！"

"呵！人间便是梦境，但不幸的人类，为什么永远没有快活的梦……这惨愁，为什么没有焚化的可能？"

大家都默然无言，只有阮君依然努力把舵，森不住的摇桨，这船又从河心荡向河岸。"夜深了，归去罢！"森仿佛有些倦了，于是将船儿泊在岸旁，他们都离开这美妙的月影波光，在黑夜中摸索他们的归程。

月儿斜倚翡翠云屏，柳丝细拂这归去的人们——这月夜孤舟又是一番梦痕！

醉　后

——最是恼人拼酒，欲浇愁偏惹愁！回看血泪相和流——

我是世界上最怯弱的一个，我虽然硬着头皮说"我的泪泉干了，再不愿向人间流一滴半滴眼泪"，因此我曾博得"英雄"的称许，在那强振作的当儿，何尝不是气概轩昂……

北平城重到了，黄褐色的飞尘下，掩抑着琥珀墙、琉璃瓦的房屋，疲骡瘦马，拉着笨重的煤车，一步一颠的在那坑陷不平的土道上，努力的走着；似曾相识的人们，坐着人力车，风驰电掣般跑过去了……一切不曾改观。可是疲惫的归燕呵，在那堆浪涌波掀的灵海里，都觉到十三分的凄惶呢！

车子走过皇城根，看见三四匹矮驴，摇动着它们项下琅琅的金铃，傲然向我冷笑，似笑我转战多年的败军，还鼓得起从前的兴致吗……

正是一个旖旎美妙的春天，学校里放了三天春假，我和涵、盐、琪四个人，披着残月孤星和迷蒙的晨雾奔皇城根来。雇好矮驴，跨上驴背，轻扬竹鞭，嘚嘚声紧，西山的路上骤见热闹。这时道旁笼烟含雾的垂柳枝，从我们的头上拂过，娇鸟轻啭歌喉，朝阳美意醋畅，驴儿们驼着这欣悦的青春主人，奔那如花如梦的前程，是何等的兴高采烈。而今怎堪回道！归来的疲燕，裹着满身漂泊的悲哀；无情的瘦驴，请你不要逼视吧！

强抑灵波，防它捣碎了灵海，及至到了旧游的故地，黯淡白墙，陈迹依稀可寻，但沧桑几经的归客，不免被这荆棘般的陈迹，刺破那不曾复元的旧伤，强将泪液咽下，努力地咽下；我曾被人称许我是"英雄"哟！

我静静在那里忏悔，我的怯弱，为什么总打不破小我的关头。我记得：我曾想象我是"英雄"的气概，手里拿着明晃晃的雌雄剑，独自站在喜马拉雅山的高峰上，傲然的下视人寰，仿佛说：我是为一切的不平，而牺牲我自己的；我是为一切的罪恶，而挥舞我的双剑的呵！"英雄"，伟大的英雄，这是多么可崇拜的，又是多么可欣慰的呢！

但是怯弱的人们，是经不起撩拨的。我的英雄梦正浓酣的时候，波姊来叩我的门，同时我久闭的心门，也为她开了。为什么四年不见，她便如此的憔悴和消瘦？她黯然的说："你还是你呵！"她这一句话，好像是利刃，又好像是百宝匙；她掀开我的秘密的心幕，她打开我勉强锁住的泪泉，与一切的烦恼，但是我为了要证实是英雄，到底不曾哭出来。

我们彼此矜持着，默然坐，夜来了。于是我说"波，我们喝它一醉吧！何若如此扎挣，酒可以蒙盖我们的脸面！"波点头道，"我早预备陪你一醉。"于是我们如同疯了一般，一杯，一杯，接连着向唇边送，好像鲸吞鲵饮。也不知道什么时候，把一小坛子的酒吃光了，可是我还举着杯"酒来！酒来！"叫个不休！波握住我拿杯子的手说："隐！你醉了，不要喝了吧！"我被她一提醒，才知道我自己的身子，已经像驾云般支持不住，伏在她的膝上，唉！我一身的筋肉松弛了，我矜持的心解放了。风寒雪虐的春申江头，涵撤手归真的印影，我更想起萱儿还不曾断奶，便离开她的乳母，扶她父亲的灵柩归去。当她抱着牛奶瓶，宛转哀啼时，我仿佛是受绞刑的荼毒，更加着吴淞江的寒潮凄风，每在我独伴灵帏时，撕碎我抖颤的心。一向茹苦含辛的扎挣自己，然而醉后，便没有扎挣的力量了。我将我泪泉的水闸开放了，干枯的泪池，立刻波涛汹涌。我尽量的哭，哭那已经摧毁的如梦前程，哭那满尝辛苦的命运，唉！真痛恨呵，我一年以来，不曾这样哭过，但是苦了我的波姊，她也是苦海里浮沉的战将，我们可算是一对"天涯沦落人"。她呜咽着说："隐！你不要哭了，你现在是作客，看人家忌讳！你扎挣着吧！你若果要哭，我们到空郊野外哭去，我陪你到陶然亭哭去，那里是我埋愁葬恨的地方，你也可以借他人酒杯，浇自己块垒。在那里我们可尽量的哭，把天地哭毁灭也好，只求今天你咽下这眼泪去罢！"惭愧！我不知英雄气概抛向哪里去了，恐怕要从喜马拉雅山，直堕入冰涯愁海里去。我仍然不住的哭，那可怜双鬓如雪的姨母，也不住为她不幸的甥女，老泪频挥，她颤抖着叹息着，于是全屋里的人，都悄默地垂着泪！可怜的萱儿，她对这半疯半醉的母亲，小心儿怯怯的惊颤着，小眼儿怔怔的呆望着，呵！无辜的稚子，母亲对不住你，在别人面前，纵然不英雄些，还没有多大羞愧，只有在萱儿面前不英雄，使她天真未凿的心灵里，了解伤心，甚至于陪着流泪，我未免太忍心，而且太罪过了。后来萱儿投在我的怀里，轻轻的将小嘴，吻着泪痕被颊的母亲，她忽然哭了！唉！我诅咒我自己，我愤恨酒，它使我怯弱，使我任性，更使我羞对我的萱儿！我决定止住我的泪液。我领着萱儿走到屋里，只见满屋子月华如水，清光幽韵，又逗起我无限的凄楚，在月姊的清光下，我们的陈迹太多了！我们曾向她诚默的祈祷过；也曾向她悄悄的赌誓过，但如今，月姊照着这飘泊的只影，他呢——人间天上。我如饿虎般的愤怒，紧紧掩上窗纱，我搂着萱儿悄悄的躲在床上。我真不敢想象月姊怎样奚落我。不久萱儿睡着了，我仿佛也进了梦乡，只觉得身上满披着缟素，独自站在波涛起伏的海边，四顾辽阔，没有岸际，没有船只，天上又是蒙着一层浓雾，一切阴森森的。我正在彷徨惊惧的时候，忽见海里涌起一座山来，削壁玲珑，峰崖峻崎，一个女子披着淡蓝色的轻绡，向我微笑点头唱道：

独立苍茫愁何多？
抚景伤飘泊！
繁华如梦，
姹紫嫣红转眼过！
何事伤飘泊！

我听那女子唱完了，正要向她问明来历，忽听霹雳一声，如海倒山倾，吓了我一身冷汗，睁眼一看，波姊正拿着醒酒汤，叫我喝。我恰一转身，不提防把那碗汤碰泼了一地，碗也打得粉碎，我们都不禁笑了。波姊说："下回不要喝酒吧，简直闹得满城风雨！我早想到见了你，必有一番把戏，但想不到闹得这样凶！还是扎挣着装英雄吧！"

"波姊！放心吧！我不见你，也没有泪，今天我把整个儿的我，在你面前赤裸裸的贡献了，以后自然要装英雄！"波姊拍着我的肩说，"天快亮了，月亮都斜了，还不好好睡一觉，病了又是白受罪！睡吧！明天起大家努力着装英雄吧！"

寄燕北故人

亲爱的朋友们：

在你们闪烁的灵光里，大约还有些我的影子吧！但我们不见已经四年了，以我的测度你们一定不同从前了——至少梅姊给我的印影——夕阳下一个倚新坟而凝泪的梅姊，比起那衰草寒烟的梅寨，吃鸡蛋煎菊花的豪情逸兴要两样了。至于轩姊呢，听说愁病交缠，近来更是人比黄花瘦，那末中央公园里，慢步低吟的幽趣，怕又被病魔销尽了！……啊！现在想到隽妹，更使我心惊！我记得我离开燕京的时候，她还睡在医院里，后来虽常常由信里知道她的病终久痊愈了，并且她又生了两个小孩子，但是她活泼的精神，和天真的情态，不会因为病后改变了吗？唉！不过四年短促的岁月中，便有这许多变迁了，谁还敢打开既往的生活史看，更谁敢向那未来的生活上推想！

我自从去年自己害了一场大病，接着又遭人生的大不幸，终日只是被暗愁锁着。无论怎样的环境，都是我滋感之菌——清风明月，苦雨寒窗，我都曾对之泣泪泛澜，去年我不是告诉你们：我伴送涵的灵柩回乡吗？那时我满想将我的未来命运，整个的埋没于僻塞的故乡，权当归真的墟墓吧！但是当我所乘的轮船才到故乡的海岸时，已经给我一个可怕的暗示——一片寒光，深笼碧水，四顾不禁毛发为之悚栗，满不是我意想中足以和暖我战惧灵魂的故乡。及至上了岸，就见家人，约了许多道士，在一张四方木桌上，满插着招魂幡旗，迎冷风而飘扬。只见涵的衰年老父，揾泪长号，和那招魂的磬钹繁响争激。唉！马江水碧；鼓岭云高；渺渺幽冥，究竟何处招魂！徒使劫余的我，肝肠俱断。到家门时，更是凄冷鬼境，非复人间。唉！那高举的丧幡，沉沉的白幔，正同五年前我奔母亲丧时的一样刺心伤神。不过几年之间，我却两度受造物者的宰割。哎！雨打风摧，更经得几番磨折！——再加着故乡中的俚俗困人，我究竟不过住了半年，又离开故乡了——正是谁念客身轻似叶，千里飘零！

去年承你们的盛情约我北去，更续旧游；只恨我胆怯，始终不敢应诺。按说北京是我第二故乡，我七八岁的时候，就和它相亲相近。直到我离开它，其间差不多十八九年。它使我发生对它的好感，实远胜我发源地的故乡。我到北京去，自然是很妥当而适意的了。不过你们应当知道，我为什么不敢去？东交民巷的皎月馨风，万牲园的幽廊斜晖，中央公园的薄霜淡雾，都深深的镂刻着我和涵的往事前尘！我又怎么敢去？怎么忍去！朋友们！你们千里外的故人，原是不中用的呢！不过也不必因此失望，因为近来我似乎又找到新生路了，只要我的灵魂出了牢狱，我便可和你们相见了！

我这一次重到上海，得到一个出我意料的寂静的环境，读书作稿，都用不着等待更深夜静。确是蓼荻绕宅，梧桐当户，荒坟蔓草，白杨晚鸦，而它们萧然的长叹，或冷漠，都给我以莫大的安慰，并且启示我，为俗虑所掩遮的灵光——虽只是很淡薄的灵光，然而我已经似有所悟了。

我所住的房子，正对着一片旷野，窗前高列着几棵大树，枝叶繁茂，宿鸟成阵，时时鼓舌如簧，娇啭不绝。我课余无事，每每开窗静听，在它们的快乐声中，常常告诉我，它们是自由的……有时竟觉得，它们在嘲笑我太不自由了。因为我灵魂永永不曾解放过，我不能离开现实而体察神的隐秘。无论做什么事情，都只能宛转因人，这不是太怯弱了吗？

有一天我正向窗外凝视，忽然看见几个小孩子，满脸都是污泥，衣服也和他们的脸一样的肮脏，在我们房子左右满了落叶枯枝的草地上，撷拾那落叶枯枝。这时我由不得心里一惊——天寒岁暮了，这些孩子们，捡这枯枝，想来是，燃了取暖的。昨天听说这左右发见不少小贼，于是我告诉门房的人，把这些孩子赶了出去；并且还交代小工，将那破损的竹篱笆修修好，不要让闲杂人进来。这自然是我的责任，但是我可对不起那几个圣洁的小灵魂了。我简直是蔑视他们，贼自然是可怕的罪恶，然而我没有用的人，只知道关紧门，不许他们进来，这只图自己的安适，不再为那些不幸的人们一回顾，这是多么卑鄙的灵魂？除自私之外没有更大的东西了！朋友们：在这灵光一瞥中，我发见了人类的丑恶，所以现在除了不幸的人外，我没有朋友。有许多人，对着某一个不幸的人，虽有时也说可怜，然而只是上下唇，及舌头筋肉间的活动，和音带的震响罢了，真是十三分的漠然，或者可以说，其间含着幸灾乐祸的恶意呢！总之，一个从来不懂悲哀和痛苦真义的人，要叫他能了解悲哀和痛苦的神秘，未免太不容易！所以朋友们！你们要好好记住，如果你们是有痛苦悲哀的时候，与其对那些不能了解的人诉说，希冀他们予以同情的共鸣，那只是你们的幻想，决不会成事实的。不如闭紧你们的口，眼泪向肚里流要好得多呢。

悲哀才是一种美妙的快感，因为悲哀的纤维，是特别的精细。它无论是触于怎样温柔的玫瑰花朵上，也能明切的感觉到。比起那近于欲的快乐的享受，真是要耐人寻味多了。并且只有悲哀，能与超乎一切的神灵接近。当你用怜悯而伤感的泪跟，去认识神灵的所在，比较你用浮夸的享乐的欲眼时，要高明得多，悲哀诚然是伟大的！

朋友们！你们读我的信到这个地方，总要放下来揣想一下吧！甚或要问这倒是怎么一回事。想来这个不幸的人，必是被暗愁搅乱了神经，不然为何如此尊崇悲哀和不幸者呢？……要不然这个不幸的人，一定改了前此旷达的心胸，自囿于凄栗之中。……呵！朋友们！如果你们如是的怀疑，我可以诚诚实实的告诉你们，这揣想完全错了。我现在的态度，固然是比较从前严肃，然而我却好久不掉眼泪了。看见人家伤心，我仿佛是得到一句隽永的名句，有意义的，耐人寻味的名句。我得到这名句，一面是刻骨子的欣赏，一面又从其中得到慰安，这真是一种灵的认识，从悲哀的历程中，所发见的宝藏。

我前此常常觉得人生，过于单调，青春时互相的爱恋者，一天天平凡的度过去，究竟什么是生命的意义！有什么无上的价值，完全不明了。现在我仿佛得到神明的诏示，真了解悲哀才有与神接近的机会，才能与鲜红的热血为不幸者牺牲，朋友们！我相信你们中一定有能了解我这话的人，至少梅姊可以和我表同情，是不是？

我自从沦入失望和深愁浸渍的漩涡中，一直总是颓废不振，我常常自危，幸而近来灵光普照，差不多已由颓废的漩涡中挣扎起来了。只要我一旦对于我的灵魂，更能比较的解放，更认识得清楚些，那末个人的小得失，必不致使我惊心动魄了。

梅姊的近状如何？我记得上半年来信，神气十分萎靡；固然我也知道梅姊的遭遇多苦；但是，我希望梅姊把自己的价值看重些，把自己的责任看大些，像我们这种个人的失意，应该把它稍为靠后些，因为这悲哀造成的世界，本以悲哀为原则，不过有的是可医治的悲哀，有的是不可医治的悲哀。我们的悲哀，是不可医治的根本的烦冤，除非毁灭，是不能使我们与悲哀相脱离，我们只有推广这悲哀的意味，与一切不幸者同运命，我们的悲哀岂不更觉有意义些吗？呵！亲爱的朋友！为了怜悯一个贫病的小孩子而流泪，要比因自己的不幸而流泪，要有意味得多呢！

神实在是不可思议的，所以能够使世界瑰琦灿烂，不可逼视。在这里我要告诉你一件很有趣味的事实。前天下午，我去看星姊。那时美丽的太阳，正射着玫瑰色的玻璃窗上，天边浮动着变幻的浅蓝的飞云，我走到星姊的房间的时候，正静悄悄不听一点声息。后来我开门进去，只见星姊正在摇篮旁用手极轻微的摇着睡在里面的小孩子，我一看，突然感觉到母亲伟大而高远的爱的神光，从星姊的两眸子中流射出来，那真是一朵不可思议的灿烂之花！呵隽妹！我现在能想象你，那温慈的爱欢，正注射着你那可爱的娇儿呢！这真是人间最大慰安吧。无论是怎么痛苦或疲乏的人，只要被母亲的春晖拂照便立刻有了生气，世界上还有比母亲的爱更伟大么。这正是能牺牲自己而爱，爱她们的孩子，并且又是无所为而爱的呵！母亲的爱是怎样的神圣，也正和为不幸而悲哀同样有意味呢！

现在天气冷了，秋风秋雨一阵紧一阵。燕北彤云，雪意必浓，四境的冷涩，不知又使多少贫苦人惊心骇魄。但愿梅姊用悲哀的更大同情，为他们洗涤创污；隽妹以母亲伟大的温情，为他们的孤零嘘拂。

如果是无甚阻碍，明年暑假，我们定可图一晤。敬祝亲爱的朋友为使灵魂的超越而努力呵！

你们海角的故人书于凄风冷雨之下

祭献之辞

唉！这是怎样悲惨而深刻的一个伤痕呵！评梅！月色是寒凉如冰，宇宙是深沉静默；你就在那时候悄悄的走了。我记得那夜，我刚睡下，就接到你舅父的电话，说是你病情危急，唉！我的心颤抖了，我的神经紊乱了，直等到森弟叫了汽车来，催我快走，我仿佛恶梦初醒。唉！评梅，我真不信你去得这样决绝，人间诚然是苦海，不过你这二十余年，寄息于其中，难道真没有一点依恋吗！但是人心不可测，我知道你的去，也是一半欢喜一半悲愁呢，是不是？

汽车转瞬到了医院门口，一片寒光，照在那庄严而冷森的大楼上；我感到凄凉了。一直含着泪走到你的病室，远远的已看见看护们手忙脚乱的样子，我吓极了，心想难道已经完了吗？我深夜赶来，终不能见你最后的一瞬吗？唉！天呵！这时我流着泪忙忙进了那个小门，看护正在给你擦痰，我知道你还在人间；这时我暗暗的祷祝上帝，我求他施出惊人的神通，将你游丝般的生命挽回；那时你喉头的痰，不住的作响，你的气息十分急促；脸色惨白极了，好像枯蜡，眼神也散了，看护将你手拿出来按了按脉，也叹息了，摇头了，她低声告诉我：脉没有了。唉！评梅！上帝是无灵的，命运是不可换回的。我忍着惨痛看着你咽了那最后的一口气。唉！太可怜了！你将头往枕上一放，二十余年的生命便这样结束了，那时我还怔怔站在你的面前，我辨不出是梦是真；我看着你惨白的面靥，低垂的睫毛，和散乱的黑发，这一切不久都要化为灰尘，但是我愿它们都深深印入我的脑膜，但是医生不容我多看，他叹着气，将白色的被单遮住你的脸。唉！评梅！天从人间夺去了你；医生又从我眼睛里夺去了你，可怜我感到世界的空虚了，我禁不住放声痛哭，你的舅父，森弟也都向着你的尸骸痛哭；但是哭有什么用呢？天是永远不为这悲哀的哭声而动心的呵！一切都只是冷酷尊严的对着我们。后来看护来劝我出去歇歇，并且她还劝我说："你不要太为她悲哀，她得了这病，纵使好了，也要残废的。这样一想她不是死还快活吗？"不错，她的话很有道理，并且我相信你自己也一定感到，死比生乐，如果灵魂是不灭的话；你在另一个世界，遇到你的宇哥，也许这时正在高唱凯歌呢。但是评梅你丢下凄苦的清姑隐姊，她们太可怜了！还有你白发皤皤的两老，他们更需要你，你竟忍心放下走了，从此以后，他们接不到你的信；你的慈母到了暑假，也看不见你回去，你想到她老人家含着泪，替你预备床褥时的情景，你真能不动心吗？唉！评梅你纵使看轻这些，不值留恋的恋情；但是你所希望的事业你也决然不顾吗？唉！评梅，这一些疑问，你能答复我吗？而今是人天路隔了，若要相逢，除非梦里，希望你给我一个极清楚的梦吧！可怜我只敢有这一点希望呵！

你死去的消息，传遍以后，没有一个认识你的人，不为你恸哭，最可怜的，是你教的那群天真的小女孩们；她们叫着"先生"不住的痛哭。她们纯洁天真的小心，感到悲哀了。你装殓的时候，她们流着泪替你穿衣服，评梅！这一点应当骄傲了！这一些纯洁的天使，用她们极热烈的真诚之泪，来洗涤你在世的伤痕和劳绩，你大约可以安慰了吧！

现在我告诉你白屋的情形，我记得从前每次来学校上课，当然我开白屋门看不见你时；我心里就不知不觉的怅惘，有时并后悔，我今天来得太早，坐在这白屋里，又凄凉，又寂寞，由不得想起五六年前，白屋里的种种：那时候我们的交情，还是很普泛的，见面时除非谈些没要紧的话，其余的时候，便互相缄默着，那时我对于你的生平不很了解，我为了自己颠沛的命运，常口艳羡你的幸福。不过有的时候，你一种难言的苦情的表露，很使我惊异过，但我以为是我自己的误解；所以一直不敢向你动问，并且连我自己，那时纠纷难解决的恋爱问题，也不敢向你进露一字半句。因此我们只有相视无言，后来我决定走了，决定去做绝大的牺牲了，你才含着凄苦的微笑对我说："隐姊，我佩服你，你是英雄，你胜利了！我真不如你！"当时我听了这话，心里一惊；莫非你也处在我这种进退皆难的环境吗？我想问你个究竟，又怕你不愿对我说，我只得不说什么，离开了白屋，第二天我也就离开了北京！你那时还到车站去送我，我看见你含着眼泪……唉！评梅，就在这一刹那间，我们的灵魂沟通了，在这广漠冷淡的人间，能够无意之中，得到一个知己，也算是幸福了。但是昔日所认为的幸福，就是今日的苦痛，如果我们始终只是普泛的认识，你今日的绝然而去，我也不过说一声"可惜"完毕。现在呢，你的死竟刻上一道深刻的伤痕，在我创痛的心上，唉！评梅，你的隐姊真太可怜了，你知道我这几年来，所受的苦痛，是接二连三的不断呵！在你病的时候，正是我哥哥，丢下我年轻的嫂嫂，和幼小的侄子们死去的时候。你想我那时的惨痛，向谁去诉说？还不是咽着眼泪，到学校去上课吗？有时候极想放声痛哭，但是怕别人忌讳讨厌，只得努力的忍下去，到夜深时，悄悄的在枕上流泪。唉！评梅！你从前总觉得你是孤苦的，但是你还有爱你的父母，还有许多了解你爱重你的朋友。说到你可怜的隐姊，那就太悲惨了！在这世界上，只有一个稚小的萱是她的亲人，父母呢，早已抛下她去了！现在爱她的哥哥，了解她的朋友，也都抛下她去了。唉！叫她怎忍回头过去，细想将来！唉！评梅，你从前曾允许为我料理后事，整理遗稿，立碑作传，现在你竟去了，这一切你所应许我的，反倒叫我替你办，天呵！这是怎么个安排呵？——唉！评梅，我每天来到不堪回首的白屋时，我便不禁泣然了，我坐在那长方桌的旁边，我总感觉到你是在我的对面。但是抬头细看，哪里有你的影子呢？有的只是那脑海中的幻影呵！有时我听见门外有高底鞋走路的声音，我总以为是你来了，然而每次我都是因失望而悲哀。有时我照着你常照的那面小镜子，我总觉你站在我的身后呢，于是我急转过身来寻觅；唉！斗室凄清，又哪里有你的影子呵？唉！评梅！这仅仅是一所小小的白屋，但是它装了我俩悲哀和欢笑，在这小白屋中，你看见过我胜利的微笑；在这小白屋中，你看见过我悄流悼亡的泪。唉！仅仅四五年间，我们尝尽人间的酸甜苦辣的滋味，这一次我千里归来。本想和你相依以终。在这悲苦的运命中，互相鼓励，互相安慰，天公虽然刻残，我们也就感谢它，对于我们的意外厚遇了！谁知道，并这一点小小的希望，最后也只是一场幻梦！唉！评梅！我这样不幸的人，还配更说什么！

本来像我们这样凄苦的生命，早点收束了也罢！不过你呢，曾经为了白发高堂，强饭自爱。我似乎一无所恋了，但是现在我又为了萱努力的挣扎，我几次想到死，但我一想到我死后萱的孤苦可怜，我的心便又软了；我不愿意死了；我要挣扎着，受尽人间的凌虐，看她长大成人……唉！这岂是容易忍受的磨难；不过天知道！我为萱我愿意咬着牙忍受下去。

唉！评梅，我的哀苦也不愿再向你深说了，现在我再报你一个惨痛的消息，昨天我接到清妹一封快信，她为了你的死，哀痛将要发狂。她说"梅姊的死至少带去我半个生命"！并且她还要从南方来哭你埋葬你。我得到这个消息之后，我一直耽着惊恐，清妹年来的命运太凄苦，天现在更夺去她的梅姊，她小的双肩，怎样担得起这巨重的哀愁！……唉！评梅，这几年来，天为什么特别和我们这几个可怜的女孩过不去呢！使我们尝尽苦恼，使我们受尽揶揄；最难堪的，要算负着创伤的心，还得在人前强为欢笑；在冷酷的人们面前装英雄。睛泪倒流，只有自己知道，唉！评梅你算是解脱了！但是我们呢，从前虽然悲苦，还有你知道，眼泪有时还可以向你流，你虽然也只是陪着我们流泪，可是已足够安慰我们了，现在呢，唉！完了，完了！一切都完了！评梅，我真恨世界，设如有轮回的话，我愿生生世世不再做人！评梅！我诚然"只有梅花知此恨"，然而梅花已经仙去，你叫我向谁说？

你埋葬的地方，我们知道你一定愿在陶然亭，我们也愿意你在陶然亭，因为那个地方正配你埋魂，并且又有宇哥伴你，你也不寂寞。不过现在我们还不敢把你死的消息，告诉你白发双亲，暂且我们也不敢就决定把你埋葬在那里，但是评梅你放心！我们总当设法使你如愿！

你的稿件，我当和清妹与你整理，作序，付印，将来的版税，自然要交给你的慈母。你的遗物：书，都放在学校的图书馆，留个永久的纪念，其他的东西，都交给你的舅父带回。

唉！评梅你的一切身后事，我们是这样料理的，你满意吗？望梦中告诉我们！

这几天秋风凄厉，万象萧森，也正如你可怜的朋友们的心情。评梅！你知道吗！

今天是死后的三七，我含着眼泪，写这一篇祭献之词，敬献你在天之灵。唉！评梅……"万劫千生再见难，小影心头葬……"天实为之，我复何言！完了！完了！除非地球毁灭，此恨宁有已时！

寄天涯一孤鸿

亲爱的朋友，这是什么消息，正是你从云山叠翠的天末带来的！我绝不能顷刻忘记，也绝不能刹那不为此消息思维。这想到你所说的，"从今后我真成了天涯一孤鸿了"，这一句话日夜在我心魂中回旋荡漾。我不时的想，倘若一只孤鸿，停驻在天水交接的云中，四顾苍茫，无枝可栖，其凄凉当如何？你现在即是变成天涯一孤鸿，我怎堪为你虚拟其凄凉之境，我也不愿你真个是那样的冷漠凄凉。但你带来的一纸消息，又明明是："……一切的世界都变了，我处身其中，正是活骸转动于冷酷的幽谷里，但是我总想着一年之中，你要听到我归真的信息……"唉，朋友！久已心灰意懒的海滨故人，不免为此而怦怦心动，正是积思成痴了。我昨夜因赴友人之召，回来已经十时后；我归途中穿过一带茂密的树林，从林隙中闪烁着淡而无力的上弦月，我不免又想起你了。回来后，我懒懒坐在灯光下，桌上放着一部宋人词钞，我随手翻了几页，本想于此中找些安慰，或能把想你的念头忘却；但是不幸，我一翻便翻出你给我的一封信来，我想搁起它，然而不能，我始终又从头把它读了。这信是你前一个月寄给我的，大约你已忘了这其中的话。我本不想重复提这些颓丧的话，以惹你的伤心，但是其中有一个使命，是你叫我为你作一篇记述的。原文是："……我友，汝尚念及可怜陷入此种心情的朋友吗？你有兴，我愿你用诚恳的笔墨为伤心人一吐积悃……"朋友！这个使命如何的重大？你所希望我的其实也是我所愿意作的。但是朋友，你将叫我怎样写法？唉！我终是踟蹰，我曾三番五次，握管沉思，竟至整日无语，而只字不曾落纸。我与你交虽莫逆，但是你的心究竟不是我的心，你的悲伤我虽然知道，但是我所知道的，我不敢臆断你伤感的程度，是否正应我所直觉到的一样。我每次作稿，描写某人的悲哀或烦恼，我只是欺人自欺，说某人怎样的痛哭，无论说得怎样像，但是被我描写的某人，是否和我所想象的伤心程度一样，谁又敢断定呢？然而那些人只是我借他们来为我象征之用，是否写得恰合其当，都无伤于事；而你是我最好的朋友，我对于你的嘱托，怎好不忠于其事。因此我再三踌躇，不能轻易落笔，便到如今我也不敢为你作记述。我只能把我所料想你的心情，和你平日的举动，使我直觉到你的特性，随便写些寄给你。你看了之后，你若因之而浮白称快，我的大功便成了五分。你若读了之后，竟为之流泪，而至于痛哭，我的大功便成了九分九。这种办法，谅你也必赞成？

我记得我认识你的时候，正是我将要离开学校的头一年春天。你与我同学虽不止一年，可是我对于新来的同学，本来多半只知其名，不识其面，有的识其面又不知其名，我对于你也是如此。我虽然知道新同学中有一个你，而我并不知道，我所看见很活泼的你，便是常在报纸上作缠绵悱恻的诗的你。直到那一年春天，我和同级的莹如在中央公园里，柏树荫下闲谈，恰巧你和你的朋友从荷池旁来，我们只以彼此面熟的缘故，点头招呼。我们也不曾留你坐下谈谈，你也不曾和我说什么，不过那时我觉得你很好，便想认识你，我便问莹如你叫什么名字。她告诉我之后，我才狂喜的叫起来道："原来就是她呵，不像！不像！"莹如对于我无头无脑的话，很觉得诧异，她说："什么不像不像呵？"我被她一问，自己也不觉笑起来，我说："你不知道我的心里的想头，怪不得你不懂我的意思了。你常看见报上 PM 的诗吗？你就那个诗的本身研究，你应当觉到那诗的作者心情的沉郁了，但是对她的外表看起来，不是很活泼的吗？我所以说不像就是这个原故了。"莹如听了我的解释，也禁不住点头道："果然有点不像，我想她至少也是怪人了！"朋友！自从那日起，我算认识你了，并且心中常有你的影像。每当无事的时候，便想把你的人格分析分析，终以我们不同级，聚会的时间很少，隔靴搔痒式的分析，总觉无结果，我的心情也渐渐懒了。

过了二年，我在某中学校教书。那中学是个男校，教职员全是男人。我第一天到学校，觉得很不自然，坐在预备室里很觉得无聊，正在神思飞越的时候，忽听预备室的门呀的一响，我抬头一看，正是你拿着一把藕荷色的绸伞进来了。我这时异常兴奋，连忙握着你的手道："你也来了，好极！好极！你是不是担任女生的体操？"你也顾不得回答我的话，只管嘻嘻的笑——这情景谅你尚能仿佛？亲爱的朋友！我这时心里的欢乐，真是难以形容，不但此后有了合作的伴侣，免得孤孤单单一个人坐在女教员预备室里，而且与你朝夕相处，得以分析你的特性，酬了我的心愿。

想你还记得那女教员预备室的样子，那屋子是正方形的，四壁新裱的白粉连纸，映着阳光，都十分明亮。不过屋里的陈设，异常简陋，除了一张白木的桌子，和两三张白木椅子外，还有一个书架，以外便什么也没有了。当时我们看了这干燥的预备室，都感到一种怅惘情绪。过了几天，我们便替这个预备室起了一个名字，叫作白屋。每逢下课后，我们便在白屋里雄谈阔论起来。不过无论怎样，彼此总是常常感到苦闷，所以后来我们竟弄得默默无言。我喜欢诗词，你也爱读诗词，便每人各手一卷，在课后浏览以消此无谓的时间。我那时因为这预备室里很干燥，一下了课便想回到家里去，但是当我享到家庭融洽乐趣的时候，免不得想到栖身学校寄宿舍中，举目无与言笑的你，因决意去访你，看你如何消遣。我因雇车到了你所住的地方，只见两扇欲倒未倒的剥漆黑灰不分明的大柴门，墙头的瓦七零八落的叠着，门楼上满长着狗尾巴草，迎风摇摆，似乎代表主人招待我。下车后，我微用力将柴门推了一下，便呀的开了。一个老看门人恰巧从里面出来，我便问他你住的屋子，他说："这外头院全是男教员的住舍，往东去另有一小门，又是一个院子，便是女教员住的地方了。"我因按他话往东去，进了小门便看见一个院落，院之中间有一座破亭子，亭子的四周放着些破木头的假枪戟，上头还有红色的缨子。过了破亭有一株合抱的大槐树，在枝叶交覆的荫影下，有三间小小的瓦房，靠左边一间，窗上挂着淡绿色的纱幔，益衬得四境沉寂。我走到窗下，低声叫你时，心潮突起，我想着这种冷静的所在，何异校中白屋。以你青年活泼的少女，整日住在这种的环境里，何异老僧踞石崖而参禅，长此以往，宁不销铄了生趣。我一走进屋子里看见你，突然问道："你原来住在破庙里！"你微笑着答道："不错！我是住在破庙里，你觉得怎样？"我被你这一问，竟不知所答，只是怔怔的四面观望，只见在小小的门斗上有一张妃色纸，写着"梅窠"两字。这时候我仿佛有所发现，我知道素日对你所想象的，至少错了一半，从此我对你的性格分析，更觉兴味浓厚了。

光阴过得很快，不觉开学两个多月了，天气已经秋凉。在那晓露未干的公园草地上，我们静静地卧着。你对我说："我愿就这样过一世，我的灵魂便可常常与浩然之气，结伴遨游。"我听了你的话，勾起我好作玄思的心，便觉得身飘飘凌云而直上，顷刻间来到四无人迹的仙岛里，枕藉芳草以为茵缛，餐美果，饮花露，绝不染丝毫烟火气。那时你心里所想的什么，我虽无从知道，但看你那优然游然的样子，我感到你已神游天国了。

　　我和你相处将及一年，几次同游，几次深谈，我总相信你是超然物外的人。我记得冬天里我们彼此坐在白屋里向火的时候，你曾对我说，你总觉得我是个怪人，你说："我不曾和你同事的时候，我常常对婉如说，你是放荡不羁的天马。但是现在我觉得你志趣消沉，束缚维深……"我当时听了你的话，我曾感到刺心的酸楚，因为我那时正困顿情海里拔脱不能的时候，听你说起我从前悲歌慷慨的心情，现在何以如此萎靡呢？

　　但是，朋友！你所怀疑我的，也正是我所怀疑于你；不过我觉得你只是被矛盾的心理争战而烦闷，我却不曾疑心你有什么更深的苦楚。直到我将要离开北京的那一天，你曾到车站送我，你对我说："朋友！从此好好的游戏人间吧！"我知道你又在打趣我，我因对你说："一样的，大家都是游戏人间，你何必特别嘱咐我呢！"你听了我这话，脸色忽然惨淡起来，哽咽着道："只怕要应了你在《或人的悲哀》里的一句话：我想游戏人间，反被人间游戏了我！"当时我见你这种情形，我才知道我从前的推想又错了。后来我到上海，你写信给我，常常露着悲苦的调子，但我还不能知道你悲苦到什么地步；直到上月我接到你一封信说，你从此变成天涯一孤鸿了，我才想起有一次正是风雨交加的晚上，我在你所住的"梅寀"坐着，你对我说："隐！世界上冷酷的人太多了，我很佩服你的卓然自持，现在已得到最后的胜利！我真没有你那种胆量和决心，只有自己摧残自己，前途、结果现在虽然不能定，但是惨象已露，结果恐不免要演悲剧呢。"我那时知道你蕴藏心底必有不可告人的哀苦，本想向你盘诘，恐怕你不愿对我说，故只对你说了几句宽解的话。不久雨止了，余云尽散，东山捧出淡淡月儿，我们站在廊庑下，沉默着彼此无语，只有互应和着低微之呼气声。

　　最近我接到你一封信，你说：

　　隐友！《或人的悲哀》中的恶消息："唯逸已于昨晚死了！"隐友！怎么想得到我便是亚侠了，游戏人间的结果只是如斯！……但是亚侠的悲哀是埋葬在湖心了，我的悲哀只有飘浮在天心了，有母亲在，我须忍受腐蚀的痛苦活着。……

我自从接到你这封信，我深悔《或人的悲哀》之作。不幸的唯逸和亚侠，其结果之惨淡，竟深刻在你活跃的心海里。即你的拘执和自傲，何尝不是受我此作的无形影响。我虽然知道纵不读我的作品，在你超特的天性里早已蛰伏着拘执的分子，自傲的色彩，不过若无此作，你自傲和拘执或不至于如是之深且刻。唉！亲爱的朋友，你所引为同情的唯逸既已死了，我是回天无术，但我却要恳求你不要作亚侠罢。你本来体质很好，并没有心脏病，也不曾吐血，你何必自己过分的糟蹋呢。我接到你纵性喝酒的消息，十分难受。亲爱的朋友！你对于爱你的某君，既是不能在他生时牺牲无谓的毁誉，而满足他如饥如渴的纯挚情怀，又何必在他死后，作无谓的摧残呢？你说："人事难测，我明年此日或者已经枯腐，亦未可知！……现在我毫无痛苦，一切麻木，仰观明月一轮常自窃笑人类之愚痴可怜。"唉！你的矛盾心理，你自己或不觉得，而我却不能不为你可怜。你果真麻木，又何至于明年此日化为枯槁？我诚知人到伤心时，往往不可理喻，不过我总希望你明白世界本来不是完全的，人生不如意事也自难免，便是你所认为同调的某君不死，并且很顺当的达到完满的目的；但是胜利以后，又何尝没有苦痛？况且恋感譬如漠漠平林上的轻烟微雾，只是不可捉摸的，使恋感下跻于可捉摸的事实，恋感便将与时日而并逝了。亲爱的朋友呀！你虽确是悲剧中之一角，我但愿你以此自傲，不要以此自伤吧！

昨夜星月皎洁，微风拂煦，炎暑匿迹，我同一个朋友徘徊于静安寺路。忽见一所很美丽庄严的外国坟场，那时铁门已阖，我们只在那铁栅隙间向里窥看，只见坟牌莹洁，石墓纯白；墓旁安琪儿有的低头沉默，似为死者之幽灵祝福：有的仰瞩天容，似伴飘忽的魂魄上游天国。我们驻足忘返。忽然墓场内松树之巅，住着一个夜莺，唱起悲凉的曲子。我忽然又想起你来了。

回来之后忽接得文菊的一封信说：

隐友！前接来信，令我探听 PM 的近状，她现在确是十分凄楚。我每和她谈起 FN 的死，她必泪沾襟袖呜咽地说："造物戏我太甚！使我杀人，使我陷入于类似自杀之心境！"自然哟！她的悲凉原不是无因。我当年和她在故乡同学的时候，她是很聪明特出的学生。有一个青年十分羡慕她，曾再三想和她缔交，她也晓得那青年也是个很有志趣的人，渐渐便相熟了。后来她离开故乡，到北京去求学，那青年便和她同去。她以离开温情的父母和家庭，来到四无亲故的燕都，当然更觉寂寞凄凉，FN常常伴她出游。在这种环境下，她和他的交感之深，自与时日俱进了。那时我们总以为有情人终成眷属了；然而人事不可测，不久便听说FN病了，病因很复杂，隐约听说是呕血之症。这种的病，多半因抑郁焦劳而起，我很觉得为PM担忧，因到她住的"梅寮"去访她。我一进门便看见她黯然无言的坐在案旁，手里拿着一张甫写成的几行信稿。她见我进来，便放下信稿招呼我。正在她倒茶给我喝的时候，我已将那桌上的信稿看了一遍，她写的是："……飞蛾扑火而焚身，春蚕作茧以自缚，此岂无知之虫蚕独受其危害，要亦造物罗网，不可逃数耳！即灵如人类，亦何能摆脱？……"隐友！PM的哀苦，已可在这数行信笺中寻绎了解，何况她当时复戚容满面呢。我因问她道："你曾去看FN吗？他病好些吗？"她听我问完，便长叹道："他的病怎能那末容易好呢！瞧着罢！我虽不杀伯仁，伯仁终不免因我而死！"我说："你既知你有左右他的生死权，何忍终置之于死地！"她这时禁不住哭了，她不能回答我所问的话，只从抽屉里拿出一封信给我看，只见上面写道：

"PM！近来我忽觉得我自己的兴趣变了，经过多次的自省，我才晓得我的兴趣所以致变的原因。唉！PM！在这广漠的世界上我只认识了你，也只专诚的膜拜你，愿飘零半世的我，能终覆于你爱翼之下！

"诚然，我也知道，这只是不自然的自己束缚自己。我们为了名分地位的阻碍，常常压伏着自然情况的交感，然而愈要冷淡，结果愈至于热烈。唉！我实不能反抗我这颗心，而事实又不能不反抗，我只有幽囚在这意境的名园里，作个永久的俘虏罢！"

F韩

隐友！世界上不幸的事何其多！不过因为区区的名分和地位，卒断送了一个有用的青年！其实其惨淡尚不止此，PM的毁形灭灵，更使人

103

为之不忍，当时我禁不住陪着哭，但是何益！

她现在体质日渐衰弱，终日哭笑无常，有人劝她看佛经，但何处是涅槃？我听说她叫你替她作一篇记述，也好！你有功夫不妨替她写写，使她读了痛痛快快哭一场；久积的郁闷，或可借之一泄！

文菊

亲爱的朋友！当我读完文菊这封信，正是午夜人静的时候，淡月皎光已深深隐于云被之后，悲风呜咽，以助我的叹息。唉，朋友呵，我常自笑人类痴愚，喜作茧自缚，而我之愚更甚至一切人类。每当风清月白之夜，不知欣赏美景，只知握着一管败笔，为世之伤心人写照，竟使洒然之心，满蓄悲楚！故我无作则已，有所作必皆凄苦哀凉之音，岂偌大世界，竟无分寸安乐土，资人欢笑！唉！朋友哟！我不敢责备你毁情绝义以自苦，你为了因你而死的 FN，终日以眼泪洗面，我也绝不敢说你想不开。因为被宰割的心绝不是别人所能想到其痛楚，那末更有何人能断定你的哭是不应该的呢。哭罢，吾友！有眼泪的时候痛快的流，莫等欲哭无泪，更要痛苦万倍了。

你叫我替你作记述，无非要将一腔积闷宣泄。文菊叫我作记述，也不过要借我的酒杯为你浇块垒。这都有益于你的，我又焉敢辞。不过我终不敢大胆为你作传，我怕我的预料不对，我若写得不合你的意，必更增你的惆怅，更觉得你是天涯一孤鸿了。但是我若写得合你的意，我又怕你受了无形的催眠。——只有这封信给你，我对于你同情和推想，都可于此中寻得。你为之欣慰或伤感，我无从得知，只盼你诚实的告诉我，并望你有出我意料的彻悟消息告诉我！亲爱的朋友！保重罢！

隐自海滨寄

愁情一缕付征鸿

鞶：

你想不到我有冒雨到陶然亭的勇气吧！妙极了，今日的天气，从黎明一直到黄昏，都是阴森着，沉重的愁云紧压着山尖，不由得我的眉峰蹙起——可是在时刻挥汗的酷暑中，忽有这么仿佛秋凉的一天，多么使人兴奋！汗自然的干了，心头也不会燥热得发跳；简直是初赦的囚人，四围顿觉松动。

鞶！你当然理会得，关于我的脾性，我是喜欢暗淡的光线，和模糊的轮廓，我喜欢远树笼烟的画境，我喜欢晨光熹微中的一切，天地间的美，都在这不可捉摸的前途里，所以我最喜欢"笑而不答心自闲"的微妙人生。雨丝若笼雾的天气，要比丽日当空时玄妙得多呢！

今日我的工作，比任何一天都多，成绩都好。当我坐在公事房的案前，翠碧的树影，横映于窗间，刷刷的雨滴声，如古琴的幽韵，我写完了一篇温妮的故事，心神一直浸在冷爽的雨境里。

雨丝一阵紧，一阵稀，一直落到黄昏，忽在叠云堆里，露出一线淡薄的斜阳，照在一切沐浴后的景物上，真的，鞶！比美女的秋波还要清丽动怜，我真不知怎样形容才恰如其分，但我相信你总领会得，是不是？

这时君素忽来约我到陶然亭去，鞶！你当然深切的记得陶然亭的景物——万顷芦田，翠苇已有人高。我们下了车，慢慢踏着湿润的土道走着，从苇隙里已看见白玉石碑矗立，呵！鞶！我的灵海颤动了，我想到千里外的你，更想到隔绝人天的涵和辛。我悲郁的长叹，使君素诧异，或者也许有些惘然了。他悄悄对我望着，而且他不让我多在辛的墓旁停留，真催得我紧！我只得跟着他走了；上了一个小土坡，那便是鹦鹉冢，我蹲在地下，细细辨认鹦鹉曲。鞶！你总明白北京城我的残痕最多，这陶然亭，更深深的埋葬着不朽的残痕。五六年前的一个秋晨吧：蓼花开得正好，梧桐还不曾结子，可是翠苇比现在还要高，我们在这里履行最凄凉别宴，自然没有很丰盛的筵席。并且除了我和涵也更没有第三人。我们带来一瓶血色的葡萄酒，和一包五香牛肉干，还有几个辛酸的梅子。我们来到鹦鹉冢旁，把东西放下，搬下两块白石，权且坐下。涵将酒瓶打开，我用小玉杯倒了满满的一盏，鹦鹉冢前，虔诚的礼祝后，就把那一盏酒竟洒在鹦鹉冢旁。这也许没有什么意义，但到如今这印象兀自深印心头呢！

我祭奠鹦鹉冢以后，涵似乎得了一种暗示，他握着我的手说："音！我们的别宴不太凄凉吗？"我自然明白他言外之意，但是我不愿这迷信是有证实的可能。我咽住凄意笑道："我闹着玩呢，你别管那些，咱们喝酒吧，你不是说在你离开之先，要在我面前一醉吗？好，涵！你尽量的喝吧。"他果然拿起杯子，连连喝了几杯，他的量最浅，不过三四杯的葡萄酒，他已经醉了——两颊红润得如黄昏时的晚霞。他闭眼斜卧在草地上，我坐在他的身旁，把剩下大半瓶的酒，完全喝了；我由不得想到涵明天就要走了，离别是什么滋味？不孤零如沙漠中的旅人吗？无人对我的悲叹注意，无人为我的不眠嘘唏！我颤抖，我失却一切矜持的力，我悄悄的垂泪。涵睁眼对我征视，仿佛要对我剖白什么似的，但他始终未哼出一个字，他用手帕紧紧捂住脸，隐隐透出啜泣之声，这旷野荒郊充满了幽厉之凄音。

掣！悲剧中的一角之造成，真有些自甘陷溺之愚蠢，但自古到今，有几个能自拔？这就是天地缺陷的唯一原因吧！

我在鹦鹉冢旁眷怀往事，心痕暴裂。掣！我相信如果你在跟前，我必致放声痛哭，不过除了在你面前，我不愿向人流泪，况且君素又催我走，结果我咽下将要崩泻的泪液。我们绕过了芦堤，沿着土路走到群冢时，细雨又轻轻飘落，我冒雨在晚风中悲嘘。掣！呵！我实在觉得羡慕你，辛的死，为你遗留下整个的爱，使你常在憧憬的爱园中踯躅，那满地都开着紫罗兰的花，常有爱神出没其中，永远是圣洁的。我的遭遇，虽有些像你，但是比你差逊多了。我不能将涵的骨殖，葬埋在我所愿他葬埋的地方，他的心也许是我的，但除了这不可捉摸的心以外，一切都受了牵掣，我不能像你般替他树碑，也不能像你般，将寂寞的心泪，时时浇洒他的墓上。呵！掣！我真觉得自己可怜！我每次想痛哭，但是没有地方让我

106

恣意的痛哭。你自然记得，我屡次想伴你到陶然亭去，你总是摇头说："你不用去吧！"颦！你怜惜我的心，我何尝不知道，因此我除了那一次醉后痛快的哭过，到如今我一直抑积着悲泪，我不敢让我的泪泉溢出。颦！你想这不太难堪吗？世界上的悲情，孰有过于要哭而不敢哭的呢？！你虽是怜惜我，但你也曾想到这怜惜的结果吗？！

　　我也知道，残情是应当将它深深的埋葬，可恨我是过分的懦弱，眉目间虽时时含有英气，可济什么事呢？风吹草动，一点禁不住撩拨呵！

　　雨丝越来越紧，君素急要回去，我也知道在这里守着也无味；跟着他离开陶然亭。车子走了不远，我又回头前望，只见丛芦翠碧，雨雾幂幂，一切渐渐模糊了。

　　到家以后，大雨滂沱，君素也不能回去，我们坐在书房里，君素在案上写字，我悄悄坐在沙发上沉思。颦呵！我们相隔千里，我固然不知道你那时在做什么；可是我想你的心魂，日夜萦绕着陶然亭旁的孤墓呢！人间是空虚的，我们这种摆脱不开，聪明人未免要笑我们多余——有时我自己也觉得似乎多余！然而只有颦你能明白：这绵绵不尽的哀愁，在我们有生之日，无论如何，是不能扫尽抛开的呵！

　　我向往想作英雄，——但此念越强，我的哀愁越深，为人类流同情的泪，固然比较一切伟大，不过对于自身的伤痕，不知抚摸悯惜的人，也绝对不是英雄。颦，我们将来也许能做到英雄，不过除非是由辛和涵给我们在悲愁中扎挣起来，我们绝不会有受过陶炼的热情，在我们深邃的心田中蒸勃呢！

　　我知道你近来心绪不好，本不应再把这些近乎撩拨的话对你诉说，然而我不说，便如鲠在喉，并且我痴心希望，说了后可以减少彼此的深郁的烦纡，所以这一缕愁情，终付征鸿，颦呵！请你恕我吧！

寄波微

波微！

　　昨天刮着拔树摧林的狂风，沙土迷漫着宇宙，你大约不到冰场上去了吧？我猜想你会也是掩定门窗，默坐火炉旁……不过那时节，你也念及咫尺天涯的云音吗？

　　波微！近来我们又由扎挣的路上，各自回到不同的歧途去了。几次看完你的《偶然草》，我便不禁暗暗的咽泪。唉！波微！你太颓唐了，为什么就这样毫无波浪地奔向死路去呢？但是波微！我也知道你现在的心情，要比较平坦淡漠，灵的火焰，潜伏在幕之深处……一切只有平淡，其实这也未尝不是安置你自己的好办法呢！

　　说到我，那就更可怜了！便连这一点悲惨的安定，都得不到！近来更深切的感到人生的苦痛了。波微！这几个月里，我们不常见面，也不通音讯，每次在白屋中遇见时，彼此除了惨笑，便是相对悲叹，——仅仅只是这一点表示，而已经很够了，这一种不可说的深愁，我们已心心相照了。波微！我似乎不必更向你述说什么。不过，波微！你知道我连日体倦神昏，将要入于病的状态中了，什么事都懒做，什么人都懒见，镇日兀坐思维，头脑好像将炸裂，便是睡着了，梦也不安稳，总是显示着可怕的将来。昨夜我梦见浴血在一个广漠的沙滩之上，没有一个人认识我，自然也没有一个人同情我，大家走到我的面前，如同目无所见似的走开了。波微！这些人多么残酷呵，我除了向苍冥的天号哭，还有什么办法呢？我正在凄惶着，忽然梦醒了……那时正狂风后，屋里的一切都洒着黄土，玻璃窗也是尘封灰锁，那冷月瘦影，就在这不清洁的玻璃片上，映射进来，好像泪眼看花，使人不忍逼视。

　　我将脸转向里壁去，那上面梅花的影子，照得清楚极了……唉！波微！我知道春天不久依然要来临人间。但是我这久困于风霜冰雪中的蛰虫，还有复活的希望吗？

波微呵！我告诉你吧，世界上的人，只看见风霜冰雪中的蛰虫是僵伏着不动，便说那是一堆冷静的东西，然而他那内里的生机，潜伏着呢，何尝是根本没有，一旦感到暖和之气，他依然是要发生的，但是谁明白他呢？永远以风霜冰雪的盖子，将他紧紧的盖住，他也只得以冷严的面目在人间扎挣了！可怜他内心里的灵焰，悄悄的焚着，只有他自己感到灼炙的痛苦，有谁能谅解他？啊！波微！我们不幸都是这种的蛰虫呢。除了让他尽量焚燃，把这可怜的心焚燃成灰以外，将永没有得救的日子呢！波微！我真如同怒狮般的发着狂，但是我的力量究竟薄弱，依然将那风霜冰雪的盖子，紧紧的保持着，唯恐它失掉，被无情的人们，看见那内在的火焰——因为他们若是看见了这奇异的火焰，他们将吓得疯狗似的乱咬人呢！波微！这是多么不幸呵，而我们偏偏遭际着！唉……

波微！近来你在那金迷纸醉的歌舞场中，竟能和那些少女争奇斗艳的高歌畅舞；我有时羡慕你的兴致比我好，但是再一深想，我便立刻看见你咽着泪惨笑的狞容之可怕，我禁不住发抖了！波微呵！你为什么就忍这样的哄骗你自己呢？你为什么不跑到我的跟前，让我们毫不顾忌的痛哭呢？好像孩子在娘面前诉说委屈的痛哭呢？波微呵！你的造作，为什么不再巧妙些呢？每次让我看到破绽！——那是多么惨酷的悲剧哟！

唉！波微！我现在连造作的能力，都渐渐失掉了。不顾人前人后，想到难过的时节，便立刻要发怒，要向人发脾气，似乎害了肺病的人，心火特别旺，自己再也制不住的；有时候心跳得十分厉害，这恐怕都不是好兆头。唉！其实又有什么呢？能早些离开人世，还算造化呢！波微！我在现在的世界上，本来也不希望什么，因为我已是被人们认为没有资格希望什么的人了，纵使春天特别灿烂，也不过是特别烘托我的萧条，我怎敢再希望做青春的主人呢？波微！既然什么都没有我的份，除了放下一切死去，还有比这个更好的路可走吗？

昨天又痴心想望毒醉一次，但是有什么效果呢？酒醒后一切都依然是不安，波微！你的心还能殡葬于冰雪之中，我呢？便这一点都不敢希冀，唯有让恶魔来片片的撕碎，我的心唯有忍着这惨痛，等待最后的死刑了！

云音
十七年一月十二日

秋光中的西湖

我像是负重的骆驼般，终日不知所谓的向前奔走着。突然心血来潮，觉得这种不能喘气的生涯，不容再继续了，因此便决定到西湖去，略事休息。

在匆忙中上了沪杭甬的火车，同行的有朱、王二女士和建，我们相对默然地坐着。不久车身蠕蠕而动了，我不禁叹了一口气道："居然离开了上海。"

"这有什么奇怪，想去便去了！"建似乎不以我多感慨的态度为然。

查票的人来了，建从洋服的小袋里掏出了四张来回票，同时还带出一张小纸头来，我捡起来，看见上面写着："到杭州：第一大吃而特吃，大玩而特玩……"真滑稽，这种大计划也值得大书而特书，我这样说着递给朱、王二女士看，她们也不禁哈哈大笑了。

来到嘉兴时，天已大黑。我们肚子都有些饿了，但火车上的大菜既贵又不好吃，我便提议吃茶叶蛋，便想叫茶房去买，他好像觉得我们太吝啬，坐二等车至少应当吃一碗火腿炒饭，所以他冷笑道："要到三等车里才买得到。"说着他便一溜烟跑了。

"这家伙真可恶！"建愤怒地说着，最后他只得自己跑到三等车去买了来。吃茶叶蛋我是拿手，一口气吃了四个，还觉得肚子里空无所在，不过当我伸手拿第五个蛋时，被建一把夺了去，一面埋怨道："你这个人真不懂事，吃那末许多，等些时又要闹胃痛了。"

这一来只好咽一口唾沫算了。王女士却向我笑道："看你个子很瘦小，吃起东西来倒很凶！"其实我只能吃茶叶蛋，别的东西倒不可一概而论呢！——我很想这样辩护，但一转念，到底觉得无谓，所以也只有淡淡地一笑，算是我默认了。

车子进杭州城站时，已经十一点半了，街上的店铺多半都关了门，几盏黯淡

110

的电灯，放出微弱的黄光，但从火车上下来的人，却吵成一片，挤成一堆，此外还有那些客栈的招揽生意的茶房，把我们围得水泄不通，不知花了多少力气，才打出重围叫了黄包车到湖滨去。

车子走过那石砌的马路时，一些熟悉的记忆浮上我的观念界来。一年前我同建曾在这幽秀的湖山中作过寓公，转眼之间早又是一年多了，人事只管不停地变化，而湖山呢，依然如故，清澈的湖波，和笼雾的峰峦似笑我奔波无谓吧！

我们本决意住清泰第二旅馆，但是到那里一问，已经没有房间了，只好到湖滨旅馆去。

深夜时我独自凭着望湖的碧栏，看夜幕沉沉中的西湖。天上堆叠着不少的雨云，星点像怕羞的女郎，踯躅于流云间，其光隐约可辨。十二点敲过许久了，我才回到房里睡下。

晨光从白色的窗幔中射进来，我连忙叫醒建，同时我披了大衣开了房门。一阵沁肌透骨的秋风，从桐叶梢头穿过，飒飒的响声中落下了几片枯叶，天空高旷清碧，昨夜的雨云早已躲得无影无踪了。秋光中的西湖，是那样冷静，幽默，湖上的青山，如同深沉的玉色，桂花的残香，充溢于清晨的气流中。这时我忘记我是一只骆驼，我身上负有人生的重担。我这时是一只紫燕，我翱翔在清隆的天空中，我听见神祇的赞美歌，我觉到灵魂的所在地……这样的，被释放不知多少时候，总之我觉得被释放的那一刹那，我是从灵宫的深处流出最惊喜的泪滴了。

建悄悄地走到我的身后，低声说道："快些洗了脸，去访我们的故居吧！"

多怅惘呵，他惊破了我的幻梦，但同时又被他引起了怀旧的情绪，连忙洗了脸，等不得吃早点便向湖滨路崇仁里的故居走去。到了弄堂门口，看见新建的一间白木的汽车房，这是我们走后唯一的新鲜东西。此外一切都不曾改变，墙上贴着一张招租的帖子，一看是四号吉房招租……"呀！这正是我们的故居，刚好又空起来了，喂，隐！我们再搬回来住吧！"

"事实办不到……除非我们发了一笔财……"我说。

这时我们已到那半开着的门前了，建轻轻推门进去。小小的院落，依然是石缝里长着几根青草，几扇红色的木门半掩着。我们在客厅里站了些时，便又到楼上去看了一遍，这虽然只是最后几间空房，但那里面的气氛，引起我们既往的种种情绪，最使我们觉到怅然的是陈君的死。那时他每星期六多半来找我们玩，有

111

时也打小牌，他总是摸着光头懊恼地说道："又打错了！"这一切影像仍逼真地现在目前，但是陈君已作了古人，我们在这空洞的房子里，沉默了约有三分钟，才怅然地离去。走到弄堂门的时候，正遇到一个面熟的娘姨——那正是我们邻居刘君的女仆，她很殷勤地要我们到刘家坐坐。我们难却她的盛意，随她进去。刘君才起床，他的夫人替小孩子穿衣服。我们这两个不速之客够使她们惊诧了。谈了一些别后的事情，抽过一支烟后，我们告辞出来。到了旅馆里，吃过鸡丝面，王、朱两位女士已在湖滨叫小划子，我们讲定今天一天玩水，所以和船夫讲定到夜给他一块钱，他居然很高兴地答应了。我们买了一些菱角和瓜子带到划子上去吃。船夫是一个五十多岁的忠厚老头子，他洒然地划着。温和的秋阳照着我——使全身的筋肉都变成松缓，懒洋洋地靠在长方形的藤椅背上。看着划桨所激起的波纹，好像万道银蛇蜿蜒不息。这时船已在三潭印月前面，白云庵那里停住了。我们上了岸，走进那座香烟阗然的古庙，一个老和尚坐在那里向阳。菩萨案前摆了一个签筒，我先抱起来摇了一阵，得了一个上上签，于是朱、王二女士同建也都每人摇出一根来。我们大家拿了签条嘻嘻哈哈笑了一阵，便拜别了那四个怒目咧嘴的大金刚，仍旧坐上船向前泛去。

船身微微地撼动，仿佛睡在儿时的摇篮里，而我们的同伴朱女士，她不住地叫头疼。建像是天真般的同情地道："对了，我也最喜欢头疼，随便到哪里去，一吃力就头疼，尤其是昨夜太劳碌了不曾睡好。"

"就是这话了，"朱女士说，"并且，我会晕车！"

"晕车真难过……真的呢！"建故作正经的同情她，我同王女士禁不住大笑，建只低着头，强忍住他的笑容，这使我更要大笑。船泛到湖心亭，我们在那里站了些时，有些感到疲倦了，王女士提议去吃饭。建讲："到了实行我'大吃而特吃'的计划的时候了。"

我说："如要大吃特吃，就到'楼外楼'去吧，那是这西湖上有名的饭馆，去年我们曾在这里遇到宋美龄呢！"

"哦，原来如此，那我们就去吧！"王女士说。

果然名不虚传，门外停了不少辆的汽车，还有几个丘八先生点缀这永不带有战争气氛的湖边。幸喜我们运气好，仅有唯一的一张空桌，我们四个人各霸一方，但是我们为了大家吃得痛快，互不牵掣起见，各人叫各人的菜，同时也各人出各人的钱，结果我同建叫了五只湖蟹，一尾湖鱼，一碗鸭掌汤，一盘虾子冬笋；她们二位女士所叫的菜也和我们大同小异。但其中要推王女士是个吃喝能手，她吃起湖蟹来，起码四五只，而且吃得又快又干净。再衬着她那位最不会吃湖蟹的朋友朱女士，才吃到一个的时候，便叫起头疼来。

"那末你不要吃了，让我包办吧！"王女士笑嘻嘻地说。

"好吗！你就包办……我想吃些辣椒，不然我简直吃不下饭去。"朱女士说。

"对了，我也这样，我们两人真是事事相同，可以说百分之九九一样，只有一分不一样……"建一本正经地说。

"究竟不同是哪一分呢？"王女士问。

"你真笨拙，这点都不知道，一个是男人，一个是女人呵！"建说。

这时朱女士正捧着一碗饭待吃，听了这话笑得几乎把饭碗摔到地上去。

"简直是一群疯子。"我心里悄悄地想着，但是我很骄傲，我们到现在还有疯的兴趣。于是把我们久已抛置的童年心情，从坟墓里重新复活，这不能说这不是奇迹罢！

黄昏的时候，我们的船荡到艺术学院的门口，我同建去找一个朋友，但是他已到上海去了。我们嗅了一阵桂花的香风后，依然上船。这时凉风阵阵地拂着我们的肌肤，朱女士最怕冷，裹紧大衣，仍然不觉得暖，同时东方的天边已变成灰暗的色彩，虽然西方还漾着几道火色的红霞，而落日已堕到山边，只在我们一眨眼的工夫，已经滚下山去了。远山被烟雾整个的掩蔽着，一望苍茫。小划子轻泛着平静的秋波，我们好像驾着云雾，冉冉的已来到湖滨。上岸时，湖滨已是灯火明耀，我们的灵魂跳出模糊的梦境。虽说这马路上依然是可以漫步无碍，但心情却已变了。回到旅馆吃了晚饭后，我们便商量玩山的计划：上山一定要坐山兜，所以叫了轿班的头老，说定游玩的地点和价目。这本是小问题，但是我们却充分讨论了很久：第一因为山兜的价钱太贵，我同朱女士有些犹疑；可是建同王女士坚持要坐，结果是我们失败了，只得让他们得意扬扬地吩咐轿班第二天早晨七点钟来。

今日是十月九日——正是阴历重九后一日，所以登高的人很多，我们上了山兜，出涌金门，先到净慈观去看浮木井——那是济颠和尚的灵迹。但是在我看来不过一口平凡的井而已，所闻木头浮在当中的话，始终是半信半疑。

出了净慈观又往前走，路渐荒芜，虽然满地不少黄色的野花，半红的枫叶，但那透骨的秋风，唱出飒飒瑟瑟的悲调，不禁使我又悲又喜。像我这样劳碌的生命，居然能够抽出空闲的时间来听秋蝉最后的哀调，看枫叶鲜艳的色彩，领略丹桂清绝的残香，——灵魂绝对的解放，这真是万千之喜。但是再一深念，国家危难，人生如寄，如景此色只是增加人们的哀痛，又不禁悲从中来了……我尽管思绪如麻，而那抬我兜的夫子，不断地向前进行，渐渐地来到半山之中。这时我从兜子后面往下一看，但见层崖叠壁，山径崎岖，不敢胡思乱想了。捏着一把汗，好容易来到山顶，才吁了一口长气，在一座古庙里歇下了。

同时有一队小学生也兴致勃勃地奔上山来，他们每人手里拿了一包水果一点吃的东西，都在庙堂前面院子里的雕栏上坐着边唱边吃。我们上了楼，坐在回廊上的藤椅上，和尚泡了上好的龙井茶来，又端了一碟瓜子。我们坐在藤椅上，东望西湖，漾着滟滟光波；南望钱塘，孤帆飞逝，激起白沫般的银浪。把四围无限的景色，都收罗眼底。我们正在默然出神的时候，忽听朱女士说道："适才上山我真吓死了，若果摔下去简直骨头都要碎的，等会儿我情愿走下去。"

"对了，我也是害怕，回头我们两人走下去罢，让她们俩坐轿！"建说。

"好的。"朱女士欣然地说。

我知道建又在使促狭，我不禁望着他好笑。他格外装得活像说道："真的，我越想越可怕，那样陡峭的石级，而且又很滑，万一夫子脚一软那还了得……"建补充的话和他那种强装正经的神气，只惹得我同王女士笑得流泪。一个四十多岁的和尚，他悄然坐在大殿里，看见我们这一群疯子，不知他做何感想，但见他默默无言只光着眼睛望着前面的山景。也许他也正忍俊不禁，所以只好用他那眼观鼻，鼻观心的苦功罢！我们笑了一阵，喝了两遍茶才又乘山兜下山。朱女士果然实行她步行的计划，但是和她表同情的建，却趁朱女士回头看山景的一刹那，悄悄躲在轿子里去了。

"喂！你怎么又坐上去了？"朱女士说。

"呀！我这时忽然想开了，所以就不怕摔……并且我还有一首诗奉劝朱女士不要怕，也坐上去罢！"

"到底是诗人，快些念来我们听听罢！"我打趣他。

"当然，当然，"他说着便高声念道，"坐轿上高山，头后脚在先。请君莫要怕，不会成神仙。"

这首诗又使得我们哄然大笑。但是朱女士却因此一劝，她才不怕摔，又坐上山兜了。中午的时候我们在龙井的前面斋堂里吃了一顿素菜。那个和尚说得一口漂亮的北京话，我因问他是不是北方人。他说："是的，才从北方游方驻扎此地。"这和尚似乎还文雅，他的庙堂里挂了不少名人的字画，同时他还问我在什么地方读书，我对他说家里蹲大学，他似解似不解的诺诺连声地应着，而建的一口茶已喷了一地。这简直是太大煞风景，我连忙给了他三块钱的香火资，跑下楼去。这时日影已经西斜了，不能再流连风景。不过黄昏的山色特别富丽，彩霞如垂幔般的垂在西方的天际，青翠的岗峦笼罩着一层干绡似的烟雾，新月已从东山冉冉上升，远远如弓形的白堤和明净的西湖都笼在沉沉暮霭中。我们的心灵浸醉于自然的美景里，永远不想回到热闹的城市去，但是轿夫们不懂得我们的心事，只顾奔他们的归程。"唷咿"一声山兜停了下来，我们翱翔着的灵魂，重新被摔到满是陷阱的人间。于是疲乏无聊，一切的情感围困了我们。

晚饭后草草收拾了行装，预备第二天回上海。这秋光中的西湖又成了灵魂上的一点印痕，生命的一页残史了。

可怜被解放的灵魂眼看着它垂头丧气地又进了牢囚。

夜的奇迹

　　宇宙僵卧在夜的暗影之下，我悄悄地逃到这黝黑的林丛，群星无言，孤月沉默，只有山隙中的流泉潺潺溅溅的悲鸣，仿佛孤独的夜莺在哀泣。

　　山巅古寺危立在白云间，刺心的钟磬，断续的穿过寒林，我如受弹伤的猛虎，奋力的跃起，由山麓窜到山巅。我追寻完整的生命，我追寻自由的灵魂，但是夜的暗影，如厚幔般围裹住，一切都显示着不可挽救的悲哀。吁！我何爱惜这被苦难剥蚀将尽的尸骸？我发狂似的奔回林丛，脱去身上血迹斑斓的征衣，我向群星忏悔，我向悲涛哭诉！

　　这时流云停止了前进，群星忘记了闪烁，山泉也住了呜咽，一切一切都沉入死寂！

　　我绕过丛林，不期来到碧海之滨，呵！神秘的宇宙，在这里我发现了夜的奇迹！

　　黝黑的夜幔轻轻地拉开，群星吐着清幽的亮光，孤月也踯躅于云间，白色的海浪吻着翡翠的岛屿，五色缤纷的花丛中隐约见美丽的仙女在歌舞。她们显示着生命的活跃与神妙！

　　我惊奇，我迷惘，夜的暗影下，何来如此的奇迹！

　　我怔立海滨，注视那岛屿上的美景，忽然从海里涌起一股凶浪，将岛屿全个淹没，一切一切又都沉入死寂！

　　我依然回到黝黑的林丛，群星无言，孤月沉默，只有山隙中的流泉潺潺溅溅的悲鸣，仿佛孤独的夜莺在哀泣。

　　吁！宇宙布满了罗网，任我百般挣扎，努力的追寻，而完整的生命只如昙花一现，最后依然消逝于恶浪，埋葬于尘海之心。自由的灵魂，永远是夜的奇迹！——在色相的人间，只有污秽与残酷，吁！我何爱惜这被苦难剥蚀将尽的尸骸——总有一天，我将焚毁于我自己郁怒的灵焰，抛这不值一钱的脓血之躯，因此而释放我可怜的灵魂！

这时我将摘下北斗，抛向阴霾满布的尘海。

我将永远歌颂这夜的奇迹！

星　夜

　　在璀璨的明灯下，华筵间，我只有悄悄地逃逝了，逃逝到无灯光，无月彩的天幕下。丛林危立如鬼影，星光闪烁如幽萤，不必伤繁华如梦，只这一天寒星，这一地冷雾，已使我万念成灰，心事如冰！

　　唉！天！运命之神！我深知道我应受的摆布和颠连，我具有的是夜莺的眼，不断的在密菁中寻觅，我看见幽灵的狞羡，我看见黑暗中的灵光！

　　唉！天！运命之神！我深知道我应受的摆布和颠连，我具有的是杜鹃的舌，不断的哀啼于花荫。肢不残，血不干，这艰辛的旅途便不曾走完！

　　唉！天！运命之神！我深知道我应受的摆布与颠连，我具有的是深刻惨凄的心情，不断的追求伤毁者的呻吟与悲哭——这便是我生命的燃料，虽因此而灵毁成灰，亦无所怨！

　　唉！天！运命之神！我深知道我应受的摆布与颠连，我具有的是血迹狼藉的心和身，纵使有一天血化成青烟。这既往的鳞伤，料也难掩埋！咳！因之我不能慰人以柔情，更不能予人以幸福，只有这辛辣的心锥时时刺醒人们绮丽的春梦，将一天欢爱变成永世的咒诅！自然这也许是不可避免的报复！

　　在璀璨的明灯下，华筵间，我只有悄悄逃逝了！逃逝到无灯光，无月彩的天幕下。丛林无光如鬼影，星光闪烁如幽萤，我徘徊黑暗中，我踯躅星夜下，我恍如亡命者，我恍如逃囚，暂脱下铁锁和镣铐。不必伤繁华如梦——只这一天寒星，这一地冷雾，已使我万念成灰，心事如冰！

月下的回忆

　　晚凉的时候，困倦的睡魔都退避了，我们便乘兴登大连的南山，在南山之巅，可以看见大连全市。我们出发的时候，已经是暮色苍茫，看不见娇媚的夕阳影子了，登山的时候，眼前模糊，只隐约能辨人影；漱玉穿着高底皮鞋，几次要摔倒，都被淡如扶住，因此每人都存了戒心，不敢大意了。

　　到了山巅，大连全市的电灯，如中宵的繁星般，密密层层满布太空，淡如说是钻石缀成的大衣，披在淡妆的素娥身上，漱玉说比得不确，不如说我们乘了云梯，到了清虚上界，下望诸星，吐豪光千丈的情景为逼真些。

　　他们两人的争论，无形中引动我们的幻想，子豪仰天吟道："举首问明月，不知天上今夕是何年？"她的吟声未竭，大家的心灵都被打动了，互相问道："今天是阴历几时？有月亮吗？"有的说十五，有的说十七，有的说十六，漱玉高声道："不用争了！今日是十六，不信看我的日记本去！"子豪说："既是十六，月亮应当还是圆的，怎么这时候还没有看见出来呢？"淡如说："你看那两个山峰的中间一片红润，不是月亮将要出来的预兆吗？"我们集中目力，都往那边看去了，果见那红光越来越红，半边灼灼的天，像是着了火，我们静悄悄地望了些时，那月儿已露出一角来了；颜色和丹砂一般红，渐渐大了也渐渐淡了，约有五分钟的时候；全个圆圆的月儿，已经高高站在南山之巅，下窥芸芸众生了，我们都拍着手，表示欢迎的意思。子豪说："是我们多情欢迎明月，还是明月多情，见我们深夜登山来欢迎我们呢？"这个问题提出来后，大家议论的声音，立刻破了深山的寂静，和夜的消沉，那酣眠高枝的鹧鸪也吓得飞起来了。

　　淡如最喜欢在清澈的月下，妩媚的花前，作苍凉的声音读诗吟词，这时又在那里高唱唐李后主的《虞美人》，诵到"故国不堪回首月明中"声调更加凄楚；这

119

声调随着空气震荡，更轻轻浸进我的心灵深处；对着现在玄妙笼月的南山的大连，不禁更回想到三日前所看见充满污浊的大连，不能不生一种深刻的回忆了！

在一个广场上，有无数的儿童，拿着几个球在那里横穿竖冲的乱跑，不久铃声响了，一个一个和一群蜜蜂般地涌进学校门去了；当他们往里走的时候，我脑膜上已经张好了白幕，专等照这形式的电影，顽皮没有礼貌的行动；憔悴带黄的面庞，受压迫含抑闷的眼光，一色色都从我面前过去了，印入心幕了。

进了课堂，里头坐着五十多个学生，一个三十多岁，有一点胡须的男教员，正在那里讲历史，"支那之都"四个字端端正正写在黑板上，我心里忽然一动，我想大连是谁的地方啊？用的可是日本教科书——教书的又是日本教员——这本来没有什么，教育和学问是没有国界的，除了政治的臭味——他是不许藩篱这边的的人和藩篱那边的人握手以外，人们的心都和电流一般相通的——这个很自然……"这是哪里来的，不是日本人吗？"靠着我站在这边的两个小学生在那窃窃私语，遂打断我的思路，只留心听他们的谈话，过了些时，那个较小的学生说："这是支那北京来的，你没看见先生在揭示板写的告白吗？"我听了这口气真奇怪，分明是日本人的口气，原来大连人已受了软化了吗？不久我们出了这课堂，孩子们的谈论听不见了。

那一天晚上，我们住的房子里，灯光格外明亮，在灯光之下有一个瘦长脸的男子，在那里指手画脚的演说："诸君！诸君！你们知道用吗啡培成的果子，给人吃了，比那种百万雄兵的毒还要大吗？教育是好名词，然而这种含毒质的教育，正和吗啡果相同……你们知道吗？大连的孩子谁也不晓得中华民国呵！他们已经中了吗啡果的毒了！……

"中了毒无论怎么样，终久是要发作的，你看那一条街上西岗子一连有一千余家的暗娼，是谁开的，原来是保护治安的警察老爷，和暗探老爷们勾通地棍办的，警察老爷和暗探老爷，都是吃了吗啡果子的大连公学校的卒业生呵！"

他说到那里，两个拳头不住在桌上乱击，口里不住的诅咒，眼泪不竭的涌出，一颗赤心几乎从嘴里跳出来！歇了一歇他又说：

"我有一个朋友，在一天下午，从西岗子路过，就见那灰色的墙底下每一家的门口，都有一个形鹄面的男子蹲在那里，看见他走过去的时候，由第一个人起，连续着打起呼啸来；这种奇异的暗号，真是使人惊吓，好像一群恶魔要捕人的神气；更奇怪的，打过呼啸以后立刻各家的门又都打开了；有妖态荡气的妇人，向外探头，我那个朋友，看见她们那种样子，已明白她们要强留客人的意思，只得低下头，急急走过，经过他们门前，有的捉他的衣袖，有的和他调笑，幸亏他穿的是西装，他们不知道他到底是什么来历，不敢过于造次，他才得脱了虎口，当他才走出胡同口的时候，从胡同的那一头，来了一个穿黄灰色短衣裤的工人；他们依样作那呼啸的暗号，他回头一看，那人已被东首第二家的一个高颧骨的妇人拖进去了！"

唉！这不是吗啡果的种子，开的沉沦的花吗？

我正在回忆从前的种种，忽漱玉在我肩上击了一下说："好好地月亮不看，却在这漆黑树影底下发什么怔。"

漱玉的话打断我的回忆，现在我不想什么了，东西张望，只怕辜负了眼前的美景！

远远的海水，放出寒栗的光芒来；我寄我的深愁于流水，我将我的苦闷付清光；只是那多事的月亮无论如何把我尘浊的影子，清清楚楚反射在那块白石头上；我对着她，好像怜她，又好像恼她。怜她无故受尽了苦痛的磨折！恨她为什么自己要着迹，若没这有形的她，也没有这影子的她了，无形无迹，又何至被有迹的世界折磨呢？……连累得我的灵魂受苦恼……

夜深了！月儿的影子偏了，我们又从来处去了。

异国秋思

　　自从我们搬到郊外以来，天气渐渐清凉了。那短篱边牵延着的毛豆叶子，已露出枯黄的颜色来，白色的小野菊，一丛丛由草堆里钻出头来，还有小朵的黄花在凉劲的秋风中抖颤，这一些景象，最容易勾起人们的秋思，况且身在异国呢！低声吟着"帘卷西风，人比黄花瘦"之句，这个小小的灵宫，是弥漫了怅惘的情绪。

　　书房里格外显得清寂，那窗外蔚蓝如碧海似的青天和淡金色的阳光，还有夹着桂花香的阵风，都含了极强烈的，挑拨人类心弦的力量，在这种刺激之下，我们不能继续那死板的读书工作了，在那一天午后，波便提议到附近吉祥寺去看秋景，三点多钟我们乘了市外电车前去，——这路程太近了，我们的身体刚刚坐稳便到了。走出长甬道的车站，绕过火车轨道，就看见一座高耸的木牌坊，在横额上有几个汉字写着"井之头恩赐公园"。我们走进牌坊，便见马路两旁树木葱茏，绿阴匝地，一种幽妙的意趣，萦缭脑际，我们怔怔的站在树影下，好像身入深山古林了。在那枝柯掩映中，一道金黄色的柔光正荡漾着。使我想象到一个披着金绿柔发的仙女，正赤着足，踏着白云，从这里经过的情景。再向西方看，一抹彩霞，正横在那叠翠的峰峦上，如黑点的飞鸦，穿林翩翩，我一缕愁心真不知如何安派，我要吩咐征鸿把它带回故国吧！无奈它是那样不着迹的去了。

　　我们徘徊在这浓绿深翠的帷幄下，竟忘记前进了。一个身穿和服的中年男人，脚上穿着木屐，提塔提塔的来了。他向我们打量着，我们为避免他的觑视，只好加快脚步走向前去。经过这一带森林，前面有一条鹅卵石堆成的斜坡路，两旁种着整齐的冬青树，只有肩膀高，一阵阵的青草香，从微风里荡过来，我们慢步的走着，陡觉神气清爽，一尘不染，下了斜坡，面前立着一所小巧的东洋式的茶馆，里面设了几张小矮几和坐褥，两旁列着柜台，红的蜜橘，青的苹果，五色的杂糖，错杂的罗列着。

"呀！好眼熟的地方！"我不禁失声的喊出来。于是潜藏在心底的印象，陡然一幕幕的重映出来，唉！我的心有些抖颤了。我是被一种感怀已往的情绪所激动，我的双眼怔住，胸膈间充塞着悲凉，心弦凄紧的搏动着。自然是回忆到那些曾被流年蹂躏过的往事：

"唉！往事，只是不堪回首的往事呢！"我悄悄的独自叹息着。但是我目前仍然有一幅逼真的图画再现出来……

一群骄傲于幸福的少女们，她们孕充着玫瑰色的希望，当她们将由学校毕业的那一年，曾随了她们德高望重的教师，带着欢乐的心情，渡过日本海来访蓬莱的名胜。在她们登岸的时候，正是暮春三月樱花乱飞的天气。那些缀锦点翠的花树，使她们乐游忘倦。她们从天色才黎明，便由东京的旅舍出发；先到上野公园看过樱花的残妆后；又换车到井之头公园来。这时疲倦袭击着她们，非立刻找个地点休息不可。最后她们发现了这个位置清幽的茶馆；便立刻决定进去吃些东西。大家团围着矮凳坐下，点了两壶龙井茶，和一些奇甜的东洋点心，她们吃着喝着，高声谈笑着，她们真像是才出谷的雏莺；只觉眼前的东西，件件新鲜，处处都富有生趣。当然她们是被搂在幸福之神的怀抱里了。青春的爱娇，活泼快乐的心情，她们是多么可艳羡的人生呢！

但是流年把一切都毁了！谁能相信今天在这里低徊追怀往事的我，也正是当年幸福者之一呢！哦！流年，残刻的流年呵！它带走了人间的爱娇，它蹂躏了英雄的壮志，使我站在这似曾相识的树下，只有咽泪，我有什么方法，使年光倒流呢！

唉！这仅是九年后的今天。呀，这短短的九年中，我走的是崎岖的世路，我攀缘过陡峭的崖壁，我由死的绝谷里逃命，使我尝着忍受由心头淌血的痛苦，命运要我喝干自己的血汁，如同喝玫瑰酒一般……

唉！这一切的刺心回忆，我忍不住流下辛酸的泪滴，连忙离开这容易激动感情的地方吧！我们便向前面野草漫径的小路上走去，忽然听见一阵悲恻的唏嘘声，我仿佛看见张着灰色翅翼的秋神，正躲在那厚密的枝叶背后，立时那些枝叶都息息索索颤抖起来。草底下的秋虫，发出连续的唧唧声，我的心感到一阵阵的凄冷；不敢向前走去，找到路旁一张长木凳坐下。我用滞呆的眼光，向那一片阴阴森森的丛林里睁视，当微风分开枝柯时，我望见那小河里的潺湲碧水了。水上皱起一层波纹，一只小划子，从波纹上溜过。两个少女摇着桨，低声唱着歌儿。我看到这里，又无端感触起来，觉得喉头哽塞，不知不觉叹道："故国不堪回首……"同时那北海的红漪清波浮现眼前，那些手携情侣的男男女女，恐怕也正摇着画桨，指点着眼前清丽秋景，低语款款吧！况且又是菊茂蟹肥的时候，料想长安市上，车水马龙，正不少欢乐的宴聚；这飘泊异国，秋思凄凉的我们当然是无人想起的。不过，我们却深深的眷怀着祖国，渴望得些好消息呢！况且我们又是神经过敏的，揣想到树叶凋落的北平，凄风吹着，冷雨洒着的这些穷苦的同胞，也许正向茫茫的苍天悲诉呢！唉，破碎紊乱的祖国呵！北海的风光不能粉饰你的寒伧！来今雨轩的灯红酒绿，不能安慰忧患的人生，深深眷念着祖国的我们，这一颗因热望而颤抖的心，最后是被秋风吹冷了。

月色与诗人

　　艺术家固然是一种天才卓绝的人，因为他们的情感特别热烈；想象特别丰富；思想特别精密；直觉的力特别强，这绝不是后天所可培成的。但是无论是怎样多才卓绝的艺术家，他们绝不能躲避环境的影响，所谓环境，一方面是人为的政治风俗教育等，一方面是天然的如清莹之月，蓊蔚之草，旖旎之花，峥嵘之山，凡自然的种种都是。

　　每个时代代表的作家，他作品里绝没有不含时代色彩的，这是关于人为的环境说，至于与自然接触各不同的方面，也绝没有不影响于作家，而表现于其作品。太史公说得好，要想文章有奇特之气，必要多游天下之名山巨川，这就是说艺术家与自然的关系了。

　　我闲尝翻阅中国古人的诗词，看他们所用为描写的材料，风花雪月，固然是常用的，而其中关于月要特别多些，现在就唐诗的一部分举几个例子来看看：——

　　　　"共看明月应垂泪"——白居易

　　　　"松月生夜凉"——孟浩然

　　　　"山月映石壁"——王维

　　　　"山月静垂纶"——李颀

　　　　"月色偏秋凉"——李巅

　　　　"浩歌待明月"，

　　　　"对此石上月"，

　　　　"山月随人归"，

"花间一壶酒，独酌无相亲，举杯邀明月，对影成三人。月既不解饮，影徒随我身，暂伴月将影，行乐须及春，我歌月徘徊……"——以上皆李白之作。

"中天悬明月"，

"初月出不高"——以上杜甫

"秋月照潇湘，月明闻荡桨"——刘长卿

"缺月烦屡陟"——韩愈

"月下谁家砧"——孟郊

"月明松下房栊静"——王维

"何用孤高比秋月"，

"莫使金樽空对月"——以上李白

"行宫见月伤心色"，

"秋月春风等闲度"，

"别时茫茫江浸月"，

"唯见江心秋月白"，

"绕船明月江水寒"——以上白居易

"夜半月高弦索鸣"——元稹

"明月来相照"——王维

"床前明月光"——李白

"故为待月处"——刘禹锡

"澹月照中庭"——韩愈

"只今唯有西江月"——李白

"虎溪闲月引相过"——释灵一

"江村月落正堪眠"——司空曙

"月照高楼一曲歌"——温庭筠

"秋来见月多归思"——雍关

"月光如水水如天，同来玩月人何在"——赵嘏

"多情只有春庭月"——张泌

"明月自来还自去"——崔鲁

"秋月夜窗虚"——孟浩然

"明月松间照"——王维

"客散青天月"——李白

"等舟望秋月"——李白

"风林纤月落"——杜甫

"不夜月临关"——杜甫

"晓月过残垒"——司空曙

"沧江好烟月"——杜牧

"深夜月当花"——李商隐

"沙场烽火侵胡月"——祖咏

"中天月色好谁看"——杜甫

"请看石上藤萝月"——杜甫

"西楼望月几回圆"——韦应物

"万里归心对月明"——卢纶

"明月好同三径夜"——白居易

"五更残月有莺啼"——温庭筠

　　以上的例子，不过是一部分，其他如张若虚"春江花月夜"等，还不知有多少。诗人为什么喜欢用风花雪月这些字呢？最大的原因，这些字所包含的内容是很美的，所以诗人多喜欢用它，太史公评屈原的《离骚》有句话说"其行洁，故其称物芳"就是这个意思了。

　　况月色的美，和"风花雪"等又不同。月色以青为至色，青是寒色，且是寒色的主体；寒色与暖色不同，暖色如红，看了足使人兴奋，其结果使人生渴怒烦躁之感。而青色是使人消沉平静，其结果使人得到闲适慰藉之感。

　　再说到由青色所生的变化色（1）为绿色———和青黄而成——画家谓黄是理想色（主意志变化），绿色使人生希望，故称为希望色。（2）为紫色——和青红而成——紫色画家称为渴仰色。

　　又月的青色，与其他不同。盖其色淡近白，而光较日暗而带灰，白色则洁无我相，灰色则近黑而消沉，使人不生利禄想，超越的情感遂油然而生，艺术的冲

127

动亦因之而起了。

　　况且月所照的世界为夜，日为奋斗于生活的时候，而夜是休养生息的时候，所以日所照的世界，各个自相皆异色而现，不免为外界引诱而此心亦紊乱了，此时只想如何对付事实，绝对没有超卓之想；而月所照的世界，则无自相，使人觉得"实在世界之消失"而忘我相，这时的喜怒哀乐，绝不止以一身的喜怒哀乐为标准。因为在这种纯洁消沉的月光之下，已将人们的小我忘了，而人于大我之境，有限的现实的桎梏，既除去，于是想象波涌，高尚之情鼎沸，艺术的冲动就不可制止了。

　　因为艺术——无论人生的艺术，或是艺术的艺术，——美总是个必需的条件；月色，既如此的美，那末诗人提笔每联想到月色，或因月色而想提笔，那是很自然的事呵！

　　由此看来，月色实在能帮助艺术家得到好作品了，又何怪艺术家常喜欢在月下吟咏，和以月色为他们艺术的背景呢？

或人的悲哀

亲爱的朋友 KY：

我的病大约是没有希望治好了！前天你走后，我独自坐在窗前玫瑰花丛前面，那时太阳才下山，余辉还灿烂地射着我的眼睛，我心脏的跳跃很厉害，我不敢多想什么，只是注意那玫瑰花，娇艳的色彩，和清润的香气，这时风渐渐大了，于我的病体不能适宜，媛姊在门口招呼我进去呢。

我到了屋里，仍旧坐在我天天坐着的那张软布椅上，壁上的相片，一张张在我心幕上跳跃着，过去的一件一件事情，也涌到我洁白的心幕上来！哎！KY，已经过去的，是事情的形式，那深刻的，使人酸楚的味道，仍旧深深地印在我的脑海中，渗在我的血液里，回忆着便不免要饮泣！

第一次，使我忏悔的事情，就是我们在紫藤花架下，那几张石头椅子上坐着，你和心印谈人生究竟的问题，你那时很郑重的说："人生哪里有究竟！一切的事情，都不过像演戏一般，谁不是涂着粉墨、戴着假面具上场呢？……"后来你又说："梅生和昭仁他们一场定婚，又一场离婚的事情，简直更是告诉我们说：人事是做戏，就是神圣的爱情，也是靠不住的，起初大家十分爱恋的定婚，后来大家又十分憎恶的离起婚来。一切的事情，都是靠不住的。"心印听了你的话，她便决绝的说："我们游戏人间吧！"我当时虽然没有开口，给你们一种明白的表示，但是我心里更决绝的，和心印一样，要从此游戏人间了！

从那天以后，我便完全改了我的态度，把从前冷静考虑的心思，都收起来，只一味的放荡着，好像没有目的地的船，在海洋中飘泊，无论遇到怎么大的难事，我总是任我那时情感的自然，喜怒笑骂都无忌惮了！

有一天晚上，我独自坐在冷清清的书房里，忽然张升送进一封信来，是叔和来的。他说：他现在很闷，要到我这里谈谈，问我有工夫没有。我那时毫不用考虑，就回了他一封信说："我正冷清得苦；你来很好！"不久叔和真来了，我们随意的谈话，竟消磨了四点多钟的光阴；后来他走了，我心里忽然一动，我想今天晚上的事情，恐怕有些太欠考虑吧？……但是已经过去了！况且我是游戏人间呢！我转念到这里，也就安贴了。

谁知自从这一天以后，叔和便天天写信给我，起初不过谈些学术上的问题，我也不以为奇，有来必回，最后他忽然来了一封信说："我对于你实在是十三分的爱慕；现在我和吟雪的婚事，已经取消了，希望你不要使我失望！"

KY！别人不知道我的为人，你总该知道呵！我生平最恨见异思迁的人，况且吟雪和我也有一面之缘，总算是朋友，谁能做此种不可思议的事呢？当时我就写了一封信，痛痛地拒绝他了。但是他仍然纠缠不清，常常以自杀来威胁我，使我脆弱的心灵，受了非常的打击！每天里寸肠九回，既恨人生多罪恶！又悔自家太孟浪！哎！KY！我失眠的病，就因此而起了！现在更蔓延到心脏了！昨天医生用听筒听了听，他说很要小心，节虑少思，或者可以望好，哎！KY！这种种色色的事情，怎能使我不思呢？

明天我打算搬到妇婴医院去，以后来信，就寄到那边第二层楼十五号房间；写得乏了！再谈吧！

你的朋友亚侠六月十日

亲爱的KY：

我报告你一件很好的消息，我的心脏病，已渐渐好了！失眠也比从前减轻，从前每一天夜里，至多只睡到三四个钟头，就不能再睡了。现在居然能睡到六个钟头，我自己真觉得欢喜，想你也一定要为我额手称贺！是不是？

我还告诉你一件事：这医院里，有一个看护妇刘女士，是一个最笃信宗教的人，她每天从下午两点钟以后，便来看护我，她为人十分和蔼，她常常劝我信教；我起初很不以为然，我想宗教的信仰，可以遮蔽真理的发现；不过现在我却有些相信了！因为我似乎知道真理是寻不到，不如暂且将此心寄托于宗教，或者在生的岁月里，不至于过分的苦痛！

昨天夜里，月色十分清明，我把屋里的电灯拧灭了；看那皎洁的月光，慢慢透进我屋里来；刘女士穿了一身白衣服，跪在床前低声的祷祝，一种恳切的声音，直透过我的耳膜，深深地侵进我的心田里，我此时忽感一种不可思议的刺激，我觉得月光带进神秘的色彩来，罩住了世界上的一切，我这时虽不敢确定宇宙间有神，然而我却相信，在眼睛能看见的世界以外，一定还有一个看不见的世界了。

我这一夜，几乎没闭眼，怔怔想了一夜，第二天我的病症又添了！不过我这时彷徨的心神好像有了归着，下午睡了一觉，现在已经觉得十分痊愈了！马大夫也很奇怪我好得这么快，他说：若以此种比例推下去——没有变动，再有三四天，便可出院了。

今天心印来看我一次，她近来颜色很不好！不知道有什么病，你有工夫可以去看看她，大约她现在彷徨歧路；必定很苦！

你昨天叫人送来的一束兰花，今天还很有生气，这时它正映着含笑的朝阳，更显得精神百倍，我希望你前途的幸福也和这花一样灿烂。再谈，祝你康健！

亚侠七月六日

KY 吾友：

我现在真要预备到日本去找我的哥哥，因为我自从病后便不耐幽居，听说蓬莱的风景佳绝，我去散散心，大约病更可以除根了。

我希望你明天能来，因为我打算后天早车到天津乘长沙丸东渡，在这里的朋友，除了你和心印以外，还有文生，明天我们四个人，在我家里畅叙一下罢！我这一走，大约总要半年才能回来呢！

你明天来的时候，请你把昨天我叫人送给你看的那封心印的信带了来，她那边有一个问题——"名利的代价是什么？"我当时心里很烦，没有详细的回答她，打算明天见面时，我们四个人讨论一个结果出来，不过这个问题，又是和"人生究竟的问题"差不多，恐怕结果，又是悲的多，乐的少，哎！何苦呵！我们这些人，总是不能安于现在，求究竟——这于人类的思想，固然有进步，但是精神消磨得未免太多了！……但望明天的讨论可以得到意外的完满就好了！

我现在屋子里乱得不成样子，箱子里的东西乱七八糟堆了一床，我理得实在心烦，所以跑到外书房里来，给你们写信，使我的眼睛不看见，心就不烦了！说到这里，我又想起一件事了。

KY！你记得前些日子，我们看见一个盲诗人的作品，他说："中午的太阳，把世界和世界的一切惊异，指示给人们，但是夜，却把宇宙无数的星，无际限的空间——全生活，广大和惊异指示给人们。白昼指示给人们的，不过是人的世界，黑暗和污秽。夜却能把无限的宇宙指示给人们，那里有美丽的女神，唱着甜美的歌，温美的云，织成洁白的地毡，星儿和月儿，围随着低低地唱，轻轻地舞。"这些美丽的东西，岂是我们眼睛所能领略得到的呢？KY，我宁愿作一个瞎子呢！倘若我真是个瞎子，那些可厌的杂乱的东西，再不会到我心幕上来了。但是不幸！我实在不是个瞎子，我免不了要看世界上种种的罪恶的痕迹了！

任笔写来，不知说些什么好了！别的话留着明天面谈吧！

亚侠九月二日

KY呵！

丝丝的细雨敲着窗子，密密的黑云罩着天空，澎湃的波涛震动着船身；海天辽阔，四顾苍茫，我已经在海里过了一夜，这时正是开船的第二天早晨。

前夜，那所灰色墙的精致小房子里的四个人，握着手谈着天何等的快乐？现在我是离你们，一秒比一秒远了！哎！为什么别离竟这样苦呵！

我记得：分别的那一天晚上，心印指着那迢迢的碧水说："人生和水一样的流动，岁月和水一样的飞逝；水流过去了，不能再回来！岁月跑过去了，也不能再回来！希望亚侠不要和碧水时光一样。早去早回呵。"KY，这话真使我感动，我禁不住哭了！

你们送我上船，听见汽笛呜咽悲鸣着，你们便不忍再看我，忍着泪，急急转过头走去了，我呢？伫立在甲板上；不住的对你们望，你们以为我看不见你们了，用手帕拭泪；偷眼往我这边看，咳！KY这不过是小别，便这样难堪！以后的事情，可以设想吗？

"名利的代价是什么？"心印的答案是："愁苦劳碌。"你却说："是人生生命的波动；若果没有这个波动，世界将呈一种不可思议的枯寂！"你们的话在我心里；起伏不定的浪头，在我眼底；我是浮沉在这波动之上，我一生所得的代价，只是愁苦劳碌。哎！KY！我心彷徨得很呵！往那条路上去呢？……我还是游戏人间吧！

今天没有什么风浪，船很平稳，下午雨渐渐住了，露出流丹般的彩霞，罩着炊烟般的软雾；前面孤岛隐约，仿佛一只水鸭伏在那里。海水是深碧的；浪花涌起，好像田田荷丛中窥人的睡莲。我坐在甲板上一张旧了的藤椅里，看海潮浩浩荡荡，翻腾奔掀，心里充满了惊惧的茫然无主的情绪，人生的真相，大约就是如此了。

再有三天，就可到神户，一星期后可到东京，到东京住什么地方，现在还没有定，不过你们的信，可寄到早稻田大学我哥哥那里好了。

我的失眠症和心脏病，昨日夜里又有些发作，大约是因为劳碌太过的缘故，今夜风平浪静，当得一好睡！

现在已经黄昏了。海上的黄昏又是一番景象，海水被红日映成紫色，波浪被余辉射成银花，光华灿烂，你若是到了这里，大约又要喜欢得手舞足蹈了！晚饭的铃响了，我吃饭去。再谈！

亚侠九月五日

KY 吾友：

我到东京，不觉已经五天了。此地的人情风俗和祖国相差太远了！他们的饮食，多喜生冷；他们起居，都在席子上，和我们祖国从前席地而坐的习惯一样，这是进化呢，还是退化？最可厌的是无论到什么地方，都要脱了鞋子走路；这样赤足的生活，真是不惯！满街都是吱吱咖咖木屐的声音，震得我头疼，我现在厌烦东京的纷纷扰扰，和北京一样！浮光底下，所盖的形形色色，也和北京一样！莫非凡是都会的地方都是罪恶荟萃之所吗？真是烦煞人！

昨天下午我到东洋妇女和平会去，——正是她们开常会的时候，我因一个朋友的介绍，得与此会；我未到会以前，我理想中的会员们，精神的结晶，是纯洁的，是热诚的。及至到会以后，所看见的妇女，是满面脂粉气，贵族式的夫人小姐；她们所说的和平，是片面的，就和那冒牌的共产主义者，只许我共他人之产，不许人共我的产一样。KY！这大约是人世间必不可免的现象吧？

昨天回来以后，总念念不忘日间赴会的事，夜里不得睡，失眠的病又引起了！今天心脏觉得又在急速的跳，不过我所带来的药，还有许多，吃了一些，或者不至于再患。

今午吃完饭后，我跟着我哥哥，去见一位社会主义者，他住的地方，离东京很远，要走一点半钟。我们一点钟，从东京出发，两点半到那里；那地方很幽静，四围种着碧绿的树木和菜蔬，他的屋子就在这万绿丛中。我们刚到了他那门口，从他房子对面，那个小小草棚底下，走出两个警察来，盘问我们住址、籍贯、姓名，与这个社会主义者的关系。我当时见了这种情形，心里实感一种非常的苦痛，我想这些，巩固各人阶级和权利的自私之虫，不知他们造了多少罪孽呢？KY 呵！那时我的心血沸腾了！若果有手枪在手，我一定要把那几个借强权干涉我神圣自由的恶贼的胸口，打穿了呢！

麻烦了半天，我们才得进去，见着那位社会主义者；他的面貌很和善，但是眼神却十分沉着。我见了他，我的心仿佛热起来了！从前对于世界所抱的悲观，而酿成的消极，不觉得变了！这时的亚侠，只想用弹药炸死那些妨碍人们到光明路上去的障碍物！KY，这种的狂热，回来后想想，不觉失笑！

今天我们谈的话很多，不过却不能算是畅快，因为我们坐的那间屋子的窗下，有两个警察在那里监察着。直到我们要走的时候，那位社会主义者才说了一句比较畅快的话，他说："为主义牺牲生命，是最乐的事，与其被人的索子缠死，不如用自己的枪，对准喉咙打死！"KY，这话的味道，何其隽永呵！

晚上我哥哥的朋友孙成来谈，这个人很有趣，客中得有几个解闷的，很不错！

写得不少了，再说罢！

亚侠九月二十日

KY 呵！

我现在不幸又病了！仍旧失眠，心脏跳动，和在京时候的程度差不多。前三天搬进松井医院，作客的人病了，除了哥哥的慰问外，还有谁来看视呢！况且我的病又是失眠，夜里睡不着，两只眼看见的，是桌子上的许多药瓶，药末的纸包，和那似睡非睡的电灯，灯上罩着深绿的罩子——医生恐光线太强，于病体不适的缘故。四围的空气，十分消沉、暗淡。耳朵所听见的，是那些病人无力的吟呻，凄切的呼唤，有时还夹着隐隐的哭声！

KY，我仿佛已经明白死是什么了！我回想在北京妇婴医院的时候看护妇刘女士告诉我的话了。她说："生的时候，做了好事，死后便可以到上帝的面前，那里是永久的乐园，没有一个人脸上有愁容，也没有一个人掉眼泪！"KY，我并不是信宗教的人，但是我在精神彷徨无着处的时候，我不能不寻出信仰的对象来；所以我健全的时候，我只在人间寻道路，我病痛的时候，便要在人间之外的世界，寻新境界了。

这几天，我一闭眼，便有一个美丽的花园——意象所造成的花园，立在我面前，比较人间无论那一处都美满得多。我现在只求死，好像死比生要乐得多呢！

人间实在是虚伪得可怕！孙成和继梓——也是在东京认识的，我哥哥的同学。他们两个为了我这个不相干的人，互相猜忌，互相倾轧，有一次，恰巧他们两人，不约而同都到医院来看我，两个人见面之后，那种嫉妒仇视的样子，竟使我失惊！KY，我这时才恍然明白了！人类的利己心，是非常可怕的！并且他们要是欢喜什么东西，便要据那件东西为己有！

哎！我和他们两个，只是浅薄的友谊，那里想到他们的贪心，如此厉害！竟要做成套子，把我束住呢？KY！我的志向你是知道的，我的人生观你是明白的，我对于我的生，是非常厌恶的！我对于世界，也是非常轻视的，不过我既生了，就不能不设法不虚此生！我对于人类，抽象的概念，是觉得可爱的，但对于每一个人，我终觉得是可厌的！他们天天送鲜花来，送糖果来，我因为人与人必有交际，对于他们的友谊，我不能不感谢他们！但是照现在看起来，他们对于我，不能说不是另有目的呵！

KY！你记得，前年夏天，我们在万牲园的那个池子旁边钓鱼，买了一块肉，那时你曾对我说："亚侠！做人也和做鱼一样，人对付人，也和对付鱼一样！我们要钓鱼，拿它甘心，我们不能不先用肉，去引诱它，它要想吃肉，就不免要为我们所甘心了！"这话我现在想起来，实在佩服你的见识，我现在是被钓的鱼，他们是要抢着钓我的渔夫，KY，人与人的交际不过如此呵！

心印昨天有信来，说她现在十分苦闷，知与情常常起剧烈的战争！知战胜了，便要沉于不得究竟的苦海，永劫难回！情战胜了，便要沉沦于情的苦海，也是永劫不回！她现在大有自杀的倾向。她这封信，使我感触很深！KY，我们四个人，除了文生尚有些勇气奋斗外，心印你我三个人，困顿得真苦呵！

我病中的思想分外多，我想了便要写出来给你看，好像二十年来，茹苦含辛的生活，都可以在我给你的信里寻出来。

KY，奇怪得很！我自从六月间病后，我便觉得我这病是不能好的，所以我有一次和你说，希望你，把我从病时，给你的信，要特别留意保存起来。但是死不死，现在我自己还不知道，随意说说，你不要因此悲伤吧！有工夫多来信，再谈。祝你快乐！

亚侠十一月三日

KY：

　　读你昨天的来信，实在叫我不忍！你为了我前些日子的那封信，竟悲伤了几天！KY，我实在感激你！但是你也太想不开了！这世界不过是个寄旅，不只我要回去，便是你，心印，文生——无论谁，迟早都是要回去的呵！我现在若果死了，不过太早一点。所以你对于我的话，十分痛心！那你何妨，想我现在是已经百岁的人，我便是死了，也是不可逃数的，那也就没什么可伤心了！

　　这地方，实在不能久住了！这里的人，和我的隔膜更深，他们站在桥那边；我站在桥这边；要想握手是很难的，我现在决定回国了！

　　昨天医生来说：我的病很危险！若果不能摒除思虑，恐怕没有好的希望！我自己也这样想，所以我不能不即作归计了！我的姑妈，在杭州住，我打算到她家去，或者能借天然的美景，疗治我的沉疴，我们见面，大约又要迟些日子了。

　　昨夜我因不能睡，医生不许我看书，我更加思前想后的睡不着，后来我把我的日记本，拿来偷读，当时我的感触，和回忆的热度，都非常厉害，我顾不得我的病了！我起来把笔作书，但是写来写去，都写不上三四个字，便写不下去了，因又放下笔，把日记本打开细读，读到三月十日，我给心印的信上面，有几首诗，其中一首说：

　　　　"我在世界上，
　　　　不过是浮在太空的行云！
　　　　一阵风便把我吹散了，
　　　　还用得着思前想后吗？"
　　　　"假若智慧之神不光顾我，
　　　　苦闷的眼泪
　　　　永远不会从我心里流出来呵！"

　　这一首诗可以为我矛盾的心理写照。我一方说不写什么，一方却不能不想什么，我的眼泪便从此流不尽了！这种矛盾的心理，最近更利害，一方面我希望病快好，一方面我又希望死，有时觉得死比什么都甜美！病得厉害的时候，我又惧怕死神果真来临！KY呵！死活的谜我始终猜不透！只有凭造物主的支

138

配罢了！

我的行期，大约是三天以内，我在路上，或者还有信给你。

现在天气渐渐冷了。长途跋涉，诚知不宜，我哥哥也曾阻止我，留我到了春天再走，但是 KY，我心里的秘密，谁能知道呢？我当初到日本来，是要想寻光明的花园，结果只多看了些人类偏狭心理的怪现状！他们每逢谈到东亚和平的话，便要眉飞色舞的说：这是他们唯一的责任，也是他们唯一的权利！欧美人民是不容染指的。他们不用镜子，照他们魑魅的怪状，但我不幸都看在眼里，印在心头，我怎能不思虑？我的病如何不添重？我不立刻走，怎么过呢？

况且我的病，能好不能好，我自己毫无把握！我固然是厌恶人间，但是我活了二十余年，我究竟是个人，不能没有人类的感情，我还有母亲，我还有兄嫂，他们和我相处很久；我要走了，也应该和他们辞别，我所以等不到春天，就要赶回来了！

我到杭州住一个礼拜就到上海去，若果那时病好了，当到北京和你们一会。

我从五点钟，给你写信，现在天已大亮了！医生要来，我怕他责备我，就此搁笔吧！

亚侠十二月五日

亲爱的 KY：

我离东京的时候，接到你的一封信，当时忙于整理行装，没有复你，现在我到杭州了。我姑妈的屋子，正在湖边，是一所很精致的小楼；推开楼窗，全湖的景色，都收入脑海，我疲病之身，受此自然的美丽的沐浴，觉得振刷不少！

湖上天气的变幻，非常奇异，我昨天到这里，安顿好行李，我便在这窗前的藤椅上坐下，我看见湖上的雾，很快——大约五分钟的工夫，便密密幂起，四围的山，都慢慢地模糊了。跟着淅淅沥沥的雨点往下洒，游湖的小船，被雨打得船身左右震荡，但是不到半点钟，雨住云散，天空飞翔着鲜红的彩霞，青山也都露出格外翠碧的色彩来。山涧里的白云，随风袅娜，真是如画境般的湖山，我好像作了画中的无愁童子，我的病似乎好了许多。

我姑妈家里的表兄，名叫剑楚的，我们本是幼年的伴侣；但是隔了五六年不见，大家都觉得生疏了！这时他已经有一个小孩子，他的神气，自然不像从前那样活泼，不过我苦闷的时候，还是和他谈谈说说觉得好些！（十二月二十日

写到此)

　　KY，我写这封信的一半，我的病又变了！所以推迟了五天，才能继续着写下去，唉！KY，你知道恶消息又传来了！

　　我给你写信的那天晚上，我才写了上半段，剑楚来找我，他说："唯逸已于昨晚死了！"唉！KY，这是什么消息？你回想一年前，我和你说唯逸的事情，你能不黯然吗？唯逸他是极有志气的青年，他热心研究社会主义，他曾决心要为主义牺牲，但是他因为失了感情的慰藉，他竟抑抑病了，昨晚竟至于死了。

　　他有一封信给我，写得十分凄楚，里头有一段说："亚侠：自从前年夏天起，我便种了病的因，只因为认识了你！……但是我的环境，是不容我起奢望的，这是知识告诉我，不可自困！然而我的精神，从此失了根据。我觉得人生真太干枯！我本身失去生活的趣味，我何心去助增别人的生活趣味？为主义牺牲的心，抵不过我厌生的心……但是我也不愿意做非常的事，为了感情，牺牲我前途的一切！且知你素来洁身自好，我也决不忍因爱你故，而害你，但是我终放不下你！亚侠，现在病已深入了！我深藏心头的秘密，才敢贡诸你的面前！你若能为你忠心的仆人，叫一声可怜！我在九泉之灵也就荣幸不少了！……"唉！KY，游戏人间的结果，只是如此呵！

　　我失眠两天了！昨天还吐了几口血，现在疲乏得很！不知道还能给你几封信呵！

亚侠伏枕书十二月二十五日

KY亲爱的朋友：

　　在这一个星期里，我接到你两封信，心印和文生各一封信，但是我病了，不能回你们！

　　唉！KY，我想不到，我已经不能回上海了！也不能到北京了！昨天我姑妈打电报，给我的家里，今天我母亲嫂嫂已经来了！她们见了我，只是掉眼泪，我的心也未尝不酸！但是奇怪得很！我的泪泉，不知在什么时候已经干枯了。

　　自从上礼拜起，我就知道我的病，是不能好了！我便把我一生的事情，从头回想一遍，拉杂写了下来！现在我已经四肢无力，头脑作痛，眼光四散，我不能写了！哎！

　　"我一生的事情，平常得很！没什么可记，但是我精神上起的变化，却十分剧烈；我幼年的时候，天真烂漫，不知痛苦。到了十六岁以后，我的智情都十分发达起来。我中学毕业以后，我要到西洋去留学，因为种种的关系，做不到，我要投身作革命党，也被家庭阻止，这时我深尝苦痛的滋味！

"但是这些磨折，尚不足以苦我！最不幸的，是接二连三，把我陷入感情的漩涡，使我欲拔不能！这时一方，又被知识苦缠着；要探求人生的究竟，花费了不知多少心血，也求不到答案！这时的心，彷徨到极点了！不免想到世界既是找不出究竟来，人间又有什么真的价值呢！努力奋斗，又有什么结果呢？并且人生除了死，没有更比较大的事情，我既不怕死，还有什么事不可做呢！……唉！这时的我，几乎深陷堕落之海了！……幸一方面好强的心，很占势力，当我要想放纵性欲的时候；他在我头上，打了一棒，我不觉又惊醒了！不敢往这里走，但是究竟往什么地方去呢？我每天夜里，睡在床上，殚精竭虑的苦事搜求，然而没有结果！

"我在极苦痛的时候，我便想自杀，然而我究竟没有勇气！我否认世界的一切；于是我便实行我游戏人间的主义，第一次就失败了！接二连三的，失败了五六次！唯逸因我而死！叔和因我而病！我何尝游戏人间？只被人间游戏了我！……自身的究竟，既不可得，茫茫前途，如何不生悲凄之感！

"唉！天乎！不可治的失眠病，从此发生！心脏病，从此种根！颠顿了将及一年，现在将要收束了！

"今夜他们都睡了。更深人静，万感丛集！——虽没死的勇气，然而心头如火煎逼！头脑如刀劈，剑裂！我纵不欲死，病魔亦将缠我至于死呵！死神还不降临我；实在等不得了！这时我努力爬下床来，抖战的两腿，使我自己惊异！这时窗子外面，射进一缕寒光来，湖面上银花闪烁，我晓得那湖底下朱红色的珊瑚床，已为我预备好了！云母石的枕头、碧绿青苔泥的被褥，件件都整理了！……我回去吧！唉！亲爱的母亲！嫂嫂！KY……再见吧！"

……

我表姊，昨夜不知什么时候，跳在湖心死了！她所写的信，和她自己的最后的一页日记，都放在枕边。唉！湖水森寒，从此人天路隔！KY，姊呵！我表姊临命的时候，瘦弱可怜的影子，永远深深刻在我脑幕上，今天晚上，我走到她住的屋子里去，但见雪白的被单上，溅着几滴鲜红的血迹，那有我表姊的影子呢？

我禁不住坐在她往日常坐的那张椅子上，痛哭了！

她的尸首，始终没有捞到，大约是沉在湖底，或者已随流流到海里去了。

她所有的东西，都收拾好，交给我舅母带回去，有一本小书——《生之谜》，上面写着留给你作纪念品的，我现在邮寄给你，望你好好保存了吧！

亚侠的表妹附书。一月九日

曼　丽

晚饭以后，我整理了案上的书籍，身体觉得有些疲倦，壁上的时计，已经指在十点了，我想今夜早些休息了吧！窗外秋风乍起，吹得阶前堆满落叶，冷飕飕的寒气，陡感到罗衣单薄；更加着风声萧瑟，不耐久听，正想熄灯寻梦，看门的老聂进来报说"有客！"我急忙披上夹衣，迎到院子里，隐约灯光之下只见久别的彤芬手提着皮箧进来了。

这正是出人意料的聚会，使我忘了一日的劳倦。我们坐在藤椅上，谈到别后的相忆，及最近的生活状况；又谈到许多朋友，最后我们谈到曼丽。曼丽是一个天真而富于情感的少女，她妙曼的两瞳，时时射出纯洁的神光，她最崇拜爱国舍身的英雄。今年的夏末，我们从黄浦滩分手以后，一直没有得到她的消息；只是我们临别时一幅印影，时时荡漾于我的脑海中。

那时正是黄昏，黄浦滩上有许多青年男女挽手并肩在那里徘徊，在那里密谈，天空闪烁着如醉的赤云，海波激射出万点银浪。蜿蜒的电车，从大马路开到黄浦滩旁停住了，纷纷下来许多人，我和曼丽也从人丛中挤下电车，马路上车来人往，简直一刻也难驻足。我们也就走到黄浦滩的绿草地上，慢慢的徘徊着。后来我们走到一株马樱树旁，曼丽斜倚着树身，我站在她的对面。

曼丽看着滚滚的江流说道："沙姊！我预备一两天以内就动身，姊姊！你对我此行有什么意见？"

我知道曼丽决定要走，由不得感到离别的怅惘；但我又不愿使她知道我的怯弱，只得噙住眼泪振作精神说道：

"曼丽！你这次走，早在我意料中，不过这是你一生事业的成败关头！希望你不但有勇气，还要再三慎重！……"

曼丽当时对于我的话似乎很受感动，她紧握着我的手说道："姊姊！望你相信我，我是爱我们的国家，我最终的目的是为国家的正义而牺牲一切。"

当时我们彼此珍重而别，现在已经数月了。不知道曼丽的成功或失败，我因向彤芬打听曼丽的近状，只见彤芬皱紧眉头，叹了一口气道："可惜！可惜！曼丽只因错走了一步，终至全盘失败，她现今住在医院里，生活十分黯淡，我离沪的时候曾去看她，唉！憔悴得可怜……"

我听了这惊人的消息，不禁怔住了。彤芬又接着说道："曼丽有一封长信，叫我转给你，你看了自然都能明白。"说着她就开了那小皮箧，果然拿出一封很厚的信递给我，我这时禁不住心跳，不知这里头是载着什么消息，忙忙拆开看道：

沙姊：

我一直缄默着，我不愿向人间流我悲愤的眼泪，但是姊姊，在你面前，我无论如何不应当掩饰，姊姊你记得吧！我们从黄浦滩头别后，第二天，我就乘长江船南行。

江上的烟波最易使人起幻想的，我凭着船栏，看碧绿的江水奔驰，我心里充满了希望。姊姊！这时我十分的兴奋，同时十分的骄傲，我想在这沉寂荒凉的沙漠似的中国里，到底叫我找到了肥美的草地水源，时代无论怎样的悲惨，我就努力的开垦，使这绿草蔓延全沙漠，使这水源润泽全沙漠，最后是全中国都成绿野芊绵的肥壤，这是多么光明的前途，又是多么伟大的工作……

姊姊！我永远是这样幻想，不问沙鸥几番振翼，我都不曾为它的惊扰打断我的思路，姊姊你自然相信我一直是抱着这种痴想的。

然而谁知道幻想永远是在流动的，江水上立基础永远没有实现的可能，姊姊！我真悲愤！我真惭愧！我现在是睡在医院的病房里，我十分的萎靡，并不是我的身体支不起，实是我的精神受了惨酷的荼毒，再没方法振作呵！

姊姊！我惭恨不曾听你的忠告——我不曾再三的慎重——我只抱着幼稚的狂热的爱国心，盲目的向前冲，结果我像是失了罗盘针的海船，在惊涛骇浪茫茫无际的大海里飘荡，最后，最后我触在礁石上了！姊姊！现在我是沉溺在失望的海底，不但找不到肥美的草地和水源，并且连希望去发现光明的勇气都没有了。姊姊！我实在不耐细说。

我本拼着将我的羞愤缄默带到九泉，何必向悲惨人间哓舌；但是姊姊，最终我怀疑了，我的失败谁知不是我自己的欠高明，那末我又怪谁？在我死的以前，我怎可不向人间忏悔，最少也当向我亲爱的姊姊面前忏悔。

姊姊！请你看我这几页日记吧！那里是我彷徨歧路的残痕；同时也是一般没有主见的青年人，彷徨歧路的残痕；这是我坦白的口供，这是我藉以忏悔的唯一经签……

曼丽这封信，虽然只如幻云似的不可捉摸；但她涵盖着人间最深切的哀婉之情，使我的心灵为之震惊；但我要继续看她的日记，我不得不极力镇静……

八月四日　半个月以来，课后我总是在阅报室看报，觉得国事一天糟似一天，国际上的地位一天比一天低下。内政呢！就更不堪说了，连年征战，到处惨象环生……眼看着梁倾巢覆，什么地方足以安身？况且故乡庭园又早被兵匪摧残得只剩些败瓦颓垣，唉！……我只恨力薄才浅，救国有志，也不过仅仅有志而已！何时能成事实！

昨天杏农曾劝我加入某党，我是毫无主见，曾去问品绮，他也很赞成。

今午杏农又来了，他很诚挚的对我说："曼丽！你不要彷徨了。现在的中国除了推翻旧势力，培植新势力以外，还有什么方法希望国家兴盛呢？……并且时候到了，你看世界已经不像从前那种死寂，党军北伐，势如破竹，我们岂可不利用机会谋筹我们的夙愿呢？"我听了杏农的话，十分兴奋，恨不得立刻加入某党，与他们努力合作。后来杏农走了，我就写一封信给畹若，告诉他我现在已决定加入某党，就请他替我介绍。写完信后，我悄悄的想着中国局势的危急，除非许多志士出来肩负这困难，国家的前途，实在不堪设想呢……这一天，我全生命都浸在热血里了。

八月七日　我今天正式加入某党了，当然填写志愿书的时候，我真觉得骄傲，我不过是一个怯弱的女孩子，现在肩上居然担负起这万钧重的革命事业！我私心的欣慰，真没有法子形容呢！我好像有所发见，我觉得国事无论糟到什么地步，只要是真心爱国的志士，肯为国家牺牲一切，那末因此国家永不致沦亡，而且还可产生出蓬勃的新生命！我想到这里，我真高兴极了，从此后我要将全副的精神为革命奔走呢！

下午我写信告诉沙姊，希望她能同我合作。

八月十五日　今天彤芬来信了，关于我加入某党，她似乎不大赞成。她的信说："曼丽！接到你的信，知道你已经加入某党，我自然相信你是因爱国而加入的，和现在一般投机分子不同，不过曼丽，你真了解某党的内容吗？你真是对于他们的主义毫无怀疑的信仰吗？你要革命，真有你认为必革的目标吗？曼丽，我觉得信仰主义和信仰宗教是一样的精神，耶稣吩咐他的门徒说：你们应当立刻跳下河去，拯救那个被溺的妇女和婴孩，那时节你能绝不踌躇，绝不怀疑的勇往直前吗？曼丽，我相信你的心是纯洁的；可是你的热情往往支配了你的理智，其实你既已加入了，我本不该对你发出这许多疑问，不过我们是很好的朋友，我既想到这里，我就不能缄默，曼丽，请你原谅我吧！"

彤芳这封信使我很受感动，我不禁回想我入党的仓猝，对于她所说的问题我实在未能详细的思量，我只凭着一腔的热血无目的的向人间喷射……唉！我今天心绪十分恶劣，我有点后悔了！

八月二十二日　现在我已正式加入党部工作了，一切的事务都呈露紊乱的样子，一切都似乎找不到系统——这也许是因我初加入合作，有许多事情是我们不知道其系统之所在，并不是它本身没有系统吧！可是也就够我彷徨了。

他们派我充妇女部的干事，每天我总照法定时间到办公室。我们妇女部的部长，真是一个奇怪的女人，她身体很魁伟，常穿一套棕色的军服，将头发剪得和男人一样，走起路来，腰杆也能笔直，神态也不错；只可惜一双受过摧残，被解放的脚，是支不起上体的魁伟：虽是皮鞋做得很宽大，很充得过去，不过走路的时候，还免不了袅娜的神态，这一来可就成了三不像了。更足使人注意的，是她那如洪钟的喉音，她真喜欢演说，我们在办公处最重要的公事，大概就是听她的演说了……真的，她的口才不算坏，尤其使人动听的是那一句："我们的同志们！"真叫得亲热！但我有时听了有些不自在……这许是我的偏见，我不惯作革命党，没有受过好训练——我缺乏她那种自满的英雄气概——我总觉得我所想望的革命不是这么回事！

现在中国的情形，是十三分的复杂，比乱麻还难清理。我们现在是要做剔清整理的革命工作，每一个革命分子，以我的理想至少要镇天的工作——但是这里的情形，绝不是如此。部长专喜欢高谈阔论，其他的干事员写情书的依然写情书，讲恋爱的照样讲恋爱，大家都仿佛天下指日可定，自己将来都是革命元勋，做官发财，高车驷马，都是意中事，意态骄逸，简直不可一世——这难道说也是全民所希冀的革命吗？唉！我真彷徨！

九月三日　我近来精神真萎靡，我简直提不起兴味来，这里一切事情都叫我失望！

昨天杏农来说是芸泉就要到美国去，这真使我惊异，她的家境很穷困，怎么半年间忽然又有钱到美国了？后来问杏农才知道她作了半年妇女部的秘书，就发了六七千元的财呵！这话真使我惊倒了，一个小小的秘书，半年间就发了六七千元的财，那若果要是作省党部的秘书长，岂不可以发个几十万吗？这手腕真比从前的官僚还要厉害——可是他们都是为民众谋幸福的志士，他们莫非自己开采无底的矿吗？……呵！真真令人不可思议呵！

沙姊有信来问我入党后的新生命，真惭愧，这里原来没有光大的新生命，军阀要钱，这里的人们也要钱；军阀吃鸦片，这里也时时有喷云吐雾的盛事。呵！腐朽！一切都是腐朽的……

九月十日　真是不可思议，在一个党部里竟有各式各样不同的派别！昨天一天，我遇见三方面的人，对我疏通选举委员长的事。他们都称我作同志，可是三方面各有他们的意见，而且又是绝对不同的三种意见，这真叫我为难了，我到底是谁的同志呢？老实说吧，他们都是想膨胀自己的势力，那一个是为公忘私呢……并且又是一般只有盲目的热情的青年在那里把持一切……事前没有受过训练，唉！我不忍说——真有些倒行逆施，不顾民意的事情呢！

小珠今早很早跑来，告诉我前次派到 C 县作县知事的宏卿，在那边勒索民财，妄作威福，闹了许多笑话，真叫人听着难受。本来这些人，一点学识没有，他们的进党的目的，只在发财升官，一旦手握权柄，又怎免滥用？杏农的话真不错！他说："我们革命应有步骤，第一步是要充分的预备，无论破坏方面，建设方面，都要有充足的人材准备，第二步才能去做破坏的工作，破坏以后立刻要有建设的人材收拾残局……"而现在的事情，可完全不对，破坏没人才，建设更没人才！所有的分子多半是为自己的衣饭而投机的，所以打下一个地盘以后，没有人去做新的建设！这是多么惨淡的前途呢，土墙固然不好，可是把土墙打破了，不去修砖墙，那还不如留着土墙，还成一个片断。唉！我们今天越说越悲观，难道中国只有这黯淡的命运吗？

九月十五日　今天这里起了一个大风潮……这才叫作丢人呢！

维春枪决了！因为他私吞了二万元的公款，被醒胡告发，但是醒胡同时却发了五十万元的大财，据说维春在委员会里很有点势力！他是偏于右方的，当时惹起反对党的忌恨，要想法破坏他，后来知道醒胡和他极要好，因约醒胡探听他的私事，如果能够致维春的死命，就给他五十万元，后来醒胡果然探到维春私吞公款的事情，到总部告发了，就把维春枪决了。

这真像一段小说呢！革命党中的青年竟照样施行了，自从我得到这消息以后，一直懊恼，我真想离开这里呢！

下午到杏农那里，谈到这件事，他也很灰心，唉！这到处腐朽的国事，我真不知应当怎么办呢？

九月十七日　这几天党里的一切事情更觉紊乱，昨夜我已经睡了，忽接到杏农的信，他说："这几天情势很坏，军长兵事失利，内部又起了极大的内讧——最大的原因是因为某军长部下所用一般人，都是些没有实力的轻浮少年，可是割据和把持的本领均很强，使得一部分军官不

148

愿意他们，要想反戈，某军长知道实在不可为了，他已决心不干，所以我们不能不准备走路……请你留意吧！"

唉！走路！我早就想走路，这地方越做越失望，再往下去我简直要因刺激而发狂了！

九月二十二日　党支部几个重要的角色都跑尽了，我们无名小角也没什么人注意，还照旧在这里鬼混，但也就够狼狈了！有能力的都发了财，而我们却有断炊的恐慌，昨晚检点皮箧只剩两块钱。

早晨杏农来了，我们照吃了五毛钱一桌的饭，吃完饭，大家坐在屋里，皱着眉头相对。小珠忽然跑来，她依然兴高采烈，她一进门就嘻嘻哈哈的又说又笑，我们对她诉说窘状，她说："愁什么！我这里先给你们二十块，用完了再计较。"杏农才把心放下，于是我们暂且不愁饭吃，大家坐着谈些闲话，小珠对着我们笑道："我告诉你们一件有趣的新闻：你们知道兰芬吗？她真算可以，她居然探听到敌党的一切秘密；自然兰芬那脸子长得漂亮，敌党的张某竟迷上她了！只顾讨兰芬的喜欢，早把别的事忘了……他们的经过真有趣，昨天听兰芬告诉我们，真把我笑死！前天不是星期吗？一早晨，张某就到兰芬那里，请兰芬去吃午饭，兰芬就答应了他。张某叫了一辆汽车，同兰芬到德昌饭店去。到了那里，时候还早，他们就拣了一间屋子坐下，张某就对兰芬表示好意，诉说他对兰芬的爱慕。兰芬笑道：'我很希望我们作一个朋友，不过事实恐怕不能！你不能以坦白的心胸对我……'张某听了兰芬的话，又看了那漂亮的面孔，真的，他恨不得把心挖出来给她，就说道：'兰芬，只要你真爱我，我什么都能为你牺牲，如果我死了，于你是有益的，我也可以照办。'兰芬就握住他的手说道：'我真感激你待我的诚意，不过我这个人有些怪僻，除非你告诉我一点别人所听不到事情，那我就信了。'张某道：'我什么事都可以告诉你，现我背我的生平你听，兰芬！那你相信我了吧！'兰芬说：'你能将你们团体的秘密全对我说吗？……我本不当有这种要求，不过要求彼此了解起见，什么事不应当有掩饰呢！'张某简直迷昏了，他绝不想到兰芬的另有用意，他便把他的团体决议对付敌人种种方法告诉兰芬，以表示爱意……这真滑稽得可笑！"

小珠说得真高兴，可是我听了，心里很受感动，天下多少机密事是误在情感上呢！

十月一日　在那紊乱的 N 城，厮守不出所以然来。今天我又回到了上海，早车到了这里，稍吃了些点心，我就去看朋友。走到黄浦滩，由不得想到前几个月和沙姊话别的情形，那时节是多么兴奋！多么自负！……唉！谁想到结果是这么狼狈。现在觉悟了，事业不但不是容易成功，便连从事事业的途径也是不易选择的呢！

回到上海——可是我的希望完全埋葬在 N 城的深土中，什么时候才能发芽蓬勃滋长，谁能知道？谁能预料呵？

十月五日　我忽然患神经衰弱病，心悸胸闷，镇天生气，今天搬到医院里来。这医院是在城外，空气很好，而且四周围也很寂静。我睡在软铁丝的床上，身体很舒适了。可是我的病是在精神方面，身体越舒服暇豫，我的心思越复杂，我细想两三个月的经历，好像毒蛇在我的心上盘咬！处处都是伤痕。唉！我不曾加入革命工作的时候，我的心田里，万丛荆棘的当中，还开着一朵鲜艳的紫罗兰花，予我以前途灿烂的希望。现在呢！紫罗兰萎谢了，只剩下刺人的荆棘，我竟没法子迈步呢！

十月七日　两夜来，我只为已往的伤痕懊恼，我恨人类世界，如果我有能力，我一定要让它全个湮灭！……但是我有时并不这样想，上帝绝不这样安排的，世界上有大路，有小路，有走得通的路，有走不通的路，我并不曾都走遍，我怎么就绝望呢！我想我自己本没有下过探路的工夫，只闭着眼跟人家走，失败了！还不是自作自受吗？……

奇怪，我自己转了我愤恨的念头，变为追悔时，我心头已萎的紫罗兰，似乎又在萌芽了，但是我从此不敢再随意的摧残了……我病好以后，我要努力找那走得通的路，去寻求光明。

以前的闭眼所撞的伤痕，永远保持着吧！……

曼丽的日记完了，我紧张的心弦也慢慢恢复了原状，那时夜漏已深，秋扇风摇，窗前枯藤，声更憭栗！彤芬也很觉得疲倦，我们暂且无言的各自睡了。我痴望今夜梦中能见到曼丽，细认她的心的创伤呢！

蓝田的忏悔录

晚饭后，已经是暮色四合，加以山风虎吼，身心萧疏。我正百无聊赖的独自寂坐，陡然肖圃推进门来，说："隐，想得到我来吗？"我不觉欣然的道："倒是什么风儿把你吹来了？今夜又没有月色，惊得你会来？……"说着话，我因递一杯茶给她。她一手接着，另一手举着一本小册子道："我只是为了这个使命而来，这种使人灵弦紧张的凄调哀音，难道不应在这幽寂的凉夜中重演吗？……并且我整个脆弱的心房，实有些不能包容这凄厉之音，我焉能不来找你？"我听肖圃一席话，心神奔越，不等她再往下说，已掀开那小册子看了。只见上面的标题是"蓝田的忏悔录"。呵！这尽够了，只这六个字，仅仅只是六个字，已经使得我的步骤乱了，未容我再往下看的当儿，已经有一个很熟识的面貌体态……动作的蓝田的印象涌进我的观念间来。

实话说，若讲起"漂亮"两个字她真轮不到。她长方形的脸蛋，一对疏眉倒还不错，不过太阔而且松散了，有些像参差不齐的扫帚。眼睛很够大的，不过眼珠嫌过分的突出，结果有点仿佛金鱼的眼睛。鼻子呢，是扁平的。嘴倒是四方海口，是个古英雄的好嘴脸，然而长在女性的脸上，至少要损去许多嫣然的丰韵。说到身材姿态，虽没有多大毛病，可是也没有什么出色的地方。倒是性子是极诚实而恳切的，若果和她交久了的人，无论谁都能因她的内质的璞美而忘记她外表的不大雅观。

"蓝田为什么有这《忏悔录》……你从何处得来？……我自从回来后不曾得到她的消息。"我的灵弦为了仅仅那六个字，不由得紧张起来，我既急要知道她的究竟，这本册子固然能仔细告诉我，然而在这个现状之下，不嫌太迟缓吗？于是我不得不先探问肖圃。

"你为什么不赶紧看下去，在那里至少能使你对于她这《忏悔录》之所由来的答案觉得满意。……她近来的消息，甚至于一生的消息都在其中。至于这册子的来源，那更简单了，芝姐从京里寄来的。……好！时候已不早了，你静静的看吧。我现在先回去，明天我们再谈。"

肖圃说着真站起来走了，我只点了点头表示我送她和希望她明天再来的意思，这一点在直觉上，大家都可不言而喻了。

这当儿风依旧是呼呼的吼着，远处虽也有人声，然而仅仅是依稀可辨认是有人在说话罢了。近处只是沉沉寂寂除了门窗为风所鼓动，偶尔发出微响外，一切都在睡眠状态中，于是给我一个顶好的机会，读蓝田的《忏悔录》。

八月初十日

呵！破屋哪堪连夜雨？门窗的纸一片片的飞舞着，雨丝都从那里悄悄地窜了进来。虽还只是初秋的天气，然而病骨支离的我，顿觉寒生肌里。尤其我空洞的心，更经不起这风风雨雨的打击，然而有什么法子拒绝它。从昨天下午，芝姐走了以后，还不曾见一个人影。唉，谁又想到在这破屋子中，尚有一个几乎等于幽灵的蓝田呢？火炉不知什么时候被隔壁的大黑猫弄翻了，药罐子也歪在一旁，药渣子撒了一地。王妈也没什么良心，昨天早晨走了到现在还不肯回来。自然啦，这一个月的工钱还欠着她的，怎得不由着她使性子？宇宙本来不算小，然而除了这一个漏雨灌风的破屋子外，什么地方还容得我插足？

风雨一阵一阵紧起来，只有阶前的落叶，萧萧瑟瑟的微呻着。它们也许与我同病相怜，然而彼此都太微弱了，相怜亦复何益！我眼睁睁的望着门外，但从昨晚到现在已经十八九个钟头了，除却失望会盼到些什么！

下午芝姐黯然的走了进来，我仿佛拣到宝贝似的，可是不知为什么，我的眼泪反而流了下来。及至芝姐问我："王妈还没有来吗？"我竟似受委曲的孩子，被大人提醒了委曲之所以然，竟放声痛哭起来。芝姐很不过意，一面替我整理着杂乱的桌子，和地上纵横歪斜的茶炉药罐，使我益觉心如刀刺。唉，我只要早听她一句话，也不至于到现在这种贫病交困的境地。我忏悔，我惶愧，我竟不知何以对爱我的芝姐——在这到处埋伏危机的地方，日暮途穷的时候，只有她，不时以温情延长我对世间的留恋！

"'世情看冷暖，人面逐高低。'芝姐，我而今对你只有忏悔啊！"芝姐凄然望着我，她湿润的双睛，充满了怜悯的同情。她这时走到我的床前，坐在我的身旁深深的叹道："过去的不必再提，现在先说眼前的吧！王妈看这样子今天是不会来的，你一个人又是病着，独自在这里，怎么使得？我今天就在这里陪你吧！可是何仁也太没人心了，当初你手里有千把块钱的时候，他不是天天到这里来缠吗？现在却连个影子也不见了！"芝姐悲愤不平的说着，唉！我的空虚寂寞的心，谁能想象悔恨和失望是怎样的摧残我呵！

这风雨，凄楚的雨，尖刻的风，一直吹到夜深，落到夜深。芝姐虽怕我劳神，不使我多说话，——况且我们不谈则已，谈起来又都是些刺激和兴奋的话——不过纵然芝姐拿着一本小说，默默的坐在那似鬼焰的灯光下，使得四境都入于催眠的状态中，然而我方寸的灵海里，仍然鼓起惊涛骇浪。我回溯过去的痛苦，悬想未来的可怕的前途，甚至没有前途，我差不多已经是走到天地的尽头了。虽然我也知道地球是圆的，可是我差不多没有勇气了，也没有工具了，那另有新天地的妄想，已如阴云里的电光，倏然消灭了。

我闭着两眼，悄悄的流泪，吞声的饮泣。我最怕使得芝姐不过意，世界上只有她一个怜悯我，我何忍更使她为我担心和悲苦？不久芝姐想以为我已沉睡了，她轻轻的放下书；悄悄的往我这边看一看，又四面望了望。唉！自然这等于墟墓的鬼境，怎由得她不叹息！她睡在床上的时候，也许也同开着泪泉的闸门，和我一样的弄湿了衾枕！过了约莫半点多钟，微微的"呼鼾"声由芝姐床上发出来，我知道芝姐已经入梦了。我因悄悄的坐起来，决意的写我对于生命的忏悔。我预料我在这不足留恋的世上，没有多久的时日了，纵使我不死于身病，也当死于心病。并且为我自私起见，也是死了，可把一切的折磨便取消了。

八月十一日

今天早晨芝姐买了许多白莲，插在我床前的小几上的瓷瓶里。一阵阵的清香时时兴奋我的心神，然而也同时引起我的怅惘。人生总有如花般的时期，便如潦倒的我，何尝没有这种值得留恋的回忆，不过我总不如人。——我儿时的岁月，实在过于惨淡了，大约是十五年前罢——我不过七岁，正是依恋于我慈母的肘下。我记得——我深深记得，每天早起，我的慈母总替我梳两个小髻在两鬓的旁边，有时还戴上几朵紫罗兰……但是忽然有一天，我的小髻改成一条辫子，我自然觉得新奇。不过我奇怪我的母亲为什么不替我梳头了，却是张妈替我打辫子，我自然要觉得不高兴的闹脾气了。我正在哭着，忽见我的父亲满面愁容对我说："小乖乖，不要吵罢，妈妈正在生病呵！"生病的经验在我幼弱的脑子里，真没什么特别的了解的能力，不过我同时惧怕父亲的尊严，渐渐止住了哭声。

自从那天起张妈天天替我打辫子，一家人都似乎忙着什么似的。不时的听见张妈告诉我："不要吵，大夫来了，妈妈的病重呢！"忽然在一天夜里，我正睡着了，张妈一把抱起我来，仿佛是在流泪说："可怜小乖，妈妈没了。"我莫明其妙这是为什么，不过她搅了我的睡兴，我便哭起来了。等到走到我妈妈的屋子里，听见爹爹和堂姐姐们都在大哭。我妈妈呢，直挺挺的睡在床上，脸上蒙着一张白纸，从那一天起我永远看不见我的妈了。不久张妈也走了，换了一个王妈，这个人我顶不喜欢她，她常常骂我，有时她也打我。自然啦，我的父亲常不在家，她当然要自作威福！

我妈妈死了一年，我父亲又娶了一个新妈妈来。这个妈妈比给我梳小髻，抱着我不住的抚着吻着的妈妈太两样了。她没有一次抚过我，也没有一次吻着我，她似乎不大注意我。不过只要我一淘气，我的爹爹回来，总是知道的。并且我父亲也似乎和以前两样了。过了一年，我新妈妈养了一个小弟弟，我的父亲时常抱着他，偎着他的小腮儿。于是更没有心肠顾到我了。这时候我虽只是十岁的小女孩，可是我已觉得我的黄金时代过去了。每逢想起爱我的妈妈，我常常独自一个悄悄的流泪！然而我不敢使我的新妈妈看见，因为她常常骂我是"不祥的小生物"！

我觉得家庭对我无情，也许社会还能容我有回旋的余地，于是我努力的在小学校里读书，十四岁，我就进了中学校。可是我的新妈妈往往对于我读书觉得是多余的。有一天她和我爹爹说："田儿已经不小了，也要预备替她定一头亲事。"于是她就提起她的内侄儿——一个纨袴少年，样子也许还漂亮，家里很有几个钱。我父亲也不再加思索的就答应她了。从此我的心灵上更罩上一层愁雾，然而我还希望我不可捉摸的前途，努力的求学，不时看名人的作品。这时节新潮流不知不觉浸入我的脑海，使我不时对于我不同意的婚姻发生愁烦。但是孤苦无告的我，除了悄悄的饮泣，何处容得我泄愤？记得有一天的夜里，我正为了我的前途的危险，埋头痛哭，忽然隔壁的秀姐来找我，——这要算是我唯一的女伴，我们不但是邻居，而且又是同学。……这时她轻轻地掀开我的被角说道："田姐，你不舒服吗！什么事情伤心？"唉！我这时的心情，仿佛彷徨在沙漠里的孤客，陡然遇见了一个游侣——我的孤苦，我的悲伤，只有向她痛述了。……她似乎愤愤不平的望着我说："我想你总要自奋，我今天正是为了关于你不好的消息而来的，你知道你的未婚夫现在已经有三个如夫人了吗？如果你嫁过去，能得到和乐的幸福吗？"唉！天呵！……我当时听了这个消息真不知怎样措施，并且我的婚期已经定在下月二十日了。我不禁握着秀姐的手，哀求而惶急的说道："秀姐，你想我应当怎么办，我便这样屈服了吗？……我方寸已乱，我除了死还有什么更好的抵抗的方法？"秀姐听了这话，不由得也陪我垂泪……最后她俯耳低声的对我说："三十六计，走为上计。"呵！我果然的走了，果然的战胜了这种不自由的婚姻。但是无情的社会，残酷的人类，正是出了火坑又沉溺人水坑了。

如连锁似的思想，整个的将我儿时的遭遇浮现了！上帝！对于这过去的惨伤，使我的心痛增剧。我不禁由沉默而发出呻吟之声。芝姐忙忙放下正替我熬药的罐子，握着我的手道："肝气痛得厉害吗？……"我无力的点了一点头，热泪簌簌的流了下来，滴在她的手上。后来我不禁诅咒道："无代价的生命，越早完结越好……芝姐，我立刻死了，还能得你的温情热泪清洗我的罪孽。恐怕再延长下去，我的前途更加肮脏和可怕，也许连你的眼泪一并得不到了！一个没有品行的堕落女子，谁能为她原谅是万恶的环境迫成的呢！呵！我哭，我尽情的哭，我妄想我忏悔的眼泪，或能洗净我对于旧礼教的耻辱，甚至于新学理的玷污。"我不知什么时候已哭晕过去，直到芝姐连声将我唤醒时，我一睁眼，看见有两个少年站在我的面前。唉！又是一刀子的重伤，我依旧绞肠锥心的昏过去了。

八月十四日

我自从决意的写，质实的写，——无论是可喜可悔可悲可怒的，我一律想质实的写，仿佛藉着这一写，可以使我心头所深茹的辛酸一淹。如果这便是绝笔，我也就无憾了。但是自从那一天两次昏晕后，我的肝气痛一直不曾止住，结果身体的苦痛压迫了心头的苦痛。这两天我不但不能写，且不能想，今天肝气痛稍愈，于是又努力的继续着写……"

我自从一病，便在穷困中讨生活，我虽是个有父亲的女孩子，但"等是有家归不得"也就等于是无处依归的孤儿了。有许多人——可以说是有经验的老成人，劝我将就的嫁，但我是醉心妇女运动的人，我不能为了衣食而牺牲了我的志趣和人格，自然除了一两个极亲信的人，大家不免以我为喜欢胡闹的女子。最使我痛心的，就是我空落落的身心，没有依靠。社会又是这样的黑暗，他们从不肯为一个有志无力的女子原谅一二分。到现在我不觉要后悔，智识误我，理性苦我——不然嫁了——随便的嫁了，安知不比这飘零的身世要差胜一筹？呵？弄到现在志比天高，但是被人的蹂躏，全身玷垢，什么时候可以洗清？唉！我恨我的命运！我更恨无情的人类！

记得当初我初到北京的时候，我在某大学里读书，一般如疯狂的青年用尽他们诱惑和轻蔑的手段来坑陷我，而他们一方面又是特别的冠冕堂皇，他们称赞我是奋斗的勇将，是有志气的女子，甚至谀我是女界的明灯。可怜缺少经验的我，惊弓之余的我，得了这意外的称许和慰藉，怎由得不赤裸裸的将心魂贡献于他们之前，充作他们尽量的捉弄品。

何仁、王义最是狡猾而残忍的两个少年。……我整个的心摧碎于他们的手里。

唉！无所不知的上帝——我当然不敢瞒你，并且是不能瞒你，当我逃避家庭专制，而求光明前途的时候，我不但是为我个人谋幸福，并且为同病的女同胞作先锋。当时的气概，是不容瞒无所不知的上帝，我自觉得可以贯云穿霄。然而我被他们同情的诱惑，恐怕也只有上帝知道，那是一个没有经验的女子，必不可免的危险！

记得那时候我也正患着肝气病，可是没有现在这样潦倒落寞。疯狂似的何仁、王义虽是现在他们尽量的显露了狡猾的面目，然而那时候，却是意气充溢。他们说："我们应当尽我们的能力，帮助有志无力的妇女，况且她又正在病中。"自然啦，我现在才觉悟，我那时还充当某报的通信员，每月有三四十块钱的进款，才能免如今日的凄凉。……不过这已等于贼去关门，现在觉悟已经晚了。

金钱和虚荣本来最足以使得青年倾倒。那时节的蓝田，虽然病了，甚至病了两个月，而无时无刻没有人来问候，有的送食品，有的送鲜花。尤其何仁、王义对我殷勤，他们两人每夜轮流着服侍我，那时真使我感谢和伤心。我想落寞的我，在这无情的人类中，相与周旋，实在容易被人欺侮，难得这两个青年——尤其是何仁——我和他更有一层同病相怜之感——他的身世也是飘零的，他和我一样在冷酷的继母手下讨生活——自然我和他更容易联络了。后来我病好了，他——何仁托芝姐来表示他的诚意，我们不久便在公园里订婚了。这不是很美满的结合吗？——然而现在想来正是春蚕作茧自缚，自取之咎又复谁怨！唉！我这时心痛手颤，我后悔，我有什么法子自禁我的眼泪！……

八月十九日

每逢一番刺激，便数日僵然若死。我的病时好时坏，芝姐虽然屡次劝慰警戒我，——唉，这世界上唯有她肯给我生路，最使我不能忘怀的是那一句："蓝田，保重你的健康，还有最后的奋斗。你不应当过于自弃！"这的确是一剂兴奋药，使绝望的我仿佛前途不尽是无望！

昨日天气十分晴朗，我的病躯似乎减轻许多。下午芝姐来时，我已经能起来斜倚在藤椅上。芝姐十分欣慰的说："自从你一病，我还不曾到过公园，难得你今天能起来，我们同到公园去疏散疏散，或者有益你的病躯呢。"我难却她的美意，且静极思动，也想出去换一换环境，于是芝姐殷勤替我梳着头。后来我对着镜子洗脸，又不免为了憔悴的病容自惊自悲，由不得流下泪来。芝姐立刻将镜子夺过去，替我拭着泪痕。不久我们就到了柏林挹翠，百鸟婉转的公园中了。那一天确是好气候，秋风松爽的吹在身上，头脑立时开展了，陡觉四境都含着生意。虽然没有繁花如锦，而树影婆娑，更感到幽趣横生。但是忽然一阵笑语声——刺耳的笑语声又使我的心魂震悸了，果然"不是冤家不聚头"，正是何仁和他的新婚夫人相依相偎的过来。我仿佛不必等脑中枢的命令，我两脚已不由自主的站起来，我匆匆的走了。芝姐莫明其妙的追上来，自然那种灰败的面色使她失惊，当然她再一回顾时，何仁已经走得较近，她便一切了然。她轻轻的叹了一声道："唉，真是何苦来！"我不免咀嚼她所说的这几个字，不觉忏悔这真真是何苦来。

自然啦，何仁的新夫人十分的丰韵，这是天厚于她，我不敢怨她。然而何仁未免欺得我好苦。当我们定婚不久，我就发现他另有所恋。我因对他说："我们的结合，是以彼此人格为担保的，但是我也自知外表上或者与你不合适，不过我们数年相处，我总以你为我的弟弟相待……若果永久继续姐弟的关系也何尝不可……你可推诚对我说。"当时他觉得我有疑惑他的意思，不知他是内愧，还是唯一用的是手段，他甚至哭着对我发誓，自然啦——在现在我觉悟了，无论什么样的傻子在还有求于人的时候，绝不愿意就此放手，而当时我自然被他的眼泪蒙住了。直到他们宣示结婚的头两天，他还住在我家里。唉！这是怎样的罪恶……使我一落深渊，终至不克翻身！

本来男子们可以不讲贞操的，同时也可以狡兔三窟式的讲恋爱。这是社会上予他们的特权，他们乐得东食西宿。然而我若不是因爱情同时不能容第三者的信念，我也不至于逃婚——甚至于受旧社会的排斥，——然而自何仁欺弄了我，不谅人的人类有几个有真曲直的，于是我便成了新旧所不容的堕落人了。唉！血肉之躯怎堪屡受摧残，我正是暴雨后的嫩苗，只要小小的暴风，便支持不住，自那天起我的病又增重了！

在我身心交困的情形下，若不是耻为怯弱的人，应当早已自杀了。我有时也怀疑，偌大个世界怎么就没有我翻身的余地。然而现在，实际上除了一个抱有上帝爱同胞心的芝姐外，似乎无人不是在窃窃的私议着我的污点，有几个简直当面给我以难堪！我固然是有堕落的嫌疑；然而人类但凡肯存一分的原谅心，容我稍稍的回旋，我不敢奢心求人的援助，只求人不要过猛烈的破坏，我已是感恩不尽了。唉！有什么可说，我并连此最小限度的要求，也没有人肯轻抬他或她压抑的手，使我闯过这一关呵！

九月十日

唉！大限将近了，在这昏愦的十数日中，我不知道人们对我是怎样的批评，——不过我总想倘若我果然从此与世长辞了，也许那时候可以得到些人们对我不需要的同情，然而这已是不需要的呵！我何必管它呢！只是有一件事，使我略可自慰的，就是适才何仁的夫人来看我，她握着我的手说道："姐姐，我和你虽只是两面之交，然而，我今天来看你，却抱着极深切的同情。何仁与你的交情是我最近才知道是远过于我的，——然而在他向我求婚的时候，并没对我说，终至姐姐颠顿如此！姐姐，我不知将对你说什么……只有一句话，我知道是足以使你相信的……唉！姐姐，我们同作了牺牲品了呵！况且我更不如姐姐，男子的心是如此的不可靠！在我们没有结婚以前，他一面欺骗姐姐，同时他也欺骗我，那时我若果知道他与姐姐的关系，我的头可断，必不甘心受他的愚弄，终至作他的牺牲品……现在我觉悟了。爱情真是混世的魔王，不知多多少少的男女作了它的牺牲品，所以我今冒昧来见姐姐，一方面求你容我忏悔——因我的孟浪害了姐姐而且自害，一方面忏悔误信不纯正的爱情，作了兽欲的牺牲……"唉，她的心泉之狷流，足洗清我灵魂的污垢。我固然永远的诅咒人类，然而因为她的至诚，我立刻为世界上的妇女原谅，且为她们痛哭。因为不被男子玩视和侮辱的女性，至今还不曾有过。我倘若能战胜病魔，我现在又有了一个新希望，可惜这希望太微弱了，我如果能与世界全女性握手，使妇女们开个新纪元，那末我忏悔以前的，同时我将要奋斗未来的。

呵！死灰虽然已有复燃之望，然而谁肯为我努力吹嘘，使它果然复燃呢！我的心潮澎湃了！我的灵海沸腾了！然而不可知的天命，和不能预料的社会到底如何？谁能真确的告诉我，结果，适才的兴奋等于一朵虚幻的镜花！等于一个泡影的水月哟！……

《蓝田的忏悔录》至此而止，后面另有一页是芝姐的按语：

自从蓝田一病，只有我一个人和她日夜相守。她的愁心悲颜，使我几次为她落泪。当她将她的《忏悔录》交给我的时候，病象已很危险，不过医生说她的病，可以说大部分是在精神上，不过因精神而影响身体，若果不谋开展心胸，那末希望身体的恢复健康，也不可能。唉！肖圃！做人真是不容易。社会譬如是天罗地网，到处埋着可以倾陷的危机，不幸一旦失足，使百劫不可翻身了！蓝田的末路，我不敢深想，她自己是料定她这病不会好，所以才把这《忏悔录》交给我……人类是特别的残酷，恐怕蓝田真是没有病好的希望呢！肖圃！天下不止一个蓝田……我辈都不能不存戒心。唉！黯淡毁灭，正是现在的世界哟！

唉！虎吼的山风，更加凄厉，幽寂的深夜，使我毛发皆竦，万感悲集，又要拼将一夜不睡了！为什么世间只有恶消息频频的传来！

何处是归程

　　在分歧的人生路上，沙侣也是一个怯生的旅行者。她现在虽然已是一个妻子和母亲了，但仍不时的徘徊歧路，悄问何处是归程。

　　这一天她预备请一个远方的归客，天色才朦胧，已经辗转不成梦了。她呆呆地望着淡紫色的帐顶，仿佛在那上边展露着紫罗兰的花影。正是四年前的一个春夜吧，微风暗送茉莉的温馨，眉月斜挂松尖把光筛洒在寂静的河堤上。她曾同玲素挽臂并肩，踯躅于嫩绿丛中。不过为了玲素去国，黯然的话别，一切的美景都染上离人眼中的血痕。

　　第二天的清晨，沙侣拿了一束紫罗兰花，到车站上送玲素。沙侣握着玲素的手说道："素姐，珍重吧！……四年后再见，但愿你我都如这含笑的春花，它是希望的象征呵！"那时玲素收了这花，火车已经慢慢的蠕动了——现在整整已经四年。

　　沙侣正眷怀着往事，不觉环顾自己的四周。忽看见身旁睡着十个月的孩子——绯红的双颊，垂复着长而黑的睫毛，娇小而圆润的面孔，不由得轻轻在他额上吻了一下。又轻轻坐了起来，披上一件绒布的夹衣，拉开蚊帐，黄金色的日光已由玻璃窗外射了进来。听听楼下已有轻微的脚步声，心想大约是张妈起来了吧。于是走到扶梯口轻轻喊了一声"张妈"，一个麻脸而微胖的妇人拿着一把铝壶上来了。沙侣扣着衣纽欠伸着道："今天十点有客来，屋里和客厅的地板都要拖干净些……回头就去买小菜……阿福起来了吗？……叫他吃了早饭就到码头去接三小姐。另外还有一个客人，是和三小姐同轮船来的……她们九点钟到上海。早点去，不要误了事！"张妈放下铝壶，答应着去了。

　　沙侣走到梳妆台旁，正打算梳头，忽然看见镜子里自己的容颜老了许多，和墙上所挂的小照，大不同了。她不免暗惊岁月催人，梳子插在头上，征怔的出起神来。她不住的想道："这是怎么一回事呢？结婚，生子，做母亲……一切平淡的收束了，事业志趣都成了生命史上的陈迹……女人……这原来就是女人的天职。但谁能死心塌地的相信女人是这么简单的动物呢？……整理家务，扶养孩子，哦！侍候丈夫，这些琐碎的事情真够消磨人了。社会事业——由于个人的意志所发生的活动，只好不提吧。……唉，真惭愧对今天远道的归客！——一别四年的玲素呵！她现在学成归国，正好施展她平生的抱负。她仿佛是光芒闪烁的北辰，可以为黑暗沉沉的夜景放一线的光明，为一切迷路者指引前程。哦，这是怎样的伟大和有意义！唉，我真太怯弱，为什么要结婚？妹妹一向抱独身主义，她的见识要比我高超呢！现在只有看人家奋飞，我已是时代的落伍者。十余年来所求知识，现在只好分付波臣，把一切都深埋海底吧。希望的花，随流光而枯萎，永永成为我灵宫里的一个残影呵！……"沙侣无论如何排解不开这骚愁的秘结，禁不住悄悄的拭泪。忽听见前屋丈夫的咳嗽声，知道他已醒了，赶忙喊张妈端正面汤，预备点心，自己又跑过去替他拿替换的裤袿。一面又吩咐车夫吃早饭，把车子拉出去预备着。乱了一阵子，才想去洗脸，床上的小乖乖又醒了，连忙放下面巾，抱起小乖，喂奶，换尿布，壁上的钟已当当的敲了九下。客人就要来了，一切都还不曾预备好，沙侣顾不得了，如走马灯似的忙着。

　　沙侣走到院子里，采了几支紫色的丁香插在白瓷瓶里，放在客厅的圆桌上。怅然坐在靠窗的沙发上，静静的等候玲素和她的三妹妹。在这沉寂而温馨的空气里，沙侣复重温她的旧梦，眼睫上不知何时又沾濡上泪液，仿佛晨露浸秋草。

　　不久门上的电铃，琅琅的响了。张妈"呀"的一声开了大门。一个年轻漂亮的女子，手里提了一个小皮包，含笑走了进来。沙侣忙上前握住她的手，似喜似怅地说道："你们回来了。玲素呢……""来了！沙侣！你好吗？想不到在这里看见你，听说你已经做了母亲，快让我看看我们的外甥……"沙侣默默的痴立着。玲素仿佛明白她的隐衷，因握着沙侣的手，恳切的说道："歧路百出的人生长途上，你总算找到归宿，不必想那些不如意的事吧！"沙侣蒸郁的热泪，不能勉强的咽下去了。她哽咽着叹道："玲姐，你何必拿这种不由衷的话安慰我，归宿——我真是不敢深想，譬如坑洼里的水，它永永不动，那也算是有了归宿，但是太无聊而浅薄了。如果我但求如此的归宿，——如此的归宿便是人生的真义，那末世

161

界还有什么缺陷？”

"这是为什么？姐姐，你难道有什么不如意的事吗？"沙侣摇头叹道："妹妹，我哪敢妄求如意，世界上也有如意的事吗？只求事实与思想不过分的冲突，已经是万分的幸运了！"沙侣凄楚而深痛的语调，使得大家惘然了。三妹妹似不耐此种死一般的冷寂，站了起来，凭着窗子看院子里的蜜蜂，钻进花心采蜜。玲素依然紧握沙侣的手，安慰她道："沙侣，不要太拘迹吧，有什么难受的呢？世界上所谓的真理，原不是绝对的。什么伟大和不朽，究竟太片面了，何尝能解决整个的人生？——人生原来不是这样简单的，谁能够面面顾到？……如果天地是一个完整的，那末女娲氏倒不必炼石补天了，你也太想不开。"

"玲姐的话真不错，人生就仿佛是不知归程的旅行者，走到哪里算到哪里，只要是已经努力的走了，一切都可以卸责了。……姐姐总喜欢钻牛角尖，越钻越仄……我不怕你笑话，我独身主义的主张，近来有些摇动了……因为我已觉悟，固执是人生滋苦之因，不必拿别人说，只看我们的姑姑吧。"

"姑姑近来怎么样？前些日子听说她患失眠很厉害，最近不知好了没有？三妹妹，你从故乡来，也听到她的消息吗？"

"姐姐！你自然很仰慕姑姑的努力啰。……人们有的说像她这样才算伟大，但是不幸同时也有人冷笑说她无聊，出风头，姑姑恨起来常常咬着嘴唇道：'龃龉的人类，永远是残酷的呵！'但有谁理会她，隔膜仿佛铁壁铜墙般矗立在人与人的中间。"

玲素听见三妹妹慨然的说着，也不觉有些心烦意乱，但仍勉强保持她深沉的态度，淡淡的说道："我想世上既没有兼全的事，那末随遇而安自多乐趣，又何必矫俗干名？"

沙侣摇头道："玲姐！我相信你更比我明白一切，因此我知道你的话还是为安慰我而发的。……究竟你也是替我咽着眼泪，何妨大家痛快些哭一场呢！……我老实的告诉你吧，女孩子们的心，完全迷惑于理想的花园里。——玫瑰是爱情的象征，月光的洁幕下，恋人并肩的坐在花丛里，一切都超越人间，把两个灵魂搅和成一个，世界尽管和死般的沉寂，而他和她是息息相通的，是谐和的。唉，这种的诱惑力之下，谁能相信骨子里的真相呢！……简直完全不是这么一回事。——结婚的结果是把他和她从天上摔到人间，他们是为了家务的管理和欲性的发泄而娶妻。更痛快点说吧，许多女子也是为了吃饭享福而嫁丈夫。——但是作着理想的花园的梦的女子，跑到这种的环境之下，……玲姐，这难道不是悲剧吗？……前天芷芬来，她曾问我说：'你现在怎么样？看着杂乱如麻的国事，竟没有一些努力的意思吗？'玲姐，你知道芷芬这话，使我如何的受刺激！但是罪过，我当时竟说出些欺人自欺的话。——'我现在一切都不想了，抚养大了这个小孩子也就算了。高兴时写点东西，念点书，消遣消遣。我本是个小人物，且早已看淡了一切的虚荣。'芷芬听罢，极不高兴，她用失望的眼光看着我道：'你能安于此也好，不过我也有我的思想……将军上马，各自奔前程吧！'她大概看我是个不堪造就的废物，连坐也不坐便走了。当时我觉得很抱歉，并且再扪扪心，我何尝真是没有责任心？……呵，玲姐，怯弱的我只有悔恨我为什么要结婚呢？"沙侣说得十分伤心，不住的用罗巾拭泪。

但是三妹妹总不信，不结婚便可以成全一切，她回过头来看着沙侣和玲素说："让我们再谈谈不结婚的姑姑罢。

"玲姐和姐姐，你们脑子里都应有姑姑的印象吧？美丽如春花般的面孔，玲珑而窈窕的身材，正仿佛这漂亮而馥郁的丁香花。可是只有这时候，是丁香的青春期，香色均臻浓艳；不过催人的岁月，和不肯为人驻足的春之女神，转眼走了，一切便都改观。如果到了鹃啼嫣红，莺恋残枝，已是春事阑珊，只落得眷念既往的青春，那又是如何的可悲，如何的冷落？……姑姑近来憔悴得多了，据我的观察，她或者正悔不曾及时的结婚呢！"

沙侣虽听了这话，但不敢深信，微笑道："三妹妹，你不要太把姑姑看弱了。"

三妹妹辩道："你听我讲她一段故事吧。

"今年中秋月夜，我和她同在古山住着，这夜恰是满山的好月色，瀑布和涧流都闪烁着银色的光。晚饭后，我们沿着石路土阶，慢慢奔北山峰，那里如疏星般列着几块光滑的岩石，我们拣了一块三角形的，并肩坐下。忽从微风里悄送来阵阵的暗香，我们藉着月色的皎朗，看见岩石上攀着不少的藤蔓，也有如珊瑚色的圆球，认不出是什么东西。在我们的脚下，凹下去的地方有一道山涧，正潺潺湲湲的流动。我们彼此无言的对坐着，不久忽听见悠扬的歌声，正从对山的礼拜堂里发出来。姑姑很兴奋的站起来说：'美妙极了，此时此地，倘若说就在这时候死了，岂不……真的到了那一天，或者有许多人要叹道：可惜，可惜她死得太早了，如果不死，前途成就正未可量呢！……'我听了这话仿佛得了一种暗示，窥见姑姑心头隆起红肿的饬痕。——我因问道：'姑姑，你为什么说这种短气的话，你的前途正远，大家都希望你把成功的消息报告他们呢。……'姑姑抚着我的肩叹道：'三妹，你知道正是为了希望我的人多，我要早死了。只有死才能得最大的同情。……想起两年前在北京为妇女运动奔走，结果只增加我一些惭愧，有些人竟赠了我一个准政客的刻薄名词。后来因为运动宪法修改委员，给我们相当的援助，更不知受了多少嘲笑。末了到底被人造了许多谣言，什么和某人订婚了，最残忍的竟有人说我要给某人做姨太太，并且不止侮辱我一个。他们在酒酣耳热的时候，从他们喷唾沫的口角上，往往流露出轻薄的微笑，跟着，他们必定要求一个结论道：'这些女子都是拿着妇女运动作招牌，借题出风头。……你想我怎么受？……偏偏我们的同志又不争气，文兰和美真又闹起三角恋爱，一天到晚闹笑话，我不免愤恨终至于灰心。不久政局又发生了大变，国会解散……我们妇女同盟会也就冰消瓦解。在北京住着真觉无聊，更加着不知趣的某次长整天和我夹缠，使我决心离开北京。……还以为回来以后，再想法团结同志以图再举，谁知道这里的环境更是不堪！唉！……我的前途茫茫，成败不可必，倘若事业终无希望……倒不如早些作个结束。……

"姑姑黯然的站在月光之下，也许是悄悄的垂泪，但我不忍对她逼视。当我在回来的路上，姑姑又对我说：'真的，我现在感到各方面都太孤零了。'玲姐，姑姑言外之意便可知了。"沙侣静听着，最后微笑道："那末还是结婚好！"

玲素并不理会她的话，只悄悄的打算盘，怎么办？结婚也不好，不结婚也不好，歧路纷出，到底何处是归程呵？她不觉深深的叹道："好复杂的人生！"

沙侣和三妹妹沉默了，大家各自想着心事。四围如死般的寂静，只有树梢头的黄鹂，正婉转着，巧弄她的珠喉呢。

秦教授的失败

　　凝墨般的天容，罩住了大地上的一切，六角结晶的白色雪花，在院子里纷纷飘舞，坐在长方式画桌旁的少年，向他的同伴说："佐之！明天的演讲会怎样？"

　　佐之，一个细高身材的少年，放下手里的笔，伸了伸腰，抬起烟盘里半截的烟头，吸了两口，慢慢站了起来道："待我看看天色。"他走到窗前，把白纱窗幔掀开，望见天空阴霾四布，西北方的乌云，一朵朵涌上来，因向那少年道："平智！看这天色，恐怕一时是不能晴呢！……你知道明天讲演是什么题目？"

　　佐之从左边小衣袋里，摸出一张的通告来，看了看道："《未来的新中国》，很新鲜的题目呵！"平智含笑接着说："我想无论什么天气，都要去听听才好。"

　　"是的！我也这么打算。听说这位教授，从国外归来不久，学问很着实呢！"

　　"其实怎么样，谁能知道呢？……且等听完明天的演讲再说吧！"

　　雪花直飞落了一夜，早晨又起了西北风。佐之和平智鼓着勇气从温暖的被窝里坐了起来，顿觉得一阵寒气扑到脸上，但时候已经很迟了。他们急忙收拾着，奔讲演的地方去。

　　会场设在一个大学校的礼堂里。他们进去时，已经看见几个大学生先在那里了。他们靠近火炉坐下，又见许多学生，都呵着冷气，缩着脖颈陆续地进来。

　　"今天是谁讲演？"一个脸上有麻子的大学生，问站在讲坛旁边的速记生道。

　　"你不知道吗？……就是最热心改革中国腐败家庭的秦元素教授呵！"

　　他很起劲的回答，并且又接着说："可惜今天天气太坏了又是风又是雪，听讲的人，一定要减少许多呢！"他说着，一枝秃头的铅笔，已被他削得很尖了。他把笔放在速记桌上，很兴奋地坐在那张黄色漆的椅子上，侧转身体，含笑望着从门外进来的听众。

忽然"当，当，当"，壁上的钟接连响了九下，听众嘈杂的哗笑立刻静止了，背后很均齐的脚步声向前来了。听众回转头去，看见大学的校长，陪着一位穿西服的青年，向讲坛这边走，大家便不约而同的鼓起掌来。那秦教授微笑着点了点头，便坐在旁边的椅子上。

一阵鼓掌声，那位大学校长，摸着他下颚的短须，上了讲台，向听众介绍了一番，然后秦教授才开始他的演说：

"……未来的新中国，绝不是祖父和父亲的所有品，当然不是他们的责任，老中国的溃烂，从许多祖父、父亲的身上发见了：他们要吸鸦片烟，要讨小老婆，要玩弄女人，更要得不正当的财帛。……"

"啪！啪！啪！"听众的掌声雷动。秦教授脸上露出悲凉激昂的神色，正预备更痛切的讲下去，忽听后面一片怒詈的声音，隐约道："混账的畜生，连你老子都有不是了！真正岂有此理！"听众都惊骇的站了起来，"嘘嘘"的声音，和骚搅的鼓掌哗笑声，顿时乱了会场的秩序。

秦教授脸上现着沮丧的颜色，但仍极力镇定着，接着讲下去，而一朵疑云横梗在听众的心里，有的窃窃私语，有的仰头凝想。秦教授勉强敷衍完了，带着很抱歉的神色下了讲坛，听众也都一哄而散。

秦教授回到公寓里，独自背着手，在屋里踱来踱去，觉得肩上的担子，越来越重，或者将有一天，被这重担压死。……但是世界上的事大都如此，也愁不了许多。……他想到这里，便在书架上，拿下几本书来，预备明天上课时的参考。他正转身坐下的时候，忽听见门口有人敲门。他高声问道："哪一位？请进来吧。""呀"的一声门开了，走进两个少年人来。秦教授让他们坐下，细看这两个人面貌很熟，大约总是本校的学生，不过姓名却忘记了。这时坐在上首椅子，高身材的少年，对他同来的那一个少年道："平智，我们可以把我们的问题讲出来，请秦教授的指教吧？"秦教授听如此说，陡然想起那少年是汪平智，因问道："汪君，有什么问题吗？"

"是的！……我们今天听了先生的讲演，使我们感动极深，觉得新中国的产生，真仿佛在荆棘丛中，寻找美丽芳馨的花朵，实在困难得很……谈到中国家庭的腐败真觉得伤心，尤其身受这种苦楚的人。……"

秦教授听到这里，沉默的神情忽然变了，很注意的道："哦！你的家庭也是如

166

此吗？"

汪平智叹了一声，指着坐在他旁边的同伴道："夏佐之君常到舍下，一切情形都很清楚的。我父亲不只抽鸦片烟，而且娶小老婆，包揽地方讼诉的事情，不应得的财帛，不知得多少……记得有一次我正坐在家里发闷，忽见我父亲笑容满面的走了进来——这种笑容，真仿佛是阴霾里的一线阳光，不是轻易看得见的。当时我们都觉得这笑的奇怪，因问他从哪里来，他立时板起面孔，很得意的对我们弟兄说道：'你们来！我告诉你们，在外头做事，要得便宜，不能没有技巧……最要紧的是随机应变，像你们那种直肠向人，怎么能不吃亏？我告诉你们，现在的世界，老实人是没饭吃的。你们看田厅长，能有现在的阔气，不是全凭他善于迎合上司的心意吗？前天他托我替他买了两千元钱的大土，送给他的上司，听说目下就要派他兼办某制造局的总办呢！眼看着步步青云，哪一个人不羡慕和奉承他呢！你们若不懂得这些大道理，只好潦倒一生了！……'当时我们听完这些话，虽不敢回答什么，但我心里真是又惭愧，又难受，心想做父亲的如此教训孩子，国家安有健全的国民？我们幸而一向都在学校里，一灵未泯，不然我们的前途还有可说的吗？我几次想起来反抗，但因为他是我的父亲，终隐忍到今日，而今日听了教授的讲演，坚定了我反抗的决心，不过应用何种方法呢？……"

秦教授这时沉沉的默想着，正要回答汪平智的话，忽然听差拿进一封快信来，便忙着打了图章，拆开信看。汪平智和夏佐之见他有事便辞了出来。秦教授站了起来说："对不住啊！我现在没有工夫答复，请改日再来谈罢！"

他们走后，秦教授看完信，没精打采的坐在躺椅上，约过了五分钟，他将桌上的叫人铃按了两下，一个肥胖圆脸的校役走进来问道："秦先生，您叫吗？"

秦教授因指着桌底下的一个皮包说："你把这书包里的书放在书架上，把我随穿的衣服放在里头，我明天要乘七点钟的早车到天津去。"

正在这个时候，秦教授的朋友张元生来了。一进门看见地下的皮包，便问道："又预备到什么地方去？……我们筹划的改造社，要从速进行才好。我才从振义那里来，他叫我通知你明天下午一点钟在他家里开讨论会，你能到吗？"

秦教授嗫嚅着道："恐怕明天不能到会，家里有点要紧的事，势不能不回去。……那末请你做个代表吧！……"

"你们家里又发生了什么事吗？为什么这样不高兴呢？"

"没什么事，天下哪有不了的事。好吧！我们还是谈谈会里的事情吧！你已同叔文接头过吗？我想具体的办法，不外定期出杂志和讲演，总是以改换空气为第一步。"

"哦！你今天讲演着来吗？为什么没通知我？"元生陡然这么问着。

"讲过了，因为是临时决定的，所以没来得及通知你，你从什么地方得来的消息，还听见别的话吗？"秦教授这时面色微微有些惨沮似的，只低着头，待元生的答复。

"这消息是从叔文那里来的，并且他还告诉我，当你讲的中间，后面有一个人发神经病，搅乱了会场的秩序。你很不高兴……那个人到底是什么样子？"

"我不曾看清楚，因为当时听众都站起来，所以把那个人遮住了。"

"世界上只有犯神经病的人，是无法制他呢！"

下午的斜阳余晖，正射在一座楼角上。一个四十多岁的男子，站在窗户前面，追风摇摆的柳梢，正拂在他的肩上。他向天空凝望了些时，便回头对他身旁站着的一个中年妇人道："成儿的婚事，我已替他打算了。他已到了成家的年龄——况且女家那边也屡次来信催促，还是快点办了吧！……我已写信喊他回来，大约明上午可以到家……这孩子近来渐渐不服我调度。他在外面什么演说啦，开会啦，闹得十分热闹，说不定将来还要闹到我的头上——现在一般年轻人，动不动就要闹家庭革命，他又到外国，染了些洋气。"说到这里，不住摇着头叹气。那中年妇人哼了一声道："我看成儿倒是好的，只恨你这做父亲的没好模样，就是家庭革命，也算报应呢！"

那个中年男子，立刻沉下脸来，击着桌子怒狠狠的道："我有什么没道理？我晓得你们的心，你们别做梦吧！"

"哼！也不晓得谁做梦呢？你自己做的事情哪一件是对得起人的！总算我老子娘没眼睛，把我嫁给你这个骗子。你娶姨娘，就不对了；又把人家好好的女儿骗了来，说你的老婆死了，亏你说得出来。我到你们家，须不曾亏你一丝半毫，我老子娘留给我的房子和银钱，不是我说句狂话，便坐着吃用一辈子也够了。你想尽法子骗了我的去，又娶两三个小老婆。哼，世界上就是你们男人是王，我们做女人的应当永沉地狱，对不对？"这妇人说罢，便放声痛哭了。这男子只是冷笑着，悄悄走到里间屋里去，打开烟灯，呜呜的过他的烟瘾。别人的悲苦，绝不能感动他冷酷利己的心肠呢！

秦教授昨夜和元生分别后，竟夜转侧，不曾好睡。第二天早晨就乘火车回天津。当他才进家门的时候，看见他的娘两眼红肿，因悄问女佣人道："太太又和谁怄气了？"那女佣人轻轻的道："太太和老爷，昨天晚上吵了一晚上的嘴，太太气得饭都不曾吃，这会子还在伤心呢！"

秦教授听了，不觉一阵心酸，含泪见过他的母亲，便到他父亲的书房去。只见他父亲正伏在桌上，不知写什么呢。见他进来，冷冷的道："你回来了，坐下吧！"秦教授便坐在下边的椅子上。正待开口，忽听见他父亲很沉重的声音道："成儿，做父亲的人煞不容易呢！把你们从小培养到大学校毕业了，又要想着替你们成家。你们不但不知道做父亲的辛苦艰难，动不动就闹什么家庭革命！"说着自己觉得伤心，竟落下泪来。

秦教授也不觉叹了一口气道："父亲的恩惠，我们自然感激，但是……"底下的话，似乎很难接下去。只是默默的望着他的父亲。歇了半晌，他父亲又说道："我这次叫你回来，就是为了你的婚事。我只有几个条件，你若能照办，自然是不成问题，不然我便一概不管，你从此以后也不必见我的面！……你们现在的青年，思想新，主义新，我是看不惯的！"

秦教授一壁听他父亲说，一壁将那条件拿过来看了一遍，沉吟半晌道："有几条都可以照办，只是合居问题，还要商量；现在父亲有两三个家，若是合居，我们到底住在哪一边为是，莫非一个月换一个地方吗？"他父亲正要说话，只听他母亲道："成儿，你正经另外住去吧！我们这里已经吵不清了，还要叫你的妻子跟在里头受气。我原是个倒运的了，莫非凡是女人，都要让她受这种龌龊气吗？"

秦教授知道他母亲是和父亲怄气的话，自己不好说什么，但是眼看着这种骚搅，真觉灰心丧志。想到在外国的时候，有一次和朋友们在莱茵河畔，对着沼沼碧水，是何等的志气雄壮；梦想回国后的努力的成功，又是何等的有望，而今如何？第一次走进家门，便受了不可救治的创痕，现在的溃烂，又是日甚一日。唉！一切都失败了呵！

秦教授越想越悲凄，拿着那条件只是呆呆出神，忽听他父亲道："怎么样呵！"秦教授因道："除了合居不能以外，还有一条也该商量……"

"哼！我早就知道你未必肯听我的话，老实和你说吧！是便是，不是我一概不管，没什么可以商量的。"

"父亲不必发怒，如果是可能的，我没有不奉命的，但这实在困难……"

"是呵！我早告诉过你，我的主张是一丝没有通融的。是便是，不是我一概不管，别的话不用多说！"

"父亲既这么专横，只有任父亲不管了！"

"哈！畜生！我怎么专横？我告诉你吧！我早就知道你的存心了。你早不当我是父亲了，居然跑到讲演会里，骂起我来，什么娶小老婆，吸大烟……畜生！你连'天下无不是底父母'的一句话，都不曾明白，还读什么书呵！你给我滚出去，我养活大了你，连一点功劳都没有！……"

秦教授道："父亲有什么话只管说，为什么狠狠的骂人？"

"我骂不得你吗？畜生！你立刻给我滚出去！"

"我情愿死，也不能忍受这种无理的欺辱了！好好的家庭，被你弄得这种样子，中国的衰弱，还不是因为没有好家庭吗？"

"好！好！你居然骂起我来，畜生！我能生你，我也能打死你！"说着直奔到秦教授的面前。他的母亲忙拦在中间，含泪道："你息息气罢，闹得多不像样？"

"我没有做错事情，你不能无故骂我打我……老实说吧！我现在绝不能再忍了！我为了一个不体面的家庭，使我在社会上失了信用。当我劝人不要吃大烟的时候，为了你，我不免要心里惭愧。那些人背后的议论，我只装不听见，不过为了你是我的父亲……"

"我不要你这不肖的儿子，你立刻给我离开这里！"

"走就走！这样的家庭，我早就没有留恋，情愿作一个没有家庭的游荡者，不愿在这龌龊的家庭里受罪！"说完，又回头对他娘望了望，提起才提回来的皮包，愤愤的走了。他的母亲跟了他出来，拉着秦教授的手流泪道："成儿，你不必气恼，你父亲固然是没理，但是你这样走了，我怎么放心得下！唉！……你今天既和他闹了这一场，立刻再回来，自然又得怄气，你不如暂且在北京躲躲，但你不要自己苦恼，努力作你自己的事业！……"

秦教授看了他母亲凄苦的面容，不觉滴下泪来哽咽道："娘回去罢！自己保重，也不要为我和父亲怄气。等一两个月，我便想法子接你老人家到北京去。"

秦教授提着皮包，在路上慢慢的走着。只见丽日横空，照在红色的洋房上闪闪发光。枯柳干藤虽是一叶不着，而一种迎风独立的劲节，正仿佛他现在的处境。虽然因他父亲不仁不义，使他一切梦想的快乐失败了；而他只有忍耐着，慢慢的忍耐着；仿佛这些枯柳干藤，谨候阳春之来临，它们便可以发荣滋长，以畅其生趣了。……秦教授想到这里，仍怡然自得的回到北京，作他的教授和改造社的事业去了。那溃烂的家庭，他只有消极的放弃了。

前　途

　　清晨的阳光，射在那株老梅树上时，一些疏条的淡影，正映在白纱的窗帷上，蒨芳两眼注视着被微风掀动的花影出神。一只黑底白花的肥猫，服帖的睡在她的脚边。四境都浸在幽默的氛围中，而蒨芳的内心正澎湃着汹涌的血潮，她十分不安定的在期待一个秘密的情人。但日影已悄悄斜过墙角了，而那位风貌蕴藉的少年还没有消息。她微微的移转头来，不禁打了一个冷战，"唉，倒霉鬼！"她恨恨的向地上唾了一口，同时站起来，把那书架上所摆着的一张照片往屉子里一塞，但当她将关上屉子的时候，似乎看见照片中她丈夫的眼睛，正冒火的瞪视她。

　　蒨芳脸色有些泛白，悄然的长叹一声，拼命的把屉子一推，回身倒在一张长沙发上，渐渐的她沉入幻梦似的回忆中：——三年前，在一个学校的寄宿舍里——正当暮春天气，黄昏的时候，同学们都下了课，在充满了花香的草坪上，暖风悄悄的掀起人们轻绸的夹衣，漾起层层的波浪在软媚的斜阳光中。而人们的心海也一样的被春风吹皱了。同学们三五成群的，在读着一些使人沉醉的恋情绮语。

　　蒨芳那时也同几个知己的女友躲在盛开的海棠荫里，谈讲她美丽的幻想。当然她是一个美貌的摩登女儿，她心目中的可意郎君，至少也应有玉树临风的姿态——在许多的男同学中，她已看上了三个——一个是文科一年级的骆文，一个是法科二年级的王友松，还有一个是理科二年级的李志敏。这三个都是年轻貌美的摩登青年，都有雀屏入选的资格。其中尤以李志敏更使蒨芳倾心，他不但有一张傅粉何郎的脸，而且还是多才多艺的宋玉。跳舞场上和一切的交际所在不断他的踪影，时常看见他同芳联翩的情影，同出同进。不过蒨芳应付的手段十分高明，她虽爱李志敏，同时也爱骆文和王友松，而且她能使他们三人间个个都只觉得自己是蒨芳唯一的心上人，但是他们三个人经济能力都非常薄弱。这是使蒨芳不能决然委身的原因。

"怎么都是一些穷光蛋呀。"蒨芳时时发出这样的叹息。

这一天，蒨芳同李志敏由跳舞场回来，忽然看见书案上放着一封家信，正是她哥哥寄给她的。这封信专为替她介绍一位异性的朋友叫申禾的。她擎着信笺，只见那几行神秘的黑字都变了一些小鬼，在向她折腰旋舞——他是一个留学生，而且家里也很有几个钱——蒨芳将这些会跳舞的神秘字到底捉住了，而且深深的钻进心坎里去。留学生的头衔很可以在国内耀武扬威，有钱——呀！有钱那就好了！我现在正需要一个有钱的朋友呢……嫁了这样一个金龟婿，也不枉我蒨芳这一生了。她悄悄的笑着，傲耀着，桃色的前途，使她好像吃醉酒昏昏沉沉的倒在床上，织了许多美丽的幻想。

从此以后，她和申禾先生殷勤的通信，把一腔火热的情怀，织成绮丽的文字投向太平洋彼岸去。而那三个眼前的情人呢，她依然宝贝似的爱护着。同学们有些好管闲事的人，便把她的行为，作为谈论的资料。有些尽为她担着忧，而她是那样骄傲的看着她们冷笑。

"这算什么？多抓住几个男人，难道会吃亏吗？……活该倒霉，你们这一群傻瓜！"

每一次美国开到的船上，必有申禾两三封又厚又重的情书递到蒨芳的手里。最近的一封信是报告他已得了硕士的学位，五六月间就可以回国了，并希望那时能快乐的聚首。蒨芳擎了这封信，跑到草坪上，和几个同学高兴的说道："我想他一回来就要履行婚约的。"

"一定别忘了请我们吃喜酒！"一个女朋友含笑说。

"当然，"她说，"不过不知道他究竟是怎么样的一个人。"

"多怪呀！你这个人，婚都订了，还在怀疑。"

"……管他呢，留学生，有钱，也就够了……"蒨芳说着，从草坪上跳了起来，捻着一朵海棠花，笑嘻嘻的跑了。

那一丛茂盛的海棠花，现在变成一簇簇的海棠果了。蒨芳独自站在树荫下，手攀着一根枝条，望着头顶的青天出神。"算归期就在这一两天呀！"她低声自语着。

六月十二日的清晨，蒨芳穿了一件新做好的妃色的乔其纱的旗袍，头发卷成波浪式，满面笑容的走出学校门口，迎头正碰到王友松走来。

"早呵，蒨芳，我正想约你到公园去玩玩，多巧！……假使你也正是来找我那更妙了，怎么样，我们一同去吧？"

蒨芳倩然的媚笑了一下，道："友松，今天可有点对不起你，我因为要去看一看刚从美国回来的朋友，所以不能奉陪了！"

"哦……那末下次再说吧！"友松怅然的说。

"对了，下次再说吧！"蒨芳一面挥着手说，一面已走出学校门跳上一部黄包车。那车夫也好像荣任大元帅般威风凛凛，得意扬扬如飞的奔向前去。不久便到了"福禄寿"的门口。蒨芳下车走进去，只见那广大的食堂里，冷清清的没有一个客人，只有几个穿制服的茶役在那里低声的闲谈着。蒨芳向一个茶房问道："有一位申先生来了吗？"

"哦！是蒨芳女士吗？我就是申禾，请到这边坐吧！"一个身材矮小的男子从一个角落的茶座上迎上前来说。

蒨芳征怔的站在那里，心想："原来这就是申禾呵！"她觉得头顶上好像压了千钧重的大石帽，心里似乎塞了一堆棉絮。"这样一个猥琐的男人，他竟会是我的未婚夫？一个留学生？很有钱？"她心里窃疑着。可是事实立刻明显的摆在她面前，她明明是同他订了婚，耀眼的金钻戒还在手上发着光，硕士的文凭也在她的面前摆着，至于说钱呢，这一年来他曾从美国寄给她三千块钱零用。唉，真见鬼，为什么他不是李志敏呢？

申禾自从见了蒨芳的面，一颗热烈的心，几乎从腔子里跃了出来，连忙走过来握住蒨芳的手，亲切的望着她。但是蒨芳用力的把手抽了回来，低头不语，神情非常冷淡。申禾连忙缩回手，红着脸，抖颤着问道："蒨芳，你有什么不舒服吗？……也许是因为天气太热，你吃点冰汽水吧？"

"不，我什么都不想吃，对不起，我想是受了暑，还是回学校去妥当些。"

"那末，我去喊一部车子来送你去吧。"

"也好吧！"

蒨芳依然一言不发的坐着等车子，申禾搓着手不时偷眼望着她。不久车子来了，申禾战兢兢的扶着她上了车，自己便坐在蒨芳的身旁，但是蒨芳连忙把身体往车角里退缩，把眼光投向马路上去。他们互相沉默了一些时候，车子已开到学校门口。这时蒨芳跑下车子，如一只飞鸟般，围随着一阵香风去了。申禾怅然痴立，直到望不见她的背影时，才嘘了一口气回到旅馆里去。

蒨芳跑到寝室里，倒在床上便呜呜的哭起来，使得邻近房里的同学，都惊奇的围了来，几道怀疑的眼光齐向她身上投射。蒨芳哭了一阵后，愤然的逃出了众人的包围，向栉沐室去。那些同学们摸不着头脑，渐渐也就无趣的散了。蒨芳从栉沐室出来时，已收拾得满脸香艳。从新又换了一件白绸长袍，去找李志敏。但是不巧，李志敏已经出去了，只有王友松在那里。他们便漫步的走向学校外的草坪上去。

"今天天气不坏！"王友松两眼看着莹洁的云天说。

"对了，我们到曹家渡走走，吸些乡村的空气，好吧？……我似乎要气闷死了！"

友松回过头来，注视着蒨芳的脸说道："你今天的脸色太不平常了！"

"你倒是猜着了，"她说，"不过我不能向你公开！……"

友松默然的望着蒨芳，很久才说道："……我永远替你祝福！"

"呸，有什么福可祝，简直是见鬼！"蒨芳愤愤的叹着。

他们来到一架正在盛开的豆花前，一群蛱蝶，不住绕着蒨芳的头脸飞翔，蒨芳挥着手帕骂道："不知趣的东西，来缠什么呵！"

友松听了这话似乎有些刺耳，禁不住一阵血潮涌上两颊，低着头伴她一步步的前去。

日落了，郊外的树林梢头，罩了一层氤氲的薄雾，他们便掉转头回学校去。在路上蒨芳不时向天空呼气！

一个星期过去，蒨芳的哥哥从镇江来看她，并且替她择定了婚期，她默默不语的接受了。

在结婚的喜筵散后，新郎兴高采烈地回到屋里，只见新娘坐在沙发角上，用手帕儿擦着眼泪。

"蒨芳！你为什么伤心，难道对我有什么不满意吗？在这一生我愿做你忠实的仆从，只要你快乐！……"

"唉，不用说那些吧！我只恨从前不应当接受你的爱，——更不应当受你的帮助，现在我是为了已往的一切，卖了我的身体；但是我的灵魂，却不愿卖掉。你假使能允许我以后自由交朋友，我们姑且做个傀儡夫妻，不然的话，我今天就走。……"

"交朋友……"申禾踌躇了一下，便决然毅然的答道，"好吧！我答应你！"

蒨芳就在这种离奇的局面下，解决了所有心的纠纷！在结婚后的三年中，她果然很自由的交着朋友，伴着情人，——这种背了丈夫约会情人的勾当，在她已经习惯成自然了。她这时不禁傲然的笑了一笑，忽然镜子里出现一个美貌丰姿的青年男人，她转过头来，娇痴痴的说："怎么这样迟？"

"不是，我怕你的丈夫还不曾出去。"

"那要什么紧？"

"蒨！你为什么不能同他离婚？"

"别忙，等有了三千块钱再说吧！并且暂时利用利用他也不坏！"

"哦！你为什么都要抓住，要钱要爱情……一点都不肯牺牲！"

"我为什么要牺牲？女人除了凭借青春，抓住享乐，还有什么伟大的前途吗？"

"好奇怪的哲学！"

"你真是少见多怪，"她冷笑着说，"我们不要讲这些煞风景的话吧！你陪我出去吃午饭，昨天他领了薪水，我们今天有得开心了。"

"哦。"男人脸上陡然涌起一阵红潮，一种小小的低声从他心底响起道，"女人是一条毒蛇，柔媚阴险！"他被这种想象所困恼了，眼前所偎倚着千娇百媚的情人，现在幻成了一只庞大的蛇，口里吐出两根蜿蜒的毒丝，向他扑过来。他禁不住打了个冷战，向后退了几步，但是当她伸出手臂来抱他的时候，一切又都如常了。

他俩联翩的在马路上走着，各人憧憬着那不可知的前途。

风欺雪虐

正是天容凝墨，雪花飞舞的那一天，我独自迎着北风，凭着曲栏，悄然默立。遥遥望见小阜后的寒梅，仿佛裹剑拥矢的英雄，抖擞精神，巢兀自喜。

烈烈的飘风，如怒狮般狂吼着，梨花片似的雪，不住往空虚的宇宙里飞洒，好像要使一切的空虚充实了。所有的污迹遮掩了，但是那正在孕蕊的寒梅，经不起风欺雪虐，它竟奄然睡倒在茅亭旁，雪掩埋了它，成全了它艳骨冰姿的身份。

"风雪无情，捣碎了梅花璀璨的前程！"我正为它低唱挽歌，忽见晓中进来，他披着极厚的大衣，帽子上尚有未曾融化的雪片。但是他仿佛一切都不理会似的，怔怔立在炉旁说："不冷吗！请你掩上窗子，我报告一件不幸的消息。"

"什么！……不幸的消息？"我怯弱的心悚栗了，我最怕听恶消息，因为我原是逃阵的败兵呵。

晓中现在站起来了，他慢慢脱了外套，挂上衣架，将帽子放近火炉旁烘烤，然后他长叹了一声道："你知道梅痕走了？她抛弃一切悄悄的走了！"

"哈，奇怪，她为什么走了……她又往哪里走？"

"她吗？……哎！因为环境的压迫走了……她现在也许已死在枪林弹雨中了……真是不幸！"

"你这话怎么讲？她难道作革命去了吗？……我实在怀疑，她为什么忽然变了她的信仰？"

"是呵！她原来最反对战争的，而且她最反对同室操戈的，为什么她现在竟决然加入战争的漩涡里？"

"这话也难说，一个人在一种不能屈伸的环境下，只有两条路可走，一条路是消极的叫命运宰割，一条就是努力自造命运。她原不是弱者，她自然要想自造命运……从前她虽反对战争，现在自然难说了。"

"那末文徽也肯让她走吗？"

"噫！你怎么消息如此沉滞？你难道不知道文徽已和她解除婚约吗？她走恐怕最大的原因还在此呢。"

"天下的事情真是变得太厉害了，几个月前才听说他们订婚，现在竟然解除婚约，比做梦还要不可捉摸……文徽为什么？"

"就是为了梅痕的朋友兰影。"

"哦！文徽又看上她了！这个年头的事情，真太滑稽了，什么事都失了准则，爱情更是游戏！"

"所以怎么怪得梅痕走……而且从她父母死后，她的家园又被兵匪捣毁得成了荒墟，她像是塞外的孤雁，无家可归，明明是这样可怕的局面，如何还能高唱升平？……她终于革命去了！"

"她走后有信来吗？"

"是的，我正要把她的信给你看。"

晓中从他衣袋中拿出梅痕的信来，他就念给我听：

晓中：

我走得突兀吗？但是你只要替我想一想，把我的命运推算一推算，那末我走是很自然的结果。

我仿佛是皎月旁的微星，我失了生命的光，因为四境的压迫，我不久将有陨坠于荒山绝巘的可能。我真好比是湮海冥窈中压的沙鸥！虽然我也很明白，我纵死了，世界上并没有缺少什么。我活着，也差不多等于离魂的躯壳，我没有意志的自由……因为四围都是密网牢羁，我失了回旋的余地。我从风雪中逃到此地，好像有些生意了。

前夜仿佛听见春神在振翼，她诏示我说："青年的失败者，你还是个青年，当与春神同努力！你不应使你残余的心焰，受了死的判决，你应当如再来的春天，只觉得更热烈更光辉；你既受过压迫，你当为你自己和别人打破压迫，你当以你的眼泪，为一切的同病者洗刷罪孽和痛苦。"

晓中！你知道吗？在这世界上，没有真的怜悯与同情。我日来看见许多使我惊心的事情；我发现弱小者，永远只是为人所驱使，所宰割。前天我在公事房里，看见一封信，是某国的军官，给他侄子洛克夫的，他不知怎么忘记丢在抽屉里，那里边有几句话说："我们不要吝惜金钱，我们要完成我们帮助弱者的胜利，我们应当用我们的诱引的策略，纵使惊人的破费，也应当忍耐着。如果我们得到最后的胜利，那末我们便可以控制整个的地球了！"……这不是很真确的事实吗？那末世界绝不是浑圆一体，是有人我的分别的呵！

晓中！我不愿意无声无色，受命运的宰割；所以我决然离开你们，来到这里，但是这也不是我的驻足地，因为这些人都只是傀儡，我如果与他们合作，至少要先湮灭了我闪烁的灵焰。

世界这时好像永远在可怕的夜里，四面的枪声如狼吼般，使黑夜中的旅人惊怖。晓中！我正是旅人中的一个！哪里有光明的路？哪里有收拾残局聪明的英雄？……我到如今不曾发现，所以我只在可怕的夜幕中，徘徊彷徨，……也许我终要死在这里！

我近来也会运用手枪了，但是除了打死一只弱小的白兔外，我不曾看见我的枪使第二个生物流血。……血鲜红得实在可爱，比罂粟还可爱，玫瑰简直比不上。可是我这把手枪呵！我但愿它有一天，卧在多情英雄的怀里，并且浸渍在那热烈迷醉的鲜红的血泊中。明天早晨我决定离开这里，我不愿听这没有牺牲代价的枪声，虽然夜依然死寂得可怕！……我要将我的心幕，用尖利的解腕刀挑开，让那灵的火焰，照耀我的前程。……不过，晓中！不见得就找到新的境地，也许就这样湮灭了，仿佛沉尸海底，让怒涛骇浪扑碎了，可是总比消极受命运的宰割，要光彩热闹得多。

一路上都是枪弹焚炙的死骸，我从那里走过，虽然心差不多震悚得几乎碎了；可是只有这一条路，从这险恶的战地逃出。……但这是明天的事，也许在这飞弹下完结了，也说不定。

今夜我虔诚的祈祷，万一他们能够觉悟，他们的环境是错误的，那末我明天的旅行，至少不是寂寞的……但是现在差不多天将亮了，他们迷梦犹酣，除了残月照着我的瘦影，没有第二个同命的侣伴。

　　唉！晓中！……悚栗战兢……可怜我愁煎的心怀，竟没有地方安排了！

　　我听晓中读完了梅痕的信，仿佛魔鬼已在暗中狞笑，并且告诉我说："你看见小阜上的梅花吗？……""呵！是了！梅痕一定完了！她奋斗的精神，正和峻峭的梅花一样，但是怎禁得住风欺雪虐呢？她终久悄悄的掩埋在一切压迫之下了。"晓中听了我的推断，只怔怔的对着那穷阴凝闭的天空嘘气。

　　但是一切都在冷森下低默着，谁知道梅痕的命运究竟如何呢？

血泊中的英雄

用斧子砍死一个人，因为他是我们的敌人，这是多么冠冕堂皇的话，谁能反对他这个理由呢？——由我们元祖宗亲已经给了我们放仇人不过的教训。

不幸的志玄，他被一般和他素未谋面的人，认他是仇敌，这未免太滑稽了吧！但是他们原不懂谁是谁非，只要有人给他相当的利益，他自己乐得举起斧子给他一顿了！

大约在两个月以前吧，正是江寒雪白的时候，我正坐在屋里炉边向火。忽见一个青年——他是我新近认识的朋友，进来对我说："现在的世界实在太残酷了，好端端的一个人，从他由家里出来的时候，他绝梦想不到，从此只剩了魂魄同去了！可是他居然莫明其妙的睡在血泊中，那一群蓝布短衫，黑布短裤的人，好像恶狼似的，怒目张口向他咬啮，一群斧子不问上下的乱砍，于是左手折了，右腿伤了，他无抵抗的睡在血泊中。"

一种种的幻象，在他神志昏乱的时候悄悄的奔赴。

三间茅房，正晒着美丽的朝阳，绿油油的麦穗，在风地里袅娜弄姿。两鬓如霜的老母亲，正含笑从那短短的竹篱里赶出一群鸡雏，父亲牵着母牛，向东边池畔去喂草。可爱的小妹妹，采了油菜的花蕊，插在大襟上。母亲回过头来看见藏番薯的窖，不觉喜欢得笑出泪来，拉着妹妹的手说："你玄哥哥最喜吃番薯，再两个月就放暑假了，他回来看见这一地窖子的白薯，该多么欢喜！你不许私自去拿，留着好的，等待你远道的玄哥。"母亲呵！如春晖如爱日的母亲，怎么知道你念念不忘的玄儿，正睡在血泊中和命运扎挣！

眼中觉得潮润，头脑似乎要暴烈，神志昏迷了；温爱的家园，已隐于烟雾之后了。

不知道什么时候，竟睡在一间陌生的屋子里，一个白衣白帽的女人，正将一个冷冰冰的袋子，放在自己头上，觉得神气清爽多了。

这是怎么一回事呢，我不曾得罪他们，为什么他们要拿斧子砍我？可是他们不也有母亲吗，为什么不替母亲想？母亲的伤心，他们怎么总想不到呢？"哎哟妈妈呀！"

站在志玄身旁的看护妇，忽听志玄喊妈妈，以为他的伤处痛疼，因安慰他道："疼吗？忍耐点，不要紧的，明天就好了。"志玄摇摇头道："不！……我想我的母亲，母亲来我才能好，请赶快去叫我的母亲——我亲爱的妈妈！"

志玄流着恋慕的眼泪，渐觉得眼前一阵昏黑，便晕过去了。

几个来探病的同学，都悄悄的站在门外，医生按着脉，蹙着眉说："困难，困难，伤虽不是绝对要紧，但是他的思想太多，恐怕心脏的抵抗力薄弱，那就很危险，最好不要想什么，使他热度稍微退一点才有办法。"医生说完忙忙的到别的病房去诊视去了。同学们默默的对望着，然而哪里有办法。有的说："去打电报，叫他的母亲来吧？"有的说："听说他母亲的年纪很大了，并且只有他这么一个儿子，若突然的接到电报宁不要吓杀。""那末怎么办呢，看着他这样真难过，这些人他们怎么没一点人心，难道他们是吃了豹子心的。"一个年轻的同学越说越恨，竟至掉下泪来，其余的同学看他这副神气，又伤心，又可笑，正要想笑，忽听志玄又喊起来道："妈妈呀，他们摘了你的心肝去了，好朋友你们打呵，他们是没有心肝的……哎哟可怕呢，一群恶鬼他们都拿着斧子呢，你们砍伤母亲的儿子，母亲多么伤心呵！"

恐怖与哀悯，织成云雾，幪罩在这一间病室里，看护妇虽能勉强保持她那行若无事的态度，但当她听见病人喊妈妈的时候，她也许曾背过脸去拭泪，因为她的眼圈几次红着。医生又来看了一次，大约是绝望了，他虽不曾明明这样说，可是他蹙着眉摇着头说："他的家里已经通知了吗？我想你们应当找他的亲人来。"哎！这恶消息顷刻传遍了，朋友们都不禁为这个有志而好学的青年流泪，回廊上站满了和志玄有关系的人，他们眼看着将走入死的程途的志玄，不免想到他一生。"志玄实在是一个不可多得的少年，他生成一副聪明沉毅的面孔和雄壮陡峭的躯格，谁能想得到收束得这样快呢？"

他曾梦想要做一个爱的使者，消除人间的隔膜，并且他曾立志要为人与人间的连锁线。他因为悲悯一般无知识的人们，为他们开辟光明的疆土，为他们设立学校。他主张伟大的爱，爱所有的人类，然而他竟因此作了血泊中的英雄。

悲愤——也许是人类的羞耻吧——这时占据了病室中的人们的心，若果没有法子洗掉这种的羞耻，他们实在有被焚毁的可能。唉！上帝！在你的乐园里，也许是美满的，圣洁的，和永无愁容的灵魂，然而这可怕的人世，便是你安排的地狱吗？那末死实在是罪恶的结束了。

诅咒人生的青年们，被忧愁逼迫得不透气，只是将眼泪努力往肚里咽。咽入丹田里的热泪，或者可以医他们的剧创。

昨天他们已打电报给志玄的家人了。大家都预备着看这出惨剧，他们不曾一时一刻放下这条心，算计怎样安慰志玄的老母或老父。然而他们胆怯，仿佛不可思议的大祸要到了。他们恐惧着，忧愁着预备总有一阵大雷雨出现。

悚惧着又过了一天，已经将近黄昏了，医院的门口有一个穿蓝布长衫的乡下老头不断的探望，——那真是一个诚朴的乡下人，在他被日光蒸晒的绛色面皮上，隐隐露出无限的忧惶与胆怯，在他那饱受艰辛的眼睛里，发着闪烁的光，因为他正焦愁的预算自己的命运，万一有什么意外的事发生，那末将一生的血汗所培养的儿子一笔勾销了。唉！这比摘了他血淋淋的心肝尤觉苦痛！不明白苍天怎样安排！

这乡下老头在门外徘徊许久，才遇见一个看志玄病的同学，从里面出来，他这才嗫嚅着问道：

"请问先生，我们的孩子张志玄可是住在里面？"

那少年抬起头来，将那老头儿上下打量了一番，由不得一阵酸楚几乎流下泪来。……心想可怜白发苍苍的老父，恐怕已不能和他爱子，作最后的谈话了，因为他方才出来的时候，志玄已经不会说话了……他极力将眼泪咽下去，然后说：

"是的，志玄正住在这里，先生是他的父亲吗？"老儿听见他儿子在里面，顾不得和那青年周旋，忙忙往里奔，一边却自言自语的道："不知怎么样了……"

青年领着志玄的父亲，来到病房的门口，只见同学们都垂着头默默无言的站在那里，光景已没有挽回的希望了。这数百里外来的老父，这时赶到志玄的面前，只见他已经气息奄奄，不禁一把抱住他的头，摧肝断肠的痛哭起来。志玄的魂魄已渐渐离了躯壳。这可怜的老父连他最后的一瞬都不可得，不禁又悲又愤。他惨厉的哭着，捶胸顿足的说道："玄儿，我害了你，要你读什么书，挣什么功名，结果送了你的命，还不如在家作个种地的农人，叫你母亲和我老来还有个倚靠！哎，儿呵，你母亲若知道了这个信息，她怎么受得住，哎！冤孽的儿！……"志玄的老父越哭越惨，满屋的人都禁不住呜咽。

这真是一出可怕的惨剧，但是归真的志玄他哪里想得到在那风雪悲惨的时候，他苍颜白发的老父正运着他的尸骨回家。

可怜的母亲，还留着满地窖的番薯，等候她儿子归来，欢欣的享受。哪里知道她儿子已作了血泊中的英雄，留给这一对老人的只是三寸桐棺和百叫不应的遗像罢了。

憔悴梨花

　　这天下午，雪屏从家里出来，就见天空彤云凝滞，金风竦栗，严森刺骨，雪霰如飞沙般扑面生寒；路上仍是车水马龙，十分热闹，因为正是新年元旦。

　　他走到马路转角，就看见那座黑漆大门，白铜门环迎着瑞雪闪闪生光。他轻轻敲打那门环，金声铿锵。就听见里边应道："来了。"开门处，只见一个十五六岁的使女，眉长眼润，十分聪明伶俐，正是倩芳的使女小憨儿；她对雪屏含笑道："吴少爷里边请吧，我们姑娘正候着呢！"

　　小憨让雪屏在一间精致小客厅里坐了，便去通知倩芳。雪屏细看这屋子布置得十分清雅：小圆桌上摆着一只古铜色康熙碎瓷的大花瓶，里面插着一枝姿若蛟龙的白梅，清香幽细，沁人心脾；壁上挂着一幅水墨竹画，万竿齐天，丛篁摇掩，烟云四裹，奇趣横生。雪屏正在入神凝思，只听房门"呀"的开了，倩芳俏丽的影像，整个展露眼前，雪屏细细打量，只见她身上穿一件湘妃色的长袍，头上挽着一个蝴蝶髻，前额覆着短发，两靥嫩红，凤目细眉，又是英爽，又是妩媚！雪屏如饮醇胶，魂醉魄迷，对着倩芳道："你今日出台吗？……"

　　"怎能不出台……吃人家的饭，当然要受人家的管。"

　　"昨天你不是还不舒服吗？"

　　"谁说不是呢……我原想再歇两天，张老板再三不肯，他说广告早就登出去了，如果不上台，必要闹事……我也只得扎挣着干了。"

　　"那些匾对都送去挂了吗？"

　　"早送去了……但是我总觉得怯怯的……像我们干这种营生的，真够受了，哪一天夜里不到两三点睡觉，没白天没黑夜的不知劳到什么时候？"

　　"但你不应当这么想，你只想众人要在你们一歌一咏里求安慰，你们是多么伟大呢……艺术家是值得自傲的！"

"你那些话，我虽不大懂，可是我也仿佛明白；真的，我们唱到悲苦的时候，有许多人竟掉眼泪，唱到雄壮的时候，人们也都眉飞色舞，也许这就是他们所要的安慰！"

"对了！他们真是需要这些呢，你们——艺术家——替人说所要说的话，替人做所要做的事，他们怎能不觉得好呢……"

"你今天演什么戏？"雪屏问着就站了起来，预备找那桌上放着的戏单。

倩芳因递了一张给他，接着微笑道："我演《能仁寺》好不好？"

"妙极了，你本来就是女儿英雄，正该演这出戏。"

"得了吧！我觉得我还是扮《白门楼》的吕布更漂亮些。"

"正是这话，听我告诉你，上次你在北京演吕布的时候，我们有一个朋友都看痴了，你就知道你的扮相了！我希望你再演一次。"

"瞧着办吧，反正这几个戏都得挨着演呢……你今晚有空吗？你若没事，就在我这里，吃了饭你送我到戏园里去，我难得有今天这么清闲！原因是那些人还没打探到我住在这里，不然又得麻烦呢……"

"你妈和你妹妹呢？"

"妹妹有日戏，妈妈陪她去了。"

"你妈这几年来也着实享了你的福了，她现在待你怎样？"

"还不是面子事情……若果是我的亲妈，我早就收台了，何至于还叫我挨这些苦恼。"

"你为什么总觉得不高兴？我想还是努力做下去，将来成功一个出名的女艺术家不好吗？"

"你不知道，天地间有几个像你这样看重我们，称我们作艺术家？那些老爷少爷们，还不是拿我们当粉头看……这会子年纪轻，有几分颜色，捧的人还不怕没有；再过几年，谁知道又是什么样子？况且唱戏全靠嗓子，嗓子倒了，就完了……所以我只想着有点钱，就收盘了也罢。但我妈总是贪心不足，我也得挨着……"倩芳说到这里，有些悄然了，她用帕子擦着眼泪，雪屏抚着她的肩说：

"别伤心吧，你的病还没有大好，回头又得上台。我在这坐坐，你到房里歇歇吧！"

"不！我也没有什么大病，你在这里我还开心，和你谈谈，似乎心里松得多了……想想我们这种人真可怜，一天到晚和傀儡似的在台上没笑装笑，没事装事，左不过博戏台底下人一声轻鄙的彩声！要有一点不周到，就立刻给你下不来台……更不肯替我们想想！"

"你总算熬出来了，羡慕你的人多呢，何必顾虑到这一层！"

"我也不知为什么，总觉得人们的眼光可怕，往往从他们轻鄙的眼光里，感到我们做戏的不值钱……"

……

壁上的时钟，已指到七点，倩芳说："妈妈和妹妹就要回来了，咱们叫他们预备开饭吧！"

小憨儿和老李把桌子调好，外头已打得门山响，小憨开门让她们母子进来。雪屏是常来的熟人，也没什么客气，顺便说着话把饭吃完；倩芳就预备她今夜上台的行头……蓝色绸子包头，水红抹额，大红排扣紧身，青缎小靴……弹弓宝剑，一切包好了，叫小憨拿着，末了又喝一杯冰糖燕窝汤，说是润嗓子的。麻烦半天直到十点牛钟才同雪屏、她妈妈、妹妹一同上戏园子去。

雪屏在后台，一直看着她打扮齐整，这才到前台池子旁边定好的位子上坐下。这时台上正演《汾河湾》，他也没有心看，只凝神怔坐。这一夜看客真不少，满满挤了一戏园子。等到十二点钟，倩芳才出台，这时满戏园的人，都鸦雀无声的，盯视着戏台上的门帘，梆子连响三声，大红绣花软帘掀起，倩芳一个箭步蹿了出来，好一个好英雄！两目凌凌放光，眉梢倒竖，樱口含嗔，全身伶俏，背上精弓斜挂，腰间宝剑横插；台下彩声如雷，音浪汹涌。倩芳正同安公子能仁寺相遇问话时，忽觉咽喉干涩，嗓音失润，再加着戏台又大，看客又多，竟使台下的人听不见她说些什么，于是观众大不满意，有的讪笑，有的叫倒好，有的高声嚷叫"听不见"，戏场内的秩序大乱。倩芳受了这不情的讽刺，眼泪几乎流了出来，脸色惨白，但是为了戏台上的规矩严厉，又不能这样下台，她含着泪强笑耐着羞辱，按部就班将戏文做完。

雪屏在底下看见她那种失意悲怒的情态，早已不忍，忙忙走到后台等她。这时倩芳刚从绣帘外进来，一见雪屏，一阵晕眩，倒在雪屏身上，她妈赶忙走过来，怒狠狠的道："这一下可好了，第一天就抹了一鼻子灰，这买卖还有什么望头……"雪屏听了这凶狠老婆子的话，不禁发恨道："你这老妈妈也太忍心，这时候你还要埋怨她，你们这般人良心都上哪里去了……"她妈妈被雪屏一席话，说得敢怒不敢言，一旁咕嘟着嘴坐着去了。这里雪屏，把倩芳唤醒，倩芳的眼泪不住流下来。雪屏十分伤心，他恨社会的惨剧，又悲倩芳的命运，拿一个柔弱女子，和这没有同情，不尊重女性的社会周旋，怎能不憔悴飘零？！……

雪屏一边想着，一边将倩芳扶在一张藤椅上。这时张老板走了进来，皱着眉头哼了一声道："这是怎么说，头一天就闹了个大拆台……我想你明天就告病假吧，反正这样子是演不下去了！"张老板说到这里，满脸露着懊丧的神色，恨不得把倩芳订定的合同，立刻取消了才好，一肚子都是利害的打算，更说不到同情。雪屏看了又是生气，又是替倩芳难受；倩芳眼角凝泪，悄然无语的倚在藤椅上。后来她妈赌气走了，还是雪屏把倩芳送回家去。

第二天早晨，北风呼呼的吹打，雪花依然在空中飘洒，雪屏站在书房的窗前，看着雪压风欺的棠梨，满枝缟素，心里觉得怅惘，想到倩芳，由不得"唉"的叹了一声，心想不去看她吧，实在过不去，看她吧，她妈那个脸子又太难看，怔了半天，匆匆拿着外套戴上帽子出去了。

倩芳昨夜从雪屏走后，她妈又嘟囔她大半夜。她又气又急！哭到天亮，觉得头里暴痛，心口发喘。她妈早饭后又带着她妹妹到戏园子去了，家里只剩下小憨儿和打杂的毛二。倩芳独自睡在床上，想到自己的身世：举目无亲，千辛万苦，熬到今天，想不到又碰了一个大钉子；以后的日子怎么过！那些少年郎爱慕自己的颜色虽多，但没有一个是把自己当正经人待……只有雪屏看得起自己，但他又从来没露过口声，不知道是怎么回事……倩芳想到这里，觉得前后都是茫茫荡荡的河海，没有去路，禁不住掉下泪来。

雪屏同着小憨儿走进来，倩芳正在拭泪，雪屏见了，不禁长叹道："倩芳！你自己要看开点，不要因为一点挫折，便埋没了你的天才！"

"什么天才吧！恐怕除了你，没有说我是天才！像我们这种人，公子哥儿高兴时捧捧场，不高兴时就由着他们摧残，还有我们立脚的地方吗？……"

"正是这话！但是倩芳，我自认识你以后，我总觉得你是个特别的天才，可惜社会上没人能欣赏，我常常为你不平，可是也没法子转移他们那种卑陋的心理；这自然是社会一般人的眼光浅薄，我们应当想法子改正他们的毛病。倩芳！

我相信你是一个风尘中的巾帼英雄！你应当努力，和这罪恶的社会奋斗！"

　　倩芳听了雪屏的话，怔怔的望着半天，她才叹气道："雪屏！我总算值得了，还有你看得起我，但我怕对不起你，我实在怯弱。你知道吧！我们这院子东边的一株梨花，春天开得十分茂盛，忽然有一天夜里来了一阵暴风雨，打得满树花朵零乱飘落，第二天早起，我到那里，一看，简直枝垂花败，再也抬不起头来……唉！雪屏！我的命运，恐怕也是如此吧？"雪屏听了这话，细细看了倩芳一眼，由不得低声吟道："憔悴梨花风雨后……"

跳舞场归来

　　太阳的金光，照在淡绿色的窗帘上，庭前的桂花树影疏疏斜斜的映着。美樱左手握着长才及肩的柔发；右手的牙梳就插在头顶心。她的眼睛注视在一本小说的封面上，——那只是一个画得很单调的一些条纹的封面；而她的眼光却缠绕得非常紧。不久她把半长的头发卷了一个松松的髻儿，懒懒的把牙梳收拾起来，她就转身坐在小书桌旁的沙发上，伸手把那本小说拿过来翻看了一段。她的脸色更变成惨白，在她放下书时，从心坎里吁出一口气来。

　　无情无绪的走到妆台旁，开了温水管洗了脸，对着镜子擦了香粉和胭脂。她向自己的影子倩然一笑，似乎说："我的确还是很美，虽说我已经三十四岁了。……但这有什么要紧，只要我的样子还年轻！迷得倒人……"她想到这里，又向镜子仔细的端详自己的面孔，一条条的微细的皱痕，横卧在她的眼窝下面。这使得她陡然感觉气馁。呀，原来什么时候，已经有了如许的皱痕，莫非我真的老了吗？她有些不相信……她还不曾结婚，怎么就被老的恐怖所压迫呢！？是了，大约是因为她近来瘦了，所以脸上便有了皱痕，这仅仅是病态的，而不是被可怕的流年所毁伤的成绩。同时她向自己笑了，哦！原来笑起来的时候，眼角也堆起如许的皱痕……她砰的一声，把一面镜子向桌子上一丢，伤心的躲到床上去哭了。

　　壁上的时钟当当的敲了八下，已经到她去办公的时间了。没有办法，她起来揩干眼泪，从新擦了脂粉，披上夹大衣，走出门来，明丽的秋天太阳，照着清碧无尘的秋山；还有一阵阵凉而不寒的香风吹拂过来。马路旁竹篱边，隐隐开着各色的菊花，唉，这风景是太美丽了。……她深深的感到一个失了青春的女儿，孤单的在这美得如画般的景色中走着，简直是太不调和了。于是她不敢多留意，低着头，急忙的跑到电车站，上了电车时，她似乎心里松快些了。几个摩登的青年，不时的向她身上投眼光，这很使她感到深刻的安慰，似乎她的青春并不曾真个失去；不然这些青年何至于……她虽然这样想，然而还是自己信不过。于是悄悄的打开手提包，一面明亮的镜子，对她照着——一张又红又白的椭圆形的面孔；细而长的翠眉；有些带疲劳似的眼睛；直而高的鼻子，鲜红的樱唇，这难道算不得美丽吗？她傲然的笑了。于是心头所有的阴云，都被一阵带有炒栗子香的风儿吹散了。她趾高气扬跑进办公室，同事们已来了一部分，她向大家巧笑的叫道："你们早呵！"

"早！"一个圆面孔的女同事，柔声柔气的说，"哦！美樱你今天真漂亮……这件玫瑰色的衣衫也正配你穿！"

"唷，你倒真会作怪，居然把这样漂亮的衣服穿到 office 来？！"那个最喜欢挑剔人错处的金英做着鬼脸说。

"这算什么漂亮！"美樱不服气的反驳着，"你自己穿的衣服难道还不漂亮吗？"

"我吗？"金英冷笑说，"我不需要那末漂亮，没有男人爱我，漂亮又怎么样？不像你交际之花，今日这个请跳舞，明天那个请吃饭，我们是丑得连同男人们说一句话，都要吓跑了他们的。"

"唉！你这张嘴，就不怕死了下割舌地狱，专门嚼舌根！"一直沉默着的秀文到底忍不住插言了。

"你不用帮着美樱来说我。……你问问她这个礼拜到跳舞场去了多少次？……听说今天晚上那位林先生又来接她呢！"

"哦，原来如此！"秀文说，"那末是我错怪了你了！美樱小鬼走过来，让我盘问盘问；这些日子你干些什么秘密事情，趁早公开，不然我告诉他去！"

"他是哪个？"美樱有些吃惊的问。

"他吗，你的爸爸呀！"

"唷，你真吓了我一跳，原来你简直是在发神经病呀！"

"我怎么在发神经病？难道一个大姑娘，每天夜里抱着男人跳舞，不该爸爸管教管教吗？……你看我从来不跳舞，就是怕我爸爸骂我……哈哈哈。"

金英似真似假，连说带笑的发挥了一顿。同事们也只一哄完事。但是却深深的惹起了美樱的心事：抱着男人跳舞，这是一句那末神秘而有趣味的话呀！她陡然感觉得自己是过于孤单了。假使她是被抱到一个男人的怀里，或者她热烈的抱着一个男人，似乎是她所渴望的。这些深藏着的意识，今天非常明显的涌现于她的头脑里。

办公的时间早到了，同事们都到各人的部门做事了。只有她怔怔的坐在办公室，手里虽然拿着一支笔，但是什么也不曾写出来。一沓沓的文件，放在桌子上，她只漠然的把这些东西往旁边一推。只把笔向一张稿纸上画了一个圈，又是一个圈。这些无秩序的大小不齐的圈儿，就是心理学博士恐怕也分析不出其中的意义吧！但美樱就在这莫明其妙的画圈的生活里混了一早晨，下午她回到家里，心头似乎塞着一些什么东西，饭也不想吃，拖了一床绸被便蒙头而睡。

秋阳溜过屋角，慢慢的斜到山边；天色昏暗了。美樱从美丽的梦里醒来，她揉了揉眼睛，淡绿色窗帘上，只有一些灰暗的薄光，连忙起来开了电灯，正预备洗脸时，外面已听见汽车喇叭呜呜的响，她连忙锁上房屋，把热水瓶里的水倒出来，洗了个脸；隐隐已听见有人在外面说话的声音，又隔了一会，张妈敲着门说道："林先生来了！"

"哦！请客厅里坐一坐我就来！"

美樱收拾得齐齐整整，推开房门，含笑的走了出来说道："Good evening Mr. Ling."那位林先生连忙走过去握住美樱那一双柔嫩的手，同时含笑说道："我们就动身吧，已经七点了。"

"可以，"美樱踌躇说，"不过我想吃了饭去不好吗？"

"不，不，我们到外面吃，去吧！静安寺新开一家四川店菜很好，我们在那里吃完饭，到跳舞场去，刚刚是时候。"

"也好吧！"美樱披了大衣便同林先生坐上汽车到静安寺去……

……

九点钟美樱同林先生已坐在跳舞场的茶桌上了。许多青年的舞女，正从那化妆室走了进来。音乐师便开始奏进行曲，林先生请美樱同她去跳。美樱含笑的站了起来，当她一只手扶在那位林先生的肩上时，她的心脉跳得非常快，其实她同林先生跳舞已经五次以上了，为什么今夜忽然有这种新现象呢！她四肢无力的靠着林先生，两颊如灼的烧着。一双眼睛不住盯在林先生的脸上，这使林先生觉得有点窘，正在这时候，音乐停了，林先生勉强镇静着和美樱回到原来的座位上。

叫茶房开了一瓶汽水，美樱端着汽水，仍然在发痴，坐在旁边的两个外国兵，正吃得醉醺醺的，他们看见美樱这不平常的神色，便笑着向美樱丢眼色，做鬼脸。美樱被这两个醉鬼一吓，这才清醒了。这夜不曾等跳舞散场他们便回去了。

一间小小的房间里，正开着一盏淡蓝色的电灯，美樱穿着浅紫色的印花乔其纱的舞衣，左手支着头部，半斜在沙发上，一双如浓雾的眼，正向对面的穿衣镜，端详着自己倩丽的身影。一个一个的幻想的影子，从镜子里漾过"呀美丽的林"！她张起两臂向虚空搂抱，她闭紧一双眼睛，她愿意醉死在这富诗意的幻境里。但是她摇曳的身体，正碰在桌角上，这一痛使她不能不回到现实界来。

"唉！"她黯然叹了一声，一个使她现在觉得懊悔的印象明显的向她攻击了：

七年前她同林在大学同学的时候，那时许多包围她的人中，林是最忠诚的一个。在一天清晨，学校里因为全体出发到天安门去开会，而美樱为了生病，住在疗养室里，正独自一个冷清清睡着的时候，听窗外有人在问："于美樱女士在屋里吗？"

"谁呀？"美樱怀疑地问。

"是林尚鸣……密司于，你病好点吗？"

"多谢！好得多了，一两天我仍要搬到寄宿舍去，怎么你今天不曾去开会吗？"

"是的，我因为还有别的事情，同时我惦记着你，所以不曾去。"美樱当时听了林的话，只淡淡的笑了笑。不久林走了，美樱便拿出一本书来看，翻来翻去，忽翻出父亲前些日子给她的一封信来，她又摊开来念道：

"樱儿！你来信的见解很不错，我不希望你作一个平常的女儿，我希望你要做一个为人类为上帝所工作的一个伟大孩子，所以你终身不嫁，正足以实现你的理想，好好努力吧！……"

美樱念过这封信后，她对于林更加冷淡了；其余的男朋友也因为听了她抱独身主义的消息，知道将来没有什么指望，也就各人另打主张去了。而美樱这时候又因为在美国留学的哥哥写信喊她出去。从前所有的朋友，更不能不隔绝了。美樱在美国住了五年，回国来时，林已和一位姓蔡的女学生结婚了。其余的男朋友也都成了家，有的已经儿女成行了。而美樱呢，依然还是孤零零的一个人。而且近来更感到一种说不出来的烦闷……

……

美樱回想到过去的青春，和一切的生活。她只有深深的懊悔了。唉！多蠢呀！这样不自然的压制自己！难道结婚就不能再为上帝和社会工作吗?

美樱的心被情火所燃烧，她从沙发上跳了起来，把身上的衣服胡乱的扯了下来。她赤了一双脚，把一条白色的软纱披在身上，头发也散披在两肩。她怔怔的对着镜子，喃喃的道："一切都毁了，毁了！把可贵的青春不值一钱般的抛弃了，蠢呀！……"她有些发狂似的，伸手把花瓶里的一束红玫瑰，撕成无数的碎瓣，散落在她的四周，最后她昏然的倒在花瓣上。

……

第二天清晨，灼眼的阳光正射在她的眼上，把她从昏迷中惊醒！"呀"！她翻身爬了起来含着泪继续她单调的枯燥的人生。

人生的梦的一幕

　　这几天紫云的态度分外的柔媚，一丝笑痕常印在丰润的双颊上。每天她坐在公事房里，一边机械式的在一沓学生的课卷上批改，但她的灵宫是萦绕了一缕甜蜜的柔情，火炉里燃着熊熊的煤炭火舌旋掩着，同时夹着一阵阵的毕剥声，房中的空气十分温暖，冬天的阳光，也似知趣般的漾着金婉的光波，射在她充溢春意的脸上。

　　"喂，紫云几时请我们吃喜酒呀？"一个手里正织着绒线的荷芬含笑的问。

　　"我一个人都不请……"紫云忸怩的说。

　　"那怎么可以呢？……你就是不请我们也是要来的！"荷芬仍是笑嘻嘻的说。

　　紫云听了这话，静默了一会，同时把手边的课卷往桌旁一推，娇柔的伸了个懒腰，手里一只半截的红色铅笔，仍然紧握着，在一张白纸上画了一些不规则的条纹，一面仰起头来对荷芬说："真的，你们以后可以常到我们那里去玩，我想把房子布置得干干净净的，非常艺术化！"她对于这一番话，似乎自己也感觉太喜形于色了，未免有些不好意思，于是立刻又转变了口气说道："咳！人生就是这么一回事，马马虎虎的过掉算啦！"

　　"喂！你们听，紫云对于那位先生够多么亲热呵！"坐在椅角里正在出神的莹玉向她身旁的若兰说，"现在就已经我们，我们了。"她说着哈哈的笑起来。

　　若兰乜斜了她一眼："你眼热吗？不妨也快些找一个好了！"

　　"我呀！没有那末容易……假使我要想嫁，不怕你们笑话，儿女早就多大了。"

　　她俩在一旁悄悄的议论着，但紫云似乎并不曾注意，依然向荷芬说："你说是不是？一个人何必那末认真呢！"

　　"不错！"荷芬似乎很同情的说："'Life is but a dream.'这话实在不错，

195

不过梦有甜的有苦的分别，我祝福你运气好，永远做甜梦！"

"是吗？……其实甜也罢苦也罢，总不过是一场梦罢了！"紫云斜转头向荷芬嫣然一笑，便袅娜的走到隔壁房里去了。

这是一间布置简单的办公室，紫云坐在一张有手靠的椅子上，手里握着铅笔，默默的敲着桌缘，这时其他的同事都出去了，她独自呆坐着，心头感觉着有一种从来所未有的充实，谁说人生没有归宿呢？投在爱人的怀抱里，不就是最理想的归宿吗？……这几年来终日过着东飘西荡的生活，每逢看见别人享受着融融洽洽的家庭幸福，立时便有一重沉默的悲哀，悄悄向灵宫袭击，虽然为了女儿的尊严，不敢向人前低诉，但夜半梦回枕上常常找到孤独者的泪痕……现在哼！现在至少可以在那些没有归宿的人们面前昂起头来，傲然的向她们一笑了……

她沉思到这里，从心坎里漾出来的笑意，浮在两片薄薄的唇上。正在这时，若蘅推门进来了。她把一叠书放在桌上很吃力的吁了一口长气，同时拖了一张椅子坐在炉旁，向紫云含笑道："你紫云的新家庭布置得怎样了？"

"简直是乱七八糟，我真烦死了，又是看房子，又要买家具，并且还得上课，岂不忙死人吗？"

"这种忙是甜蜜的，有人还希望不到呢！"若蘅天生一张忠厚的脸，使紫云不知不觉把心肝掏了出来说道，"现在我也两个姓了，每天办完公回去，也有人谈谈笑笑，有时倦了我弹弹吉他，他唱唱歌，你想不是很快乐的生活吗？"

"对了，一个人最难得到是幸福的家庭，你现在有了这样一个满意的家庭，无形中可增加你许多生活的力量，我们都很替你开心！"

"真的吗？……"紫云说了一句忽然站了起来，道："我去打电话叫他就来同我去看看家具。"她匆匆的出门去了。

这小办公室里陆续的进来了几个同事，那个平素最有心计的莹玉低声向若蘅说道："紫云同你谈些什么？"

"谈她未来的美满的梦！"

"呵！人生真像做梦！"莹玉慨然的说，"在一个多月以前，谁能料到紫云会同金约翰结婚，而且是这么快……她现在真高兴极了！"

"对了。一个期演标梅的人，本来有找个爱人的需要，这是 Nature。"若蘅很谅解似的说。

“不过我总觉得太快了，两方面情形都不曾深切的了解……但愿他们一直好下去！”很有经验的杨冰说。

“大概不会怎样吧！”荷芬推测着说，“因为紫云是个多情人，她要同男人结了婚，一定会死心塌地的对他好，所怕就是男人靠不住罢。”

“对了。女人变心的很少……不过这位金先生人也很忠厚，并且他很固执，爱什么人就爱到底……”若兰说。

“那末就没有问题了。”若蘅说。

“不过经济也是一个重要的问题，嫁一个男人，至少这个男人应有独力养家的能力……紫云初结婚时当然还可以来做事，将来生了儿女，又怎么办呢？”杨冰说。

“那又有什么要紧，只要他俩有爱情，穷苦些又有什么关系呢！”荷芬很超然的说。

“那倒不尽然。”杨冰接言说，“从前我有一个朋友，她爱了一个青年学生，不顾家庭的反对，竟和他结了婚，起先还勉强过得去，后来生了小孩，便经济更拮据了，两个人东住住西吃吃，真不知道有多苦，最后还是分开了！”

杨冰举出事实的证明，这使超然的荷芬也没话说了。大家都沉默着。

紫云打完电话回来了，笑眯眯的向若兰说道：“你昨天说的有一家卖西式家具的在什么地方，请你开个地名给我！”

“好！就离这里不远，坐二路电车可以直到门口。”

“请你把地名写给我好吧？Mr．金就来同我去看看。”紫云一面说着，一面把屉子打开，从那里面拿出一个小小的立镜来，支在办公桌上，同时又拿出一盒香粉和鲜红的胭脂来，先用一块干手巾把脸上的浮油揩干了，然后轻轻的扑了些香粉，又淡淡的在两颊抹了一些胭脂！

“唷！真漂亮！”莹玉打趣的说，“可是胭脂擦得太淡了！”

“不，你不知道 Mr．金顶不欢喜人擦很厚的胭脂，他欢喜自然，不爱打扮得和妖精样的！”紫云得意的说。

“真是女为悦己者容呀！”从不会说笑话的若蘅也来了这么一句颇俏皮的话，这使得在座人们都笑了。

紫云收拾了一阵，站了起来把大衣穿上：“你们看我美吗？”

"美极了！"大家不觉异口同声的叫了出来，紫云就在这些赞美声中，袅娜的出了办公室。

一阵橐橐的皮鞋声去得远了，大家脸上都不期然露出一种冷漠的表情。

这真是人生的梦的一幕——

可是做梦的人往往不觉得这是梦！

这一间小小的办公室里，这刹那间是充满着复杂的情绪。

水　灾

　　萨县有好几天，不听见火车经过时的汽笛声，和车轮碾过轨道时的隆隆声了。这是怎样沉闷的天气呵！丝丝的细雨，从早飘到夜，从夜飘到明，天空黑黝黝的，如同泼上了一层淡墨，人们几乎忘记了太阳的形色，那雨点虽不是非常急骤的倾泻着，而帘前继续的雨漏声，仿佛奏着不调协的噪乐，使人感到天地间这时是充塞了非常沉重的气流，头顶上的天，看着往下坠，几乎要压在人们的眉梢上了。便连呼吸也像是不容易呢，有时且听见浪涛的澎湃声，就是那些比较心胸旷达的人，用一种希冀那仅仅是松涛的幻想，来自慰藉；也仍然不能使他们的眉峰完全舒展。一个大的隐忧正搅乱着这一县民众的心。

　　一天一天过去了，雨也跟着时间加增它的积量，愁苦也更深的剥蚀着村民的心。

　　忠信村的农夫王大每日每日闷坐在家门口的草棚下，看着那被雨打得偃伏在地上的麦梗，和那渐渐萎黄的嫩麦穗，无论如何，他不能不被忧苦所熬煎。

　　"唉，老天爷！"他讷讷的叫着，忽然有一张绛红色的小圆面孔，从草屋的门口现了出来，在那鲜红的唇里包满着山药，两唇上下的扯动着。同时一双亮晶晶的深而大的眼睛，不住的看着那正在叹气的王大叫道："爹爹！"

　　这是一种沁心的甜美的声调，王大的心弦不禁颤动了，嘴角上挂了不能毁灭的笑容，伸手拉过这个可爱的孩子，温和的抚弄他额前的短发。但是雨滴又一阵急狂的敲在草棚上，王大只觉眼前一黑，陡然现出一个非常可怕的境地，他看见那一片低垂着头，而大半萎黄了的麦穗，现在更憔悴得不像样了，仿佛一个被死神拖住的人，什么希冀都已完结。同时看见麦田里涌起一股一股的白浪来，像一个伸牙舞爪的恶魔，正大张着嘴，吞噬着稼禾，屋舍人畜，渐渐的水涌到他的草房里来，似乎看见自己的黑儿，正被一个大浪头卷了去，他发狂的叫了起来。

正在编草帘的妻子，听见这惊恐的吼叫，连忙从屋里抢了出来，一把拖住王大，只见他两眼大睁着，不住的喘气。

"唷！黑儿的爹！这是怎么啦？"妻惊慌的问他，这时黑儿也从草棚的木桌底下钻了过来，用小手不住的推王大叫道："爹爹！爹爹！"王大失去的魂灵，才又渐渐的归了原壳，抬眼看着妻和黑儿，眼里不禁滴下大颗大颗的眼泪，一面牵着黑儿，长叹道："这雨还只是下，后河里的水已经和堤一般高了，要是雨还不止，这地方就不用想再有人活了！"

"唉，黑儿的爹，这是天老爷的责罚，白发愁也不济事，我想还是到村东关帝庙，烧烧香，求求大慈大悲的关帝爷吧！也许天可怜见，雨不下了，岂不是好？"王大的妻，在绝望中，想出这唯一的办法来，王大觉得妻子的主意是对的，于是在第二天，东方才有些发亮时，他便连忙起来，洗净了手脸，叫起黑儿，拿了香烛纸锭往村东的关帝庙去。

到了那里，只见那庙的矮墙，已被水冲倒了一半，来到大殿上，礼参了关公的法像，王大一面烧化纸锭，一面叫黑儿跪下叩头，他自己并且跪在神前，祷祝了许久，才站起来，恭恭敬敬的又作了三个揖，这才心安意得的，同着黑儿回去了。

这一天下午，雨像是有住的意思，泼墨似的黑云已渐渐退去，王大心里虔信关帝爷的百灵百验，便自心里许愿，"如能免了这次的水灾，他一定许买个三牲供祭"，同时美丽的幻梦，也在脑子里织起来，他在麦地里绕着圈了，虽是有些麦穗已经涝了，但若立刻天晴，至少还有六七成的收获，于是一捆一捆的粮食，在那金色的太阳下面闪光了，一担担的米谷，挑到打麦场去，跟着一把把的银圆握在手里了，王大抱着希望而快乐的心情奔回草屋里去，走进房，正迎着黑儿在抱着一个饼子啃呢，王大含笑的，把黑儿抱在膝上，用着充满快乐的语调向黑儿说道："小黑你想到村学里去读书吗？"

黑儿笑嘻嘻的扳着王大的颈子道："爹爹，我要念书，你得给我买一顶好看的帽子，也要做一件长衫，像郑家阿英一样的。"

"好吧，只要我们今年有收成，爹爹全给你买。"

黑儿真觉爹爹太好了，用嘴亲着爹爹的手，渐渐的眼睛闭起来，他已走进甜美的梦境去了，王大轻轻的把他放平在大木床上，自己吃了一袋烟，和妻子吃过饭，也恬然的睡去。

半夜里一个霹雷，把这一家正在做着幸福之梦的人，惊醒了，王大，尤其心焦得不能睡，草房上正飞击着急骤的雨点，窗眼里闪着火龙似的电光。王大跳下地来，双手合十的念道："救苦救难的关帝爷……"

轰隆，轰隆，一阵巨响，王大的妻发抖的叫道："你听，你听，黑儿的爹，这是什么声音呵？"

王大开了门，借着一道光亮的闪电，看见山那边，一团，一团的山水向下奔，王大失声叫道："老天，这可罢了，快些收拾东西逃命吧！"

王大帮着妻，打开床旁的木箱，抓了一堆衣服，用一个大包袱包了，又郑重的把那历年来存积的五十元光洋钱，抢出来，塞在怀里，一面背了黑儿，冒着急雨，一脚高一脚低的奔那高坡去。

轰隆，轰隆，又是一阵惊天动地的巨响，他们回头一看自己的草屋和草棚都已被山水冲去了，许多的黑影，都向高处狂奔着，凄厉的叫着哭着，黑儿躲在王大的背上，叫道："我怕，我怕，爹爹呀！"王大喘着气，拉着妻子已来到高坡上了，他放下黑儿，这时天色已渐亮了，回头一看这村子已成了茫茫的大海了，而水势依然狂涨，看看离这高坡只有二三尺了，王大的妻把黑儿紧搂在怀里，一面喊着菩萨救命呀！但是一切的神明都像聋了耳朵，再听不见这绝望的呼声，正在这个时候，一个高掀的大浪头，向这土坡卷过来，于是这三个人影便不见了，土坡也被淹没，只露出那土面上面的一株树梢。

这样恐怖的三天过去了，忠信村的水也渐渐退了，天色也已开晴，便是阳光，也仍然灿烂的照着，但在这灿烂光影下的一切的东西，却是令人可怕，被水泡肿了的庞大的黄色尸体人和牲畜凌乱的摆着，在那一株松树根下，正睡着王大的妻和黑儿可怕的尸体，而王大却失了踪迹，不久来了灰衣灰裤的工兵，拿着铁锹工具，正在从事掩埋的工作，还有几个新闻记者，带了照相机，在这里拍照。

忠信村已被这次的大水所毁灭了，现在虽然水已退净，而房屋倒塌，田具失落，村民就是不死，也无法生存，但是有些怀恋着故土的村人们，仍然回来，草草搭个草棚，苦挨着度日，在一天早晨，邻村的张泉从这忠信村经过，看见一个老农人，坐在一个小土坡前，低头垂泪，走近细认，原来正是失踪的王大，他站住叫道：

"王大叔。"

"是你啊！泉哥儿！"王大愁着眉说。

"王大叔！婶子和黑儿兄弟呢？"张泉问。

王大听见阿泉提起他妻和黑儿，抖颤着声音道："完了，什么都完了！这一次的水灾真够人受啊！你们那里倒还好？"

"哦，"阿泉说，"比这里好些，不过也淹了不少的庄稼，冲倒三五十间草房呢！"……王大叔你这些日子在什么地躲着的？

王大叹了一口气道："你这里坐下吧。"

阿泉坐在他身边，于是王大开始述说他被救的经过：

"那夜大水来的时候，我们一家人都躲到屋后的高土坡上去，忽然一个浪头盖了下来，我连忙攀住一块木板，任着它飘了下去，几阵浪头，从我身上跳过去时，我呛了两口水，就昏迷过去了，后来不知怎么我竟被冲到一块沙滩上，醒来时，看见一个打鱼的老人正蹲在我身边，看见我睁开眼，他叫道：'大嫂，这个人活了。'于是一个老婆婆从一只渔船里走来，给我喝了些水，我渐渐清楚起来，又蒙那好心的渔翁，给我换了衣裳，熬了热粥调养我，一连住了三天，便辞别了他们回到村里来，唉，阿泉你看这地方还像是一个村落吗？我今早绕着村子走了一遍，也不曾看到黑儿和他的娘，后来碰见李大叔，他才告诉我他们已经被水淹死了，那边的大冢埋着几十个尸首呢，他们也在那里边。唉，泉哥儿，什么都完了啊！"

"王大叔，你现在打算怎么过活。"

"我已经答应李大叔同去修河堤。"王大说。

"是的，昨天我已经见着县里招募民夫去修河堤的告示了！"张泉停了停接着说道，"我们村里大半的人都要去，这倒是一件好事，修好了河堤，以后的村民就不会再遭殃了。"

"我也正是这样想。"王大说，"我自己受了苦，我不忍心以后的人再受苦。"

阿泉站起来点点头道："那末明天我们河堤上见吧！"阿泉说完便走了，王大又向着那大冢滴了些泪，便去应募了。

几个月以后河堤完工了，王大仍然回到忠信村来，他仍在他本来的草屋那里，盖了一间草屋，种了一些青菜和麦子，寂寞的生活着。

第二年的夏天到了，虽然仍接连着下了几天雨，但因河堤的坚固高峻，村子里是平安的，只有王大他是无福享受自己创造的命运，在那一年的秋初，他已被沉重的忧伤，销毁了他的生命。

海滨故人

一

呵！多美丽的图画！斜阳红得像血般，照在碧绿的海波上，露出紫蔷薇般的颜色来，那白杨和苍松的荫影之下，她们的旅行队正停在那里，五个青年的女郎，要算是此地的熟客了，她们住在靠海的村子里；只要早晨披白绡的安琪儿，在天空微笑时，她们便各拿着书跳舞般跑了来。黄昏红裳的哥儿回去时，她们也必定要到。

她们到是什么来历呢，有一个名字叫露沙，她在她们五人里，是最活泼的一个。她总喜欢穿白纱的裙子，用云母石做枕头，仰面睡在草地上默默凝思。她在城里念书，现在正是暑假期中，约了她的好朋友——玲玉、莲裳、云青、宗莹住在海边避暑，每天两次来赏鉴海景。她们五个人的相貌和脾气都有极显著的区别，露沙是个很清瘦的面庞和体格。但却十分刚强，她们给她的赞语是"短小精悍"，她的脾气很爽快，但心思极深，对于世界的谜仿佛已经识破，对人们交接，总是诙谐的。玲玉是富于情感，而体格极瘦弱，她常常喜欢人们的赞美和温存。她认定世界的伟大和神秘，只是爱的作用，她喜欢笑，更喜欢哭，她和云青最要好。云青是个智理比感情更强的人。有时她不耐烦了，不能十分温慰玲玉，玲玉一定要背人偷拭泪。有时竟至放声痛哭了。莲裳为人最周到，无论和什么人都交际得来，而且到处都被人欢迎，她和云青很好，宗莹在她们里头，是最娇艳的一个，她极喜欢艳妆，也喜欢向人夸耀她的美和她的学识，她常常说过分的话。露沙和她很好，但露沙也极反对她思想的近俗，不过觉得她人很温和，待人很好，时时的牺牲了自己的偏见，来附和她，她们样样不同的朋友，而能比一切同学亲热，就在她们都是很有抱负的人，和那醉生梦死的不同。所以她们就在一切同学的中间，筑起高垒来隔绝了。

有一天朝霞罩在白云上的时候，她们五个人又来了，露沙睡在海崖上，宗莹蹲在她的身旁，莲裳、玲玉、云青站在海边听怒涛狂歌，看碧波闪映，宗莹和露沙低低地谈笑，远远忽见一缕白烟从海里腾起。玲玉说："船来了！"大家因都站起来观看，渐渐看见烟筒了，看见船身了，不到五分钟整个的船都可以看得清楚，船上许多水手都对她们望着，直到走到极远才止。她们因又团团坐下，说海上的故事。

开始露沙述她幼年时，随她的父母到外省做官去，也是坐的这样的海船，有一天因为心里烦闷极了，不住声的啼哭，哥哥拿许多糖果哄她，也止不住哭声，妈妈用责罚来禁止她的哭声，也是无效。这时她父亲正在作公文，被她搅得急起来，因把她抱起来要往海里抛。她这时惧怕那油碧碧的海心，才止住哭声。

宗莹插言道露沙小时的历史，多着呢，我都知道。因我妈妈和她家认识，露沙生的那天，我妈妈也在那里。玲玉说你既知道，讲给我们听听好不好？宗莹看着露沙微笑，意思是探她许可与否，露沙说："小时的事情我一概不记得，你说说也好，叫我也知道知道。"

于是宗莹开始说了："露沙出世的时候，亲友们都庆贺她的命运，因为露沙的母亲已经生过四个哥儿了。当孕着露沙的时候，只盼望是个女儿。这时露沙正好出世。她母亲对这嫩弱的花蕊，十分爱护，但同时意外的事情发生了，不免妨碍露沙的幸运，就是生露沙的那一天，她的外祖母死了。并且曾经派人来接她的母亲，为了露沙的出世，终没去成，事后每每思量，当露沙闭目恬适睡在她臂膀上时，她便想到母亲的死，晶莹的泪点往往滴在露沙的颊上。后来她忽感到露沙的出世有些不祥，把思量母亲的热情，变成憎厌露沙的心了！

"还有不幸的，是她母亲因悲抑的结果，使露沙没有乳汁吃，稚嫩的哀哭声，便从此不断了。有一天夜里，露沙哭得最凶，连她的小哥哥都吵醒了。她母亲又急又痛，止不住倚着床沿垂泪，她父亲也叹息道：'这孩子真讨厌！明天雇个奶妈，把她打发远点，免得你这么受罪！'她母亲点点头，但没说什么。

"过了几天，露沙已不在她母亲怀抱里了，那个新奶妈，是乡下来的，她梳着奇异像蝉翼般的头，两道细缝的小眼，上唇噘起来，露着牙龈。露沙初次见她，似乎很惊怕，只躲在娘怀里不肯仰起头来，后来那奶妈拿了许多糖果和玩物，才勉强把她哄去。但到了夜里，她依旧要找娘去，奶妈只把她搂在怀里，轻轻拍着，唱催眠歌儿。才把她哄睡了。

"露沙因为小时吃了母亲忧抑的乳汁，身体十分孱弱，况且那奶妈又非常的粗心，她有时哭了，奶妈竟不理她，这时她的小灵魂，感到世界的孤寂和冷刻了。她身体健康更一天不如一天。到三岁了她还不能走路和说话，并且头上还生了许多疮疥。这可怜的小生命，更没有人注意她了。

"在那一年的春天，鸟儿全都轻唱着，花儿全都含笑着，露沙的小哥哥都在绿草地上玩耍，那时露沙得极重的热病，关闭在一间厢房里。当她病势沉重的时候，她母亲绝望了，又恐怕传染，她走到露沙的小床前，看着她瘦弱的面庞说：'唉！怎变成这样了！……奶妈！我这里孩子多，不如把她抱到你家里去治吧！能好再抱回来，不好就算了！'奶妈也正想回去看看她的小黑，当时就收拾起来，到第二天早晨，奶妈抱着露沙走了。她母亲不免伤心流泪。露沙搬到奶妈家里的第二天，她母亲又生了个小妹妹，从此露沙不但不在她母亲的怀里，并且也不在她母亲的心里了。

"奶妈的家，离城有二十里路，是个环山绕水的村落，她的屋子，是用茅草和黄泥筑成的，一共四间，屋子前面有一座竹篱笆，篱笆外有一道小溪，溪的隔岸，是一片田地，碧绿的麦秀，被风吹着如波纹般涌漾，奶妈的丈夫是个农夫，天天都在田地里做工，家里有一个纺车，奶妈的大女儿银姊，天天用它纺线，奶妈的小女儿小黑和露沙同岁。露沙到了奶妈家里，病渐渐减轻，不到半个月已经完全好了，便是头上的疮也结了痂，从前那黄瘦的面孔，现在变成红黑了。

"露沙住在奶妈家里，整整过了半年，她忘了她的父母，以为奶妈便是她的亲娘，银姊和小黑是她的亲姊姊。朝霞幻成的画景，成了她灵魂的安慰者，斜阳影里唱歌的牧童，是她的良友，她这时精神身体都十分焕发。

"露沙回家的时候，已经四岁了。到六岁的时候，就随着她的父母做官去，以后的事情我就不知道了。"

宗莹说到这里止住了。露沙只是怔怔地回想，云青忽喊道："你看那海水都放金光了，太阳已经到了正午，我们回去吃饭吧！"她们随着松荫走了一程已经到家了。

　　在这一个暑假里，寂寞的松林，和无言的海流，被这五个女孩子点染得十分热闹，她们对着白浪低吟，对着激潮高歌，对着朝霞微笑，有时竟对着海月垂泪。不久暑假将尽了，那天夜里正星月望的时候，她们黄昏时拿着箫笛等来了。露沙说："明天我们就要进城去，这海上的风景，只有这一次的赏受了。今晚我们一定要看日落和月出……这海边上虽有几家人家，但和我们也混熟了，纵晚点回去也不要紧，今天总要尽兴才是。"大家都极同意。

　　西方红灼灼的光闪烁着，海水染成紫色，太阳足有一个脸盆大，起初盖着黄红色的云，有时露出两道红来，仿佛火神怒睁两眼，向人间狠视般，但没有几分钟那两道红线化成一道，那彩霞和彗星般散在西北角上，那火盆般的太阳已到了水平线上，一刹那太阳已如狮子滚绣球般，打个转身沉向海底去了。天上立刻露出淡灰色来，只在西方还有些五彩余辉闪烁着。

　　海风吹拂在宗莹的散发上，如柳丝轻舞，她倚着松柯低声唱道：

　　　　我欲登芙蓉之高峰兮，
　　　　白云阻其去路。
　　　　我欲攀绿萝之俊藤兮
　　　　惧颓岩而踟蹰。
　　　　伤烟波之荡荡兮，
　　　　伊人何处？
　　　　叩海神久不应兮，
　　　　唯漫歌以代哭！

　　接着歌声，又是一阵箫韵，其声嘤嘤似蜂鸣群芳丛里，其韵溶溶似落花轻逐流水，渐提渐高激起有如孤鸿哀唳碧空，但一折之后又渐转和缓恰似水渗滩底呜咽不绝，最后音响渐杳，歌声又起道：

　　　　临碧海对寒素兮，
　　　　何烦纤之萦心！

浪滔滔波荡荡兮，

伤孤舟之无依！

伤孤舟之无依兮，

愁绵绵而永系！

大家都受了歌声的催眠，沉思无言，便是那作歌的宗莹，也只有微叹的余音，还在空中荡漾罢了。

二

她们搬进学校了。暑假里浪漫的生活，只能在梦里梦见，在回想中想见。这几天她们都是无精打采的。露沙每天只在图书馆，一张长方桌前坐着，拿着一支笔，痴痴地出神，看见同学走过来时，她便将人家慢慢分析起来，同学中有一个叫松文的从她面前走过，手里正拿着信，含笑的看着，露沙等她走后，便把她从印象中提出，层层地分析，过了半点钟。便抽去笔套，在一册小本子上写道："一个很体面的女郎，她时时向人微笑，多美丽呵！只有含露的荼蘼能比拟她。但是最真诚和甜美的笑容，必定当她读到情人来信时才可以看见！这时不止像含露的荼蘼了。并且像斜阳熏醉的玫瑰。又柔媚又艳丽呢！"她写到这里又有一个同学从她面前走过。她放下她的小本子，换了宗旨不写那美丽含笑的松文了！她将那个后来的同学照样分析起来。这个同学姓郦，在她一级中年纪最大。——将近四十岁了——她拿着一堆书，皱着眉走过去。露沙望着她的背影出神。不禁长叹一声，又拿起笔来写道："她是四十岁的母亲了——她的儿已经十岁——当她拿着先生发的讲义——二百余页的讲义，细细的理解时，她不由得想起她的儿来了。她那时皱紧眉头，合上两眼，任那眼泪把讲义湿透，也仍不能止住她的伤心。

"先生们常说：'她是最可佩服的学生。'我也只得这么想，不然她那紧皱的眉峰，便不时惹起我的悲哀：我必定要想到：'人多么傻呵！因为不相干什么知识——甚至于一张破纸文凭，把精神的快活完全牺牲了……'"当当一阵吃饭钟响，她才放下笔，从图书馆出来，她一天的生活大约如是，同学们都说她有神经病，有几个刻薄的同学给她起个绰号，叫"著作家"，她每逢听见人们嘲笑她的时候，只是微笑说："算了吧！著作家谈何容易？"说完这话，便头也不回的跑到图书馆去了。

宗莹最喜欢和同学谈情。她每天除上课之外，便坐在讲堂里，和同学们说："人生的乐趣，就是情。"她们同级里有两个人，一个叫作兰馨，一个叫作孤云，她们两人最要好。然而也最爱打架。她们好的时候，手挽着手，头偎着头，低低地谈笑。或商量两个人做一样衣服，用什么样花边，或者做一样的鞋，打一样的别针，使无论什么人一见她们，就知道她们是顶要好的朋友，有时预算星期六回家，谁到谁家去，她们说到快意的时候，竟手舞足蹈，合唱起来。这时宗莹必定要拉着玲玉说："你看她们多快乐呵！真是人若没有感情，就不能生活了。情是滋润草木的甘露，要想开美丽的花，必定用要情汁来灌溉。"玲玉也悄悄地谈论着，我们级里谁最有情，谁有真情，宗莹笑着答她道："我看你最多情，——最没情就是露沙了。她永远不相信人，我们对她说情，她便要笑我们。其实她的见地实在不对。"玲玉便怀疑着笑说道："真的吗？……我不相信露沙无情，你看她多喜欢笑，多喜欢哭呀。没情的人，感情就不应当这么易动。"宗莹听了这话，沉思一回，又道："露沙这人真奇怪呀！……有时候她闹起来，比谁都活泼，及至静起来，便谁也不理的躲起来了。"

她们一天到晚，只要有闲的时候，便如此的谈论，同学们给她们起了绰号，叫"情迷"。她们也笑纳不拒。

云青整天理讲义，记日记。云青的姊妹最多。她们家庭里因组织了一个娱乐会。云青全份的精神都集中在这里，下课的时候，除理讲义，抄笔录，和记日记外，就是作简章，和写信。她性情极圆和，无论对于什么事，都不肯吃亏，而且是出名的拘谨。同级里每回开级友会，或是爱国运动，她虽热心帮忙，但叫她出头露面，她一定不答应。她唯一的推辞只说："家里不肯。"同学们能原谅她的，就说她家庭太顽固，她太可怜。不能原谅她，就冷笑着说："真正是个薛宝钗。"她有时听见这种的嘲笑，便呆呆坐在那里。露沙若问她出什么神，她便悲抑着说："我只想求人了解真不容易！"露沙早听惯看惯她这种语调态度，也只冷冷地答道："何必求人了解？老实说便是自己有时也不了解自己呢！"云青听了露沙的话，就立刻安适了，仍旧埋头做她的工作。

莲裳和她们四人不同级，她学的是音乐。她每日除了练琴室里弹琴，便是操场上唱歌。她无忧无虑，好像不解人间有烦恼事，她每逢听见云青、露沙谈人无味一类的话，她必插嘴截住她们的话说："哎呀！你们真讨厌。竟说这些没意思的话，有什么用处呢？来吧！来吧！操场玩去吧！"她跑到操场里，跳上秋千架，随风上下翻舞，必弄得一身汗她才下来，她的目的，只是快乐。她最憎厌学哲理的人，所以她和露沙她们不能常常在一处，只有假期中，她们偶然聚会几次罢了。

她们在学校里的生活很平淡，差不多没有什么意外的事情发生。到了第三个年头，学校里因为爱国运动，常常罢课。露沙打算到上海读书。开学的时候，同学们都来了，只短一个露沙，云青、玲玉、宗莹都感十分怅惘，云青更抑抑不能耐，当日就写了一封信给露沙道：

露沙：

　　赐书及宗莹书，读悉一是，离愁别恨，思之痛，言之更痛，露沙！千丝万缕，从何诉说？知惜别之不免，悔欢聚之多事矣！悠悠不决之学潮，至兹告一结束，今日已始行补课，同堂相见，问及露沙，上海去也。局外人已不胜为吾四人憾，况身受者乎？吾不欲听其问，更不忍笔之于此以增露沙愁也！所幸吾侪之以志行相契，他日共事社会，不难旧雨重逢，再作昔日之游，话别情，倾积愫，且喜所期不负，则理想中乐趣，正今日离愁别恨有以成之；又何惜今日之一别，以致永久之乐乎？云素欲作积极语，以是自慰，亦勉以是为露沙慰，知露沙离群之痛，总难恝然于心。姑以是作无聊之极想，当耐味之榆柑可也。

　　今日校中之开学式，一种萧条气象，令人难受，露沙！所谓"别时容易见时难"。吾终不能如太上之忘情，奈何！得暇多来信，余言续详，顺颂康健！

云青

云青写完信，意绪兀自懒散，在这学潮后，杂乱无章的生活里，只有沉闷烦纡，那守时刻司打钟的仆人，一天照样打十二回钟，但课堂里零零落落，只有三四个人上堂。教员走上来，四面找人，但窗外一个人影都没有。院子里只有垂杨对那孤寂的学生教员，微微点头。玲玉、宗莹和云青三个人，只是在操场里闲谈，这时正是秋凉时候，天空如洗，黄花满地，西风爽辣。一群群雁子都往南飞。更觉生趣索然。她们起初不过谈些解决学潮的方法，已觉前途的可怕，后来她们又谈到露沙了，玲玉说："露沙走了，与她的前途未始不好。只是想到人生聚散，如此易易，太没意思了，现在我们都是作学生的时代，肩上没有重大的责任，尚且要受种种环境支配，将来投身社会，岂不更成了机械吗？……"云青说："人生有限的精力。消磨完了就结束了，看透了倒不值得愁前虑后呢！"宗莹这时正在葡萄架下，看累累酸子，忽接言道："人生都是苦恼，但能不想就可以不苦了！"云青说："也只有作如此想。"她们说着都觉倦了，因一齐回到讲堂去。宗莹的桌上忽放着一封信，是露沙寄来的，她忙撕开念道：

人寿究竟有几何？穷愁潦倒过一生，未免不值得！我已决定日内北上，以后的事情还讲不到，且把眼前的快乐享受了再说。

宗莹！云青！玲玉！从此不必求那永不开口的月姊——传我们心弦之音了！呵！再见！

宗莹喜欢得跳起来，玲玉云青也尽展愁眉，她们并且忙跑去通知莲裳，预备欢迎露沙。

露沙到的那天，她们都到火车站接她。把她的东西交给底下人拿回去。她们五个人一齐走到公园里。在公园里吃过晚饭，便在社稷坛散步，她们谈到暑假分别时曾叮嘱到月望时，两地看月传心曲，谁想不到三个月，依旧同地赏月了！在这种极乐的环境里，她们依旧恢复她们天真活泼的本性了。

她们谈到人生聚散的无定。露沙感触极深，因述说她小时的朋友的一段故事："我从九岁开始念书，启蒙的先生是我姑母，我的书房，就在她寝室的套间里。我的书桌是红漆的，上面只有一个墨盒，一管笔，一本书，桌子面前一张木头椅子。姑母每天早晨教我一课书，教完之后，她便把书房的门倒锁起来，在门后头放着一把水壶，念渴了就喝白开水，她走了以后，我把我的书打开。忽听见院子里妹妹唱歌，哥哥学猫叫，我就慢慢爬到桌上站在那里，从窗眼往外看，妹妹笑，我也由不得要笑。哥哥追猫，我心里也像帮忙一块追似的，我这样站着两点钟也不觉倦，但只听见姑母的脚步声，就赶紧爬下来，很规矩的坐在那里，姑母一进门，正颜厉色的向我道：'过来背书！'我那里背得出。便认也不曾认得。姑母怒极，喝道：'过来！'我不禁哀哀地哭了，她拿着皮鞭抽了几鞭。然后狠狠的说：'十二点再背不出，不用想吃饭呵！'我这时恨极这本破书了。但为要吃午饭，也不能不拼命的念，侥幸背出来了，混了一顿午饭吃。但是念了一年，一本《三字经》还不曾念完。姑母恨极了，告诉了母亲把我狠狠责罚了一顿，从此不教我念书了。我好像被赦的死囚，高兴极了。

"有一天我正在同妹妹做小衣服玩，忽听见母亲叫我说：'露沙！你一天在家里不念书，竟顽皮，把妹妹都引坏了。我现在送你上学校去，你若不改，被人赶出来，我就不要你了。'我听了这话，又怕又伤心，不禁放声大哭。后来哥哥把我抱上车，送我到东城一个教会学堂里，我才迈进校长室，心里便狂跳起来。在我的小生命里，是第一次看见蓝眼睛、高鼻子的外国人，况且这校长满脸威严。我哥哥和她说：'这小孩是我的妹妹，她很顽皮，请你不用客气的管束她。那是我们全家所感激的。'那校长对我看了半天说：'哦！小孩子！你应当听话，在我的学校里，要守规矩，不然我这里有皮鞭，它能责罚你。'她说着话，把手向墙上一捺。就听见'琅琅！'一阵铃响，不久就走进一个中国女人来，年纪二十八九，这个人比校长温和得多，她走进来和校长鞠了个躬，并不说话，只听见校长叫她道：'魏教习！这个女孩是到这里读书的，你把她带去安置了吧！'那个魏教习就拉着我的手说：'小孩子！跟我来！'我站着不动，两眼望着我的哥哥，好似求救似的，我哥哥也似了解我的意思，因安慰我说：'你好好在这里念书，我过几天来看你。'我知道无望了，只得勉勉强强跟着魏教习到里边去。

"这学校的学生，都是些乡下孩子，她们有的穿着打补钉的蓝布褂子，有的头上扎着红头绳，见了我都不住眼的打量，我心里又彷徨，又凄楚。在这满眼生疏的新环境里，觉得好似不系之舟，前途命运真不可定呵。迷糊中不知走了多少路，只见魏教习领我走到楼下东边一所房子前站住了，用手轻轻敲了几下门，那门便'呀'的一声开了。一个女郎戴着蔚蓝眼镜，两颊娇红，眉长人鬈，身上穿着一件月白色的长衫，微笑着对魏教习鞠了躬说：'这就是那新来的小学生吗？'魏教习点点头说：'我把她交给你，一切的事情都要你留心照应，'说完又回头对我说，'这里的规矩，小学生初到学校，应受大学生的保护和管束。她的名字叫秦美玉，你应当叫她姐姐，好好听她的话，不知道的事情都可以请教她。'说完

212

站起身走了。那秦美玉拉着我的手说，'你多大了？你姓什么？叫什么？……这学校的规矩很厉害，外国人是不容情的，你应当事事小心。'她正说着，已有人将我的铺盖和衣物拿进来了。我这时忽觉得诧异，怎么这屋子里面没有床铺呵？后来又看她把墙壁上的木门推开了。里头放着许多被褥，另外还有一个墙橱，便是放衣服的地方，她告诉我这屋里住五个人，都在这木板上睡觉，此外，有一张长方桌子，也是五个人公用的地方，我从来没看见过这种简陋的生活，仿佛到了一个特别的所在，事事都觉得不惯。并且那些大学生，又都正颜厉色的指挥我打水扫地，我在家从来没做过，况且年龄又太幼弱，怎么能做得来。不过又不敢不做，到烦难的时候，只有痛哭，那些同学又都来看我，有的说：'这孩子真没出息！'有的说：'管管她就好了。'那些没有同情的刺心话，真使我又羞又急，后来还是秦美玉有些不过意，抚着我的头说：'好孩子！别想家，跟我玩去。'我擦干了眼泪，跟她走出来，院子里有秋千架，有荡木，许多学生在那里玩耍，其中有一个学生，和我差不多大，穿着藕荷色的洋纱长衫，对我含笑的望，我也觉得她和别的同学不同，很和气可近的，我不知不觉和她熟识了，我就别过秦美玉和她牵着手，走到后院来，那里有一棵白杨树，底下放着一块捣衣石，我们并肩坐在那里，这时正是黄昏的时候，柔媚的晚霞，缀成幔天红罩，金光闪射，正映在我们两人的头上，她忽然问我道：'你会唱圣诗吗？'我摇头说'不会'，她低头沉思半晌说：'我会唱好几首，我教你一首好不好？'我点头道：'好！'她便轻轻柔柔地唱了一首，歌词我已记不得了。只是那爽脆的声韵，恰似娇莺低吟、春燕轻歌，到如今还深刻脑海，我们正在玩得有味，忽听一阵铃响，她告诉我吃晚饭了。我们依着次序，走进膳堂，那膳堂在地窖里，很大的一间房子，两旁都开着窗户，从窗户外望，平地上所种的杜鹃花正开得灿烂娇艳，迎着残阳，真觉爽心动目。屋子中间排着十几张长方桌，桌的两旁放着木头板凳，桌上当中放着一个绿盆，盛着白木头筷子和黑色粗碗，此外排着八碗茄子煮白水，每两人共吃一碗，在桌子东头，放着一笸箩棒子面的窝窝头，黄腾腾好似金子的颜色，这又是我从来没吃过的，秦美玉替我拿了两块放在面前。我拿起来咬了一口，有点甜味，但是嚼在嘴里，粗糙非常，至于那碗茄子，更不知道是什么味道，又涩又苦。想来既没有油，盐又放多了，我肚子其实很饿，但我拿起筷子勉强吃了两口，实在咽不下，心里一急，那眼泪点点滴滴都洒在窝窝头上了，那些同学见我

213

这种情形，有的诽笑我，有的谈论我，我仿佛听见她们说：'小姐的派头倒十足，但为什么不吃小厨房的饭呢？'我那时不知道这学校的饭是分等第的，有钱的吃小厨房饭，没钱就吃大厨房的饭，我只疑疑惑惑不知道她们说什么，只怔怔地看着饭菜垂泪，直等大家都吃完，才一齐散了出来。我自从这一顿饭后，心里更觉得难受了，这一夜翻来覆去，无论如何睡不着，看那清碧的月光，从树杪上移到我屋子的窗棂上，又移到我的枕上，直至月光充满了全屋，我还不曾入梦，只听见那四个同学呼声雷动，更感焦躁，那眼泪又不由自主的流下来了。直到天快亮，这我迷迷忽忽睡了一觉。

"第二天的饭菜，依旧是不能下箸。那个小朋友知道这消息，到吃饭的时候，特把她家里送来的菜，拨了一半给我，我才得吃了一顿饱饭，这种苦楚直挨了两个星期，才略觉习惯些，我因为这个小朋友待我极好，因此更加亲热，直到光复那一年，我家里搬到天津去，我才离开这学校，我的小朋友也回通州去了。到光复以后我已经十三岁了，我的小朋友十二岁，我们一齐都进公立某小学校，后来她因为想学医到别处去，我们五六年不见，想不到前年她又到北京来，我们因又得欢聚，不过现在她又走了——听说她已和人结婚——很不得志，得了肺病，将来能否再见，就说不定了。"

"你们说人生聚散有一定吗？"露沙说完，兀自不住声的叹息。这时公园游人已渐渐散尽，大家都有倦意。因趁着光慢慢步出园来，一同雇车回学校去。

露沙自从上海回来后，宗莹和云青、玲玉，都觉格外高兴，这时候她们下课后，工作的时候很少，总是四个人拉着手，在芳草地上，轻歌快谈。说到快意时，便哈天扑地的狂笑，说到凄楚时便长吁短叹，其实都脱不了孩子气，什么是人生！什么是究竟！不过嘴里说说，真的苦趣还一点没尝到呢！

三

光阴快极了，不觉又过了半年，不解事的露沙、玲玉、云青、宗莹、莲裳，不幸接二连三都卷入愁海了。

第一个不幸的便是露沙，当她幼年时饱受冷刻环境的熏染，养成孤僻倔强的脾气，而她天性又极富于感情，所以她竟是个智情不调和的人。当她认识那青年梓青时，正在学潮激烈的当儿。天上飘着鹅毛片般的白雪，空中风声凛冽，她奔波道途，一心只顾怎么开会，怎么发宣言，和那些青年聚在一起，讨论这一项，解决那一层，她初不曾预料到这一点的，因而生出绝大的果来。

梓青是个沉默孤高的青年，他的议论最彻底，在会议的席上，他不大喜欢说话，但他的论文极多，露沙最喜欢读他的作品，在心流的沟里，她和他不知不觉已打通了，因此不断的通信，从泛泛的交谊，变为同道的深契，这时露沙的生趣勃勃，把从前的冷淡态度，融化许多，她每天除上课外，便是到图书馆看书，看到有心得，她或者作短文，和梓青讨论，或者写信去探梓青的见解，在这个时期里，她的思想最有进步，并且她又开始研究哲学，把从前懵懵懂懂的态度都改了。

有一天正上哲学课，她拿着一支铅笔记先生口述的话，那时先生正讲人生观的问题，中间有一句说："人生到底作什么？"她听了这话，忽然思潮激涌，停了手里的笔，更听不见先生继续讲些什么，只怔怔的盘算，"人生到底作什么？……牵来牵去，忽想到恋爱的问题上去，——青年男女，好像是一朵含苞未放的玫瑰花，美丽的颜色足以安慰自己，诱惑别人，芬芳的气息，足以满足自己，迷恋别人。但是等到花残了，叶枯了，人家弃置，自己憎厌，花木不能躲时间空间的支配，人类也是如此，那末人生到底作什么？……其实又有什么可作？恋爱不也是一样吗？青春时互相爱恋，爱恋以后怎么样？……不是和演剧般，到结局无论悲喜，总是空的呵！并且爱恋的花，常常衬着苦恼的叶子，如何跳出这可怕的圈套，清净一辈子呢？……"她越想越玄，后来弄得不得主意，吃饭也不正经吃，有时只端着饭碗拿着筷子出神，睡觉也不正经睡，半夜三更坐了起来发怔，甚至于痛哭了。

这一天下午，露沙又正犯着这哲学病，忽然梓青来了一封信，里头有几句话说："枯寂的人生真未免太单调了！……唉！什么时候才得甘露的润泽，在我空漠的心田，开朵灿烂的花呢？……恐怕只有膜拜'爱神'，求她的怜悯了！"这话和她的思想，正犯了冲突。交战了一天，仍无结果，到了这一天夜里，她勉勉强强写了梓青的回信，那话处处露着彷徨矛盾的痕迹，到第二天早起从新看看，自己觉得不妥，因又撕了，结果只写了几个字道："来信收到了，人生不过尔尔，苦也罢，乐也罢，几十年全都完了，管它呢！且随遇而安吧！"

活泼泼的露沙，从此憔悴了！消沉了！对于人间时而信，时而疑，神经越加敏锐，闲步到中央公园，看见鸭子在铁栏里游泳，她便想到，人生和鸭子一样的不自由，一样的愚钝，人生到底作什么？听见鹦鹉叫，她便想到人们和鹦鹉一样，刻板的说那几句话。一样的不能跳出那笼子的束缚，看见花落叶残便想到人的末路——死——仿佛天地间只有愁云满布，悲雾迷漫，无一不足引起她对世界的悲观，弄得精神衰颓。

露沙的命运是如此。云青的悲剧同时开演了，云青向来对于世界是极乐观的，她目的想做一个完美的教育家，她愿意到乡村的地方——绿山碧水——的所在，召集些乡村的孩子，好好的培植他们，完成甜美的果树，对于露沙那种自寻苦恼的态度，每每表示反对。

这天下午她们都在学校园葡萄架下闲谈，同级张君，拿了一封信来，递给露沙，她们都围拢来问："这是谁的信，我们看得吗？"露沙说："这是蔚然的信，有什么看不得的。"她说着因把信撕开抽出来念道：

露沙君：

　　不见数月了！我近来很忙。没有写信给你，抱歉得很！你近状如何？念书有得吗？我最近心绪十分恶劣，事事都感到无聊的痛苦，一身一心都觉无所着落，好像黑夜中，独驾扁舟，漂泊于四无涯际，深不见底的大海汪洋里，彷徨到底点了呵！日前所云事，曾否进行，有效否，极盼望早得结果，慰我不定的心。别的再谈。

　　　　　　　　　　　　　　　　　　　　　　　蔚然

宗莹说："这个人不就是我们上次在公园遇见的吗？……他真有趣，抱着一大捆讲义，睡在椅子上看，……他托你什么事？……露沙！"

露沙沉吟不语，宗莹又追问了一句，露沙说："不相干的事，我们说我们的吧！时候不早，我们也得看点书才对。"这时玲玉和云青正在那唧唧哝哝商量星期六照相的事，宗莹招呼了她们，一齐来到讲堂。玲玉到图书室找书预备作论文，她本要云青陪她去，被露沙拦住说："宗莹也要找书，你们俩何不同去？"玲玉才舍了云青，和宗莹去了。

露沙叫云青道："你来！我有话和你讲。"云青答应着一同出来，她们就在柳荫下，一张凳子上坐下了。露沙说："蔚然的信你看了觉得怎样？"云青怀疑着道："什么怎么样？我不懂你的意思。"露沙说："其实也没有什么！……我说了想你也不至于恼我吧？"云青说："什么事？你快说就是了。"露沙说："他信里说他十分苦闷，你猜为什么？……就是精神无处寄托，打算找个志同道合的女朋友，安慰他灵魂的枯寂！他对于你十分信任，从前和我说过好几次，要我先说，我怕碰钉子，直到如今不曾说过，今天他又来信，苦苦追问，我才说了，我想他的人格，你总信得过，做个朋友，当然不是大问题是不是？"云青听了这话，一时没说什么，沉思了半天说："朋友原来不成问题……但是不知道我父亲的意思怎样。等我回去问问再说吧！"……露沙想了想答道："也好吧！但希望快点！"她们谈到这里，听见玲玉在讲堂叫她们，便不再往下说，就回到讲堂去。

露沙帮着玲玉找出《汉书·艺文志》来，混了些时，玲玉和宗莹都伏案做文章，云青拿着一本《唐诗》，怔怔凝思，露沙叉着手站在玻璃窗口，听柳树上的夏蝉不住声的嘶叫，心里只觉闷闷地，无精打采的坐在书案前，书也懒看，字也懒写。孤云正从外头进来，抚着露沙的肩说："怎么又犯了毛病啦！眼泪汪汪是什么意思呵！"露沙满腔烦闷悲凉，经她一语道破，更禁不住，爽性伏在桌上呜咽起来，玲玉、宗莹和云青都急忙围拢来，安慰她，玲玉再三问她为什么难受，她只是摇头，她实在说不出具体的事情来，这一下午她们四个人都沉闷无言，各人叹息各人的，这种的情形，绝不是头一次了。

冬天到了，操场里和校园中没有她们四人的影子了，这时她们的生活只在图书馆或讲堂里，但是图书馆是看书的地方，她们不能谈心，讲堂人又太多，到不得已时，她们就躲在栉沐室里，那里有顶大的洋炉子，她们围炉而谈，毫无妨碍。

最近两个星期，露沙对于宗莹的态度，很觉怀疑。宗莹向来是笑容满面，喜欢谈说的，现在却不然了，整日坐在讲堂，手里拿着笔在一张破纸上，画来画去，有时忽向玲玉说："做人真苦呵！"露沙觉得她这种形态，绝对不是无因，这一天的第二课正好教员请假，露沙因约了宗莹到栉沐室谈心，露沙说："你有什么为难的事吗？"她沉吟了半天说："你怎么知道？"露沙说："自然知道……你自己不觉得，其实诚于中形于外，无论谁都瞒不了呢！"宗莹低头无言，过了些时，她才对露沙说："我告诉你，但请你守秘密。"露沙说："那自然啦，你说吧！"

"我前几个星期回家，我母亲对我说有个青年，要向我求婚，据父亲和母亲的意思，都很欢喜他，他的相貌很漂亮，学问也很好，但只一件他是个官僚，我的志趣你是知道的，和官僚结婚多讨厌呵！而且他的交际极广，难保没有不规则的行动，所以我始终不能决定，我父亲似乎很生气，他说：'现在的女孩子，眼里那有父母呵，好吧！我也不能强迫你，不过我觉得这是个好机会，我做父亲的有对你留意的责任，你若自己错过了，那就不能怨人……据我看那个青年，实在是不可多得的人才，将来至少也有科长的希望……'我被他这一番话说得真觉难堪，我当时一夜不曾合眼，我心里只恨为什么这么倒霉？若果始终要为父母牺牲，我何必念书进学校。只过我六七年前小姐式的生活，早晨睡到十一二点起来，看看不相干的闲书，作两首滥调的诗，满肚皮佳人才子的思想，三从四德的观念，那末父母之命，媒妁之言，我自然遵守，也没有什么苦恼了！现在既然进了学校，有了知识，叫我屈服在这种顽固不化的威势下，怎么办得到！我牺牲一个人不要紧，其奈良心上过不去，你说难不难？……"宗莹说到伤心时，泪珠儿便不断的滴下来，露沙倒弄得没有主意了，只得想法安慰她说："你不用着急，天下没有不爱子女的父母，他绝不忍十分难为你……"

　　宗莹垂泪说："为难的事还多呢！岂止这一件。你知道师旭常常写信给我吗？"露沙诧异道："师旭！是不是那个很胖的青年？"宗莹道："是的……""他头一封信怎么写的？"露沙如此的问，宗莹道："他提出一个问题和我讨论，叫我一定须答复，而且还寄来一篇论文叫我看完交回，这是使我不能不回信的原因。"露沙听完，点头叹道："现在的社交，第一步就是以讨论学问为名，那招牌实在是堂皇得很，等你真真和他讨论学问时，他便再进一层，和你讨论人生问题，从人生问题里便渲染上许多愤慨悲抑的感情话，打动了你，然后恋爱问题就可以应运而生了。……简直是做戏，所幸当局的人总是一往情深，不然岂不味同嚼蜡！"宗莹说："什么事不是如此？……做人只得模糊些罢了。"

　　她们正谈着，玲玉来了，她对她们做出娇痴的样子来，似笑似恼的说："啊哟！两个人像煞有介事……也不理人家。"说着歪着头看她们笑，宗莹说："来！来！……我顶爱你！"一边说，一边走，过来拉着她的手，她就坐在宗莹的旁边，将头靠在她的胸前说："你真爱我吗？……真的吗？"……"怎么不真！"宗莹应着便轻轻在她手上吻了一吻。露沙冷冷地笑道："果然名不虚传，情迷碰到一起就有这么些做作！"玲玉插嘴道："咦！世界上你顶没有爱，一点都不爱人家。"露沙现出很悲凉的形状道："自爱还来不及，说得爱人家吗？"玲玉有些恼了。两颊绯红说："露沙顶忍心，我要哭了！我要哭了！"说着当真眼圈红了，露沙说："得啦！得啦！和你闹着玩呵！……我纵无情，但对于你总是爱的，好不好？"玲玉虽是哈哈地笑，眼泪却随着笑声滚了下来。正好云青找到她们处来，玲玉不容她开口，拉着她就走说："走吧！去吧！露沙一点不爱人家，还是你好，你永永爱我！"云青只迟疑的说："走吗？……真是的！"又回头对她们笑道，"这是怎么回事？……你们不走吗……"宗莹说："你先走好了，我们等等就来。"玲玉走后，宗莹说："玲玉真多情……我那亲戚若果能娶她，真是福气！"露沙道："真的！你那亲戚现在怎么样？你这话已对玲玉说过吗？"宗莹说："我那亲戚不久就从美国回来了，玲玉方面我约略说过，大约很有希望吧！""哦！听说你那亲戚从前曾和另外一个女子订婚，有这事吗？"露沙又接着问，宗莹叹道："可不是吗？现在正在离婚，那边执意不肯，将来麻烦的日子有呢！"露沙说："这恐怕还不成大问题……只是玲玉和你的亲戚有否发生感情的可能，倒是个大问题呢！……听说现在玲玉家里正在介绍一个姓胡的，到底也不知什么结果。"宗莹道："慢慢地再说吧！现在已经下堂了。底下一课文学史，我们去听听吧！"她们就走向讲堂去。

她们四个人先后走到成人的世界去了。从前的无忧无愁的环境，一天一天消失。感情的花，已如荼如火的开着，灿烂温馨的色香，使她们迷恋，使她们尝到甜蜜的爱的滋味，同时使她们了解苦恼的意义。

这一年暑假，露沙回到上海去，玲玉回到苏州去。云青和宗莹仍留在北京，她们临别的末一天晚上，约齐了住在学校里，把两张木床合并起来，预备四个人联床谈心，在傍晚的时候，她们在残阳的余辉下，唱着离别的歌儿道：

> 潭水桃花，故人千里，
> 离歧默默情深悬，
> 两地思量共此心！
> 何时重与联襟？
> 愿化春波送君来去，
> 天涯海角相寻。

歌调苍凉，她们的声音越来越低，直至无声，露沙叹道："十年读书，得来只是烦恼与悲愁，究竟知识误我？我误知识？"云青道："真是无聊！记得我小的时候，看见别人读书，十分羡慕，心想我若能有了知识，不知怎样的快乐，若果知道越有知识，越与世不相容，我就不当读书自苦了。"宗莹说："谁说不是呢？就拿我个人的生活说吧！我幼年的时候，没有兄弟姊妹，父母十分溺爱，也不许进学校，只请了一位老学究，教我读《毛诗》《左传》，闲时学作几首诗。一天也不出门，什么是世界我也不知道，觉得除依赖父母过我无忧无虑的生活外，没有一点别的思想，那时在别人或者看我很可惜，甚至于觉得我很可怜，其实我自己倒一点不觉得。后来我有一个亲戚，时常讲些学校的生活，及各种常识给我听，不知不觉中把我引到烦恼的路上去，从此觉得自己的生活，样样不对不舒服，千方百计和父母要求进学校，进了学校，人生观完全变了。不容于亲戚，不容于父母，一天一天觉得自己孤独，什么悲愁，什么无聊，逐件发明了。……岂不是知识误我吗？"她们三人的谈话，使玲玉受了极深的刺激，呆呆地站在秋千架旁，一语不发，云青无意中望见。因撇了露沙、宗莹走过来，伏在她的肩上说："你怎样了？……有什么不舒服吗？"玲玉仍是默默无言，摇摇头回过脸去，那眼泪便扑簌簌滚了下来，她们三人打断了话头，拉着她到栉沐室里，替她拭干了泪痕，谈些诙谐的话，才渐渐恢复了原状。

　　到了晚上，她们四人睡在床上，不住的讲这样说那样，弄到四点多钟才睡着了。第二天下午露沙和玲玉乘京浦的晚车离开北京，宗莹和云青送到车站，当火车头转动时，玲玉已忍不住呜咽起来，露沙生性古怪，她遇到伤心的时候，总是先笑，笑够了，事情过了，她又慢慢回想着独自垂泪，宗莹虽喜言情，但她却不好哭，云青对于什么事，好像都不足动心的样子，这时对着渐去渐远的露沙玲玉，只是怔怔呆望，直到火车出了正阳门，连影子都不见了，她才微微叹着气回去了。

　　在这分别的期中，云青有一天接到露沙的一封信说：

　　云青：

　　　人间譬如一个荷花缸，人类譬如缸里的小虫，无论怎样聪明，也逃

220

不出人间的束缚，回想临别的那天晚上，我们所说的理想生活——海边修一座精致的房子，我和宗莹开了对海的窗户，写伟大的作品；你和玲玉到临海的村里，教那天真的孩子念书，晚上回来，便在海边的草地上吃饭，谈故事，多少快乐——但是我恐怕这话，永久是理想的呵！你知道宗莹已深陷于爱情的旋涡里，玲玉也有爱剑卿的趋势。虽然这都是她们俩的事，至于我们呢？蔚然对于你陷溺极深，我到上海后，见过他几次，觉得他比从前沉闷多了，每每仰天长叹，好像有无限隐忧似的。我屡次问他，虽不曾明说什么，但对于你的渴慕仍不时流露出来。云青！你究竟怎么对付他呢？你向来是理智胜于感情的，其实这也是她们不到的观察，对于蔚然的诚挚，能始终不为所动吗？况且你对于蔚然的人格曾表示相信，那末你所以拒绝他的，岂另有苦衷吗？……

按说我的为人，在学校里，同学都批评我极冷淡寡情，其实人间的虫子，要想作太上的忘情，只是矫情罢了！不过有的人喜欢用情——即世上所谓的多情——有的不喜欢用情，一旦若是用了，更要比多情的深挚得多呢！我相信你不是无情，只是深情，你说是不是？

你前封信曾问我梓青的事，在事实上我没有和他发生爱情的可能，但爱情是没有条件的。外来的桎梏，正未必能防范得住呢！以后的结果，实不可预料，只看上帝的意旨如何罢了。

露沙

云青接到这封信，受了极大的刺激，用了两天两夜的思维，仍不能决定，她只得打电话叫宗莹来商量，宗莹问她对于蔚然本身有无问题，云青答道："我向来没有和男子们交接，我觉得男子可以相信的很少，至于蔚然的人格，我始终信仰，不过我向来理智强于感情，这事的结果，若是很顺当的，那末倒也没什么，若果我父母以为不应当……或者亲戚们有闲话，那我宁可自苦一辈子，报答他的情义，叫我勉强屈就是做不到的。"

宗莹听完这话，沉想些时说："我想你本身若是没有问题，那末就可以示意蔚然，叫他托人对你父母提出，岂不妥当吗？"云青懒懒道："大约也只有这么办了……唉！真无聊……"她们商量妥当，宗莹也就回去了。

傍晚的时候，兰馨来找云青，谈话之间，便提到露沙。兰馨说："我前几天听见人说，露沙和梓青已发生恋爱了，但梓青已经结婚了，这事将来怎么办呢？"

云青怔怔地看着墙上的风景画出神，歇了半天说："这或者是人们的谣传吧！……我看露沙不至于这么糊涂！"

"咦！你也不要说这话，……固然露沙是极明白，不至于上当，但梓青的婚姻是父母强迫的，本没有爱情可言，他纵对于露沙要求情爱，按真理说并不算大不道，不过社会上一般人，未免要说闲话罢了。……露沙最近有信吗？"

"有信，对于这事，她也曾说过，但她的主张，怕不至于就会随随便便和梓青结婚吧？她向来主张精神生活的，就是将来发生结婚的事情，也总得有相当的机会。"

"其实她近年来，在社会上已很有发展的机会，还是不结婚好，不然埋没了未免可惜……你写信还是劝她努力吧！"

她们正谈着，一阵电话铃响，原来是孤云找兰馨说话，因打断了她们的话头，兰馨接了电话。孤云要约她公园玩去，她于是辞了云青到公园去。

云青等她走后，便独自坐在廊子底下，默默沉思："觉得人生真是有限，像露沙那种看得破的人，也不能自拔？宗莹更不用说了……便是自己也不免宛转因物！"云青正在遐想的时候，只见听差走进来说有客来找老爷，云青因急急回避了，到屋里看了几页书，倦上来就收拾睡下。

第二天早晨。云青才起来，她的父亲就叫她去说话，她走进父亲的书房，只见她父亲皱着眉道："你认得赵蔚然吗？"云青听了这话，顿时心跳血涨，嗫嚅半天说："听见过这人的名字。"她父亲点头道："昨天伊秋先生来，还提起他，我觉得这个人太懦弱了，而且相貌也不魁梧。"一边说着，一边看着云青，云青只是低头无言，后来她父亲又道，"我对于你的希望很大，你应当努力预备些英文，将来有机会，到外国走走才是。"说到这里才慢慢站起来走了。

云青怔怔望着窗外柳丝出神，觉有无限怅惘的情绪，萦绕心田，因到书案前，申纸染毫写信给露沙道：

露沙：

　　前信甫发，接书一慰，因连日心绪无聊，未能即复，抱歉之至！来

222

书以处世多磨，苦海无涯为言，知露沙感喟之深，子固生性豪爽者，读到"雄心壮志早随流水去"之句，令人不忍为设地深思也。"不享物质之幸福，亦不愿受物质之支配。"诚然！但求精神之愉快，闭门读书，固亦云唯一之希望，然岂易言乎？

宗莹与师旭订婚有期矣，闻宗莹因此事，与家庭冲突，曾赔却不少眼泪。究竟何苦来？所谓"有情人都成眷属"亦不过霎时之幻影耳，百年容易，眼见白杨萧萧，荒冢累累，谁能逃此大限？此诚"天下本无事庸人自扰之也"。渠结婚佳期闻在中秋，未知确否，果确，则一时之兴尚望露沙能北来，共与其盛，未知如愿否？

玲玉事仍未能解决，而两方爱情则与日俱增，可怜！有限之精神，怎经如许消磨，玲玉为此事殊苦，不知冥冥之运命将何以处之也！嗟！嗟！造化弄人！

最后一段，欲不言而不得不言，此即蔚然之事，云自幼即受礼教之熏染。及长已成习惯，纵新文化之狂浪，汩没吾顶，亦难洗前此之遗毒，况父母对云又非恶意，云又安忍与抗乎？乃近闻外来传言，又多误会，以为家庭强制，实则云之自身愿为家庭牺牲，何能委责家庭，愿露沙有以正之！至于蔚然处，亦望露沙随时开导，云诚不愿陷人滋深，且愿终始以友谊相重，其他问题都非所愿闻，否则只得从此休矣！

思绪不宁，言失其序，不幸！不幸！不知无常之天道，伊于胡底也，此祝

健康！

云青

云青写完信后，就到姑妈家找表姊妹们谈话去了。

四

露沙由京回到上海以后，和玲玉虽隔得不远，仍是相见苦稀，每天除陪了母亲兄嫂姊妹谈话，就是独坐书斋，看书念诗，这一天十时左右，邮差送信来，一

共有五六封，有一封是梓青的信，内中道：

露沙吾友：

又一星期不接你的信了！我到家以来，只觉无聊，回想前些日子在京时，我到学校去找你，虽没有一次不是相对无言，但精神上已觉有无限的安慰，现在并此而不能，怅惘何极！

上次你的信说，有时想到将来离开了学校生活，而踏进恶浊的社会生活，不禁万事灰心，我现虽未出校，已无事不灰心了！平时有说有笑，只是把灰心的事搁起，什么读书，什么事业，只是于无可奈何中聊以自遣，何尝有真乐趣！——我心的苦，知者无人——然亦未始非不幸中之幸，免得他们更和我格格不入了。

我于无意中得交着你，又无意于短时间中交情深刻这步田地！这是我最满意的事，唉！露沙！这是我们一线的生机！有无上的价值！

说到"人生不幸"，我是以为然而不敢深思的，我们所想望的生活；并不是乌托邦，不可能的生活，都是人生应得的生活；若使我们能够得到应得的生活，虽不能使我们完全满意，聊且满意，于不幸的人生中，我们也就勉强自足了！露沙！我连这一层都不敢想到，更何敢提及根本的"人生不幸"！

你近来身体怎样，务望自重，有工夫多来信吧！

此祝

快乐！

梓青书

露沙接到信后，只感到万种凄伤，把那信翻来覆去，看了无数遍，直到能背诵了，她还是不忍收起——这实在是她的常态，她生平喜思量，每逢接到朋友们的来信，总是这种情形——她闷闷不语，最后竟滴下泪来，本想即刻写回信，恰巧蔚然来找，露沙才勉强拭干眼泪，出来相见。

这时已是黄昏了，西方的艳阳余辉，正射在玻璃窗上，由玻璃窗反折过来，正照在蔚然的脸上，微红而黑的两颊边，似有泪痕，露沙很奇异的问道："现在怎么样？"蔚然凄然说："不知道为什么，这几天心绪恶劣，要想到西湖，或苏州跑一趟，又苦于走不开，人生真是枯燥极了！"露沙只叹了一声，彼此缄默约有五分钟，蔚然才问露沙道："云青有信吗？……我写了三封信去，她都没有回我，不知道怎样，你若写信时，替我问问吧！"露沙说："云青前几天有信来，她曾叫我劝你另外打主意，她恐怕终久叫你失望……她那个人做事十分慎重，很可佩服，不过太把自己牺牲了！……你对她到底怎样呢？"蔚然道："我对于她当然是始终如一，不过这事也并不是勉强得来的，她若不肯，当然作罢，但请她不要以此介介，始终保持从前的友谊好了。"露沙说："是呀！这话我也和她谈过，但是她说为避嫌疑起见，她只得暂时和你疏远，便是书信也拟暂时隔绝，等到你婚事已定后，再和你继续前此友谊……我想云青的心也算苦了。她对于你绝非无情，不过她为了父母的意见，宁可牺牲她的一生幸福……说到这里，我又想起今年春假云青、玲玉、宗莹、莲裳，我们五个人，在天津住着，有一天夜里，正是月色花影，互相厮并，红浪碧波，掩映斗媚，那时候我们坐在日本的神坛的草地上，密谈衷心，也曾提起这话，云青曾说对于你无论如何，终觉抱歉，因为她固执的缘故，不知使你精神上受多少创痕……但是她也绝非木石，所以如此的原因，不愿受人訾议罢了。后来玲玉就说：这也没有什么訾议，现在比不得从前，婚姻自由本是正理，有什么忌讳呢？云青当时似乎很受了感动，就道：'好吧！我现在也不多管了。叫他去进行，能成也罢，不成也罢！我只能顺事之自然，至于最后的奋斗，我没有如此大魄力——而且闹起来，与家庭及个人都觉得说来不好听……'当日我们的谈话虽仅此而止，但她的态度可算得很明了。我想你如果有决心非她不可，你便可稍缓以待时机。"蔚然点头道："暂且不提好了。"

蔚然走后，玲玉恰好从苏州来，邀露沙明天陪她到吴淞去接剑卿去，露沙就留她住在家里，晚饭后闲谈些时，便睡下了，第二天早晨才五点多钟玲玉就从睡中惊醒，悄悄下了床，梳好了头。这时露沙也起来了，她们都收拾好了，已经到六点半，因乘车到火车站，距开车才有十分钟，忙忙买了车票，幸喜车上还有座位，玲玉脸向车窗坐着，早晨艳阳射在她那淡紫色的衣裙上，娇美无比，衬着她那似笑非笑的双靥，好像浓绿丛中的紫罗兰，露沙对她怔怔望着。好像在那里猜谜似的。玲玉回头问道："你想什么？你这种神情，衬着一身雪般的罗衣，直像那宝塔上的女石像呢！"露沙笑道："算了吧！知道你今天兴头十足，何必打趣我

225

呢？"玲玉被露沙说得不好意思了，仍回过头去，佯为不理。

半点钟过去了，火车已停在吴淞车站。她们下了车，到泊船码头打听，那只美国来的船，还有两三个钟头才进口。她们便在海边的长堤上坐下，那堤上长满了碧绿的青草。海涛怒啸，绿浪澎湃，但四面寂寥。除了草底的鸣蛩，抑抑悲歌外，再没有其他的音响和怒浪骇涛相应和了。

两点多钟以后，她们又回到码头上。只见许多接客的人，已挤满了，再往海面一看，远远的一只海船，开着慢车冉冉而来，玲玉叫道："船到了！船到了！"她们往前挤了半天，才站了一个地位，又等半天，那船才拢了岸。鼓掌的欢声，和呼唤的笑声，立刻充溢空际。玲玉只怔怔向船上望着，望来望去终不见剑卿的影子，十分彷徨。只等到许多人都下了船，才见剑卿提着小皮包，急急下船来，玲玉走向前去，轻轻叫道："陈先生！"剑卿忙放下提包，握着玲玉的手道："哦！玲玉！我真快活极了！你几时来的？那一位是你的朋友吗？……"玲玉说："是的！让我给你介绍介绍。"因回过头对她道："这位是陈剑卿先生。"又向陈先生道："这位是露沙女士。"彼此相见过，便到火车站上等车。玲玉问道："陈先生的行李都安置了吗？"剑卿道："已都托付一个朋友了，我们便可一直到上海畅谈竟日呢！"玲玉默默无言，低头含笑，把一块绢帕叠来叠去。露沙只听剑卿缕述欧美的风俗人情。不久到了上海，露沙托故走了，玲玉和剑卿到半淞园去，到了晚上，玲玉仍回到露沙家时，住了一夜，第二天早上就回苏州。

过了几天，玲玉寄来一封信，邀露沙北上，这时候已经是八月的天气，风凉露冷，黄花遍地，她们乘八月初三早车北上。在路上玲玉告诉露沙，这次剑卿向她求婚，已经不能再坚执了。现在已双方求家庭的通过，露沙因问她剑卿离婚的手续已办没有？玲玉说："据剑卿说，已不成问题，因为那个女子已经有信应允他。不过她的家人故意为难，但婚姻本是两方同意的结合，岂容第三者出来勉强，并且那个女子已经到英国留学去了。……不过我总觉得有些对不住那个女子罢了！"露沙沉吟道："你倒没什么对不住她。不过剑卿据什么条件一定要和这女子离婚呢？"玲玉道："因为他们订婚的时候，并不是直接的，其间曾经第三者的介绍，而那个介绍人又不忠实，后来被剑卿知道了，当时气得要死，立刻写信回家，要求家里替他离婚，而他的家庭很顽固，去信责备了他一顿，他想来想去没有办法，只有自己出马，当时写了一封信给那个女子，陈说利害。那个女子倒也

226

明白，很爽快就答应了他，并且写了一封信给她的家人，意思是说，婚姻大事，本应由两个男女，自己做主，父母所不能强逼，现在剑卿既觉得和她不对，当然由他离异，等语，不过她的家人，十分不快，一定不肯把订婚的凭证退还，所以前此剑卿向我求婚，我都不肯答应。……但是这次他再三的哀求，我真无法了，只得答应了他。好在我们都有事业的安慰，对于这些事都可随便。"露沙点头道："人世的祸福正不可定，能游戏人间也来尝不是上策呢？"

玲玉同露沙到北京之后，就在中学里担任些钟点，这时她们已经都毕业了。云青、宗莹、露沙、玲玉都在北京，只有莲裳到天津女学校教书去了。莲裳在天津认识了一个姓张的青年，不久他们便发生了恋爱，在今年十月十号结婚，她们因约齐一同到天津去参与盛典。

莲裳随遇而安的天性，所以无论处什么环境，她都觉得很快活，结婚这一天，她穿着天边彩霞织就的裙衫，披着秋天白云网成的软绡，手里捧着满蓄着爱情的玫瑰花，低眉凝容，站在礼堂的中间。男女来宾有的啧啧赞好，有的批评她的衣饰，只有玲玉、宗莹、云青、露沙四个人，站在莲裳的身旁，默默无言。仿佛莲裳是胜利者的所有品，现在已被胜利者从她们手里夺去一般，从此以后，往事便都不堪回忆！海滨的联袂情影，现在已少了一个。月夜的花魂不能再听见她们五个人一齐的歌声。她们越思量越伤心，露沙更觉不能支持，不到礼完她便悄悄地走了。回到旅馆里伤感了半天，直至玲玉她们回来了，她兀自泪痕不干，到第二天清早便都回到北京了。

从天津回来以后，露沙的态度，再见消沉了。终日闷闷不语，玲玉和云青常常劝她到公园散心去，露沙只是摇头拒绝。人们每提到宗莹，她便泪盈眼帘，凄楚万状！有一天晚上，月色如水，幽景绝胜，云青打电话邀她家里谈话，她勉强打起精神，坐了车子，不到一刻钟就到了。这时云青正在她家土山上一块云母石上坐着，露沙因也上了山，并肩坐在那块长方石上，云青说："今夜月色真好，本打算约玲玉宗莹我们四个人，清谈竟夜，可恨剑卿和师旭把她们俩绊住了不能来——想想朋友真没交头，起初情感浓挚，真是相依为命，到了结果，一个一个都风流云散了，回想往事，只恨多余！怪不得我妹妹常笑我傻。我真是太相信人了！"露沙说："世界上的事情，本来不过尔尔，相信人，结果固然不免孤零之苦，就是不相信人，何尝不是依然感到世界的孤寂呢？总而言之，求安慰于善变化的人类，终是不可靠的，我们还是早些觉悟，求慰于自己吧！"露沙说完不禁心酸，对月怔望，云青也觉得十分凄楚，歇了半天，才叹道："从前玲玉老对我说：同性的爱和异性的爱是没有分别的，那时我曾驳她这话不对，她还气得哭了，现在怎么样呢？"露沙说："何止玲玉如此？便是宗莹最近还有信对我说：'十年以后同退隐于西子湖畔呢！'那一句是可能的话，若果都相信她们的话，我们的后路只有失望而自杀罢了！"

她们直谈到夜深更静，仍不想睡。后来云青的母亲出来招呼她们去睡，她们才勉强进去睡了。

露沙从失望的经验里，得到更孤僻的念头，便是对于最信仰的梓青，也觉淡漠多了。这一天正是星期六，七点多钟的时候，梓青打电话来邀她看电影，她竟拒绝不去，梓青觉得她的态度变得很奇怪。当时没说什么，第二天来了一封信道：

露沙！

我在世界上永远是孤零的呵！人类真正太惨刻了！任我流涸了泪泉；任我粉碎了心肝，也没有一个人肯为我叫一声可怜！更没有人为我洒一滴半滴的同情之泪！便是我向日视为一线的光明，眼见得也是暗淡无光了！唉！露沙！若果你肯明明白白告诉我说："前头没有路了！"那末我决不再向前多走一步，任这一钱不值的躯壳，随万丈飞瀑而去也好；并颓岩而同堕于千仞之深渊也好；到那时我一切顾不得了。就是残苦的人类，打着得胜鼓宣布凯旋，我也只得任他了……唉！心乱不能更续，顺祝

康健！

梓青

露沙看完这封信，心里就像万弩齐发，痛不可忍，伏在枕上呜咽悲哭，一面自恨自己太怯弱了！人世的谜始终打不破，一面又觉得对不住梓青，使他伤感到这步田地，知情交战，苦苦不休，但她天性本富于感情，至于平日故为旷达的主张，只不过一种无可如何的呻吟。到了这种关头，自然仍要为情所胜了，况她生平主张精神的生活，她有一次给莲裳一封信，里头有一段说：

228

"许多聪明人，都劝我说：'以你的地位和能力，在社会上很有发展的机会，为什么作茧自束呢？'这话出于好意者的口里，我当然是感激他，但是一方我却不能不怪他，太不谅人了！……若果人类生活在世界上，只有吃饭穿衣服两件事，那末我早就葬身狂浪怒涛里了，岂有今日？……我觉得宛转因物，为世所称，倒不如行我所适，永垂骂名呢？干枯的世界，除了精神上，不可制止情的慰安外，还有别的可滋生趣吗？……"

露沙的志趣，既然是如此，那末对于梓青十二分恳挚的态度，能不动心吗？当时拭干了泪痕，忙写了一封信，安慰梓青道：

梓青！

　你的信来，使我不忍卒读！我自己已是世界上最不幸的人了！何忍再拉你同入旋涡？所以我几次三番，想使你觉悟，舍了这九死一生的前途，另找生路，谁知你竟误会我的意思，说出那些痛心话来！嚷！我真无以对你呵！

　我也知道世界最可宝贵，就是能彼此谅解的知己，我在世上混了二十余年，不遇见你，固然是遗憾千古，既遇见你，也未尝不是凤孽呢？……其实我生平是讲精神生活的，形迹的关系有无，都不成问题，不过世人太苛毒了！对于我们这种的行径，排斥不遗余力，以为这便是大逆不道，含沙射影，使人难堪，而我们又都是好强的人，谁能忍此？因而我的态度常常若离若即，并非对你信不过，谁知竟使你增无限苦楚。唉！我除向你诚恳的求恕外，还有什么话可说！愿你自己保重吧！何苦自戕过甚呢？祝你

　精神愉快！

露沙

梓青接到信后，又到学校去会露沙，见面时，露沙忽触起前情，不禁心酸，泪水几滴了下来，但怕梓青看见，故意转过脸去，忍了半天，才慢慢抬起头来，梓青见了这种神情，也觉十分凄楚，因此相对默默，一刻钟里一句话也没有。后来还是露沙问道："你才从家里来吗？这几天蔚然有信没有？"梓青答道："我今

天一早就出门找人去了，此刻从于农那里来，蔚然有信给于农，我这里有两三个礼拜没接到他的信了。"露沙又问道："蔚然的信说些什么？"梓青道："听于农说，蔚然前两个星期，接到云青的信，拒绝他的要求后，苦闷到极点了，每天只是拼命的喝酒。醉后必痛哭，事情更是不能做，而他的家里，因为只有他一个独子，很希望早些结婚，因催促他向他方面进行，究竟怎么样还说不定呢！不过他精神的创伤也就够了。……云青那方面，你不能再想法疏通吗？"

"这事真有些难办，云青又何尝不苦痛？但她宁愿眼泪向里流，也绝不肯和父母说一句硬话。至于她的父母又不曾十分了解她，以为她既不提起，自然并不是非蔚然不嫁。那末拿一般的眼光，来衡量蔚然这种没有权术的人，自难入他们的眼，又怎么知道云青对他的人格十分信仰呢？我见这事，蔚然能放下，仍是放下吧！人寿几何？容得多少磨折？"

梓青听见露沙的一席话，点头道："其实云青也太懦弱了！她若肯稍微奋斗一点，这事自可成功……若果她是坚持不肯，我想还是劝蔚然另外想法子吧！不然怎么了呢？"说到这里，便停顿住了。后来梓青又向露沙说："……你的信我还没复你，……都是我对不住你，请你不要再想吧！"说到这里眼圈又红了。露沙说："不必再提了，总之不是冤家不对头！……你明天若有工夫，打电话给我，我们或者出去玩，免得闷着难受。"梓青道："好！我明天打电话给你，现在不早了，我就走吧。"说着站起来走了。露沙送他到门口，又回学校看书去了。

宗莹本来打算在中秋节结婚，因为预备来不及，现在改在年底了。而师旭仿佛是急不可待，每日下午都在宗莹家里直谈到晚上十点，才肯回去，有时和宗莹携手于公园的苍松荫下，有时联舞于北京饭店跳舞场里，早把露沙和云青诸人丢在脑后了。有时遇到，宗莹必缕缕述说某某夫人请宴会，某某先生请看电影，简直忙极了，把昔日所谈的求学著书的话，一概收起。露沙见了她这种情形，更觉格格不入，有时觉得实在忍不住了，因苦笑对宗莹说："我希望你在快乐的时候，不要忘了你的前途吧！"宗莹听了这话，似乎很能感动她。但她确不肯认她自己的行动是改了前态，她必定说："我每天下午还要念两点钟英文呢！"露沙不愿多说，不过对于宗莹的情感，一天淡似一天，从前一刻不离的态度，现在竟弄到两三个星期不见面，纵见了面也是相对默默，甚至于更引起露沙的伤感。

宗莹结婚的上一天晚上，露沙在她家里住下，宗莹自己绣了一对枕头，还差一点不曾完工，露沙本不喜欢作这种琐碎的事，但因为宗莹的原故，努力替她绣了两个玫瑰花瓣。这一夜她们家里的人忙极了，并且还来了许多亲戚，来看她试妆的。露沙嫌烦，一个人坐在她父亲的书房，替她作枕头。后来她父亲走了进来，和她谈话之间，曾叹道："宗莹真没福气呵！我替她找一个很好的丈夫她不要，唉！若果你们学校的人，有和那个姓祝的结婚，真是幸福！不但学问好，而且手腕极灵敏，将来一定可以大阔的。……他待宗莹也不算薄了，谁知宗莹竟看不上他！"露沙不好回答什么，只是含笑唯诺而已。等了些时她父亲出去了，宗莹打发老妈子来请露沙吃饭，露沙放下针线，随老妈子到了堂屋，许多艳装丽服的女客，早都坐在那里，露沙对大家微微点头招呼了，便和宗莹坐在一处。这时宗莹收拾得额覆鬓发，凸凹如水上波纹，耳垂明珰，灿烂与灯光争耀，身上穿着玫瑰紫的缎袍，手上戴着订婚的钻石戒指，锐光四射。露沙对她不住的端详，觉得宗莹变了一个人。从前在学校时，仿佛是水上沙鸥，活泼清爽。今天却像笼里鹦鹉，毫无生气，板板地坐在那里，任人凝视，任人取笑，她只低眉默默，陪着那些钗光鬓影的女客们吃完饭。她母亲来替她把结婚时要穿的礼服，一齐换上。祖宗神位前面点起香烛，铺上一块大红毡子，叫人扶着宗莹向上叩了三个头。后来她的姑母们，又把她父母请出来，宗莹也照样叩了三个头。其余别的亲戚们也都依次拜过。又把她扶到屋里坐着。露沙看了这种情形，好像宗莹明天就是另外一个人了，从前的宗莹已经告一结束，又见她的父母都凄凄悲伤。更禁不住心酸，但人前不好落泪，仍旧独自跑到书房去，痛痛快快流了半天眼泪，后来客人都散了，宗莹来找她去睡觉。她走进屋子，一言不发，忙忙脱了外头衣服，上床脸向里睡。宗莹此时也觉得有些凄惶，也是一言不发的睡下，其实各有各的心事，这一夜何曾睡得着。第二天天才朦胧，露沙回过脸来，看见宗莹已醒，她似醉非醉，似哭非哭的道："宗莹！从此大事定了！"说着涕泪交流，宗莹也觉得从此大事定了的一句话，十分伤心，不免伏枕呜咽。后来还是露沙怕宗莹的母亲忌讳，忙忙劝住宗莹。到七点钟大家全都起来了，忙忙地收拾这个，寻找那个，乱个不休，到十二点钟，迎亲的军乐已经来了，那种悲壮的声调，更搅得人肝肠裂碎，露沙等宗莹都装饰好了，握着她的手说："宗莹！愿你前途如意！我现在回去了，礼堂上没什么意思，我打算不去，等过两天我再来看你吧！"宗莹只低低应了一声，眼圈已经红润了，露沙不敢回头，一直走了。

露沙回到家里，恹恹似病，饮食不进，闷闷睡了两天，有一天早起家里忽来一纸电报，说她母亲病重，叫她即刻回去。露沙拿着电报，又急又怕，全身的血脉，差不多都凝住了，只觉寒战难禁。打算立刻就走，但火车已开过了，只得等第二天的早车，但这一下半天的光阴，真比一年还难挨。盼来盼去，太阳总不离树梢头，再一想这两天一夜的旅程，不独凄寂难当，更怕赶不上与慈母一面，疑怕到这里，心头阵阵酸楚，早知如此，今年就不当北来！

好容易到了黄昏。宗莹和云青都闻信来安慰她，不过人到真正忧伤的时候，安慰决不生效果，并且相形之下，更触起自己的伤心来。

夜深了，她们都回去，露沙独自睡在床上，思前想后，记得她这次离家时，母亲十分不愿意，临走的那天早起，还亲自替她收拾东西，叮嘱她早些回来，——如果有意外之变，将怎样？她越思量越凄楚！整整哭了一夜，第二天早起，匆匆上了火车，莲裳这时也在北京，她到车站送她，莲裳悄然的神情，使露沙陡怀起，距此两年前，那天正是夜月如水的时候，她到莲裳家里，问候她母亲的病，谁知那时她母亲正断了气，莲裳投在她怀里，哀哀的哭道："我从今以后没有母亲了！"呵！那时的凄苦，已足使她泪落声咽。今若不幸，也遭此境遇，将怎么办？觉得自己的身世真是可怜，七岁时死了父亲，全靠阿母保育教养。有缺憾的生命树，才能长成到如今，现在不幸的消息，又临到头上。若果再没有母亲，伶仃的身世，还有什么勇气和生命的阻碍争斗呢？她越想越可怕，禁不住握着莲裳的手，呜咽痛哭。莲裳见景伤情，也不免怀母陪泪，但她还极诚挚的安慰她说："你不要伤心，伯母的病或者等你到家已经好了，也说不定……并且这一路上，你独自一个，更须自己保重，倘若急出病来，岂不更使伯母悬心吗？"露沙这时却不过莲裳的情，遂极力忍住悲声。

后来云青和永诚表妹都来了。露沙见了她们，更不由得伤心，想每回南旋的时候，虽说和她们总不免有惜别的意思，但因抱着极大的希望——依依于阿母肘下，同兄嫂妹妹等围绕于阿母膝前如何的快活？自然便把离愁淡忘了，旅程也不觉凄苦了。但这一次回去，她总觉得前途极可怕，恨不得立时飞到阿母面前。而那可恨的火车，偏偏迟迟不开，等了好久，才听铃响，送客的人纷纷下车，宗莹莲裳她们也都和她握手言别，她更觉自己伶仃得可怜，不免又流下泪来。

在车上只是昏昏恹恹，好容易盼到天黑，又盼天亮，念到阿母病重，就如堕身深渊，浑身起栗，泪落不止。

不久车子到了江边，她独自下了车，只觉浑身疲软，飘飘忽忽上了渡船，在江里时，江风尖利，她的神志略觉清爽，但望着那奔腾的江浪，只觉到自己前途的孤零和惊怕，唉！上帝！若果这时明白指示她母亲已经不在人间了，她一定要借着这海浪缀成的天梯，去寻她母亲去……

过了江上了沪宁车，再有六七个钟头到家了，心里似乎有些希望，但是惊惧的程度，更加甚了，她想她到家时，或者阿母已经不能说话了，她心里要怎样的难受？但她又想上帝或不致如此绝人——病是很平常的事，何至于一病不起呢？

那天的车偏偏又误点了，到上海已经十二点半钟，她急急坐上车奔回家去，离家门不远了，而急迫和犹疑的程度，也逐层加增，只有极力嘘气，使她的呼吸不致壅塞。车子将转弯了，家门可以遥遥望见，母亲所住的屋子，楼窗紧闭，灯火全熄，再一看那两扇黑门上，糊着雪白的丧纸，她这时一惊，只见眼前一黑，便昏晕在车上了，过了五分钟才清醒过来，等不得开门，她已失声痛哭了，等到哥哥出来开门时，麻衣如雪，涕泪交下，她无力的扑在灵前，哀哀唤母，但是桐棺三寸，已隔人天，露沙在灵前哭了一夜，第二天更不支，竟寒热交作卧病一星期，才渐渐好了。

露沙在母亲的灵前守了一个月，每天对着阿母的遗照痛哭，朋友们来函劝慰，更提起她的伤心。她想她自己现在更没牵挂了，把从前朋友们写的信，都从书箱里拿出来，一封封看过，然后点起一把火烧了。觉得眼前空明，心底干净。并且决心任造物的拨弄，对于身体毫不保重，生死的关头，已经打破。有一天夜里她梦见她的母亲来了，仿佛记起她母亲已死，痛哭起来，自己从梦中惊醒，掀开帐子一看星月依稀，四境凄寂，悄悄下了床把电灯燃着，对着母亲的遗照又痛哭了一场。然后含泪写了一封信给梓青道：

梓青！

　　可怜无父之儿复抱丧母之恨，苍天何极，绝人至此——清夜挑灯，血泪沾襟矣！

　　人生朝露，而忧患偏多，自念身世，怆怀无限，阿母死后，益少生趣。沙非敢与造物者抗，特雨后梨花，不禁摧残，后此作何结局，殊不可知耳！

目下丧事已楚，友辈频速北上，沙亦不愿久居此地，盖触景伤情，悲愁益不胜也！梓青来函，责以大义，高谊可感。唯沙经此折磨，灰冷之心，有无复燃之望，实不敢必。此后惟飘泊天涯，消沉以终身，谁复有心与利禄征逐，随世俗浮沉哉，望梓青勿复念我。好自努力可也。

沙已决明旦行矣。申江云树，不堪回首，嗟乎？冥冥天道，安可论哉？……

露沙

露沙写完信后，天已发亮。因把行李略略检楚，她的哥哥妹妹都到车站送她。临行凄凉，较昔更甚，大家洒泪而别。露沙到京时，云青曾到车站接她，并且告诉她，宗莹结婚后不到一个月，便患重病，现在住在医院里，露沙觉得人生真太无聊了！黄金时代已过，现在好像秋后草木，只有飘零罢了！

玲玉这时在上海，来信说半年以内就要结婚，露沙接信后，不像前此对于宗莹、莲裳那种动心了，只是淡淡写了一封贺她成功的信。这时露沙昔日的朋友，一个个都星散了。北京只剩了一个云青和久病的宗莹，至于孤云和兰馨，虽也在北京，但露沙轻易不和她们见面，所以她最近的生活，除了每天到学校里上课外，回来只有昏睡。她这时住在舅舅家里，表妹们看见她这样，都觉得很可忧的。想尽种种方法，来安慰她，不但不能止她的愁，而且每一提起，她更要痛哭。她的表妹知道她和梓青极好，恐怕能安慰她的只是他了，因给梓青写了一封信道：

梓青先生：

我很冒昧给你写信，你一定很奇怪吧？你知道我表姊近来的状况怎样吗？她自从我姑母死后，更比从前沉默了！每天的枕头上的泪痕，总是不干的，我们再三的劝慰，终无益于事，而她的身体本来不好，哪经得起此种的殷忧呢？你是她很好的朋友，能不能想个法子安慰她？我盼望你早些北来，或者可稍杀她的悲怀！

234

我们一家人，都为她担忧，因为她向来对于人世，多抱悲观，今更经此大故，难保没有意外的事情发生。……要说起她，也实在可怜，她自幼所遇见的事，已经很使她感觉世界的冷奇，现在母亲又弃她而去，一个人四海漂泊，再有勇气的人，也不禁要志馁心灰呵！你有方法转移她的人生观吗？盼望得很，再谈吧！此祝

康乐！

露沙的表妹上

露沙这一天早起，觉得头脑十分沉闷，因走到院子里站了半晌，才要到屋里去梳头，听差的忽进来告诉她说，有一个姓朱的来访，她想了半天，不知道是谁，走到客厅，看见一个女子，面上微麻，但神情眼熟得很，好像见过似的，凝视了半天，才骇然问道："你是心悟吗？我们三年多不见了！……你从哪里来？前些日子竹荪有信来，说你去年出天花，很危险，现在都康痊了？"心悟悄然道："人事真不可料，我想不到活到二十几岁，还免不了出这场天灾，我早想写信给你，但我自病后心情灰冷，每逢提笔写信，就要触动我的伤感。人们都以为我病好了，来称贺我！其实能在那时死了，比这样活着强得多呢。"露沙说："灾病是人生难免的，好了自然值得称贺，你为什么说出这种短气的话来？"心悟被露沙这么一问，仿佛受了极大的刺激般，低头哽咽，歇了半天，她才说："我这病已经断送了我梦想的前途，还有什么生趣？"露沙不明白她的意思，只为不过她一时的感触，不愿多说，因用别的话岔开，谈了些江浙的风俗，心悟也就走了。

过了几天，兰馨来谈，忽问露沙说："你知道你那朋友朱心悟已经解除婚约了吗？"露沙惊道："这是怎么一回事？怪道那天她那样情形呢。"兰馨因问什么情形，露沙把当日的谈话告诉她。兰馨叹道："做人真是苦多乐少，像心悟那样好的人，竟落到这步田地？真算可怜！心悟前年和一个青年叫王文义的订婚，两个人感情极好，已经结婚有期，不幸心悟忽然出起天花来，病势十分沉重，直病了四个多月才好。好了之后脸上便落了许多麻点，其实这也算不得什么，偏偏心悟古怪心肠，她说：'男子娶妻，没一个不讲究容貌的，王文义当日再三向她求婚，也不过因爱她的貌，现在貌既残缺，还有什么可说，王文义纵不好意思，提出退婚的话，而他的家人已经有闲话了。与其结婚后使王文义不满意，倒不如先自己退

235

婚呢！'心悟这种主张发表后，她的哥哥曾劝止她，无奈她执意不肯，无法只得照她的话办了。王文义起初也不肯答应，后来经不起家人的劝告，也就答应了。退婚之后心悟虽然达到目的，但从此她便存心逃世，现在她哥哥姊妹们都极力劝她。将来怎么样，还说不定呢？"兰馨说完了，露沙道："怎么年来竟是这些使人伤心的消息呵！心悟从前和我在中学同校时，是个极活泼勇进的人，现在只落得这种结果，唉！前途茫茫，怎能不使人望而生畏！"不久兰馨走了。露沙正要去看心悟，邮差忽送来一封信，是梓青寄的。她拆开看道：

露沙！露沙！

你真忍决心自戕吗？固然世界上的人都是残忍的，但是你要想到被造物所拨弄的，不止你一个人呵，你纵不爱惜自己，也当为那同病的人，稍留余地！你若绝决而去，那同病者岂不更感孤零吗？

露沙！我唯有自恨自伤，没有能力使你减少悲怀，但是你曾应许我作你唯一的知己，那末你到极悲痛的时候，也当为我设想，若果你竟自绝其生路，我的良心当受何种酷责？唉！露沙！在形式上，我固没有资格来把你孤寂的生活，变热闹了。而在精神上，我极诚恳的求你容纳我，把我火热的心魂，伴着你萧条空漠的心田，使她开出灿烂生趣的花，我纵因此而受任何苦楚，都不觉悔的，露沙！你应允我吧！

我到京已两日，但事忙不能立时来会你，明天下午我一定到你家里来，请你不要出去。别的面谈，祝你快活！

梓青

露沙看过信后，不免又伤感了一番，但觉得梓青待她十分诚恳，心里安慰许多，第二天梓青来看她，又劝她好些话，并拉她到公园散步，露沙十分感激他，因对梓青道："我此后的岁月，只是为你而生！"梓青极受感动，一方面觉得露沙引自己为知己，是极荣幸的，但一方面想到那不如意的婚姻，又万感丛集，明知若无这层阻碍，向露沙求婚，一定可操左券，现在竟不能。有一次他曾向露沙微露要和他妻子离婚的意思，露沙凄然劝道："身为女子，已经不幸！若再被人离弃，还有生路吗？况且因为我的缘故，我更何心？所谓我虽不杀伯仁，伯仁由我

236

而死，不但我自己的良心无以自容，就是你也有些过不去，……不过我们相知相谅，到这步田地；申言绝交，自然是矫情。好在我生平主张精神生活，我们虽无形式的结合，而两心相印，已可得到不少安慰。况且我是劫后余灰，绝无心情，因结婚而委身他人，若果天不绝我们，我们能因相爱之故，在人类海里，翻起一堆巨浪，也就足以自豪了！"梓青听了这话，虽极相信露沙是出于真诚，但总觉得是美中不足，仍不免时时怅惘。

过了几个月，蔚然从上海寄来一张红帖，说他已与某女士订婚了，这帖子一共是两张，一张是请她转寄给云青的，云青接到帖子以后，曾作了一首诗贺蔚然道：

> 燕话莺歌，
> 不是赞美春光姣好，
> 是贺你们好事成功了！
> 祝你们前途如花之灿烂！
> 谢你们释了我的重担！

云青自得到蔚然订婚消息后，转比从前觉得安适了，每天努力读书，闲的时候，就陪着母亲谈话，或教弟妹识字，一切的交游都谢绝了，便是露沙也不常见，有时到医院看看宗莹的病，宗莹病后，不但身体孱弱，精神更加萎靡，她曾对露沙说："我病若好了，一定极力行乐，人寿几何？并且像我这场大病，不死也是侥幸！还有什么心和世奋斗呢！"露沙见她这种消沉，只有凄楚，也没什么话可说。

过了半年宗莹病虽好了，但已生了一个小孩子，更不能出来服务了。这时云青全家要回南，云青在北京教书，本可不回去，但因她的弟妹都在外国求学，母亲在家无人侍奉，所以她决计回去。当临走的前一天，露沙约她在公园话别，她们到公园时才七点钟，露沙拣了海棠荫下的一个茶座，邀云青坐下。这时园里游人稀少，晨气清新，一个小女娃，披着满肩柔发，穿着一件洋式水红色的衣服，露出两个雪白的膝盖，沿着荷池，跑来跑去，后来蹲在草地上，采了一大堆狗尾巴草，随身坐在碧绿的草上，低头凝神编玩意，露沙对着她怔怔出神，云青也仰

237

头向天上之行云望着，如此静默了好久，云青才说："今天兰馨原也说来的，怎么还不见到？"露沙说："时候还早，再等些时大概就来了。……我们先谈我们的吧！"云青道："我这次回去以后，不知我们什么时候再见呢。"露沙说："我总希望你暑假后再来！不然你一个人回到偏僻的家乡，固然可以远世虑，但生气未免太消沉了！"云青凄然道："反正做人是消磨岁月，北京的政局如此，学校的生活也是不安定，而且世途多难，我们又不惯与人征逐，倒不如回到乡下，还可以享一点清闲之福。闭门读书也未尝不是人生乐事！"她说到这里，忽然顿住，想了一想又问露沙道："你此后的计划怎样？"露沙道："我想这一年以内，大约还是不离北京，一方面仍理我教员的生涯，一方面还想念点书，一年以后若有机会，打算到瑞士走走；总而言之，我现在是赤条条无牵挂了。作得好呢，无妨继续下去；不好呢，到无路可走的时候，碧玉宫中，就是我的归局了。"云青听了这话，露出很悲凉的神气叹道："真想不到人事变幻到如此地步，两年前我们都是活泼极的小孩子，现在嫁的嫁，走的走，再想一同在海边上游乐，真是做梦，现在莲裳、玲玉、宗莹都已有结果，我们前途茫茫，还不知如何呢？……我大约总是为家庭牺牲了。"露沙插言道："还不致如是吧！你纵有这心，你家人也未必容你如此。"云青道："那倒不成问题，只要我不点头，他们也不能把我怎样。"露沙道："人生行乐罢了，又何必过于自苦！"云青道："我并不是自苦……不过我既已经过一番磨折，对于情爱的路途，已觉可怕，还有什么兴趣再另外作起？……昨天我到叔叔家里，他曾劝我研究佛经，我觉得很好，将来回家乡后，一切交游都把它谢绝，只一心一意读书自娱，至于外面的事，一概不愿闻问。若果你们到南方的时候，有兴来找我，我们便可在堤边垂钓，月下吹箫，享受清雅的乐趣，若有兴致，作些诗歌，不求人知，只图自娱。至于对社会的贡献，也只看机会许我否，一时尚且不能决定。"

她们正谈到这里，兰馨来了，大家又重新入座，兰馨说："我今天早起有些头昏，所以来迟！你们谈些什么？"云青说："反正不过说些牢骚悲抑的话。"兰馨道："本来世界上就没有不牢骚的人，何怪人们爱说牢骚话！……但是我比你们更牢骚呢！你知道吗？我昨天又和孤云生了一大场气。孤云的脾气真可算古怪透了。幸亏是我的性子，能处处俯就她，才能维持这三年半的交谊，若是遇见露沙，恐怕早就和她绝交了！"云青道："你们昨天到底为什么事生气呢？"兰馨叹

238

道："提起来又可笑又可气，昨天我有一个亲戚，从南边来，我请他到馆子吃饭，我就打电话邀孤云来，因为我这亲戚，和孤云家里也有来往，并且孤云上次回南时也曾会过他，所以我就邀她来，谁知她在电话里冷冷地道：'我一个人不高兴跑那末远去。'其实她家住在东城，到西城来也并不远，不过半点钟就到了！——我就说：'那末我来找你一同去吧！'她也就答应了，后来我巴巴从西城跑到东城，陪她一齐来，我待她也就没什么对不住她了。谁知我到了她家，她仍是做出十分不耐烦的样子说：'这怪热的天我真懒出去。'我说：'今天还不大热，好在路并不十分远，一刻就到了。'她听了这话才和我一同走了。到了饭馆，她只低头看她的小说，问她吃什么菜。她皱着眉头道：'随便你们挑吧。'那末我就挑了，吃完饭后，我们约好一齐到公园去。到了公园我们正在谈笑，她忽然板起脸来说：'我不耐烦在这里老坐着，我要回去，你们在这里畅谈吧！'说完就立刻嚷着'洋车！洋车！'我那亲戚看见她这副神气，很不好过，就说：'时候也不早了，我们一齐回去吧。'孤云说：'不必！你们谈得这么高兴，何必也回去呢？'我当时心里十分难过，觉得很对不住我那亲戚，使人家如此的难堪！……一面又觉得我真不值！我自和她交往以来，不知赔却多少小心！在我不过觉得朋友要好，就当全始全终……并且我的脾气，和人好了，就不愿和人坏，她一点不肯谅解我，我想想真是痛心！当时我不好发作，只得忍气吞声，把她招呼上车，别了我那亲戚，回学校去，这一夜我简直不曾睡觉，想起来就觉伤心，"她说到这里，又对露沙说，"我真信你说的话，求人谅解是不容易的事！我为她不知精神受多少痛楚呢！"

云青道："想不到孤云竟怪僻到这步田地！"露沙道："其实这种朋友绝交了也罢！……一个人最难堪的是强不合而为合，你们这种的勉强维持，两方都感苦痛，究竟何苦来？"

兰馨沉思半天道："我从此也要学露沙了！……不管人们怎么样，我只求我心之所适，再不轻易交朋友了。云青走后可谈的人，除了你（向露沙说）也没有别人，我倒要关起门来，求慰安于文字中。与人们交接，真是苦多乐少呢！"云青说："世事本来是如此，无论什么事，想到究竟都是没意思的。"

她们说到这里，看看时候已不早，因一齐到来今雨轩吃饭，饭后云青回家，收拾行装，露沙、兰馨和她约好了，第二天下午三点钟车站见面，也就回去了。

云青走后，露沙更觉得无聊，幸喜这时梓青尚在北京。到苦闷时，或者打电

239

话约他来谈，或者一同出去看电影。这时学校已放了暑假，露沙更闲了，和梓青见面的机会很多，外面好造谣言的人，就说她和梓青不久要结婚，并且说露沙的前途很危险，这话传到露沙耳里，十分不快，因写一封信给梓青说：

梓青！

　　吾辈夙以坦白自勉，结果竟为人所疑，黑白倒置，能无怅怅！其实此未始非我辈自苦，何必过尊重不负责任之人言，使彼喜含毒喷人者，得逞其伎俩，弄其狡狯哉？

　　沙履世未久，而怀惧已深！觉人心险恶，甚于蛇蝎！地球虽大，竟无我辈容身之地，欲求自全，只有去此浊世，同归于极乐世界耳！唉！伤哉！

　　沙连日心绪恶劣，盖人言啧啧；受之难堪！不知梓青亦有所闻否？世途多艰，吾辈将奈何？沙怯懦胜人，何况刺激频仍，脆弱之心房，有不堪更受惊震之忧矣！梓青其何以慰我？临楮凄惶，不尽欲言，顺祝

　　康健！

露沙上

梓青接到信后，除了极力安慰露沙外，亦无法制止人言，过了几个月，梓青因友人之约，将要离开北京，但是他不愿抛下露沙一个人，所以当未曾应招之前，和露沙商量了好几次。露沙最初听见他要走，不免觉得怅怅，当时和梓青默对至半点钟之久，也不曾说出一句话来。后来回到家里，独自沉沉想了一夜，觉得若不叫梓青去，于他将来发展的机会，未免有碍，而且也对不起社会，想到这里，一种激壮之情潮涌于心，第二天梓青来，露沙对他说："你到南边去的事情，你就决定了吧！我觉得这个机会，很可以施展你生平的抱负，……至于我们暂时的分别，很算不了什么！况我们的爱情也当有所寄托，若徒徒相守，不但日久生厌，而且也不是我们的夙心。"梓青听了这话，仍是犹疑不决道："再说吧！能不去我还是不去。"露沙道："你若不去，你就未免太不谅解我了！"说着凄然欲泣，梓青这才说："我去就是了！你不要难受吧！"露沙这才转悲为喜，和他谈些别后怎样消遣，并约年假时梓青到北京来。他们直谈到日暮才别。

240

云青回家以后曾来信告诉露沙，她近来生活十分清静，并且已开始研究佛经了，出世之想较前更甚，将来当买田造庐于山清水秀的地方，侍奉老母，教导弟妹十分快乐。露沙听见这个消息，也很觉得喜慰，不过想到云青所以能达到这种的目的，因为她有母亲，得把全副的心情，都寄托在母亲的爱里，若果也像自己这样飘零的身世，……便怎么样？她想到这里不禁又伤感起来。

有一天露沙正在书房，看《茶花女遗事》，忽接到云青的来信里头附着一篇小说。露沙打开一看，见题目是《消沉的夜》，其内容是：

只见惨绿色的光华，充满着寂寞的小园，西北角的榕树上，宿着啼血的杜鹃，凄凄哀鸣，树荫下坐着个年约二十三四的女郎，凝神仰首。那时正是暮春时节，落花乱瓣，在清光下飞舞，微风吹皱了一池的碧水，那女郎沉默了半晌，忽轻轻叹了一口气，把身上的花瓣轻轻拂拭了，走到池旁，照见自己消瘦的容颜，不觉吃了一惊，暗暗叹道："原来已憔悴到这步田地！"她如悲如怨，倚着池旁的树干出神，迷糊间，仿佛看见一个似曾相识的青年，对她苦笑，似乎说："我赤裸裸的心，已经被你拿去了，现在你竟弄了我！唉！"那女郎这时心里一痛，睁眼一看，原来不是什么青年，只是那两竿翠竹，临风摇摆罢了。

这时月色已到中天，春寒兀自威凌逼人，她便慢慢踱进屋里去了，屋里的月光，一样的清凉如水，她便拥衾睡下，蒙眬之间，只见一个女子，身披白绢，含笑对她招手，她便跟了去，走到一所楼房前，楼下屋窗内，灯光亮极，她细看屋里，有一个青年的女子，背灯而坐，手里正拿着一本书，侧首凝神，好像听她旁边坐着的男子讲什么似的，她看那男子面容极熟，就是那个瘦削身材的青年，她不免将耳头靠在窗上细听，只听那男子说："我早应当告诉你，我和那个女子交情的始末，她行止很端庄，性情很温和，若果不是因为她家庭的固执，我们一定可以结婚了。……不过现在已是过去的事，我述说爱她的事实，你当不致怒我吧！"那青年说到这里，回头望着那女子，只见那女子含笑无言……歇了半晌那女子才说："我倒不怒你向我述说爱她的事实，我只怒你为什么不始终爱她呢？"那青年似露着悲凉的神情说："事实上我固然不

241

能永远爱她，但在我的心象里，却始终没有忘了她呢。"她听到这里，忽然想起那人，便是从前向她求婚的人，他所说女子，就是自己，不觉想起往事，心里不免凄楚。因掩面悲泣，忽见刚才引她来的白衣女郎，又来叫她道："已往的事，悲伤无益，但你要知道许多青年男女的幸福，都被这戴紫金冠的魔鬼剥夺了！你看那不是他又来了！"她忙向那白衣女郎手指的地方看去，果见有一个青面獠牙的恶鬼，戴着金碧辉煌的紫金冠。那金冠上有四个大字是"礼教胜利"。她看到这里，心里一惊就醒了，原来是个梦，而自己正睡在床上，那消沉的夜已经将要完结了，东方已经发出青白色了。

露沙看完云青这篇小说，知道她对蔚然仍未能忘情，不禁为她伤感，闷闷枯坐无心读书，后来兰馨来了，才把这事忘怀，兰馨告诉她年假要回南，问露沙去不去，露沙本和梓青约好，叫梓青年假北来，最近梓青有一封信说他事情太忙，一时放不下，希望露沙南来，因此露沙就答应兰馨，和她一同南去。

到南方后，露沙回家，到父母的坟上祭扫一番，和兄妹盘桓几天，就到苏州看玲玉，玲玉的小家庭收拾得很好，露沙在她家里住了一星期。后来梓青来找她，因又回到上海。

有一天下午露沙和梓青在静安寺路一带散步，梓青对露沙说："我有一件事要和你商量，不知肯答应我不？"露沙说："你先说来再商量好了。"梓青说："我们的事业，正在发轫之始，必要每个同志集全力去做，才有成熟的希望，而我这半年试验的结果，觉得能死心塌地做事的时候很少，这最大的原因，就是因为悬怀于你……所以我想，我们总得想一个解决我们根本问题的方法，然后才能谈到前途的事业。"露沙听了这话，呻吟无言，最后只说了一句："我们从长计议吧！"梓青也不往下说去，不久他们回去了。

过了几个月，云青忽接到露沙一封信道：

云青！

别后音书苦稀，只缘心绪无聊，握管益增怅惘耳，前接来函，借悉云青乡居清适，欣慰无状！沙自客腊南旋，依旧愁怨日多，欢乐时少，盖飘萍无根，正未知来日作何结局也！时晤梓青，亦郁悒不胜，唯沙生性爽宕，明知世路险峻，前途多难，而不甘踯躅歧路，抑郁瘐死。前与梓青计划竟日，幸已得解决之策，今为云青陈之。

曩在京华沙不曾与云青言乎？梓青与沙之情爱，成熟已久，若环境顺适，早赴于飞矣，乃终因世俗之梗，凤愿莫遂！沙与梓青非不能铲除礼教之束缚，树神圣情爱之旗帜，特人类残苛已极，其毒焰足逼人至死！是可惧耳！

日前曾与梓青，同至吾辈昔游之地，碧浪滔滔，风响凄凄，景色犹是，而人事已非，怅望旧游，都作雨后梨花之飘零，不禁酸泪沾襟矣！

吾辈于海滨徘徊竟日，终相得一佳地，左绕白玉之洞，右临清溪之流，中构小屋数间，足为吾辈退休之所，目下已备价购妥，只待鸠工造庐，建成之日，即吾辈努力事业之始。以年来国事蜩螗，固为有心人所同悲，但吾辈则志不在斯，唯欲于此中留一爱情之纪念品，以慰此干枯之人生，如果克成，当携手言旋，同逍遥于海滨精庐，如终失败，则于月光临照之夜，同赴碧流，随三闾大夫游耳。今行有期矣，悠悠之命运，诚难预期，设吾辈卒不归，则当留此庐以飨故人中之失意者。

宗莹、玲玉、莲裳诸友，不另作书，幸云青为我达之。此牍或即沙之绝笔，盖事若不成，沙亦无心更劳楮墨以伤子之心也！临书凄楚，不知所云。诸位珍重不宣！

露沙书

云青接到信后，不知是悲是愁，但觉世界上事情的结局，都极惨淡，那眼泪便不禁夺眶而出。当时就把露沙的信，抄了三份，寄给玲玉、宗莹、莲裳，过了一年，玲玉邀云青到西湖避暑。秋天的时候，她们便绕道，到从前旧游的海滨，果然看见有一所很精致的房子，门额上写着"海滨故人"四个字，不禁触景伤情，想起露沙已一年不通音信了，到底也不知道是成是败，屋迩人远，徒深驰想，若果竟不归来，留下这所房子，任人凭吊，也就太觉多事了！

她们在屋前屋后徘徊了半天，直到海上云雾罩满，天空星光闪烁，才洒泪而归，临去的一霎，云青兀自叹道："海滨故人！也不知何时才赋归来呵！"

象牙戒指

一

盛夏里的天气，烈火般的阳光，扫尽清晨晶莹的露珠，统御着宇宙，一直到黄昏后，这是怎样沉重闷人的时光呵！人们在这种的压迫下，懒洋洋的像是失去了活跃的生命力，尤其午后那更是可怕的蒸闷；马路上躺着的小石块，发出孜孜的响声，和炙人脚心的灼热。

在这个时候，那所小园子里垂了头的蝴蝶兰，和带着醺醉的红色的小玫瑰，都为了那吓人的光和热，露出倦怠的姿态来，只有那些深藏叶蔓中的金银藤，却开得十分茂盛。当一阵夏天的闷风，从那里穿过时，便把那些浓厚的药香，吹进对着园子开着的门里来。

那是一间颇幽静的书斋，因为天热，暂时在南窗下摆了一张湘妃竹的凉榻，每天午饭后，我必在那里休息一个时辰。这一天我才从浴室里出来，将凉榻上的竹夫人摆好，正预备要睡。忽见门房的老杨进来说，外面有一位女士要会我。我连忙脱下浴衣，换了一件白色的长衫，外面的人影已渐渐近了，只听那位来客叫道："露沙在家里吗？"这是很熟悉的腔调，我猜是素文，仰头望窗外一张，果然是她。那非常矮小的身段，正从荼蘼架下穿过来。不错，我想起来了，我因为要详细知道新近死去的朋友沁珠的往事，而她一向都很清楚她，所以我邀她今天来把这段很富有浪漫情趣的故事告诉我。

我们是很不拘泥什么的朋友，她一来就看上了我的凉榻，一倒身便睡在上面，同时还叫道："这天气够多热呀，快些给我一杯冰镇汽水——如果有冰激凌，

244

那就更好了！"我叫张妈从冰箱里拿出两瓶汽水，冰激凌却不曾预备，不过我家离"宾来香"很近，吩咐老杨打了个电话，叫他送来一桶柠檬的。这种安排使得素文格外起劲，她躺在竹榻上微笑着说："这是一种很好的设备，为了那一段惊人的故事，而且也是很合宜的。"

我们把绿色的窗幔垂了下来，使得屋内的光线，变成非常黯淡，同时喝着冰汽水。在一切都觉得适意了，素文从衣襟里的小袋子内取出一个小小的白色的象牙戒指，她一面叹了一口气说："你别看这件不值什么的小玩具，然而它却果曾监禁了一个人的灵魂。"

我看了这个戒指，忽然一个记忆冲上我的脑海，我惊疑的问道："素文，我记得沁珠临死的时候，手上还戴着一只戒指，和这个是颜色一样的，当时给她穿衣服的人曾经说：她要把这只戒指带到棺材里去……但是结果怎么样？我因为有事没等她下棺，就先走了……难道现在的这只戒指，也就是她手上戴的那只吗？"

素文摇头道："不是那一只，不过它们的来处却是相同的。"我觉得这件事真有些浪漫味道，非常想知道前后的因果，便急急追问素文道："这是哪一位送给沁珠的，怎么你也有一只呢？"

"别焦急，"她说："我先简单的告诉你，那戒指本来是一对，是她的一个朋友从香港替她寄来的，当时她觉得这只是很有趣的一件玩物，因此便送了我一只，但是以后发生了突然的事变，她那只戒指便立刻改了本来的性质，变成富有意义的一个纪念品了。"

"这真是富有趣味的一段事实，请你把详细的情节仔细告诉我吧！"

"当然，我不是要告诉你，我今天就不必来了；并且我还希望你能把这件事情写下来，不用什么雕饰，她的一生天然是一首悲艳的诗歌。这就是一种完美的文艺——本来我自己想写，不过你知道，最近我的生活太复杂，一天东跑西颠的，简直就没有拿笔的工夫。再者三四天以后，我还想回南边家里看看……"

"好吧，"我说了："你就把她的历史从头到尾仔细说给我，当然我要尽我的力量把她写下来。"

于是她开始说了，下面便是她的叙述，我没有加多少删改——的确，素文很善于辞令，而沁珠的这一段过去，真也称得起是一首怨艳的诗歌。

在那年暑假后，学校刚刚开学的那天下午，我从寝室里走了出来，看见新旧同学来了不少，觉得很新鲜有趣味，我便同两个同学，名叫杨秀贞和张淑芳的，三个人一同坐在屏门后过道上的椅子上，来来往往的，都是些年轻活泼的同学：有的手里拿着墨水瓶，胁下挟着洋纸本子到课堂去的。有的抱着一大堆音乐谱子，向操场那面音乐教室去的。还有几个捧着足球，拿着球拍子，到运动场去的。正在这个时候，从屏门外来了一个面生的新学生，她穿着一件浅蓝色的麻纱短衫，腰间系了一条元色的绸裙，足上白鞋白袜，态度飘洒，丰神秀丽，但是她似乎有些竭力镇静的不自然的表情。她跟着看门的老头徐升急急地往里走，经过我们面前时，她似乎对我们看了一眼，但是我们是三对眼睛将她瞪视着，她立刻现出非常窘迫的神气，并且非常快的掉转身子，向前去了。

"嘿！你们猜刚走过去的那个新学生，是哪一科的？咱们跟着瞧瞧去吧！"秀贞说着就站了起来。

"好，好，"淑芳也很同意的叫着，当然我也没有反对的理由，于是我们便追着她到了学监办公处，我们如同把守门户的将军，向门两边一站；那位高身材略有几个麻点的学监，抬头看了我们一眼，但是她早已明白这些年轻人的好奇心理，所以她并不问我们什么，只向那个新学生一看，然后问道：

"你是来报到的吗？叫什么名字？"

"是的，我叫张沁珠。"

"进哪一科的？"

"体育科。"

"你今天就搬进来吗？……行李放在哪里？"

"是，我想今天就搬进来，行李先放在号房。"

"你到这边来，把这张单子填起来！"

那个张沁珠应了一声，便向办公桌走去，于是那位学监先生便回过身来，对我们含笑道："你们来，别在那里白站着看热闹……张淑芳，你是住在二十五号不是？我记得你们房里有一个空位子？"

"不错，是有一个，那是国文科程煌的位子，她送她母亲的灵柩回南去了。"

"那末就叫张沁珠补这个空位子，你们替我带她去，好好的照应她，有什么不清楚的事情，你们告诉她，——我就把这件事交给你们了。"学监说完，又转身对张沁珠道：

"你跟她们去吧！"张沁珠答应着退出来，跟着我们上了楼梯。没有走多远，就到了二十五号房的门口，张淑芳把门推开，让沁珠进去。沁珠看见这屋子是长方形的，两旁整整齐齐摆了四张木床，靠窗户右边那一架空着；其余那三架都铺着一色的白被单，上面放着洋式的大枕头，有的上面绣着英文字，有的是十字布挑成的玫瑰花。

"请坐吧，张姊姊！"淑芳向沁珠招呼，同时又向我说道，"素文，请你下去叫老王到门房把张姊姊的行李送到这里来。"

我便邀着秀贞同去，我们两人一同走，一面谈话。秀贞说："素文，你觉得张沁珠怎样？"

我说："长的也没有什么特别漂亮，只是她那一对似蹙非蹙的眉毛，和一对好像老含着泪水的眼睛，怪招人喜欢的，是不是？"

"对了！我也是这样说，不过我更爱她的风度，真是有一股俏皮劲。"

我们谈着已来到号房，老王正在那里闭着眼睛打盹呢！我们大声一嚷，把他吓得跳了起来，揉着眼睛问道："你们找哪一位？"

秀贞和我都不禁笑道："你还在做梦吧，我们找谁！——就是找你！"

老王这时已经认出我们来，说道："原来是杨小姐和王小姐呵。"

"对了，你把新来张沁珠小姐的行李，扛到楼上二十五号去，快点！"我们交代完，就先跑回来了。不久老王就扛着行李进来了，他累得发喘，沿着褐黑色的两颊流了两道汗水，他将行李放在地上，并将铺盖卷的绳子打开，站起来道："小姐们还有什么事吗？"

"没事了，你去吧！"秀贞性急的叫着。淑芳含笑点头道：

"你怎么还是这个脾气，"同时叫道，"老王慢着，你把这蚊帐给挂上。"老王爬上床去挂帐子，只见秀贞把鼻子向上耸了耸，两个深黑而活泼的眼球向四围一扫，憨态十分，惹得我们都大笑起来。沁珠走过去握着她的手道："你真有意思！"淑芳接言道："张姐姐，你不知道她是我们一级里的有名的小皮猴。"

"别瞎说了！"秀贞叫道，"张姐姐，你不用听淑芳姐的话，她是我们级里出名贤惠的薛宝钗。"

沁珠笑道："你们竟玩起这一套来，那末谁是林黛玉呢？"

淑芳和秀贞都指着我笑道："这不是呢？"我自然给她们一个滑稽的鬼脸看。大家笑着，已把沁珠的东西整理好。于是我们就一同下楼去参观全校的布置。我们先绕着走廊走了一周，那一排的屋子，全是学生自修室和寝室，没有什么看头。出了走廊的小门，便是一块广阔的空场，那里设备着浪木、秋千、篮球架子，和种种的运动器具。在广场的对面就是一间雄伟庄严的大礼堂，四面都装着玻璃窗，由窗子外可以看见里面一排排的椅子和庄严的讲台。再看四面的墙上挂着许多名人哲士的肖像，正中那面悬着一块白地金字的大匾额，写的是"忠信笃敬"四个隶字：这是本校的校训。穿过礼堂的廊子，另外有一个月亮门，那是通学校园的路，里面砌着三角形的，梅花式的，半月形的种种花池，种着各式的花草。围着学校园有一道很宽的走廊，漆着碧绿的颜色，非常清雅。我们在校园玩了很久，才去看讲堂，——那是位置在操场的前面，一座新盖的大楼房，上下共分十二个讲堂。我们先到体育科去，后来又到国文科去。它们的形式大约相同。没有什么意思，我们没有多耽搁，就离开这里。越过一个空院子，看见一个八角形的门，沿着门攀了碧绿的爬墙虎。我们走进去，只见里面另有一种幽雅清静的趣味。不但花草长得格外茂盛，还有几十根珍奇的翠竹，原来这是学校特设的病人疗养院。在竹子后面有五间洁净的病房，还有一位神气很和蔼的女看护，沁珠最喜欢这个地方。离竹屏不远有一座荼蘼架。这时，花已开残，只有绿森森的叶子，偶尔还缀着一两朵残花。在花架旁边，放着一张椅子，我们就在这里坐了很久。自然，那时我们比现在更天真。我们谈到鬼，谈到神仙，有时也谈到爱情小说。不过我们都太没有经验，无论谈到哪一种问题，都好像云朵走过天空，永远不留什么痕迹，等到我们听见吃饭的钟声响了，才离开这里到饭厅去。那是一间极大的厅堂，在寝室后面。里面摆了五十张八仙桌，每桌上八个人，我们四个人找了靠窗边的桌子坐下，等了一会，又来了四个不很熟识的同学。我们沉默着把饭吃完，便各自分散了。

　　晚上自修的时间，我去看沁珠，她正在低头默想，桌上放着两封信，一封是寄到她家里去的。还有一封写着："西安公寓五号伍念秋先生。"

　　我走进去时，她似乎没有想到，抬头见了我时，她"呵"了一声，说道："是你呀！我还以为是学监先生呢！"

　　我便问她："为什么不高兴？"她听了这话，眼圈有点发红，简直要哭了，我便拉她出来说："今晚还没有正式上自修课。我们出去走走，没有什么关系。"

她点点头，把信放在抽屉里，便同我出来了。那夜月色很好，天气又不凉不热。我们便信步走到疗养院的小花园里去。景致更比白天好了；清皎的月光，把翠竹的影子照在墙上，那竹影随着夜风轻轻的摆动，使人疑画疑真；至于那些疏疏密密的花草，也依样的被月光映出活泼鲜明的影子，在那园子的地上。

我们坐在白天坐过的那张长椅子上，沁珠像是很不快活，她默默的望着多星点的苍空，叹了一口气。

我也不由得心里起了一阵莫名其妙的惆怅，后来忽听沁珠低吟道："故园东望路漫漫！"

"沁珠，你大约是害了思乡病吧？"我禁不住这样问她。她点点头并不回答什么，但是晶莹的泪点从她眼角滚落到衣襟上了。我连忙握住她的手安慰道："沁珠，你不要想家，这只不过是暂时的别离，三四个月后就放年假，到那时候你便可以回家快活去了。"

沁珠叹息道："你不知道我的情形——我并不是离不开家，不过你知道我的父亲太老了。……在我将要离开他的头一天，我们全聚在我母亲房里谈话，他用悲凉的眼睛望着我叹息道：'我年纪老了，脱下今天的鞋，不知明天还穿得上不？！'的确，我父亲是老了。他已经七十三岁，头发全落净，胸前一部二尺长的胡须完全白了，白得像银子般。我每逢看见他，心里就不免发紧，我知道这可怕的一天，不会很久就必定要来的。但是素文，你应得知道，他是我们家里唯一的光明，倘使有一天这个光明失掉了，我们的家庭便要被黑暗愁苦所包围……"她说到这里，稍微停了一停，我便接着问道："你家里还有些什么人？"

"我还有母亲，哥哥，嫂嫂，侄女儿。"

"哥哥多大年纪了？"

"今年三十二岁。"

"那不是已经可以代替你父亲来担负家庭的责任吗？"

"唉！事实不是那样简单。你猜你母亲今年多大年纪？……我想你一定料不到她今年才四十八岁吧！我父亲比她足足大了二十五岁，这不是相差得太多吗？不过我母亲是续弦，我的嫡母前二十年患肺病死了，她留下了我的哥哥，你知道，世界上难做的就是继母。虽然我母亲待他也和我一样，但是他们之间的一种必然的隔阂，是很难打破的。所以家庭间时常有不可说的暗愁笼罩着。至于嫂嫂呢，关系又更差着一层，所以平常对于我母亲的关切，也只是面子事。有时也有些小冲突，不免使我母亲伤心。不过有父亲周旋其间，同时又有我在身旁，给她些安慰，总算还过得很好。现在呢，我是离她这样远，父亲又是那样大的年纪，真像是将要焚尽的绿蜡……"

沁珠的声音有些哽咽了。她面色惨白，映着那清冷的月光，仿佛一朵经雨的惨白梨花，我由不得将手放在她的肩上，——虽然我个子年龄都还比她小，可是我竟像姊姊般抚慰着她。沉默了很久，她又接着说道：

"当时我听了我父亲所说的话，同时又想到家里的情形，我便决意打消到北京来求学的念头。我说：'父亲！让我在家伴着你吧；北京我不愿意去了。'父亲听了我这话，虽然他的嘴唇不住的掣动，但他到底镇定了，一时悲感，他含着慈悲的笑容说道：'唉！珠儿你不要灰心！古人说过：先意承志，才是大孝。我一生辛苦读了些书，虽然没有得到什么大功名，然也就不容易。现在我老了，很盼望后代子孙中有能继我的遗志的，你哥哥呢，他比你大，又是个男孩，当然我应当厚望他。不过他天生对于学问无缘。——而你虽然是个女孩，难得你自小喜欢读书，而且对于文学也很有兴趣，所以我便决心好好的栽培你。去年你中学毕业时，我就想着叫你到北京去升学。而你母亲觉得你太年轻不放心，也就没有提起。现在难得你自己有这个志愿，你想我多么高兴？！……至于我虽然老了，但精神还很健旺，一时不会就有什么变故的，你可以放心前去。只要你努力用功，我就喜欢了。'

"父亲说了这些话，我也没话可答。只有心下感激老人家对我的仁慈。不过我却掩不住我悲酸的眼泪。父亲似乎不忍心看我，他老人家站起来，走到窗前，看看天色，太阳离下山还有些时候，他便转身对我说：'我今天打算到后山看看，珠儿同我去吧！''怎么又要到后山去吗？'我母亲焦急的说，'你的身子这两天才健旺些，我瞧还是歇歇吧！不必去了，免得回头心里又不痛快！并且珠儿就要走，她的事情也多。''唉！'我父亲叹息了一声说，'我正是因为珠儿就要走，所以叫她看看放心，我们去了就来。我决不会不痛快，人生自古谁无死，况且我已经活到七十多岁了，还有什么不足？'我父亲说话的时候，两眼射出奕奕的光芒，仿佛已窥到死的神奇了。

"我母亲见拦不住他，便默默的扶了我侄女蕙儿，回到自己屋里去了，不用说，她自然又是悄悄的去垂泪。我同父亲上了竹轿，这时太阳已从树梢头移开，西方的山上，横亘着五色的霞彩，美丽娇俏的山花，在残阳影里轻轻的点头。我们两顶竹轿在山腰里停下来，我扶着他向那栽有松柏树的坟园里去。晚凉的微风从花丛里带来了馥郁的野花香，拂着老人胸前那部银须。同时听见松涛激壮的响着，如同海上的悲歌。

"没有多少时候，我们已走近坟园的园墙外了。只见那石门的广额，新刻着几个半红色的隶字：'张氏佳城'。那正是他老人家的亲笔。我们站在那里，差不多两分钟的光景。我父亲在注视那几个字以后，转身向我说：'这几个字写得软了，可是我不愿意求别人写；我觉得一个人能在他活着的时候，安安详详为自己安排身后事，那种心情是值得珍贵的。——生与死是一个绝大的关头，但能顺从自然，不因生喜，不为死惧，便可算得达人了。……并且珠儿你看这一带的山势，峰峦幽秀，远远望过去一股氤氲的瑞气，真可算全山最奇特的地方，这便是我百年后的归宿地；……听说石圹已经砌好了，我们过去看看。'

"他老人家说着站了起来。我们慢慢的走向石圹边去，只见那圹纵横一丈多，里面全用一色水磨砖砌成的，很整齐，圹前一个石龟，驮着一块一丈高的石碑，只是还不曾刻上碑文。石碑前面安放着石头的长方形的祭桌，和几张圆形的石凳。我父亲坐在正中的那张圆椅上，望着对山沉默无言。我独自又绕着石圹看了一周，心里陡然觉得惊怕起来，仿佛那石圹里有一股幽暗的黑烟浮荡着，许多幽灵都在低低的叹息。——它们藏在生与死的界碑后面，在偷窥那位坐在石凳上，年迈颤抖的老人的身体，恰像风中的白色曼陀罗花，不久就要低垂着头，和世界的一切分别了。咳！死，是怎样的残苛的名词呵！'我不禁小声的咒诅着。父亲的眼光射到我这边来。

"这时日色渐渐迈过后山的顶峰，沉到地平线下面去了，剩下些光影的余辉，淡淡的漾在浅蓝色的天空里，成群的蝙蝠开始飞出屋隙的巢窠，向灰暗色的帷幕下盘旋。分投四野觅食的群鸟，也都回林休息了。山林里的坟园，在这灰暗的光色下，更是鬼影憧憧。我胆怯的扶着父亲，找到歇在山腰的轿夫，一同乘轿回来。

"第二天早晨，我便同我父亲的学生伍念秋结伴坐火车走了。可是深镂心头种种的伤痕，至今不能平复。今夜写完家信，我想家的心更切了。唉！素文！人生真太没意思呵！"

我听了沁珠的一段悲凉的述说，当然是同情她，不过！露沙！你知道我也是一个苦命的孩子。我的家乡远在贵州，虽然父母都没有了，可是还有一个比我小的兄弟，现在正不知道怎样。我想到这里，眼泪也不由流了下来。我同沁珠互相倚靠着哭了一场，那时夜色已深，月影已到中天了。同学们早已睡熟，我们两人有些胆怯，才穿过幽深的树影，回到寝室去——这便是我同沁珠订交的起头。

二

在学校开学一个月以后，我同沁珠的交情也更深切了。她近来似乎已经习惯了学校的生活，想家的情感似乎也淡些。我同她虽不同科，但是我们的教室，是在一层楼上，所以我们很有亲近的机会，每逢下课后，我们便在教室外面的宽大的走廊上散步，或者唱歌。

素文说到这里，恰好"宾来香"的伙计送冰激凌来，于是我们便围在圆形的小藤桌旁，尽量的吃起来。素文一连吃了三碗，她才笑着叫道："好，这才舒服啦！咱们坐下慢慢的再谈。"我们在藤椅上坐下，于是她继续着说道：

露沙，的确学校的生活，实在是富有生机的，当然我们在学校的时候，谁都不觉得，现在回想起来，真感到过去的甜蜜。我记得每天早晨，那个老听差的敲着有规律的起身钟时，每个寝室里便发出种种不同的声音来。有的伸懒腰打哈欠，有的叫道："某人，昨晚我梦见我妈妈了，她给我做了一件极漂亮的大衣！"有的说："我昨夜听见某人在梦里说情话。"于是同寝室的人都问她说什么，那个人便高声唱道："哥哥我爱你！"这一来哄然的笑声，冲破了一切。便连窗前柳树上麻雀的叫嚣声也都压下去了。这里的确是女儿的黄金世界。等到下了楼，到栉沐室去，那就更有趣味了。在那末一间非常长，甬道形的房屋里，充满着一层似雾似烟的水蒸气，把玻璃窗都蒙得模模糊糊看不清楚。走进去只闻到一股喷人鼻子的香粉花露的气息。一个个的女孩，对着一面菱花镜装扮着。那一种少女的娇艳，和温柔的姿态，真是别有风味。沁珠她的梳妆台，正和我的连着，我们两人每天都为了这醉人的空气相视而笑。有时沁珠头也不梳，只是站在那里出神。有时她悄悄站在同学的身后，看人家对着镜子梳头，她在后面向人点头微笑。

有一天我们从栉沐室出来，已经过了早饭的时间，我们只得先到讲堂去，预备上完课再吃点心。正走到过道的时候，碰见秀贞从另一面来了，她满面含笑的说：

"沁珠姊！多乐呵，伦理学先生请假了。"

"是真的吗？"沁珠怀疑的问道，"上礼拜他不就没来上课吗？怎么又请假？"

"哎呀！什么伦理学，那些道德论我真听腻了，他今天不来那算造化，沁珠姊怎么倒像有点失望呢？"

沁珠摇头道："我并不是失望，但是他也太爱请假了。拿着我们的光阴任意糟蹋！"

"那不算稀罕，那个教手工的小脚王呢？她虽不告假，可是一样的糟蹋我们的时光。你瞧她那副尊容，和那喃喃不清的语声，我只要上了她的课，就要头疼。"

沁珠听了秀贞形容王先生，不禁也笑了。她又问我道："你们有她的课吗？"

我说："有一点钟……我也不想上她的课呢！"

"你们什么时候有她的课？"秀贞说。

"今天下午。"我说。

"不用上吧，我们下午一同到公园去看菊花不好吗？"沁珠很同意，一定邀我同去。我说："好吧，现在我还有功课，下午再见吧！"我们分手以后，沁珠和秀贞也到讲堂看书去了。

午饭后，我们同到学监室去请假，借口参观图书展览会，这是个很正大的题目，所以学监一点不留难的准了我们的假。我们高高兴兴的出了校门，奔公园去。这时正是初秋的天气，太阳发出金色的光辉，天庭如同明净的玉盘，树梢头微微有秋风穿过，沙沙的响着。我们正走着，忽听秀贞失惊的"呀"了一声，好像遇到什么意外了。我们都不觉一怔，再看她时，脸上红红的，低着头一直往前走。淑芳禁不住追上去问道：

"小鬼头你又耍什么花枪呢？趁早告诉我们，不然咱们没完！"我同沁珠也紧走了两步，说道："你们两人办什么交涉呢？"

淑芳道："你们问秀贞，她看见了什么宝贝？"

"呸！别瞎说你的吧！哪里来的什么宝贝？！"秀贞含羞说。

"那末你为什么忽然失惊打怪的叫起来？"淑芳不服气的追问她，秀贞只是低着头不响。沁珠对淑芳笑道："饶了她吧，淑芳姊！你瞧那小样儿够多么可怜！"

淑芳说："要不是沁珠姊的面子，我才不饶你呢！你们不知道，别看她平常傻子似的，那都是装着玩。她的心眼不少呢！上一次也是我们一齐上公园去，走到后面松树林子里，看见一个十八九岁的青年，背着脸坐着，她就批评人家说：'这个人独自坐在这里发痴，不知在想什么心事呢。'我们也不知道她认识这个人，我们正在你一言我一语的谈论人家呢，忽见那个人站了起来，向我们这边含笑的走来。我们正不明白他什么意思，只听秀贞咯咯的笑道：'快点，我们走吧！'正在这个时候，那个青年人已走到我们面前了。他恭恭敬敬的向秀贞鞠了一个很有礼貌的躬，说道：

"'秀贞表妹，好久不见了！这几位是贵同学吧？请到这边坐坐好不好？'秀贞让人家一招呼，她低着头红了脸，一声也不哼，叫人家多么窘呵！还是我可怜他，连忙答道：'我们前面还有朋友等着，不坐了。'……今天大概又是碰见那位表兄了吧！"

秀贞被淑芳说得不好意思，便头里跑了。当我们走到公园门口时，她已经把票买好，我们进了公园，便一直奔社稷坛去。那时来看菊花的人很不少，在马路上，往来不绝的走着。我们来到大殿的石阶时，只见里面已挤满了人。在大殿的中央，堆着一座菊花山。各种各色的菊花，都标着红色纸条，上面写着花名。有的含苞未放，有的半舒眼钩，有的低垂粉头，有的迎风作态，真是无美不备。同时在大殿的两壁上，悬着许多菊花的名画，有几幅画得十分生动，仿佛真的一样。我们正看得出神，只见人丛里挤过一个二十多岁的青年来，他梳着时髦的分头，方正的前额，下面分列着一双翠森森的浓眉，一对深沉多思的俊目，射出锐利的光彩来。他走到沁珠的面前招呼道：

"密司张，许久不见了，近来好吗？"

沁珠陡然听见有人叫她，不觉惊诧，但是看见是她父亲的学生伍念秋时，便渐渐恢复了原状答道：

"一切托福，密司特伍，都好吧，几时来的？"

"多谢……我今天一清早就来了，先在松林旁菊花畦那里徘徊了一阵，又看

254

了看黄仲则的诗集，不知不觉天已正午，就在前面吃了些点心，又到这里来看菊花山；不想这么巧，竟遇见密司张了。……这几位是贵同学吗？"

沁珠点点头，同时又替我们介绍了。后来我们要离开大殿时，忽听伍念秋问沁珠道："密司张，我昨天寄到贵校的一封信，你收到了吗？"

"没有收到，你是什么时候寄的？"沁珠问他。他沉吟了一下说道："昨天下午寄的，大约今天晚上才可以收到吧！"

伍念秋送我们到了社稷坛的前面，他便告辞仍回到大殿去。我们在公园里吃了点心，太阳已下沉了，沁珠提议回去，秀贞微微一笑道："我知道沁珠姊干吗这么急着回去。"淑芳接口道："只有你聪明，难道我还不知道吗？"我看她们打趣沁珠，我不知道沁珠对于伍念秋究竟有没有感情，所以我只偷眼望着沁珠，只见她颊上浮着两朵红云，眼睛里放出一种柔媚含情的光彩，鲜红的嘴唇上浮着甜蜜的笑容，这正是少女钟情时的表现。

到学校时，沁珠邀我陪她去拿信，我们走到信箱那里，果见有沁珠的两封信，一封由她家里来的，一封正是伍念秋寄给她的。沁珠拿着信说道："我们到礼堂去吧，那里有电灯。"我们一同来到礼堂，在头一排的凳子上坐下。沁珠先将家信拆开看过，从她安慰的面容上，可以猜到她家里的平安。她将家信放进衣袋，然后把伍念秋给她的信，小心的拆看。只见里面装着两张淡绿色的花笺，展开花笺，那上面印着几个深绿色的宋体字是："惟有梅花知此恨，相逢月底恰无言。"旁边另印着一行小字是："念秋用笺"。仅仅这张信笺已深深的刺激了少女幽怀的情感。沁珠这时眼睛里射出一种稀有的光彩，两朵红云偷上双颊。她似乎怕我觉察出她的秘密，故意装作冷静的神气，一面自言自语的道："不知有什么事情？"这明明是很勉强的措辞，我只装作不曾听见，独自跑到后面去看苏格拉底和亚里斯多德的肖像。然而我老实说我的眼波一直在注意着她。没有多少时候，她将信看完了。默然踌躇了一番，不知什么缘故，她竟决心叫我来看她的信。她含笑说："你看他写的信！……"我连忙走过去，从她手里把信接过来只见上面写道：

沁珠女士：

　　记得我们分别的那一天，正是夏蝉拖着喑哑的残声，在柳梢头作最后的呻吟。经过御河桥时，河里的水芙蓉也是残妆暗淡。……现在呢？

255

庭前的老桂树，满缀了金黄的星点，东篱的菊花，各着冷艳的秋装，挺立风前露下。宇宙间的一切，都随时序而变更了。人类的心弦，当然也弹出不同的音调。

我独自住在旅馆里，对于这种冷清环境，尤觉异样的寂寞。很想到贵校邀女士一谈，又恐贵校功课繁忙，或不得暇。因此不敢造次！

说到作旧诗，我也是初学，不敢教你，不过我极希望同你共同研究，几时光临，我当煮香茗，扫花径恭迓，怎样？我在这里深深的盼望着呢！

念秋

"这倒是一封很俏皮的情书呢！"我打趣的对沁珠说，她没有响，只用劲捏着我的手腕一笑。但是我准知道：她的心在急速的跳跃，有一朵从来没有开过的花，现在从她天真的童心中含着娇羞开放了。她现在的表情怎样与从前不同呀！似乎永远关闭的空园里，忽然长满了美丽的花朵。皎洁的月光，同时也笼罩着她们，一切都赋有新生命。我将信交还她时，我忽然想起一个朋友写的一首诗，正合乎现在沁珠的心情，我说：

"沁珠！让我念一首诗你听——"

我不说爱是怎样神秘，
你只看我的双睛，
燃有热情火花的美丽；
你只看我的香唇，
浮漾着玫瑰般的甜蜜；
这便是一切的惊奇！

她听了含羞的笑道："这是你作的吗？描写得真对！"我说："你现在正在'爱'，当然能了解这首诗的妙处，而照我看来，只是一首诗罢了。"我们沿着礼堂外面的回廊散着步，她的脚步是那样的轻盈，她的心情正像一朵飘荡的云，我知她正幻想着绚丽的前途。但是我不知道她"爱"到什么程度，很愿知道他和

256

她相识的经过，我便问她。她并不曾拒绝，说道：

"也许我现在是在'爱'，不过这故事却是很平凡。伍——他是我父亲的学生，在家乡时我并没有会过他，不过这一次我到北京来，父亲不放心，就托他照应我，——因为他也正要走这条路，——我们同坐在一辆车子里。当那些同车的旅客们，漠然的让这火车将他们载了前去，什么都不管的打着盹，我是怎样无聊呵！正在这时候，忽听火车汽笛发出困倦的哀嘶，车便停住了。我往窗外一看，见站台上的地名正是娘子关。这是一个大站头，有半点钟的耽搁，所以那些蜷伏在车位里的旅客，都趁机会下车活动去了。那时伍他走来邀我下去散散步。我当然很愿意，因为在车上坐得太久，身体都有些发麻了。我们一同下了车，就在那一带垂柳的下面走着。车站的四围都是稻田，麦子地，这些麦子有的已经结了穗，露出嫩黄的颜色，衬着碧绿的麦叶，非常美丽。较远的地方，便是高低参差的山峰，和陡险的关隘，我们一面看着这些景致，一面谈着话。这些话自然都是很平淡的，不过从这次谈话以后，我们比较熟多了。后来到了北京，我住在一个旅馆里，他天天都来照应我，所以我们的交情便一天一天增加了，不过到现在止，还只是一个很普通的朋友……"

"事实虽然还是个起头，不过我替你算命，不久你们都要沉入爱河的。"我这样猜度她，她也觉得这话有几分合理，在晚饭的钟声响时，我们便离开这里了。

三

在一个秋天的下午，西安公寓的五号房间的玻璃窗上，正闪动着一道霞光。那霞光正照着书案上一只淡绿色的玉瓶里的三朵红色的玫瑰花，案前的椅子上，坐了一个二十五六岁的青年，在披阅一本唐诗。隔壁房间的钟声，正敲了四下。那个青年有些焦躁的站了起来，自言自语的道："四点钟了，怎么还不来？"他走到房门口，掀着布门帘向外张着。但是院子里静悄悄的一个人影都没有。同院住的三个大学生都各自锁了房门出去了。——今天是星期六，又是一个很美丽的秋天，自然他们都要出去追寻快乐。他显得很无聊的放下帘子，仍旧坐在案前的藤椅上。翻了两页书，还是没意思。只得点上一根三炮台吸着，隔壁嘀嗒嘀嗒的钟摆声，特别响得分明，这更使他焦灼。五点钟打过了，他所渴望的人儿还不曾来。当他打算打电话去问时，忽听见院子里皮鞋响，一个女人的声音叫道：

"伍先生在家吗？"

"哦，在家，密司张请进来坐吧！"

这是沁珠第一次去拜访伍念秋，当然他们的谈话是比较的平淡。不过沁珠回来对我讲，他们今天谈得很对劲，她说当她看见伍念秋在看唐诗，于是她便和他谈论到"诗"的问题，她对伍念秋说："密司特伍，近来作诗吗？……我很欢喜旧诗，虽然现在提倡新文学的人，都说旧诗太重形式，没有灵魂，是一种死的文学。但我却不尽以为然，古人的作品里，也尽多出自'自然'的。像李太白苏东坡他们的作品，不但有情趣有思想，而遣词造句也都非常美丽活跃，何尝尽是死文学？并且我绝对不承认文学有新旧的畛域，只要含有文学组成要素的便算是文学，没有的便不宜称为文学。至于各式各种用以表现的形式的问题，自然可随时代而变迁的。"

"伍，他很赞同我的意见，自然他回答我的话，有些不免过于褒扬。他说：'女士的议论真是透辟极了，可以说已窥到文学的三昧。'

"我们这样说着，混过了两个钟头。那时房里的光线渐渐暗下来，我觉得应当走了，而茶房刚好走进来问道：'伍先生不开饭吗？'我连忙说，我要告辞了，现在已经快七点了。伍他似乎很失望的，他说：'今天是星期六，稍晚些回去，也没有什么关系的；就在这里吃了晚饭去，我知道现在已过了贵校开饭的时间。'他这样说着竟不等我的同意，便对茶房道：'你开两份客饭，再添几样可口的菜来。'茶房应声走了。我见他这样诚意，便不好再说什么，只好重新坐下。一阵穿过纱窗的晚风，挟了玫瑰的清香，我不觉注意到他案头所摆的那些花。我走近桌旁将玉瓶举近胸口嗅了嗅，我说：'这花真美！——尤其是插在这个瓶子里。'伍听了连忙笑道：'敬以奉赠，如何？'

"'哦，你自己摆着吧，夺人之爱未免太自私了！'我这样回答。他说：'不，我虽然很爱这几朵花，但是这含义太简单，还是送给你的好——回头走的时候，你连瓶子一齐带走吧！'

"我不愿意再说什么，只淡淡的答道：'回头再说吧！'可是伍他不时偷眼向我看，我知道他正在揣摩我的心思。不久晚饭开进来了，我在一张铺着报纸的方桌前坐下，伍他从斑竹的书架上取出一瓶法国带来的红酒，和两个刻花的白色的玻璃杯，他斟了一杯放在我的面前，然后自己也斟上，他看着我笑道：

"'这是一杯充满艺术风味的酒，爱好艺术的人当满饮一杯！'

"这酒的确太好看了，鲜红浓醇，装在那样小巧的玻璃杯里，真是红白分明，我不禁喜得跳了起来道：

"'呵，这才是美酒！在一点一滴中，都似乎泛溢着梦幻的美丽，多谢！密司特伍。'我端在唇边尝了一口。'呵！又是这般醉人的甜蜜！'我不禁赞叹着。但是我的酒量有限，平常虽是喜闹酒，实在是喝不了多少。今天因为这酒又甜又好看，我不免多喝了两口。只觉一股热潮由心头冲到脸上来，两颊好像火般烧了起来，四肢觉得软弱无力。我便斜靠在藤椅上，伍他也喝了不少，不过他没有醉。他替我剥了一个橘子，站在我的身旁，一瓣瓣的往我口里送，唉！他的眼里充满着异样的光波，他低声的叫我'沁珠'，他说：'你觉得怎样？'我说：'有些醉了，但是不要紧！'他后来叫茶房打了一盆滚热的洗脸水，替我绞了手巾把。我洗过脸之后，又喝了一杯浓茶，觉得神志清楚些了。我便站起来道：'现在可不能再耽搁了，我须得立刻回学校去。'

"'好吧，但是我们几时再见呢？'他问。

"'几时呵？'我踌躇着道，'你说吧！'

"他想了想说：'最好就是明天吧！……你看这样美丽的天气，不是我们年轻人最好的日子吗？……我们明天一早，趁宿露未全干时，我们到郊外的颐和园去，在那种环境里，是富有诗意的，我们可以流连一天，随便看看昆明湖的绿漪清波，或谈谈文艺都好……'

"我被他这些话打动了游兴，便答应他：'可以去。'我们并约定八点以前，他来学校和我同去。我便回去了。

"到学校的时候，已经八点半了，我走到自修室里，只有一个姓衰的同学，她在那里写家信，其余的同学多半都去睡了。自然明日是假期，谁也不肯多用功。平常到了这种日子，我心里总觉得怅怅的不好过，因为同学多半都回家省亲去，而我独自一个冷清清留在这里，是多么无聊！倘使你和秀贞都在学校还好，而秀贞她这里有家，她每星期必回去。你呢，又有什么同乡接出去玩，剩我一个人落了单，我只有独自坐在院子里望着天上的行云，想象我久隔的家庭，和年迈的父母。唉！我常常都是流着眼泪度过这对于我毫无好处的假期。——有时候我看见你们那末欢喜的，由栉沐室出来，手里拖着包袱往外走，我真是忌妒得心里冒出火来，仿佛你们故意打趣我！"

"但是，现在你可不用忌妒我们了？"我打断了她的话，她微微的笑道："有时我想家，还要忌妒你们。不过我现在也有朋友了。倘使在你们得意扬扬的走过我面前时，我也会做出骄傲的面孔来抵制你们的。"

"你们第二天到颐和园去，一定很有意思，是不是？"我向沁珠这样追问。她说："我从伍那里回来的那夜，我心里是有无限的热望，人生还是有趣味的。并且那夜的月色非常晶莹，我走到楼上去睡时，月儿的光波正照在我床上，我将脸贴着枕头，非常舒适的睡了。第二天我六点钟就起来了，我先到栉沐室洗过头发。院子里的阳光正晒在秋千架的柱子上，我披散着未干的头发坐在秋千板上，轻轻的荡着。微风吹着我的散发，如游丝般在阳光里闪亮。有几只云雀飞过秋千架的顶巅落在垂枝的柳树上，嘹亮的唱着。早晨的空气带了些青草的清香，我的精神是怎样的爽快呵！不久头发已晒干了。我就回到栉沐室，松松的盘了一个 S 髻。装扮齐整，我举着轻快的脚步走出了栉沐室，迎面正碰见同班的李文澜，她才从温暖的被里出来，头发纷乱的披在头上，两只眼睛似睁非睁的，一副娇嫩的表情，使人明白她是才从惆怅的梦里醒来。她最近和我很谈得来。——你知道她有时是真与众不同，在她青春的脸上，表现着少女的幽默。她见了我便站住说道："沁珠，你今天显得特别美丽……我想绝不是秋天的冷风打动了你的心？！告诉我，近来你藏着什么惊奇的秘密！'

"'哦，一切还是一样的平凡单调，没有一点变动。——不过秋天的天气太诱惑人了，它使我们动了游兴，今天邀了几个朋友出城去玩，你呢，不打算出去吗？'

"'我吗？一直就没有想到这一层。今天天气倒是不坏，太阳似乎特别灿烂，风也不大：这样的时光，正是青年人追寻快乐的日子，不是吗？……不过我是一个例外，似乎这样太好的天气，只有长日睡着做梦的好。'文澜说着笑了一笑又说道，'祝你今天快乐，再会吧！'她匆匆的到栉沐室去了。我一直瞧着她的背影不禁暗暗点头叹道：'这个家伙真有点特别！'文澜的举动言谈，似乎都含着一种锐利的刺激性，常常为了她的一半言语，引起我许多的幻想，今天她这句话，显然又使我受了暗示。我不到自修室去，信步跑到操场，心头似乎压着一块重铅，怅惘的情调将我整个的包围住。

"'张沁珠小姐，有人找。'似乎徐升的声音。我来到前院的回廊里，果见徐升站在那里张望，我问道：'是叫我吗？'他点头道：'是伍先生来看你。'我到房里拿了小皮包去会他。在八点钟的时候，我们已来在西直门的马路上了。早晨的郊外，空气特别清冷，麦田里的宿露未干，昨夜似乎还下了霜，一层薄薄的白色结晶铺在有些黄了的绿草上。对面吹来的风，已含了些锋利的味道。至于马路两旁的垂丝柳，也都大半凋零了。在闪动的光线下，露出寒伧的颤抖。那远些地方的坟园里，白杨树发出嚓嚓喳喳的声响，仿佛无数的幽灵在合唱。在这种又冷艳，又辽阔的旅途中，我们的心是各自荡漾着不可名说的热情。

"不久便到了颐和园。我们进门，看见小小的土坡上，开着黄色小朵的野菊。狗尾巴草如同一个简鄙的樵夫，追随着有点野性的牧羊女儿，夹杂在黄花丛里，不住向它们点头致敬。我们上了小土山，爬过一个不很高的山峰，便看见那碧波激滟的昆明湖了。据说这湖是由天下第一泉的水汇集而成的。比一切的水都莹洁。我们下了山，沿着湖边走去。的确，那水是特别清澄，好像从透明的玻璃中窥物。——那些铺在湖底平滑的青苔，柔软光滑，同电灯光下的丝绒毯一样的美丽可爱。还有各种的水草，在微风扇动湖水时，它们也轻轻的舞了起来。不少的游鱼在水草缝里钻出钻进，这真是非常富有自然美的环境。我们一时不忍离去，便在湖边捡了一块干净的石头坐下，我们的影子逼清的倒映水面。当我瞥见时，脑子里浮起了许多的幻想，我不禁叹息说：'唉！这里是怎样醉人的境地呵！倘使能够长久如此便好了，……但是怎么能够呢？

"'事在人为，'伍他这样说，'上帝制造了世界，不但给人们苦恼，同时也给人们快乐的。'

"'那末快乐以后就要继之以苦恼了，或者说有了苦恼，然后才有快乐。果然如此，人间将永无美满，对吗？'我这样回答他。伍似乎也有些被我的话所打击，当他低头凝想，在水中的影子里，我看见他眼里怅惘的光波，但是后来他是那样的答复我，他说：

"'快乐和苦恼有时似乎是循环的，即所谓乐极生悲的道理。不过也有例外，只要我们一直的追求快乐，自然就不会苦恼了。'

"'但是人间的事情是概不由人的呵！也许你不信命运，不过我觉得人类的一生，的确被运命所支配呢！比如在无量众生之中，我们竟认识了。这也不能说不

是运命，至于我们认识之后怎么样呢？这也由不了我们自己，只有看运命之神的高兴了。你觉得我这话不对吗？'

"伍他真被我的议论所震吓了。他不能再说一句话来反驳我。只是仰面对着如洗的苍空，嘘了一口长气。——我们彼此沉默着，暗暗的卜我们未来的命运。

"这时离我们约三丈外的疏林后面，有几个人影在移动，他们穿过藤花架，渐渐走近了。原来是一个男人两个女人，那个男人大约二十四五岁，穿了一套淡咖啡色的洋服，手里提着一只照相匣，从他的举止态度上说，他还是一个时髦的，但缺乏经验的青年。那两个女人，年纪还轻，都不过二十上下吧，也一律是女学生式的装束，在淡素之中，藏着俏皮，并且她们走路谈话的神气，更是表现着学生们独具的大方与活泼。两人手里都拿着箫笛一类的中国乐器。在她们充满血色的皮肤上，泛着微微的笑容，她们低声谈着话，从我们面前走过。但是我们看见他们在注意我们，这使我们莫名其妙的着了忙，只好低了头避开她们探究的目光。那三个人在湖边站了几分钟，就折向右面的回廊去，我们依然坐在这里继续的谈着。

"'沁珠！'伍他用柔和的声音喊着我的名字。

"'什么？'我说。

"'我常想象一种富有诗意的生活——有这么一天，我能同一个了解我的异性朋友，在一所幽雅的房子里同住着，每天读读诗歌，和其他的文艺作品。有时高兴谁也可以尽量写出来：互相品评研究。——就这样过了一生，你说我的想象终久只是想象吗？'伍说。

"'也许有实现的可能吧！因为这不见得是太困难的企图，是不是？'我说。

"伍微微的笑了笑。

"一阵笛声从山坡后面吹过来，水波似乎都被这声浪所震动了。它们轻轻的拍着湖岸的石头，发出潺潺的声响。这个声音，打断了我们的谈话。大约经过一刻钟笛声才停住了，远远看见适才走过的那三个年轻人的影子，转过后山向石船那边走去。时间已过午了。我们都有些饿，找了一个小馆子吃了一顿简单的饭。我们又沿着昆明湖绕了大半个圈子，雇了一只小划子在湖里荡了很久，太阳已经落在山巅上了，湖里的水被夕阳照成绛红的、浅紫的、橙黄的各种耀眼的颜色。我们将划子开到小码头上，下了船仍沿着湖堤走出园去。我们的车子回到城里时，已经六点半了。伍还要邀我到西长安街去吃晚饭，我觉得倦了，便辞了他回学校来……"

"这可以说是沁珠浪漫史的开始。"素文述说到这里，加了这么一句话，同时她拿起一个鲜红的苹果，大口的嚼着。

"有了开始当然还有下文了。"我说。

"自然，你等等，我歇歇再说。"素文将苹果核丢在痰盂里，才又继续说下去。

四

四点钟以后，各科的功课都完了。那些用功的同学，都到图书馆和自修室去用功。但有一部分的同学，她们懒洋洋的坐在绿栏杆上，每人身上披了一条绒线的围巾，晒着太阳，款款的谈着。最近，她们得了一个新题目就是研究"恋爱"。在她们之中有一位叫常秀卿的同学，新近和一个某大学的教授来往得非常亲近。每日下课以后，总有电话来邀她出去，常常很晚才回学校。本来学校的规矩，九点钟就关上大门，可是学生会觉得这种办法太腐化，因派代表和学校当局交涉。那位学监先生，虽然天生的古板性子，不过现在的学校，学生是主体，办事人只不过管管老婆子底下人，学生小姐是惹不起的。——所以学监先生虽然满心大不以为然，也只有放在心里罢了，嘴里可不能不答应小姐们的要求！在大门的左边，又开了一个小门，另派看门的守着，非到十二点钟不许关门，因此她们进进出出非常方便。

这一天，绿栏杆上，照例又有三四个人在那里晒太阳闲谈。远远看见常秀卿从栉沐室里出来，头发烫成水波纹的样式，盖着一个圆圆的脑袋，脸上擦着香粉胭脂，好像才开的桃花，身上披了一件秋天穿的驼绒绛色的呢大氅，嘴里哼着曲子，从她们面前走过。

"喂！老常！几时请我们吃糖呵？"文科的小李笑着问，——原来这是一个典故。因为有一次有一个同学，她和人订婚时，曾带回几盒子巧克力糖，分给大家吃，从此以后"吃糖"便成了订婚的代名词了。

常秀卿听见小李这样问她，向她耸耸肩说道："快啦，快啦，你们等着吧！"她说完便到外面去了。小李似乎有些牢骚，她叹了一口气道："哪天我也找个爱人玩玩，你看她那股劲！"

"那是，人家有了爱人，心是充实的，你呢？"小张接着说。

"唉，算了吧，要想找爱人，那还不容易？只要小姐高兴，立刻就围上一大堆，不过我还没那末大工夫应酬他们。"

"得了，别不害羞吧，你们满嘴里胡论些什么？真是年头变了，一个千金小姐，专要说野话！"那位胖子杜大姐接言了。

"大姐，你别恼！你说我们不害羞吗？我瞧并不是那末回事，还是大姐没找到落，所以拿我们出气吧！"小李说。

"小李，那算你没猜透，人家大姐怎么没落，昨天我才看见一个留着小胡子的军官来找她……大姐，那是谁呵！"小张含笑向着杜大姐说。

杜大姐啐了一口道："那是我的侄儿，你们真没得说了，胡扯胡拉的。"

"哦，原来那是大姐的侄儿呵！那末我给你介绍一个侄儿媳妇吧！"小张说。

"那倒好，我这个侄儿今年二十四岁，还没有订婚呢。……你打算介绍哪一个呢？"

"哪一个你猜吧！咱们这一堆里就有人崇拜英雄，非是军官老爷看不上。"小张说着不住用眼看着小李笑。——小李年纪虽只有二十岁，可是个子长得很高，她有一次说，你瞧我这个身量，除了军官，跟别人走在一块真不像样。所以小张今天才和她开玩笑。小李红着脸过来，揪住小张骂道："烂舌头的丫头，你再乱说！"一面骂着，一面用手搔她的胁下，小张一面挣扎，一面求饶道："好姐姐，饶了我吧！再也不说你啦。"杜大姐见小张哀求得可怜，便道"瞧我吧！"一面把小李拉了过来，替她理着乱蓬蓬的短发道："来，让姐姐给你梳梳头。"小张只是看着小李笑。小李又要跑过来搔她，正好沁珠走过来说道："你们闹什么呢？"

"你来得不巧，她们的花样多着呢，可惜你没看见！"杜大姐说。

"什么事呢？大姐告诉我吧！"沁珠央求着说。

小张连忙跑过来插嘴道："大姐先别告诉她，你先问问她那件事，看她怎么说，她要好好的告诉咱们，自然咱们也告诉她，不然咱们也不说。"

沁珠听了这话，有些含羞，微笑着道："你瞧小张不是疯了吗？我又有什么短处，让你们拿着把柄了吗？"

"那是，有点，你别装正经人吧！你告诉我们那天和你在颐和园的那人是

264

谁？——倒是一个怪漂亮的人物，称得起小白脸，你说吧，那是谁？"小张歪着脑袋看着沁珠问。

"怎么，你也上颐和园去了吗？我为什么没看见你呢？"沁珠怀疑着问。

"那就不用管啦，我没去，我就不许有耳报神了吗？你不用'王顾左右而言他'。你，直截了当的说吧！那位小白脸到底是谁？"小张紧接着追问，沁珠被她逼得没法道：

"谁？不过朋友罢了！这年头谁没有几个朋友呢？"

"朋友吗，还待考，我瞧世界上就没那末特别的朋友。"小张故意挑衅的说。小李接着道："沁珠姊，你别那末不开通，这个年头有了爱人是体面，你没瞧见常秀卿吗？她每次和她的爱人出去玩，回来总要向我们描述一大篇。而你却偏藏头露尾！"沁珠"咳"了一声道："你们真是有点神经病吧，怎么越说越不像话，真的，我不骗你们，那个人只是我新交的一个朋友罢了！"

"好吧，就算是朋友，那也没什么关系，因为朋友正是爱人的预备军，沁珠你说是不是？"沁珠听了小李的话，不觉心里一动，她想小李的话，也许是真的。近来她脑子里，满是伍念秋的印象。不论伍念秋的一举一动一言一笑，似乎都能使她的心弦起异样的变化。当时她只笑了笑，说道："我还有事呢，不同你们瞎说了！"

"你要走吗？那不成，告诉我们，他姓什么？"小张拦住沁珠说。沁珠还不曾答言，杜大姐过来，把小张拉开了，她对沁珠道："沁珠走吧，不用理这两个小无赖！"沁珠笑着去找我。那时我正在操场打着网球，只听有人喊我。回头一看正是沁珠，她说："素文！一下午你到什么地方去了？我到你课堂，自修室，都找遍了，也没找到你，难道你一直在操场里吗？"

"不，"我说，"下课后我洗了一个澡，后来碰见小袁，她要打球，我就同她到操场来了！你呢？干些什么事，伍来过没有？"

"没来，他今天出城去看朋友，没有工夫来……我因为找你不见，正好碰见小张、小李和杜大姐，在绿栏杆上坐着谈天，我也和她们鬼混了一阵。"

"她们说些什么呢？"我问。

"那还有什么新鲜题目，总不过'恋爱'问题罢了。"

"听见常秀卿要订婚的消息吗？"

"她们倒没提到这一层，但有一件事我真觉得奇怪。我同伍到颐和园去，小李她们怎么会知道呢？"

"哦，你那天在颐和园碰见什么人没有？"

"那天园里游人很少，我只碰见两个年轻的女学生同着一个男学生。"

"那就是了，你知道那个男学生就是小张的哥哥，他也认得你，一定是他对小张说的。"

"奇怪啦，小张的哥哥怎么认得我呢？"

"怎么不认识你，上次我们在南海公园，不是遇见他们一次吗？"沁珠听了这话，低头思量半天，果然想起来是有这么回事，说道："我说呢……原来是她说的，那就是了！……你们的 game 完了吗？"

"快啦！你稍微等一等，两分钟准完。"

"我们上哪儿去呢？"我向沁珠说，当我打完球的时候。

"我今天有许多话要和你谈，我们出去吃饭好不好？"我说："也好吧，但是上哪儿去呢？"我们商量了半天，最后决定到"西吉庆"去。那里没有什么人，说话方便。我将球拍子放在自修室里。同沁珠到学监室写了请假条，便奔"西吉庆"去。那时候已经快六点了，我们叫了两份大菜，一面吃一面谈话。

沁珠正吃着一块炸桂鱼，忽然间她将刀叉放下，叹了一口气道："素文，你瞧我该怎么办？"

"什么事情呢？"我问。

"就是关于伍的问题呵……他曾经向我表示，但我是没有经验的，你看我多难呵！"

"表示了？到底怎么表示的呢？"

"前天我不是一早就出去了吗？……我们又出城了，但不是到颐和园……"

"那末是到西山去了？"我接着问。

"对了，你怎么一猜就着。"沁珠这样问我。

"自然，西山是很好谈恋爱的环境，地方既美，游人又少，你们坐什么车子去的。"

"早晨是坐公共汽车去的，晚上坐洋车回来的。"

"伍对你说些什么？"

"起初我们谈些不关紧要的问题，后来我们两人上了碧云寺的石阶，那里有一所小园子，非常幽静，我们就在一块石头上坐下。伍陡然握住我的手，他的脸色像彩霞一般红，两眼里似乎含着泪，他颤抖的声音，使我惊诧。我低了头不敢向他看，只听见他低声叫道：'珠妹！'这是他对我第一次这样亲昵的称呼，你想我将怎样的惊吓？我并不答应她，但是他又说了：'唉！亲爱的珠妹！在这个世界上，你是唯一使我受苦的人！'

　　"我连忙问道：'这话怎么讲？我并没有做什么事情呵！'伍将我的手握得更紧了，并且他还不住的发抖。唉，素文，当时我简直要哭出来了。我说：'你到底有什么话？直截了当的说吧！'伍又叹了一口气道：'珠妹——聪明的珠妹，我告诉你，我是世界上第一个恨人，我的命运太坏，我今年整整活了二十五岁，但是我没有得到一天的幸福，你想我多么可怜？'伍这些话我真不明白是什么意思。我说：'你为什么不自己去追求幸福呢？'伍连忙问我道：'倘使我追求幸福，你能允许我吗？'我说：'这话不对，怎么我会有权力不许你追求幸福呢？'"

　　"'唉，珠妹！不是这个话，你知道世界之上，只有你能赐给我幸福呵！'

　　"素文，你想他这话不是明明一步紧上一步吗？其实呢，我对于他也不能说没有感情。不过我年纪还太轻，我不敢就同人讲爱情。并且我的父亲年纪老了，将来母亲的责任是要我负的。我不愿意这么早提到婚姻问题，我便对伍说道：'你的意思我现在明白了，不过我觉得只要我们彼此了解，互相勉励，互相安慰，也就可以很幸福的，不是吗？'

　　"'是呵，我希望的就是我们终身相勉励相安慰的生活……'

　　"我一听这话，知道他是故意不放松人，我就又解释说：'我们永远做个道义的朋友吧！'伍自然有些失望，不过他也没再说什么。后来又有人走上来了，我们就离开碧云寺，逛了罗汉堂就雇洋车进城了。……昨天我又接到他的一封信，他发了满纸的牢骚。我还没回他的信，你说我该怎么办？"我听完沁珠这一段故事，觉得这真是个不大容易对付的题目。沁珠现在虽是不大愿意对伍表示什么，但是我准知道，她已经陷到情网里去了。在这种情形下，我再不容易出什么主意，我踌躇了很久才答道：

　　"据我想，你们两人一只脚已经陷入了情海了，至于那一只脚，应当抽回呢，还是应当也随着下去，我看就任其自然吧，如果要勉强怎么做，那只都是招来苦恼的。"

"那末回信怎么写呢？"沁珠说。

"你就含含糊糊的对付他，看他以后的态度怎样再说。总之他倘是真心爱你，当然还有表示……"

沁珠赞成我的提议，于是这个问题暂时就算告了一个段落，我们也就离开"西吉庆"回学校去了。

五

从这一次谈话以后，正碰到学校里大考，我和沁珠彼此都忙着预备功课，竟有一个星期没在一处谈话，有时在讲堂的甬道上遇见，也只点点头匆匆的各自走开。一个星期的大考过去了，我把讲义书本稍微理了一理，心里似乎宽松了，便想去找沁珠出去玩玩。我先到她的讲堂去找她，没有遇到。只见文澜坐在那里发呆，我跑过去招呼她，她含笑说："你是来看沁珠不是？她老早就出去了。唉！'感情'两个字真够害人的！沁珠这两天差不多天天出去，昨天回来以后，不知为什么，伏在桌子上大哭起来。晚上也不曾吃饭。我问她，她也不肯说，本来想去找你，碰巧你也不在学校里，后来打了熄灯铃，她才上楼去睡……"我听文澜的一段报告，心里也是猜疑，但是我想大约总是她和伍之间的纠葛，等她回来时再问她吧！我辞了文澜独自回到自修室，接到我家乡的来信，说我兄弟很想出来念书，但是家里的古董买卖，近来也不赚钱，经费没有着落。而我呢，也在求学时代，更是没有办法，心里只有烦闷的份，书也看不下去。一个人跑到院子里，站在干枯的海棠树下发怔。忽见沁珠满面愁容的从外面进来。我一见了她，不禁冲口喊道："沁珠，你这几天究竟到什么地方去了？找你也找不着！"沁珠点头叫我道："你来，素文！……"我便走到她面前说："什么事？"她说："我们到后面操场上去谈吧！"我们彼此沉默着，经过一道回廊，和讲堂的穿堂门，便到了操场。那时候因为学校正在假期中，所以同学们多半都回家，只有少数的人住在学校里，况且又是冬天，操场上一个人都没有。我同沁珠就在淡弱的太阳光波下面，慢慢散着步，同时沁珠向我叙述她这几天以内的经过。她说：

"那天我和你谈完话以后，我回去便给伍写了一封回信，大意是说：他的痛苦我很愿意帮他解除，我愿意和他做一个很亲近的朋友。这封信寄出去之后过了两天，他自己又到学校来看我，并且说有要紧的话和我谈，叫我即刻到他公寓里去。那天我正考伦理，下午倒没有功课。我叫他先回去，等我考完就去找他。唉！素文，那时我心里是多么不安呵！我猜想了许多可怕的现象，使我自己几乎不能挣扎，胡乱把伦理考完，就跑到公寓去。我进了伍的屋子，只见他面色惨白，两只眼怔怔的看着我，似乎有什么严重的消息，就要从他颤抖着的唇边发出来，而他自己也像吃不住似的。我受了这种暗示，心里更加紧张了，连问的勇气也没有了。沉默了许久之后，伍忽然走近我的身旁，扶着我的膝盖跪下去，将灼热的头放在我的手上，一股泪水打湿了我的手背。我发抖的问道：'呵，怎样？……'我说不下去了，泪液哽住我的咽喉。后来伍抬起他那挂着泪珠而苍白的脸说道：'沁珠！倘使有一天你知道了我的秘密以后，你还爱我吗？……或者你将对我含着鄙视的冷笑走开呢？……不过沁珠，我敢对天发誓，在不曾遇见你之前，我不曾爱过任何人，如同现在爱你一样。……我从前是没有灵魂的行尸走肉，而你是给我灵魂的恩人，我离了你，便立刻要恢复僵尸般的生活。沁珠呵！请你告诉我，——你现在爱我，将来还要爱我，以至于永久你都在爱我吧！……'唉！素文，我不能描出我当时所受的刺激怎样深！我的心又恐惧又辛酸，我用我的牙齿啃着那被震吓失去知觉的唇，以至于出了血。我是什么话都说不出来，我的心更紧张紊乱了。简单的语言表达不出我的意思，我们互相哭泣着。——为了莫明其妙的悲哀，我们尽量流出我们心泉中的眼泪，这是怎样一个难解的围困呵！直到同院的大学生从外面回来，他们那橐橐的皮鞋声，才把我们救出了重围。并且门外还有听差的声音说：'伍先生在家吗？有一个姓张的来看你。'我就趁这个机会向伍告别回学校来，伍送我到大门口，并约定明天下午两点钟到中央公园会面。

　　"第二天我照约定的时间到了中央公园。在松树后面的河畔找到伍。今天他的态度比较镇静多了。我们沿着河畔走了几步，河里的坚冰冒出一股刺人肌肤的冷气来，使我们不敢久留。我们连忙走进'来今雨轩'的大厅里，那地方有火炉，我们就在大厅旁一个小单间里坐下。要了两杯可可茶，和一碟南瓜子。茶房出去以后，我们就把门关上。伍坐近我的身旁，低声问道：

'昨天回去好吗？'

"我没有回答他，只苦笑着叹了一口气。伍看了我这种样子，像是非常受感动。握紧了我的手道：'珠，好妹妹！我苦了你，对不住你呵！'他眼圈发了红。我那时几乎又要落下泪来，极力的忍住，装作喝茶，把那只被伍握着的手挣了出来。一面站起来，隔着玻璃窗看外面的冬景，过了几分钟以后，我被激动的情潮平息了，才又回身坐在那张长沙发椅上。思量了很久，我才决心向伍问道：'念秋，你究竟有什么秘密呢？希望你坦白的告诉我！'

"'当然，我不能永久瞒着你……不过你要答应我，你永久爱我！'

"'这话我虽不敢说，不过念秋，我老实对你说吧，我洁白的处女的心上，这还是头一次镂上你的印象，我觉得这一个开始，对于我的一生都有着密切的关系……这样已经很够了，何必更要什么作为对于你的爱情的保障呢？……'我兴奋的说。

"'我万万分相信，这是真话，所以我便觉得对不起你！'他说。

"'究竟什么事呢？'

"'我已经结过婚了，并且还有两个小孩子！'

"'啊，已经结过婚了……还有两个小孩子！'我不自觉的将他的话重复了一遍，唉！素文，当时我是被人从半天空摔到山涧里去呀！我的痛苦，我的失望，使我仿佛做了一场噩梦。不过我的傲性救了我，最后我的态度是那样淡漠——这连我自己也觉得吃惊，我若无其事的说道：'这又算什么秘密呢？你结了婚，你有了小孩子，也是很平常的遭遇！……'

"'哦，很平常的遭遇吗？我可不以为很平常！'伍痛苦的说着。他为了猜不透我的心而痛苦，他以为这是我不爱他的表示。所以对于他和我之间的阻碍，才看得那样平淡，这可真出他意料。我知道自己得到了胜利，更加矜持了。这一次的谈话，我自始至终，都维持着我冷漠的态度。后来他告诉我，他的妻和孩子一两天以内就到北京来。因此他要搬出公寓，另外找房子住。并且要求我去看他的妻，我也很客气的答应了，最后我们就是这样分手。"

沁珠说到这里，叹了一口气，脸上充满了失望的愁惨。我便问道："你究竟打算怎么样呢？"

"怎么样？你说我怎么样吧！"

"真也难……"我也只说了这么一句话，下文接不下去了。只好说了些旁的故事来安慰她。当我们分手的时候，她是蹙着眉峰，悲哀的魔鬼把她掠去了。

从此以后，我见了沁珠不敢提到伍，惟恐她伤心。不过据我的观察，沁珠还是不能忘情于伍。她虽然不肯对我说什么，而在她那种忽而冷淡，忽而热烈的表情里，我看出感情和理智势力，正在互相消长。

平淡的学校生活，又过了几个月，也没听到沁珠方面的什么消息，只知道她近来学作新诗，在一个副刊上发表。可惜我手边没有这种刊物，而且沁珠似乎不愿叫我知道，她发表新诗的时候，都用的是笔名。不久学校放暑假了。沁珠回家去省亲，我也到西山去歇夏。

在三个月的分离中，沁珠曾给我写了几封信，虽没有说到什么具体的事实，但是在那满纸牢骚中，我也可以窥到她烦闷的心情。将近开学的时候，她忽然给我来了一封快信，她说：

"素文吾友：这一个暑假中，我伴着年老的父亲，慈爱的母亲，过的是很安适的生活。不过我的心，是受了不可救药的创伤，虽然满脸浮着浅笑，但心头是绞着苦痛。最后我病了，一个月我没有起床，现在离开学近了，我恐怕不能如期到校，请你代我向学校请两个星期的病假吧！"

后来开学了，同学们都陆续到来，而沁珠独无消息。我便到学监处和注册科替她请了两个星期的病假。同时我写快信去安慰她，并问她的病状，我的信寄去两个星期，还没得到回信，我不免猜疑她的病状更沉重了。心里非常愁烦。在一个星期六的下午，我去看一个同乡，他的夫人是我中学时代的同学。她一定要留我住下，我答应了。晚饭以后，我们正在闲谈，忽然仆人进来说道：有电话找我——是由学校打来的。我连忙走到外客所，把耳机拿起来问道："喂，谁呀？"

"素文吗？我回来了！"这明明是沁珠的声音。我不禁急忙问道："你是沁珠吗？什么时候到的？"

"对了，我是沁珠，才从火车站来，你现在不回学校吗？"

我答道："本来不打算回去，不过你若要我回来，我就来！"

"那很好，不过对不住你呢！"

"没关系……回头见吧！"我挂上耳机后，便忙忙跑到院里告诉我的同乡说，"沁珠回来了，我就要回学校去。"他们知道我们的感情好，所以也没有拦阻我，只说道：“叫他们雇个车子去，明天是礼拜，再同张小姐来玩。”我说：“好吧，我们有工夫一定来的。”

车子到了门口，我匆匆的跑到里边，只见沁珠站在绿屏风门的旁边等我呢。她一见我进来，连忙迎上来握住我的手道：“怎么样，你好吗？”

我点头道：“好，沁珠，你真瘦多了，你究竟生的什么病？怎么我写快信去，你也不回我，冷不防的就来了呢？”沁珠听我问她，叹了一口气道：“我是瘦了吗？本来睡了一个多月，才好我就赶来了，自然不能就复元。……我的病最初不过是感冒，后来又患了肝病，这样绵绵缠缠闹了一个多月。你的快信来的时候，我已好些了，天天预备着要来，所以就不曾回你的信。北京最近有什么新闻没有？”

“没有新闻……北京这种灰城，很难打破沉闷呢！……你吃过饭了吗？”

“我在火车上吃的，现在不饿，不过有点累，今天咱们一床睡吧，晚上好谈话。”

我说：“好，不过你既然累了，还是早休息的是，并且你的病体才好，我看有什么话明天慢慢的讲吧。”“也行，那末我们去睡，时候已不早了。”我们一同上了楼，我把她送进二十五号寝室。秀贞和淑芳也在那里，她们都忙着问沁珠的病情，我就回自己房里睡了。

第二天下课的时候，沁珠到课堂来找我，她手里还拿着一本日记，她在我旁边的空位子上坐下。那时我正在抄笔记，她说：“你忙吗？这是什么笔记？”

“文学史笔记，再有两行就完了。你等等，回头我同你出去。”沁珠点头答应。我忙把笔记抄完，和她一同出来下了楼。我们一直奔学校疗养院去，这是我们常来的地方，不过在暑假的三个月里，我们是暂离过，现在又走到这里，不禁有一种新鲜的感觉和追忆。我们并肩坐在荼蘼花架旁的长椅上。我开始问她：“这是谁写的日记？”

“我写的。”她说。

“什么时候写的？”我问。

“从今年一月到现在。”她答。

“我可以看看吗？”我问。

“全体太琐碎……不过有几页是关于我和伍的交涉，你可以看看，也许你能帮助我解决其中的困难。”她说。

"好，让我看看吧。"我向她请求的说。

"不用忙，咱们先谈谈别的，回头我把那几段有关系的，作个记号，你拿到自修室去看吧！"

"也好，我们谈些什么呢？现在。"

"别忙，我还有事情和你商量……近来我觉得学体育没什么意思，一天到晚打球，跳舞，练体操，我真有些烦腻，要想转科吧，又没有相当的机会，并且明年就毕业了，转科也太不上算。所以我想随它去，我只对付着能毕业就行了。我要分出一部分时间学文艺。《社会日报》的编辑，是我的朋友田放，他曾答应给我一个周刊的地位，我想约几个同学办一个诗刊，你说好不好？"

我很赞成她的提议，我说："很好，你再去约几个人吧，我来给你作一个扛旗的小卒，帮你们呐喊——因为新诗我简直没作过呢。"我们商量好了，她就去写信约人，我就回到自修室，把她的日记，有记号的地方翻出来看。

一月二十日　今天早晨天空飞着雪花，把屋瓦同马路都盖上了，但不很冷，因为没有风。我下课后，坐着车子去看伍！——他已搬到大方院九号。这虽然是我同他约定的，不过在路上，我一直踌躇着，我几次想退回去，但车夫一直拉着往前走，他竟不容我选择。最后我终于到了他的家门口，走下车来，给了车夫钱。那两扇红漆大门，只是半掩着。可是我的脚，不敢往里迈。直等到里面走出一个男仆来，问我找谁，我才将名片递给他说："看伍念秋先生。"他恭敬的请我客厅里坐坐，便拿着名片到里面去。没有两分钟伍就出来了。他没有坐下，就请我到屋里去坐。我点头跟他进去，刚迈进门槛，从屏门那里走出一个少妇，身后跟着一个五六岁的男孩，两只水亮的眼睛，把我望着。那个少妇向我鞠躬说道："这位是张小姐吗？请里边坐罢！"同时伍给我介绍她，我叫了一声"伍太太"。我们一同进了屋子，伍摸着那个男孩的头道："小毛，你叫张姑姑。"男孩果然笑着叫了一声："张姑姑！"我将他拉到身旁问他多大了。他说："五岁！"这孩子真聪明，我很喜欢他，我应许下次买糖来给他吃，他更和我亲近了。……她呢，进去替我们预备点心去了。她是一个很驯良服从的女人，样子虽长得平常，但态度还大大方方的，她自然还不知道我和伍的关系，所以她对我很亲热。而我呢，并不恨她，也不讨厌她，不过我心里却有一种说不出来的难过。伍的两眼不时向我偷看，我只装作不知。不久她叫女仆端出两盘糖果和茶，她也跟着出来。她似乎不很会应酬我们，彼此都没什么话说，只好和那个五岁的男孩胡闹，那孩子他还有一个兄弟，今年才两岁多，奶妈抱出去玩，所以我不曾见着他。

　　一点钟过后，我离了他们回学校。当我独自坐在书案旁，回想到今天这一个会晤，我不觉自己叹了一口气道："可怜的沁珠，这又算什么呢？"

　　二月十五日　伍近来对我的态度更热烈了，昨天他告诉我：他要和她离婚。——原因是她不知从哪里听到了我们俩的关系，自然她不免吃了醋，立刻和他闹起来，这使他更下决心倾向我这边了。不过，我怎么能够赞同他这种的谋图呢！我说："你要和你的夫人离婚，那是你的家务事，我不便过问，不过，我们的友谊永久只维持到现在的程度。"他被我所拒绝，非常痛苦的走了。我到了自修室里，把前后的事情想了一想，真觉得无聊，我决定以后不和伍提到这个问题，我要永久保持我女孩儿自尊的心。……

　　五月十日　现在伍对我不敢说什么。他写了许多诗寄给我，我便和他谈诗。我装作不懂他的含意，——大约他总有一天要恼我的。也好，我自己没有慧剑，——借它的锋刃来割断这不可整理的情丝倒也痛快！……唉！不幸的沁珠，现在跪在命运的神座下，听宰割。"谁的错呢？"今夜我在圣母前祈祷时，我曾这样的问她呢！

　　六月二十五日　伍要邀我到北海去，我拒绝了。这几天我心里太烦，许多同学谈论我们的问题，她们觉得伍太不对，自己既然有妻有子，为什么还苦苦缠绕着我。不过我倒能原谅他，——情感是个魔鬼，谁要是落到他的手里，谁便立刻成了他的俘虏……今后但愿我自己有勇气，跳出这个是非窝，免得他们夫妻不和……

沁珠的日记我看过之后，觉得她最后的决心很对，当我送还她时，曾提到这话。她虽然有些难过，但还镇静。后来我走的时候，她开始写诗，文艺是苦闷的产儿，希望她今后在这方面努力吧！

六

光阴走得飞快，沁珠和我都还有两个月，就要考毕业了。这半年里，她表面上过得很平静，她写了一本诗，题名叫作《夜半哀歌》。描写得很活泼。全诗的意境都很幽秀，以一个无瑕的少女的心，被不可抵抗的爱神的箭所射穿，使她开始尝味到人间最深切的苦闷，每在夜半，她被鸥鸶的悲声唤醒后，她便在那时候抒写她内心的悲苦。——当然这个少女就是影射她自己了。这本诗稿，她不愿在她所办的诗刊上发表，给我看过以后，便把它锁在箱子里了。我觉得她既能沉心于文艺，大约对伍的情感，必能淡忘，所以不再向她提起。她呢，也似乎很心平气和的生活下去。不久考毕业了，自然更觉忙碌，把毕业考完，她又照例回家去省亲，我仍住在学校。那一个暑假，她过得很平静，不到开学的时候，她已经又回到北京来。因为某中学校请她教体育兼级任，在学校招考的时候，她须要来帮忙的。

那一天，她回到北京的时候，我恰巧也刚从西山回学校，见她满面笑容的走了进来，使我疯狂般的惊喜。我们两个月不见了，当彼此紧握着两手时，眼泪几乎掉了下来。好容易把激动的热情平静下去，才开始谈到别后的事情。据沁珠说，她现已经找到新生活的路途了。对于伍的交往，虽然不能立刻断绝，但已能处置得非常平淡。我听了她的报告，自然极替她高兴。我们绕着回廊散步，一阵阵槐花香，扑进鼻孔，使我们的精神更加振作。我们对这两三年来住惯了的学校，有一种新的依恋，似乎到处都很合适，现在一旦要离开，真觉得有些怅惘！我们在长久沉默之后，才谈到以后的计划。沁珠已接到某中学正式的聘函。我呢，因年纪太小，不愿意就去社会服务，打算继续进本校的研究院。不过研究院下学期是否开始办理，还没有确实的消息，打算暂时搬到同乡家里去住着等消息。沁珠，她北京也没有亲戚，只得搬到某中学替女教员预备的宿舍里去。

在黄昏的时候，我们已将存在学校储藏室里的行李搬到廊子上。大身量的老王，替我雇好车子，我便同沁珠先到她的寄宿舍里去。车子走约半点钟，便停在一个地方，我和沁珠很注意的看过地址和门牌，一点没有错，但那又是怎样一个令人心怯的所在呵！两扇黑漆大门，倾斜的歪在半边，门楼子上长满了狗尾巴草，向来人不住躬身点头，似乎表示欢迎。走进大门，我们喊了一声："有人吗？"就见从耳房里走出一个穿着白布裤褂的男人，见了我们，打量了半天，才慢腾腾的问道："你们做什么呀？"沁珠说："我是张先生，某中学新聘的女教员。""哦，张先生呀……这是您的东西吗？"沁珠道："是。"那听差连忙帮车夫搬了下来。同时领着我们往里走，穿过那破烂的空场，又进了一个小月亮门，朝北有五间瓦房，听差便把东西放在东头的那间房里，一面含笑说道："张先生就住这一间吧，西边两间是徐先生住的。当中一大间可以做饭所……"沁珠听了这话，只点了点头。当听差退出去之后，沁珠才指着那简陋的房间和陈设说道："素文！你看这地方像个什么所在？……适才我走进来的时候，似乎看见院子里还有一座八角的古亭，里面像是摆着许多有红毛缨的枪刀戟一类的东西，我们出去看看。"我便跟了她走到院子里，只见有两株合抱的大榆树，在那下面，果然有一座破旧的亭子，亭子里摆着几个白木的刀枪架，已经破旧了。架上插着红毛缨的刀枪，仿佛戏台上用的武器。我们都莫明其妙那是怎么个来历。正在彼此猜疑的时候，从外面走进一个女仆来，见了我们道："先生们才搬来吗？有什么事情没有？我姓王，是某中学雇我来伺候先生们的。"沁珠说："你到屋里把我的行李卷打开，铺在木板床上。然后替我们提壶开水来吧！"王妈答应着往屋里铺床去了。我们便绕着院子走了一圈，又跑到外面那院子去看个仔细。只见这个院子，比后头的院子还大，两排有五六间瓦房，似乎里面都住了人，我们不知道是谁，所以不敢多看便到里面去。正遇见王妈从屋里出来，我们问她才知道这地方本来是一座古庙，前面的大殿全拆毁了，只剩五六间配殿，现在是某中学的男教员住着。后院本来有一座戏台，新近才拆去，那亭子里的刀枪架都是戏台上拿下来的。我们听了这话，沁珠笑道："果然是个古庙，我说呢，要不然怎会这样破烂而院子又这么大！……好吧！素文，我从今以后要作人定的老僧了，这个破庙倒很合适，不是吗？"我笑道："你还是安分些充个尼姑吧，老僧这辈子你是没份了！"沁珠听了这话也不禁笑了。我们回到屋里，便设计怎样布置这间简陋的屋子，使它带点艺术味才好。我便提议在门上树一块淡雅的横额，沁珠也赞成。但是写什么呢？沁珠说她最喜欢梅花，并且伍曾经说过她的风姿正像雪里寒梅，并送了她一个别号"亦梅"。所以她决意横额上用"梅窝"两个字，我也觉得这两个字不错。我们把横额商量定妥，便又谈到屋里的装饰，我主张把那不平而多污点的粉墙，用一色淡绿色的花纸裱糊过，靠床的那一面墙上，挂一张一尺二寸长的圣母像，另一面就挂那幅瘦石山人画的白雪红梅的横条，窗帘也用淡绿色的麻纱，桌上罩一块绛红呢的台布，再买几张藤椅和圆形的茶几放在屋子的当中，上面放一个大瓷瓶，插上许多鲜花，床前摆一张小小的水墨画的围屏。这样一收拾，那间简陋的破庙，立刻变成富有美术意味的房间了。

当夜我就住在她那里。第二天绝早，我们就出去购置那些用具。不久就把屋子收拾得正如我们的意思。沁珠站在屋子当中，叹了一口气道："这一来，可有了我安身立命的地方了。但是你呢？"我说："只要有了你这个所在，我什么时候觉得别处住腻了，就来搅你吧！"我见她那里一切都已妥帖，便回到学校布置我自己的住处去了。

不久学校里已经公布办研究院的消息，我又搬到学校去住。北京的各中学也都开了学，所以我又有两三个星期没去看沁珠。在一天的下午，我正在院子里晒手巾，忽见沁珠用的那个王妈，急急忙忙走了进来叫道："素文小姐，您快去看看张先生吧，今天不知为什么哭了一天，连饭也没吃，学校也没去。我问她，她不说什么，所以才来找您！"我听了这个吓人的消息，连忙同王妈去看她。到了沁珠那里，推开房门，果见她脸朝床里睡着，眼泡红肿，面色憔悴；亮晶晶的泪滴沿着两颊流在枕头上。我连忙推她问道："沁珠怎么了？是不是有病？还是有什么意外的事情呢？"沁珠被我一问，她更哭得痛切了。过了许久，她才从枕头底下拿出一封信给我看，那是一封字体草率的信，我忙打开看道：

沁珠女士妆次：

请你不要见怪我写这封信给你。女士是有学问，有才干的人。自然也更明白事理，定能原谅我的苦衷，替我开一条生路！不但我此生感激你，就是我的两个孩子，也受赐不浅！

女士你知道我的丈夫念秋，自从认识你之后，他对我就变了心。最初他在我面前赞扬你，我不明白他的意思，除了同他一般的佩服你之外，没有想到别的。但是后来他对我冷淡发脾气，似乎对于孩子也讨厌起来了。他这样陡然改变常态，我不能不疑心他，因此我常暗里留心他的行踪和信件。——最后我就发现了你们中间的恋爱关系，当时我几乎伤心得昏了过去。我常看报，知道现在的风气，男人常要丢掉他本来的妻，再去找一个新式女子讲自由恋爱，我想到这里，怎么不为我自己的前途，和孩子的幸福担心呢？那时我便质问他，究竟我到他家里六七年来，做错了什么事，对不起他？使他要抛弃我！但是他简直昏了，他不承认他自己的不该，反倒百般辱骂我，说我不了解他，又没有相当的学问，自然我也知道我的程度很浅，也许真配不上他。但是我们结婚已经六七年了，平日并不见得有什么不合式，怎么现在忽然变了。他说：他从前没有遇见好的，所以不觉得，现在既然遇见了，自然要对我不满意。唉！沁珠女士！我们都是女人，你一定能知道一个被人抛弃的妻子的苦楚！倘使我没有那两个孩子，我也就不和他争论，自己去当尼姑修行去了。可是现在我又明明有这两个不解事的孩子，他们是需要亲娘的抚慰教养，如果他真弃了我，孩子自然也要跟着受苦，所以我恳求女士，看在我母子的面上，和念秋断绝关系，使我夫妻能和好如初，女士的恩德，来世当衔草以报。并且以女士的学问才干，当然不难找到比念秋更好的人，又何必使念秋因女士之故，弃妻再娶，做个不情不义的人？我本想自己来看女士，陈述下情，又恐女士公事忙，所以写了这封信，文理不通，尚祈女士多多原谅，专此敬请

　　文安！

伍李秀英敬上

　　这封信当然要使沁珠伤心，我只得设法安慰她，叫她从此以后，不和念秋往来。她哽咽着道："你想我一个清白女儿，无缘无故让她说了那些话。——其实念秋哪一次对我示意，我不是拒绝他？至于我还和他通信，那不过是平常的友谊罢了。……"我接着说道："想必他还对你不曾死心，或者竟已经和他妻子提出离婚的条件，所以才逼出这封信来，你现在打算回她的信吗？"沁珠摇头道："我不想回她，我只打算写一封信给伍，叫他把从前我所给他的信都寄还我，同时我也将他的信还他，从此断绝关系。唉！素文！我真太不幸了！"她说着又流下泪来。

我劝她起来同到外面散散步，同时详细谈谈这个问题。她非常柔和的顺从了，起来洗过脸，换了一件淡雅的衣服，我们便坐车到城南公园去。走进那碧草萋萋的空地上时，太阳正要下山，游人已经很少。我们就在那座石桥上站着，桥下有一道不很宽的河流，河畔满种着芦苇，一丛清碧的叶影，倒映水面，另有一种初秋爽凉的意味。我们目注潺湲的流水，沉默了许久，忽听沁珠叹了一声道："自觉生来情太热，心头点点著冰华。"她心底的烦闷，和怆淡的面靥，深深激动了我，真觉得人生没有什么趣味。我也由不得一声长叹，落下两点同情泪来。

我们含着凄楚的悲哀下了石桥，坐在一株梧桐树下，听阵阵秋风，穿过林丛树叶间，发出栗栗的繁响，我们的心也更加凄紧了，但是始终我们谁都没有提到那一个问题，一直等到深灰色的夜幕垂下来了，我们依然沉默着回到沁珠的住所。吃晚饭时，她仅喝了一碗稀粥。这一夜我不曾回学校，我陪她坐到十点多钟，她叫我先睡了。

夜里她究竟什么时候睡的，我不曾知道。只是第二天早晨我醒来时，看见她尚睡得沉沉的，不敢惊动她，悄悄的起床。在她的书桌上看见一封尚未封口的信，正是寄给伍念秋的。我知道她昨夜回肠九转，这封信正是决定她命运的大关键，顾不得征求她的同意，我就将它抽出看了，只见她写道：

念秋先生：

　　我们相识以来，整整三年了。我相信我们的友谊只到相当的范围而止，但是第三者或不免有所误会，甚至目我为其幸福的阻碍，提出可笑的要求。在这种情形之下，我们不得不以此分手，请你将我给你的信寄还，当然我也将你的那些信和诗遣人送给你，随你自己处置吧。唉！我们的过去正像风飘落花在碧水之上，作一度的聚散罢了！

　　　　　　　　　　　　　　　　　　　　　　　　　　沁珠

我看过那封寥寥百余字的信后，我发现那信笺上有泪滴的湿痕，当时我仍然把信给她装好，写了几个字放在桌上："我有事先回学校，下午再来看你！……"我便悄悄回学校去了。

七

　　沁珠自从和伍绝交后，她的态度陡然变了，平日活泼生动的举止，现在成了悲凉沉默。每日除上课外，便是独自潜伏在那古庙的小屋中。我虽时常去看她，但也医不了她失望的伤心，所以弄得我都不敢去了。有时约了秀贞和淑芳去看她，我们故意哄她说笑，她总是眼圈红着，和我们痴笑，那种说不出的伤感，往往使得我们也只好陪她落泪。在这个时期中，她常常半夜起来写信给我……我今天只带了一封比较最哀艳的来给你看看，其余的那些我预备将来替她编辑成一个小册子，就算我纪念她的意思。

　　素文一面述说，一面从一个深红色的皮夹子里掏出一封绯红色的信封来，抽出里面的信来递给我，我忙展开看道：

　　　昨天夜半，我独自一个人坐在房里，一阵轻风吹开了我的房门，光华灿烂的皎月，正悬在天空，好像一个玉盘，星点密布，如同围棋上的黑白子！四境死一般的静寂，只隐约听见远处的犬吠声。有时卖玉面饽饽的小贩的叫卖声，随着风的回荡打进我的耳膜里来。这时我的心有些震悸。我走近门旁，正想伸手掩上门时，忽然听见悲雁怆厉的叫了两声，从那无云的天空，飞向南方去了。唉！我，为了这个声音，怔在门旁，我想到孤雁夜半奔着它茫漠的程途，是怎样单寒可怜！然而还有我这样一个乖运的少女为它叹息！至于我呢——寄寓在这种荒凉的古庙里，谁来慰我冷寂，夜夜只有墙阴蟋蟀，凄切的悲鸣，也许它们是吊我的潦倒！唉，素文！今夜我直到更夫打过四更才去睡。但是明天呢，只要太阳照临人间时，我又须荷上负担，向人间努力挣扎去了。唉！我真不懂，草草人事，究竟何物足以维系那无量众生呢？

　　　　　　　　　　　　　　　　　　　　　　　沁珠书于夜半

　　我将信看完，依旧交还素文，不禁问道："难道沁珠和伍的一段无结果的恋爱，便要了沁珠的命吗？"

素文道："原因虽不是这么简单，但我相信，伍的确伤害了沁珠少女的心。……把一个生机泼辣的她，变成灰色绝望的可怜虫了。"

素文说到这里，依旧接续那未完的故事，说下去道，——

沁珠差不多每天都有一封这一类的信寄给我，有时我也写信去劝解她，安慰她。但是她总是怏怏不乐。有一天学校放假，我便邀了秀贞去找她，勉强拉她出去看电影。那天演的是有名的托尔斯泰的《复活》。在休息的时间里，我们前排有一个身材魁梧的青年，走过来招呼沁珠。据沁珠说，他姓曹，是她的同乡，前几个月在开同乡会时曾见过一面。不久电影散了，我们就想回去。而那位曹君坚意要邀我们一同到东安市场吃饭，我们见推辞不掉便同他去了。到了森隆饭馆，拣了一间雅座坐下，他很客气的招待我们。在吃饭的时候，我们很快乐的谈论到今天的影片，他发了许多惊人的议论。在他锋利的词锋下，我发现沁珠对他有了很好的印象。她不像平日那样缺乏精神，只是非常畅快的和曹君谈论。到了吃完饭时，他曾问过沁珠的住址，以后我们才分手。我陪沁珠回她的寓所，在路上沁珠曾问我对于曹的印象如何，我说："好像还是一个很有才干和抱负的青年！"她听了这话，非常惊喜的握住我的手道："你真是我的好朋友，素文！因为你的心正和我一样。我觉得他英爽之中，含着温柔，既不像那些粗暴的武夫，也不像浮华的纨绔儿，是不是？"我笑了笑没有回答什么。当夜我回学校去，曾有一种预感，萦绕过我的意识里。我觉得一个月以来，困于失望中的沁珠，就要被解放了。此后她的生命，不但不灰色，恐怕更要像火焰般的耀眼呢。

两个星期后，我在一个朋友的宴会上，就听见关于沁珠和曹往来的舆论。事实的经过是这样，他们之中有一个姓袁的，他也认得沁珠，便问我道：

"沁珠女士近来的生活怎样？……听说她和北大的学生曹君往来很密切呢？"

我知道一定还有下文，便不肯多说什么，只含糊的答道："对了，他是她的同乡，但是密司特袁怎么知道这件事？"

"哦，有一天我和朋友在北海划船，碰见他们在五龙亭吃茶。我就对那个朋友说道：'你认识那个女郎吗？'他说：'我不知道她是谁，不过我敢断定这两个人的交情不浅，因为我常常碰见他们在一处……'所以我才知道他们交往密切。"

我们没有再谈下去，因为已经到吃饭的时候。吃完晚饭，我就决心去找沁珠，打算和她谈谈。哪晓得到了那里，她的房门锁着，她不在家，我就找王妈打听她到什么地方去了，王妈说："张先生这些日子喜欢多了，天天下课回来以后，总有一个姓曹的年轻先生来邀她出去玩。今天两点钟，他们又一同出去了，到现在还没回来，可是我不清楚他们是往哪儿去的。"

我扫兴地出了寄宿舍，又坐着原来的车子回去。我正打算写封信给她，忽见我的案头放着一封来信，正是沁珠的笔迹，打开看道：

素文：你大约要为我陡然的变更而惊讶了吧！我告诉你，亲爱的朋友，现在我已经战胜苦闷之魔了，从前的一切，譬如一场噩梦。虽然在我的生命史上曾刻上一道很深的印痕，但我要把它深深藏起来，不再使那个回忆浮上我的心头。——尤其在表面上我要辛辣的生活，我喜欢像茶花女——马格哩脱那样处置她的生命；我也更心服《少奶奶的扇子》上那个满经风霜的金女士，依然能扎挣着过那种表面轻浮而内里深沉的生活。亲爱的朋友！说实话吧，伍他曾给我以人生的大教训，我懂得怎样处置我自己了。所以现在我很快乐，并且认识了几个新朋友。曹是你见过的，他最近几乎天天来看我，有时也同出去玩耍。也许有很多的人误会我们已发生爱情，关于这一点，我不想否认或承认，总之纵使有爱情，也仅仅是爱情而已。唉，多么滑稽呵！大约你必要责备我胡闹，但是好朋友！你想我不如此，怎能医治我这已受伤的灵魂呢？有工夫到我这里来，还有许多有趣的故事告诉你。

你的沁珠

唉！这是怎样一封刺激我的信呵！我把这封信翻来覆去的看了两三遍，心里紊乱到极点，连我自己也不懂做人应当持什么样的态度。我没有回她的信，打算第二天去看她，见了面再说吧！当夜我真为这个问题困搅了，竟至于失眠。第二天早晨我听见起身钟打过了，便想起来，但是我抬起身来，就觉得头脑闷胀，眼前直冒金星，用手摸摸额角，火般的灼热，我知道病了。"哎哟"的呻吟了一声，依然躺下。同房的齐大姐——她平常是一个很热心的人，看见我病了，连忙去找学监。——那位大个子学监来看过之后，就派人请了校医来，诊断的结果是受了感冒，嘱我好好静养两天就好了。那末我自然不能去看沁珠。下午秀贞来看我，曾请她打电话给沁珠，告诉她我病了。当晚沁珠跑来看我，她坐在我的床旁的一张椅子上，我便问她近来怎么样，她微微的笑道：

"过得很有意思，每天下了课，不是北海去划船，就是看电影，糊里糊涂，连自己也不知道要些什么把戏，不过很热闹，也不坏！"

我也笑道："不坏就好，不过不要无故害人！你固然是玩玩，别人就不一定也这么想吧！"

沁珠听了这话，并不回答我，只怔怔向窗外的蓝天呆望着。我又说道："你说有许多有趣的故事要告诉我，究竟是什么呢？"沁珠转过脸来，看了我一下道："最近我收到好几封美丽的情书，和种种的画片，我把它们都贴在一个本子上，每一种下面我题了对于那个人的感想和认识的经过，预备将来老了的时候，那些人自然也都有了结果，再拿出来看看，不是很有趣的吗？"

我说："这些人真是闲得没事干，只要看见一个女人，不管人家有意无意，他们便老着脸皮写起情书来。真也好笑，究竟都是什么人呢？哪一个写得最好？"

"等你明天好了，到我那里自己去看吧！我也分不出什么高下来，不过照思想来说，曹要比他们彻底点。"

我们一直谈到八点钟沁珠才回去。此后我又睡了一天，病才全好。——这两天气候非常合式，不冷不热，当我在院子里散步时，偶尔嗅到一阵菊花香。我信步出了院子，走进学校园去，果见那里新栽了几十株秋菊，已开了不少。我在花畦前徘徊了约有十分钟的时候，我发现南墙下有三株纯白色的大菊花，花瓣异常肥硕，我想倘使采下一朵，用鸡蛋面粉白糖调匀炸成菊花饼，味道一定很美。想到这里，就坐车去找沁珠。她今天没有出去，我进门时，看见她屋子里摆满了菊花的盆栽，其中有一盆白色的，已经盛开了。我便提议采下那一朵将要开残的做菊花饼吃，沁珠交代了王妈，我便开始看她那些情书和画片。忽然门外有男人穿着皮鞋走路的声音，沁珠连忙把那一本贴着情书的簿子收了起来，就听见外面有人问道：

"密司张在家吗？"

"哪一位？请进来吧！"

房门开了，一个穿着淡灰色西服和扎腿马裤的青年含笑的走了进来，我一看正是那位曹君。他见了我说道："素文女士，好久不见了，近来好吧？"

"多谢！密司特曹，我很好，您怎样呢？"我说。

"也对付吧！"

我们这样像煞一回事的周旋着，沁珠已忍不住笑出声来，她很随便的让曹坐下，说道："你们哪里学来的这一套，我最怕这种装着玩的问候，你们以后免了吧！"我们被她说得也笑了起来。这一次的聚会，沁珠非常快乐，她那种多风姿的举动，和爽利的谈锋，真使我觉得震惊，她简直不是从前那一位天真单纯的沁珠了。据我的预料，曹将来一定要吃些苦头。因为我看出他对沁珠的热烈，而沁珠只是用一种辛辣的态度任意发挥。六点多钟曹告辞走了，我便和沁珠谈到这个问题，我说：

"我总怀疑一个人如你那种态度处世是对的，你想吧，人无论如何，总有人的常情。在这许多的青年里，难道就没有一个使你动心的吗？你这样耍把戏般的耍弄着他们，我恐怕有一天你将要落在你亲手为别人安排的陷阱里！"

"唉！素文！你是我最知已的朋友，你当能原谅我不得已的苦衷。我实话告诉你，我今年二十二岁了，这个生命的时间虽然不长，但也不一定很短，而我只爱过一个人，我所有纯洁的少女的真情都已经交付给那个人了。无奈那个人，他有妻有子，他不能承受我的爱。我本应当把这些情感照旧收回，但是天知道，那是无益的。我自从受过那次的打击以后，我简直无法恢复我的心情，所以前些时候，我竟灰心得几乎死去。不过我的心情是复杂的，虽然这样，但同时我是欢喜热烈的生活……"沁珠说着这话的时候，眼睛里是充满了眼泪。我也觉得这个时期的青年男女很难找到平坦的道路，多半走的是新与旧互相冲突的岔道，自然免不了种种的苦闷和愁惨。沁珠的话我竟无法反驳她，我只紧紧握住她的手，表示我对她十三分的同情。——当夜我们在黯然中分手。我回到学校里，正碰见文澜独自倚窗看月，我觉得心里非常郁闷，便邀她到后面操场去散步。今夜月色被一层薄云所遮，忽明忽暗，更加着冷风吹过梧桐叶丛，发出一阵杀杀的悲声，我禁不住流下泪来。文澜莫名其妙的望着我，但是最后她也只叹息一声，仍悄悄的陪着我在黯淡的光影下徘徊着。直到校役打过熄灯铃，我们才回到寄宿舍里去。

我从沁珠那里回来后，一直对于沁珠的前途担着心，但我也不知道怎样改正她的思想才好。最大的原因我也无形中赞成她那样处置生命的态度，一个女孩儿，谁没有尊严和自傲的心呢？我深知道沁珠在未与伍认识以前，她只是一个多情而驯良的少女。但经伍给她绝大的损伤后，她由愤恨中发现了她那少女的尊严和自傲，陡然变了她处世的态度，这能说不是很自然的趋势吗？……

我为了沁珠的问题，想得头脑闷胀，这最近几天简直恹恹的打不起精神，遂也不去找沁珠多谈。这样的过了一个星期。在一天的早晨，正是中秋节，学校里照例放一天假。我想睡到十二点再起来，——虽然我从八点钟打过以后，总是睁着眼想心事，然而仍舍不得离开那温软的被絮。我正当魂梦惝恍的时候，只觉得有一只温柔的手放在我的额上。我连忙睁开眼一看，原来正是沁珠。唉！她今天真是使我惊异的美丽，——额前垂着微卷的烫发，身上穿着水绿色的秋罗旗袍，脚上穿着白鞋白袜，低眉含笑的看着我说道："怎么，素文，九点五十分了，你还睡着呵！快些起来，曹在外面等着你，到郊外赛驴去呢。"她一面说，一面替我把挂在帐钩上的衣服拿了下来，不由我多说，把我由被里拖了起来。——今天果然是好天气，太阳金晃晃的照着红楼的一角，发出耀眼的彩辉，柳条静静的低垂着，只有几只云雀在那树顶跳跃，在这种晴朗的天气中，到郊外赛驴的确很合宜。不知不觉也鼓起我的游兴来，连忙穿上衣服，同沁珠一齐来到栉沐室，梳洗后换上一件白绸的长袍，喝了一口豆腐浆，就忙忙到前面客所里去。那时客所里坐满了成双做对的青年男女，有的喁喁密语，有的相视默默，呵，这简直是情人遇合的场所，充满了欢愉和惆怅的空气！而曹独自一个呆坐在角落里，似乎正在观察这些爱人们的态度和心理。当我们走进去时，细碎的脚步声才把他从迷离中惊醒。他连忙含笑站了起来，和我招呼，沁珠向他瞟了一眼道："我们就走吧！"曹点头应诺，同时把他身边的一个小提篮拿在手里，我们便一同出了学校。门口已停着三头小驴，我们三人各带过一头来，走了几步，在学校的转弯地方，有一块骑马石，我们就在那里上了驴。才过一条小胡同，便是城根。我们沿着城根慢慢的往前去，越走越清净，精神也越愉快。沁珠不住回头看着曹微笑，曹的两眼更是不离她的身左右。我跟在后头，不觉心里暗暗盘算，这两个人，眼见一天比一天趋近恋爱的区域了，虽是沁珠倔强的说她不会落第二次的情网，但她能反抗自然的趋势吗？爱神的牙箭穿过他俩的心，她能从那箭镞下逃亡吗？……这些思想使我忘记了现实。恰巧那小驴往前一倾，几乎把我跌了下来。在这不意的惊吓中，我不觉"哎呀"的喊了出来。他俩连忙围拢来："怎么样？素文！"沁珠这样的问我。曹连忙走下驴来道："是不是这头驴子不稳，素文女士还是骑我这头吧！"他俩这种不得要领的猜问着。我只有摇头，但又禁不住好笑，忍了好久，才告诉他俩："我适才因为想事情不曾当心，险些掉下驴来，其实没有什么了不得的事情。"他俩听了才一笑，又重新上了驴。我们在西直门外的大马路上放开驴蹄嘚嘚的跑上前去，仿佛古骑士驰骋疆场的气概。沁珠并指着那小驴道："这是我的红鬃骉马咧！"我们都不觉笑了起来。不久就望见西山了。我们在山脚的碧云寺前下了驴，已经是十一点半了。我们把驴子交给驴夫，走到香云旅社去吃午饭。这地方很清幽，院子里正满开着菊花和桂花，清香扑鼻，我们就在那廊子底下的大餐桌前坐下了。沁珠今天似乎非常高兴，她提议喝红玫瑰酒，曹也赞同，我当然不反对，不过有些担心，不知道沁珠究竟是存着什么思想，不要再同往日般，借酒浇愁，喝得酩酊大醉。……幸喜那红玫瑰酒只是三寸多高的一个小瓶，这才使我放了心。我们一面吃着菜，一面咽着玫瑰酒，一面说笑。吃到后来，沁珠的两颊微微抹上一层晚霞的媚色，我呢，心也似乎有些乱跳。曹的酒量比我们都好，只有他没有醉意。午饭后我们本打算就骑驴回去，但沁珠有些娇慵，我们便从旅馆里出来，坐洋车到玉泉山。那里游人很少，我们坐在一个凉亭里休息。沁珠的酒意还未退净，她闭着眼倚在那凉亭的柱子上，微微的喘息着。曹两眼不住对她望着，但不时也偷眼看着我，这自然是给我一种暗示。我便装着去看花圃里的秋海棠，让他俩一个亲近的机会。不过我太好奇，虽然离开他俩两丈远，而我还很留心的静听他俩的谈话：

"珠，现在觉得怎样？……唉！都是我不小心，让你喝得太多了！"

"不，我不觉得什么，只是有些倦！……"

"那末你的脸色怎么似乎有些愁惨？"

"唉！愁惨就是我的运命！……"她含着泪站了起来，说道，"素文跑到什么地方去了？"

"那边花圃旁边站着的不是吗？"

"素文！"沁珠高声的叫道，"是时候了，我们该回去了。"

我听了沁珠的话，才从花圃那边跑过来。我们一同离开玉泉山，坐车回城。到西城根时，我便和他俩分路，独自到学校去。

八

我从西山回来以后，两天内恰巧都碰到学校里开自治会，所以没有去看沁珠，哪里晓得她就在那一天夜晚生病了。身上头上的热度非常高，全身骨节酸痛，翻腾了一夜，直到天亮才迷迷昏昏的睡着了。寄宿舍的王妈知道她今天第一小时便有功课，等到七点半还不见沁珠起来，曾两次走到窗根下看动静，但是悄悄的没有一点声息，只得轻轻的喊了两声。沁珠被她从梦里惊醒，忍不住"哎哟"的呻吟着。王妈知道她不舒服，连忙把头上的簪子拔了下来，推开门上的栓子，走进来看视。只见沁珠满脸烧得如晚霞般的红，两眼蒙眬。王妈轻轻的用手在她额角上一摸，不觉惊叫道："吓，怎么烧得这样厉害！"沁珠这时勉强睁开眼向王妈看了一下，微微的叹了一口气道："王妈！你去打个电话，告诉教务处我今天请假。"王妈应着匆匆的去了。沁珠掉转身体又昏昏的睡去。直到中午，热度更高了，同时觉得喉咙有些痛。她知道自己的病势来得不轻，睁开眼不见王妈在跟前，四境静寂得如同死城，心里想到只身客寄的苦况，禁不住流下泪来。正在神魂凄迷的时候，忽听窗外有人低声说话，似乎是曹的声音，说道：

"怎么，昨天还玩得好好的，今天就病得这样厉害了呢？"

"是呵……我也是想不到的，曹先生且亲自去看看吧！"

"自然……"

一阵皮鞋声已来到房门口了。曹匆匆的跑了进来，沁珠懒懒把眼睁了一睁，向曹点点头，又昏沉的闭上眼了。曹看了这种样子，知道这病势果然来得凶险；因回身向王妈问道："请医生看过吗？"

王妈摇头道："还没有呢，早上我原想着去找素文小姐，央她去请个大夫看看，但是我一直不敢离开这里。"曹点头道："那末，我这就去请医生，你好生用心照应她吧！"说完拿了帽子，忙忙的走了。

这时沁珠恰好醒来，觉得口唇烧得将要破裂，并且满嘴发苦，因叫王妈倒了一杯白开水，她一面喝着一面问道："恰才好像曹先生来过的，怎么就去了呢？"

"是的，"王妈说，"曹先生是来过的，此刻去请医生去了，回头还来；您觉得好些吗？"沁珠见问，只摇摇头，眼圈有些发红，连忙掉转身去。王妈看了这种情形，由不得也叹了一口气，悄悄走出房来，到电话室里打电话给我。当她在电话里告诉我沁珠病重，把我惊得没有听完下文，就放下耳机，坐上车子到寄宿舍去。

我走到门口的时候，正遇见曹带着医生进来，我也悄悄的跟着他们。那位医生是德国人，在中国行医很有些年数，所以他说得一口好北京话。当他替沁珠诊断之后，他向我们说，沁珠害的是猩红热，是一种很危险的传染病，最好把她送到医院去。但是沁珠不愿意住病院，后来商量的结果，那位德国医生是牺牲了他的建议，只要我们找一个妥当的负责的看护者。曹问我怎么样，我当然回答他："可以的。"医生见我们已经商量好，开过方子，又嘱咐我们好生留意她的病势的变化，随时打电话给他。医生走后，我同曹又把看护的事情商量了一下，结果是我们俩轮流看护，曹管白天，我管黑夜。

下午曹去配药，我独自陪着昏沉的病人，不时听见沁珠从惊怕的梦中叫喊醒来。唉，我真焦急！几次探头窗外，盼望曹快些回来，——其实曹离开这里仅仅只有三十分钟，事实上绝不能就回来。但我是胆小得忘了一切，只埋怨曹，大约过了一点多钟，曹拿着药，急步的走进来时，我才吐了一口紧压我心脉的气，忙帮着曹把药喂到沁珠的嘴里。

沁珠服过药后，曹叫我回学校去休息，以便晚上来换他。我辞别了他们回到学校，吃了一些东西，就睡了。八点钟时我才醒来，吃了一碗面，又带了几本小说到沁珠的地方来。走进门时，只见曹独自坐在淡淡的灯光下，望着病重的沁珠出神。及至我掀开门帘走进来时，才把他的知觉恢复。我低声问道："此刻怎么样？""不见得减轻吧！自你走后她一直在翻腾，你看她的脸色，不是更加焦红了吗？"

我听了曹的话，立刻向沁珠脸上望了望，我仿佛看到许多猩红的小点；连忙走近床前，将她的小衣解开，只见胸口也出了一样的斑点。我告诉曹，我们都认为这时期是个非常要紧的时候，所以曹今夜决定不回去，帮助我看护她。这当然使我大大的放了心。不过曹已经累了一天，我怕他精力来不及，因叫王妈找来一张帆布床放在当中那间吃饭厅里，让曹休息。所以前半夜只有我拿着一本小说坐在沙发上陪着她。这时她似乎睡得很安静，直到下半夜的一点多钟她才醒来。我将药水给她喂下去。一些声音惊醒了曹，他连忙走进来替我；可是我白天已睡够了，所以依旧倚在沙发上看小说，曹将热度表替沁珠测验热度，比早晨减低了一度，这使我们非常高兴。……这一夜居然很平安的过去了。

第二天早晨我回学校去，上了一堂的文学史，不过十一点我便吃了午饭，饭后就睡了，一直到七点钟我才到沁珠那里。曹今天可够疲倦了，所以见我来后，他稍微把药料理后也就走了。我这一夜仍然是看小说度过。

这样经过一个星期，沁珠身上的猩红点，渐渐焦萎了。大夫告诉我们已经出了危险期，现在只要好好的调养，不久就可以复原的。我们听了这个好消息，一颗紧张的心放下来了，但同时也感到了连日的辛苦。我又遇到学校里的月考期近，要忙着预备功课，所以当天我将一切的事情嘱托了曹，便匆匆回学校去。

沁珠现在的病已经好了大半，只是身体还非常疲弱，曹照例每天早晨就来伴着她。当沁珠精神稍好的时候，曹便读诗歌或有趣的故事给她听，这种温存，体贴，使沁珠不知不觉动摇了她一向处世的态度。

有一天清晨，天气非常晴朗，耀人眼目的阳光，射在窗前的翠绿的碧纱幔上。沁珠醒时，看着这种明净的天空，和听见活跃鸟儿的歌唱，她很想坐起来。正在这个时候，只见曹手里拿着一束插枝的丹桂，含笑走进房来。沁珠连忙叫道："呀，好香的花儿！"曹将花插在小几上的白玉瓶里，柔和的问道："怎么样，今天觉得好些吗？"

沁珠点头道："好些了，但是子卿，你这些时候太累了！"——这是曹头一次听见沁珠这样亲热的称呼他，使他禁不住心跳了。他走近沁珠床前，用手抚摩那垂在沁珠两肩的柔发说："这一病又瘦了许多呢！"

"唉！子卿，瘦又算得什么，人生的路程步步是艰难的呵。只是累了你和素文，常常使我不安！"

曹似乎受了很深的感触，含着满眶的清泪说道："珠，你不应当这样说，你知道我的看护你，绝不是单为了你，我只是为我自己的兴趣而努力罢了。珠！你知道在这个世界上，只有你灵台的方寸地，才是我所希望的归宿地呵。自然这也许只是我的私心。不过……"子卿说到这里顿住了，只低着头注视他自己的手指纹。

沁珠黯然的翻过身去，一颗颗的热泪如泻般的滴在枕头布上了。子卿看见她两肩微微的耸动，知道沁珠正在哭泣，他更禁不住心头凄楚，也悄悄的流着泪。王妈的脚步声走近窗下时，子卿才忙拭干眼泪，装作替沁珠收拾书桌，低头忙乱着。

王妈手里托着一个白镍的锅子走进来，一面笑向子卿道："曹先生吃过早饭了吗？"她将小锅放在桌上，走到沁珠的面前轻轻喊道："张先生喝点莲子粥吗？"沁珠应了一声转过脸来，同时向子卿道："你吃点吧，这是我昨晚特意告诉王妈买的新鲜莲子煮的，味道大概不坏。"子卿听了这话，就把小锅的盖子掀开，果然有一股清香冲出来。这时王妈已经把粥盛好。他们吃过后，沁珠要起来坐坐，子卿将许多棉被垫在床上，扶沁珠斜靠在被上。一股桂花的清香，从微风中吹过来，沁珠不禁用手把弄那玉瓶，一面微微叹息道："一年容易又秋风……这一场病几乎把三秋好景都辜负了！"

"但是，现在已经好了，还不快乐吗？眼看又到结冰的时候了，刀光雪影下，正该显显你的好身手呢！"

"唉！说起这些玩艺来，又由不得我要伤心！子卿你知道，一个人弄到非热闹不能生活，她的内心是怎样的可惨！这几个月以来，我差不多无时无刻不是用这种的辛辣的刺激来麻木我的灵魂。……可是一般人还以为我是个毫无心肠的浪漫女子；哪里知道，在我的笑容的背后，是藏着不可告人的损伤呢？……世界固然是广博无边；然而人心却是非常窄狭的呵！"

沁珠的心，此刻沉入极兴奋的状态中，在她微微泛红的两颊上，漾着点点的泪光。曹虽极想安慰她，但是他竟不知怎样措辞恰当，只怔怔的望着她。在许久的沉默中，只有阵阵悲瑟的秋风，是占据了这刹那的四境。

"唉！沁珠！"曹最后这样说，"你的心伤，虽然是不容易医治的，不过倘使天地间还有一个人，他愿用他的全身全心来填补这个缺陷，难道你还忍心拒绝他吗？！"

"呵，恐怕天地间就不会有这样的人，子卿，实在不骗你，我现在不敢怀任何的奢望，对于这个世界的人类，我已经得到很清楚的概念，除了自私浅鄙外，再找不到更多的东西了！"

"自然，你这些话也有你的根据点，不过你总不应当怀疑人间还有纯洁的同情吧！——那是比什么东西都可靠，都伟大呢！……唉！沁珠！"

"同情，纯洁伟大的同情！……这些话都是真的吗？那末子卿，我真对不住你了。我不反对同情，更不反对同情的纯洁和伟大，只是我没有幸福享有这种的施与罢了！……其实呢，你也不必太认真，人生的寿命真有限，我们还是藏起自我，得快乐狂笑就是了！"

　　曹听了沁珠的话，使他的感情激动到不能自制，他握住沁珠的手，两眼含着泪，嘴唇颤抖着说道："沁珠，我用最诚恳的一片心——虽然这在你是看得不值什么的一颗心，求你不要这样延续下去，你知道我为了你的摧残自己，曾经流过最伤心的眼泪。我曾想万一我不能使你了解我时，我情愿离开这个世界，我不能看着你忍心的扮演。"

　　"那末，你要我怎么样？"沁珠苦笑着说。

　　"我要你好好的做人，努力你的事业，安定你的生活，你的才资是上好的，为什么要自甘沦亡？"

　　"唉，子卿呵，我为什么不愿意好好做人？又为什么不愿意安定我的生活？但是我有的是一颗破了的心，滴着血的损伤的心呵！你叫我怎样能好好做人？怎样能安定我的生活？唉，我不恨别的，只恨为什么天不使你早些认识我，倘使两年前你便认识了我，那自然不是这种样子，现在呵，现在迟了！"

　　"这话果是从你真心里吐出来的吗？绝对没有挽救的余地吗？但是你的心滴了血，我的血就不能使你填补起来吗？唉，残忍的命运呵！"曹将头伏在两臂中，他显然是太悲伤了。

　　"子卿，你安静些，听我说，并不是你绝对没有救助我的希望，我只怕我……"沁珠声音哽住了，曹也禁不住落着泪。

　　当我走到他俩面前时，虽是使他俩吃了一惊，但我却替他俩解了围。我问沁珠觉得怎样，她拭着泪道："已经好得多了，不久就可以起来……但是你的月考怎样了？"

　　"那还不是对付过去了……你睡的日子真不少，明天差不多整整三个星期了。据医生说，一个月之后就可以起来，那末你再好好休养十天，我们又可以一同去玩了。……你学校里的功课，孙诚替你代理，她这个人做事也很认真，你大可以放心的，其他的事情呢，也少思量，病体才好，真要好好的保重才是！……"

　　我这些话不提防使他俩都觉得难堪起来，曹更是满面过不去。我才觉悟我的话说得太着迹了，只好用旁的话来混开，我念了一封极有趣的情书给他俩听：

　　　　我最尊敬，最爱慕的女士：将来的博士夫人，哈哈，你真该向我贺

291

喜，我现在已得到大阴国家尔顿大学的博士学位了！这一来合了女士结婚的条件，快些预备喜筵，不要辜负了大好韶光，正是洞房花烛夜，金榜题名时呢！

你的爱人某某上

"噫，这真是有趣的情书，现在这些年轻人，恋爱要算是比什么都重要的工作了！"沁珠叹息着说。

"那你就把他们看得太高了！"我接着说，"他们若果把恋爱看得比什么都重，我倒不敢再咒诅人生了！……老实说吧，这个世纪的年轻人，就很少有能懂得爱情的，男的要的是美貌，肉感；女的呢，求的是虚荣，享乐，男女间的交易只是如此罢了！……你们不信，只看我适才念的这封情书就是老大的证据了。"

"真的，素文你那封情书究竟从哪里寻来的？"沁珠问。

"哦，你认得尹若溪吗？"我说。

"是不是那个身材高大，脸上带着滑稽相的青年呢？"

"可不就是那个缺德货吗？"我说，"他最近看上一个法大的女生李秋纹，变尽方法去认识她，但是这位李女士是个崇拜博士头衔的人，老尹当然是不够资格，虽然费尽心机，到头还是抹了一鼻子灰。这一来老尹便羞恼成怒，就给李女士写了这么一封奚落的信，把个李女士气得发疯，将这封信交给我，要我设法报复他。我觉得太无聊，因劝李女士息事宁人给他个不理就算了。"

这一段故事说完，差不多已将近黄昏了，曹因为晚上有事他先走了。我独自伴着沁珠，不免又提到适才她和曹的谈话。沁珠叹气道："素文，我真怕又是一个不祥的开端呢！"我听了沁珠的预料，心里也是一动，但怕沁珠太伤心于病体有碍，因劝她暂且把这件事放下，好好养病要紧。恰好王妈端进牛乳来，她吃过之后，稍微躺了些时，似有困意，我便悄悄的回学校了。

九

沁珠病好的时候，已经是残秋了，丹桂只余下些残瓣落英。当她第一天到学校去上课时，那正是一个天高气爽的早晨，虽然没有娇媚的花柳，却见雁影横空，残月一钩斜挂碧清的天际，别有一种自然的美妙。沁珠坐在包车上，真觉得眼前畅亮，心底澄净。及至走进学校门口，那一群活泼天真的女孩，像是极乐园中的安琪儿，翩翩的飞跑前来，将沁珠包围在核心，睁圆了她们水波似的眼睛向沁珠问讯：

"呵，张先生怎么病了这些时候，真的把我们都想坏了！"一个身量小巧的孩子诚恳的说着。

"是呵！我们每天都到教务处打听……今天可给我盼到了！"那个两颊绯红得像是从露晨摘下来的苹果脸的女孩一面说着，一面去拉沁珠的手。别的女孩也都拢近了，不住向沁珠身上摸弄。这是怎样一个充满了和爱的世界呵！使沁珠如同到了梦里，只是含笑对着她们，直到打了上课铃，这群孩子才围随了沁珠到讲堂去。当她站在高高的讲台上，看见每一个天真无邪的脸的热诚的表情，她真骄傲得如同一个女王。

"吓，孩子们，这些日子的功课都用心学习了吗？"她问她们。

"是的，先生！我们没有忘记先生告诉我们的话。你瞧我们教室不是都挂上许多好看的画片？——那是先生替我们选的呵！"一个年龄稍大的孩子——是这一级的自治会长，很有礼貌的站起来回答。

"很好！这个世界上，只有你们是我认为最完善美好的生物，愿你们不仅现在，——直到无穷的将来，都保持你们的天真！"

"先生，我们愿意！"大家齐声的喊着。

"你们愿意那很好！不过你们要时时小心，不要叫坏的环境改造了你们！……呵，你们还太小，不知道人类世界的种种陷阱和诱惑呢！"

"先生，我们愿意永远跟着先生！"

"我呵，也已经是环境底下的俘虏了！……我常常想望我能再回到童年……但这仅仅是个想望，所以希望你们好好爱惜你们的童年，不要等到童年去了而追悔！"

这些话，沁珠常常要灌输进这些弱小的心灵里去，她的确和一般留声机式的教员有点两样。所以这些孩子们对她也有一种特别的亲情。这时她们都静默着一声不响，这是很显然的她们已经被她的话所感动了。于是沁珠不再说下去，含笑道："好，今天我们该读一课国语了，拿出你们的书来吧。"那些孩子便又恢复了她们的活泼的心情，笑嘻嘻的把国文读本拿了出来……

"今天讲《一个爱国童子》吧。"沁珠说。

"好极了，先生让我念，我都认得。"那坐在前排的一个小女孩说。

"好，你念！……你们大家都留心听，看她念得错不错！"

那个小女孩非常高兴的站了起来，把书举得高高的，朗声念了一遍。

别的孩子都含笑的望着她。沁珠问道："她念得好不好？"

"好！"大家齐声的应着。

这时下课铃响了，这些孩子急着把书放在桌屉里，值周生喊了一二三，一阵欢笑跳叫的声音，充满了这一间教室。"呵，真是可爱的小鸟儿！"沁珠悄悄的赞叹着走出教室。她们要沁珠到操场看她们抢球。在那一片空旷的球场上，刹那间洋溢着快乐真情的空气。直到第二课的上课铃响了，她们才恋恋不舍的离开沁珠去上课。

沁珠等她们都进了教室，兀自怔怔的站在操场里，她的心是充满了又惆怅又喜悦的情调，世界是怎样的多色彩呵！这一幕美妙的喜剧现在又已闭了幕。第二幕是什么呢？当她离开学校大门时，仿佛自己被摈于乐园门外，对着那些来往的行人，在他们愁苦奔忙的脸上，她的心又沉入悲凄。她无精打采的回到寄宿舍里，曹已先在她的房里等她呢。

"你今天头一次给她们上课，不觉得吃力吗？"曹温柔的问着。

"不，不但不吃力，我的精神反觉得愉快，孩子们的天真热情，真可以鼓舞颓废的人生……真的，我只要离开她们，就要感到生命上的创伤！"

"自然她们是那样的坦白，那样的亲切，无论什么人，处到她们的中间，都要感到不同的情趣的，况且你又是一个主情教育的人，更容易从她们那里得到安慰。不过也不见得除此之外，便再没有真情了。总之我希望你容纳我对你的关切……"

"子卿，我知道你待我的一片真心，我也常常试着变更我的人生观，不过一个人的主观，有时候是太固执的不易变化，这要慢慢来才行，不是吗？"

"既然这样，我敢向着这蓝碧的神天发誓，只要我生存一日，我便要向这方面努力一日。看吧，总有一天你要相信我只是为你而生存的！"

"唉！好朋友！我们不谈这些使人兴奋的话吧！这样的好天气，今天又是星期六，我们正该想个方法消遣，为什么学傻子，把好日子从自己手指缝中跑了呢！"

"很好，今天不但天气好，而且还是月望呢。我早就想约你和素文，还有一两个知己的朋友，到西山看月去，你今天既然高兴，我们就去吧！"

"也好吧，你去通知你的朋友，我去打电话给素文，我们三点钟在这里会齐好了。"

曹听了沁珠的话，果然去分头召集他的朋友。沁珠便打电话给我。那时我正在院子里晒头发，听了要到西山看月，当然很高兴，忙忙把头发梳光了，略略修饰了一番，便到沁珠那里。一进门，已听见几个青年男人谈话的声音，我不敢就走进去，喊了一声沁珠。只见她潇洒的身段，从门帘里闪了出来，向我招手道："快来，人都齐了，只等你呢！"她揽着我的手来到房里，在那地方坐着三个青年，除了曹还有两个为我所不认识的。沁珠替我介绍之后，才知道一个叫叶钟凡，一个叫袁先志，都是曹的同学。

这两个青年长得都还清秀，叶钟凡似乎更年轻些；他的风度潇洒里面带着刚强，沁珠很喜欢他，曾对我道："你看我这个小兄弟好不好？"叶钟凡听说，便也含笑对我道："对了，我还不曾告诉素文女士，我已认沁珠作我的大姊姊呢！"

我也打趣道："那末我也可以叨光，叫你一声老弟了！"

曹和他们都笑道："那是当然！"我们谈笑了一阵已经三点了，便一同乘汽车奔西直门外去，四点多钟已到了西山。今晚我们因为要登高看月，所以就住在甘露旅馆。晚上我们预备喝酒，几个青年人聚在一块，简直把世界的色彩都变了。在我们之间没有顾忌，也没有虚伪，大家都互示以纯真的赤裸的一颗心。

今夜天公真知趣，不到八点钟，澄明的天空已漾出一股清碧的光华，那光华正托着圆满皎莹的月儿。饭后我们都微带酒意的来到甘露旅馆前面的石台上，我们坐在那里，互相沉醉于夜的幽静中。

"呵，天苍苍，野茫茫，风吹草低见牛羊！"曹忽在极静的氛围中高吟起来，于是笑声杂作。但是沁珠她依然独倚在一株老松柯的旁边，默默沉思。她今天穿的是一件玄色黑绸袍，黑丝袜和黑色的漆皮鞋，衬着在月光下映照着淡白色的面靥，使人不禁起一种神秘之感。我忽想起来从前学校的时候，有一天夜里，也正有着好的月色，我们曾同文澜、沁珠、子瑜几个人，在中央公园的社稷坛上跳黑魔舞。沁珠那夜的装束和今夜正同，只是那时她还不曾剪发，她把盘着的 S 髻松开来，柔滑的黑发散披在两肩上，在淡白的月光下轻轻的舞着，这一幕幽秘的舞影时时浮现在我的观念里。所以今夜我又提议请沁珠作黑魔舞，在座的人自然都赞成。叶钟凡更是热烈的欢迎，他跑到沁珠站着的地方，恭恭敬敬行了一个军礼，说道："劳驾大姊，赏我们一个黑魔舞吧！"沁珠微微笑道："跳舞不难，你先替我吹一套《水调歌头》再说。"

"那更不难！可是我吹完了你一定要跳！"

"那是自然！"

"好吧，小袁把箫给我！"袁先志果然把身边带着的箫递了过去。他略略调匀了声韵，就抑抑扬扬的吹了起来。这种夜静的空山里，忽被充满商声的箫韵所迷漫，更显得清远神奇，令人低徊不能自已了。曹并低吟着苏东坡的《水调歌头》的词道：

> 明月几时有，把酒问青天，不知天上宫阙，今夕是何年？我欲乘风归去，又恐琼楼玉宇，高处不胜寒。起舞弄清影，何似在人间！
>
> 转朱阁，低绮户，照无眠。不应有恨，何事长向别时圆？人有悲欢离合，月有阴晴圆缺，此事古难全。但愿人长久，千里共婵娟。

词尽箫歇，只有凄凉悲壮的余韵，还缭绕在这刹那的空间。这时沁珠已离开松柯，低眉默默的来到台的正中。只见她两臂缓缓的向上举起，仰起头凝注天空，仿佛在那里捧着圣母飘在云中的衣襟，同时她的两腿也慢慢的屈下，最后她是跪在石板上了，恰像那匍匐神座前祈祷的童贞女。她这样一来，四境更沉于幽秘，甚至连一些微弱的呼吸声都屏绝了。这样支持了三分钟的光景，沁珠才慢慢站了起来，旋转着灵活的躯干，迈着轻盈的舞步，跳了一阵。当她停住时，曹连忙跑过去握住她的手道："沁珠呵，的确的，今夜我的灵魂是受了一次神圣的洗礼呢！也许你便是神圣的化身呢？"沁珠听了这话，摇头道："不，我不是什么神圣的化身，我也正和你一样，今夜只求神圣洗尽我灵魂上的疮痍罢了！"

在沁珠和曹谈话的时候，我同叶钟凡、袁先志三个人转过石台去看山间的流泉——那流泉就在甘露旅馆的旁边，水是从山涧里蜿蜒而下，潺潺溅溅的声响，也很能悦耳。我们在那里坐到更深，冷露轻霜，催我们回去。在我们走到甘露旅馆的石阶时，沁珠同曹也从左面走来。到房间里，我们喝了一杯热茶，就分头去睡了。

我们一共租了两间房子，沁珠和我住一间，他们三个人住一间。当我们睡下时，沁珠忽然长叹道："怎么好？这些人总不肯让我清净！"

"又是什么问题烦扰了你呢？"我问她。

"说起来，也很简单，曹他总不肯放松我……但是你知道我的脾气的，就是没有伍那一番经过，我都不愿轻易让爱情的斧儿砍毁我神圣的少女生活。你瞧，常秀卿现在快乐吗？镇日作家庭的牛马，一点得不到自由飘逸的生活。这就是爱情买来的结果呵！仅仅就这一点，我也永远不做任何人的妻。……况且曹也已经结过婚，据说他们早就分居了——虽然正式的离婚手续还没办过。那末像我们这种女子，谁甘心仅仅为了结婚而牺牲其他的一切呢？与其嫁给曹，那就不如嫁给伍——伍是我真心爱过的人。曹呢，不能说没有感情，那只因他待我太好了，由感激而生的爱情罢了。……"

"既然如此，你就该早些使他觉悟才好！"我说。

"这自然是正理，可是我现在的生活，是需要热闹呵！他的为人也不坏，我虽不需要他做我的终身伴侣，但我却需要他点缀我的生命呢！……这种的思想，一般人的批评，自不免要说我太自私了。其实呢，他精神方面也已得了相当的报酬。况且他还有妻子，就算多了我这么个异性朋友，于他的生活只有好的，没有什么不道德……因此我也就随他的便，让他自由向我贡献他的真诚，我只要自己脚步站稳，还有什么危险吗？"

"你真是一个奇怪的人物，沁珠。"我说，"你真是很显著的生活在许多矛盾中，你爱火又怕火，唉！我总担心你将来的命运！"

沁珠听了我的话，她显然受了极深的激动，但她仍然苦笑着说道："担心将来的命运吗？……那真可不必，最后谁都免不了一个死呢！……"

"唉，我真是越闹越糊涂，你究竟存了什么心呢？"

"什么心，你问得真好笑，难道你还不知道，我只有一个伤损的心吗？有了这种心的人，她们的生活自然是一种不可以常理喻的变态的，你为什么要拿一个通常的典型来衡量她？！"

"唉！变态的心！那是只能容纳悲哀的了，可是你还年轻，为什么不努力医治你伤损的心，而让它一直坏下去呢！？"

"可怜虫，我的素文！在这个世界上，哪里去找这样的医生呢？只要是自己明白是伤损了，就是伤损了，纵使年光倒流，也不能抹掉这个伤损的迹痕呵！"

"总而言之，你是个奇怪的而且危险的人物。好了，朋友！我真是替你伤心呢！"

"那也在你！"

谈到这里，我们都静着不作声，不知什么时候居然被睡魔接引了去。次日一早醒来，吃过早点，又逛了几座山，枫叶有的已经很红了，我们每人都采了不少带回城里。

十

我们从看月回来后，天气渐渐冷起来了。在立冬的那一天，落了很大的雪。我站在窗子前面，看那如鹅毛般的雪花，洋洋洒洒的往下飘。没有多少时候，院子里的秃杨上，已满缀上银花；地上也铺了一层白银色的毯毡。我看到这种可爱的雪，便联想到滑冰；因从床底下的藤篮里，拿出一双久已尘封的冰鞋来，把土掸干净，又涂了一层黑油，一切都收拾好了，恰好文澜也提着冰鞋走进来道："吓，真是天下英雄所见略同，你也在收拾冰鞋吗？很好，今天是我们学校的滑冰场开幕的头一天，我们去看看！"

"好，等我换上戎装才好。"我把新制的西式绒衣穿上，又系上一条花道哔叽呢的裙子，同文澜一同到学校园后面的冰棚里去。远远已听见悠扬的批霞娜的声音，我们的脚步不知不觉合着乐拍跳起来。及至走到冰棚时，那里已有不少的年轻的同学，在灿烂的电灯光下，如飞燕穿梭般在冰上滑着。我同文澜也一同下了场。文澜是今年才学，所以不敢放胆滑去，只扶着木栏杆慢慢的走。我呢，却像疯子般一直奔向核心去。同学们中要算那个姓韩的滑得好，她的身体好像风中柳枝般，又活泼又袅娜。——今天她打扮得特别漂亮，上身穿一件水手式的白绒线衣，下身系一条绛紫的哔叽裙，头上戴一顶白绒的水手式的帽子，胸前斜挂着一朵又香又鲜的红玫瑰，这样鲜明的色彩，更容易使每个人的眼光都射在她身上了。她滑了许久，脸上微微泛出娇红来，大约有些疲倦了，在音乐停时她一蹲就蹿出冰棚去。其余的同学也都暂时休息，我同文澜也换了冰鞋走到自修室里去。在路上我们谈到韩的技巧，但是文澜觉得沁珠比她滑得更好，因此我们便约好明天下午去邀沁珠来同韩比赛。

第二天下午饭后，文澜和我把冰鞋收拾好，坐上车子到沁珠的寄宿舍去。走到里面院子时，已看见她的房门上了锁，这真使我们扫兴。我去问王妈，她说："张先生到德国医院去了。"

"怎么，她病了吗？"文澜问。

"不，她去看曹先生去了！"王妈说。

"曹先生生病了，是什么病？……怎么我一点都不知道！"我说。

"我也不大明白是什么病，只听见张先生的车夫说好像是吐血吧！"王妈说。

"呵，真糟！"文澜听了我的话，她竟莫明其妙的望着我。隔了些时，她才问道："这到底是怎么一回事呢？"

我说："现在就是我也不清楚，不过照我的直觉，我总替沁珠担心罢了。"

"莫非这病有些关系爱情吗？"聪明的文澜怀疑的问。

"多少跑不了爱情关系吧，——唉，可怕的爱情，人类最大的纠纷啊！"

王妈站在旁边，似懂非懂的向我们呆看着，直到我们沉默无言时，她才请我们到沁珠的房里去坐，她说：

"每天张先生顶多去两个钟头就回来的。现在差不多是回来的时候了。"我听了她这样说，也想到她房里去等她，文澜也同意，于是我们叫王妈把房门打开，一同在她房里坐着等候。我无意中看见放在桌上有一册她最近的日记簿，这是怎样惊奇的发现，我顾不得什么道德了，伸手拿起来只管看下去：

十月二十日　这又是怎么回事呢？爱情呵，它真是我的对头，它要战胜我的意志，它要俘虏我的思想！……今天曹简直当面鼓对面锣的向我求起婚来；他的热情，他的多丰姿的语调，几乎把我战胜了！他穿得很漂亮，而且态度又是那样的雍容大雅。当他颤抖的说道："珠！操纵我生命的天使呵！请看在上帝的面上，用你柔温的手，来援救这一个失路孤零的迷羊吧！你知道他现在唯一的生机和趣味，都只在你的一句话而判定呢？！"吓，他简直是泪下如雨呢！我不是铁石铸成的心肝五脏，这对于我是多可怕的刺激？！当时我只觉得天旋地转；早忘记我自己是在人世，还是在上帝的足下受最后审判。我只有用力咬住我的嘴唇，我不叫任何言语从我的口唇边悄悄的溜出来，天知道，这是个自从有人类以来最严重的一刹那呢！曹他见我不说话，鲜红的血从口角泛了出来。他为这血所惊吓，陡然的站了起来，向我注视，而我就在这个时候失了知觉，也不知道他什么时候走的。我醒来时，只有王妈站在我的面前。我问她："曹先生呢？"她说去请医生去了。不久果然听见皮鞋声，曹领来一个西装的中国医生，他替我诊过脉后，打了一针强心针。他对曹说："这位女士神经很衰弱，所以受不起大刺激的，只要使她不受任何打击就好了！"医生走后，曹很悲惨的走进来；我让他回去休息，他也并不反对，黯然的去了。唉，多可怕的一幕呵！……

十月二十二日　曹昨天整日没有消息，"也许他恼我了？"我正在这样想着，忽见王妈拿着一封信来，正是曹派人送来的。他说："我拿一颗血淋淋的心，虔诚贡献在你的神座下，然而你却用一瓢冷水，将那热血的心浇冷。唉，我还要这失了生机的血球般的心做什么？我愿意死。只有死，是我唯一的解脱方法！多谢天，它是多么仁爱呀！昨夜我竟又患了咯血的旧病。——说到这个病真够悲惨。记得那年我只有十七岁，祖父年纪很高了，他急于要看我成家，恰好那年我中学毕业要到外面升学，而我的祖父就以成家为我出外的唯一条件，最后我便同一个素不相识的某女士结了婚。入洞房的那一夜，我便咯起血来，足足病了一个多月才好。这虽是个大厄运，然而它可救了我。就在我病好后的四天，我即刻离开故乡，到外面过飘流的生活，现在已经七八年了。想不到昨夜又咯起血来，这一次的来势可凶，据说我失的血大约总有一个大饭碗的容量吧，叶和袁把我弄到医院里来，其实他们也太多事呢！……"

唉！当然我是他咯血的主因了，由不得我要负疚！今天跑到医院去看他，多惨白的面色呵！当我坐近他床边的椅子上时，我禁不住流下泪来。我不知道说什么好，不过眼看着一个要死般的人躺在那里，难道还不能暂且牺牲自己的固执救救他吗？所以当时我对他说："子卿，只要你好好的养病，至于我们的问题尽好商量。"唉，爱情呵，你真是个不可说的神秘的东西！仅仅这一句话，已救了曹的半条命呢。他满面笑容的流着泪道："真的吗？珠，你倘使不骗我的话，我的病好是极容易的呵！"

"当然不骗你！"我说。

"那末好！让我们拉拉手算数！"我只得将手伸过去。他用力的握住我的手，慢慢移近唇边，轻轻的吻了一下道："请你按铃，告诉看护，我肚子饿了，让我吃些东西吧！"我便替他把看护叫来，拿了一杯牛乳。他吃过之后，精神好了许多。那时已近黄昏了，他要我回来休息，当我走出医院的门时，我是噙着一颗伤心的眼泪呢！

我把沁珠这一段日记看过之后，我的心跟着紧张起来。我预料沁珠从此又要拿眼泪洗脸了！想到这里由不得滴下同情泪来。文澜正问我为什么哭时，院子里已听见沁珠的声音在喊王妈，文澜连忙迎了出去：

"唷，文澜吗？你怎么有工夫到这里来？……素文没来吗？"沁珠说。

"怎么没来？听说曹病了，我也没去看他，今天好些吗？"我这样接着说。

"好些了，再调养一个礼拜就可以出院了。你们近来做些什么事情呢？昨天的一场大雪真好，可惜我没有兴趣去玩！"

"今年你开始滑冰了吗？我们学校的冰场昨天行开幕礼，真热闹，可惜你没去；让小韩出足了风头！今天本想来邀你去和她比赛，偏巧你又有事！"

"这样吧，今晚你们就在我这里吃晚饭，饭后我们同到协和冰场去玩一阵；听说那里新聘了一位俄国音乐家，弹得一手好琴呢。"

我们听了沁珠的建议，都非常高兴，晚饭后，便同沁珠匆匆的奔东城去。到了冰场时，只见男男女女来滑冰和助兴的人，着实不少。我们去的正是时候，音乐刚刚开场，不但琴弹得好，还和着梵亚琳呢。我们先到更衣室里，换好冰鞋，扎束停当，便一同下场去。沁珠的技艺果然是出众的，她先绕着围场滑了几转，然后侧着身子，只用一只脚在冰上滑过去，忽左忽右忽前忽后，真像一个蛱蝶穿过群芳，蜻蜓点水般又轻盈又袅娜的姿势，把在场的人都看得呆了。有几个异性的青年，简直停在木栅栏旁边不滑了，只两眼呆呆的跟着沁珠灵活的身影转动。文澜喜得站在当中的圆柱下叫好，其余的人也跟着喝起彩来。我们这一天晚上玩得真痛快，直到十一点多，冰场的人看看散尽，乐声也停止了，我们才尽兴而

301

回。那时因为已经夜深，我们没有回学校，一同住在沁珠那里。

走进沁珠的房里，沁珠一面换着衣服，一面叹息道："滑冰这种玩艺有时真能麻醉灵魂，所以每一年冬天，我都像发狂似的迷在冰场上。在那晶莹的刀光雪影下，我什么都遗忘了。但是等到兴尽归来，又是满心不可说的怅惘，就是今夜吧，又何尝不一样呢！"

沁珠这些话，当然是含有刺激性的，就是文澜和我也都觉得心里怅怅的，当夜没有再谈下去，胡乱的睡了。

第二天一早晨，文澜因为要赶回去上课，到学校去了。我同沁珠吃过午饭，到德国医院去看曹。当我们走进他的房间时，只见他倚在枕上看报纸呢！我向他问了好，他含笑的让我坐下道："多谢素文女士，我的病已经好了大半；已有三四天不咯血了，只是健康还没有十分复原。"

我说："那不要紧，只要再休养几天一定就好了。"

当我们谈着的时候，沁珠把小茶几上的花瓶里的腊梅，换了水。又看了看曹的热度记录表，然后她坐在曹床旁的沙发椅上，把带来不曾织完的绒线衣拿了出来——这件衣服是她特为曹织的，要赶在曹出院的时候穿。在她低眉含笑织着那千针万缕的绒线时，也许她内心是含着甜酸苦辣复杂的味道。不过曹眼光随着沁珠手上的针一上一下动转时，他心里是充满着得意和欢悦呢！我在旁边看着他俩无言中的表情，怎能禁止我喊出："呵，爱情——爱情是这个世界上唯一的奇迹哟！"我这样低声的喊着，恰好沁珠抬起头来看我："有什么发见吗？素文！"她说。

"哦，没有什么！"曹看见我那掩饰的神情，不禁微微的笑了。这时忽听见回廊上皮鞋声，医生和看护进来诊察。沁珠低声道："时候到了，我们走吧！"

曹向我们点头道谢，又向沁珠道："明天什么时候见呢？"

"大约还是这个时候吧！"沁珠说。

我们走出医院，已是吃晚饭的时候，我约沁珠到东安市场去吃羊肉锅。我们又喝了几杯酒，我趁机向沁珠道歉说，我不曾得到她的应允，擅自看了她的日记。

她说那不要紧，就是我没有看，她也要把这事情的经过告诉我的……并且她又问我："你觉得我们将来的结果怎样？"

我听了这话，先不说我的意见，只反问她道："请先说说你自己的预料。"

"这个吗，我觉得很糟！"她黯然的说。

"但是……"我接不下去了。她见我的话只说了半截便停住了很难受，她说："我们是太知己的朋友，用不着顾忌什么呵！但是怎样呢？"

我被她逼问得没办法，只得质直的说道："但是你为什么又给他一些不能兑现的希望呢！"

"唉！那正是没有办法的事呢，也正如同上帝不罪医生的说谎一样。你想在他病得那种狼狈的时候，而我又明明知道这个病由是从我而起的，怎好坐视不救？至于到底兑现不兑现，那是以后的事，也许他的心情转变了，也难说。"

"不过我总替你的将来担心罢了！"我说，"倘使他要是一个有真情的男人，他是非达到目的不可，那时你又将怎么办？到头来，不是你牺牲成见，便是他牺牲了性命！"

"那也再看吧，好在人类世界的事，有许多是推测不来的，我们也只好走一步算一步！"

那夜我们的谈话到这里为止，吃过晚饭后就分头回去。

十一

在那次协和冰场滑冰以后，我因为忙着结束一篇论文，又是两个星期不见沁珠了。她也没有信来，在我想总过得还好吧！

最近几天气候都很坏，许久不曾看见耀眼的阳光，空气非常沉重，加着阴晦的四境，使人感到心怀的忧郁。在礼拜四的黄昏时，又刮起可怕的北风，那股风的来势真够凶，直刮得屋瓦乱飞；电线杆和多年的老枯树也都东倒西歪了。那时候我和文澜坐在自修室里，彼此愁呆的看着那怒气充塞的天空。陡然间我又想到沁珠，不知她这时是独自在宿舍里呢，还是和曹出去了。我对文澜说："这种使人惊惧的狂风，倘使一个人独处，更是难受，但愿沁珠这时正和曹在一起就好了。"

"是呀！真的，我们又许久不看见她了，她近来的生活怎样？你什么时候去看她？……"文澜说。

"我想明天一早去看她。"我这样回答。

第二天早晨我起床的时候，风早已停了，掀开窗慢，只见世界变成了琼楼玉宇，满地上都铺着洁白的银屑；树枝上都悬了灿烂的银花。久别的淡阳，闪在云隙中，不时向人间窥视。这算是雪后很好的天气，我的精神顿感到爽快，连忙收拾了就去访沁珠。她才从床上起来，脸色不很好；眼睛的周围，显然绕着一道青灰色的痕迹，似乎夜来不曾睡好。她见了我微笑道："你怎么这样早就来了！"

"早吗？也差不多九点半了。"我说，"吓，昨夜的风够怕人的，我不知你怎么消遣的，所以今天来看看你！"

"昨天的确是一个最可怕的坏天气——尤其在我，更是一个惊心动魄的日子呢！"沁珠说。

"怎么样，你难道又遇见什么可怕的事情了吗？"我问。

"当然是使人灵魂紧凑的把戏，不过也是在我的意料中，只是在昨夜那样狂风密雪的深夜而发生这件事，——仿佛以悲凉的布景，衬出悲凉的剧文，更显得出色罢了。"沁珠说。

"究竟是怎样的一幕剧呢？"我问。

"等我洗了脸来对你细说吧。"她说着就到外面屋子洗脸去了。约过了五分钟，她已一切收拾好，王妈拿进一壶茶来，我们喝了茶以后，她便开始述说：

"昨天我从学校回来后，天气就变了，所以我不曾再出去，曹呢，他也不曾来。我吃了晚饭，就听见院子里那两棵大槐树的枯枝发出沙沙的响声；我知道是起风了，便把门窗关得紧紧的。但是那风势越来越厉害，不时从窗隙间刮进灰沙来，我便找了一块厚绒的被单，把门窗遮得十分严密，屋子里才有了温和清洁的空气。于是我把今天学生们所做的文卷，放在案上一本一本依次的改削。将近十点钟的时候，风似乎小了些，但却听见除了风的狂吼外，还有瑟瑟的声音，好像有人将玉屑碎珠一类的东西洒在屋瓦上，想来是下雪了。我便掀开窗幔向外张望，果然屋顶上有些稀薄的白色东西，一阵阵的寒风吹到我的脸上，屋里的火炉也快灭了，我就想着睡了吧。正在这个时候，忽听见门外有人说话的声音，似乎是王妈，她说：'张先生睡了吗？曹先生来了。'我被这意外的来客，吓了一跳：'这样的时候怎么他会到我这里来呢？！'我心里虽然是惊疑不定，但是我还装作很镇静的答道：'我还没有睡呢，请曹先生进来吧！'我一面把门栓打开。曹掀开门帘一步蹿了进来，然后站得笔直的给我行了个军礼——今夜他是满身戎装，并且还戴着假须——很时髦的两撇八字胡——倘使不是王妈先来报告，我蓦一看，简直真认不出他呢。我看了这种样子，觉得又惊奇又好笑，我说：'呀，你

怎么打扮成这个样子？'曹含着笑拿下那假须，一面又脱了那件威武的披风，坐下说道：'我今夜是特来和小姐告别的。'

"'告别？'我不禁惊讶的问道，'这真像是演一出侦探剧——神出鬼没的，够使人迷惑了！究竟要到什么地方去呢？'

"曹见了我那种惊诧的样子，他只是笑，后来他走近我的身旁，握住我的手道：'珠！请你先定一定心，然后我把这剧文的全体告诉你吧！……但是我要请你原谅，在我述说一切之先，你得回答我一个问题，那就是在德国医院里你所答应我的那件事情可是当真？

"'呀，你的话越说越玄，我真不明白你指的是哪一件事情？'我这样回答他。

"'哦，亲爱的小姐！你不要和我开玩笑了！这种事情，便是把我烧成灰也不会忘记的，你难道倒不明白了吗？唉，珠，老实说吧，为了爱情的伟大，我们应当更坦白些，我们的大问题究竟什么时候才能解决，才能使幻梦成为事实呢？'

"其实呢，我何尝不明白他所指的那件事，不过我在医院所允许他的，正是你所说的是不兑现的希望。——那是一时权宜之计，想不到他现在竟逼我兑起现来；这可真难了，当时我看了他那种热烈而惨切的神情，心头忽冲出一股说不出的酸楚，眼泪不由自主的滴了下来。但我不愿使他觉察到，所以连忙转过头去，装作看壁上的画片，努力把泪咽了下去，勉强笑道：'唉，曹，你的意思我明白了，不过这究竟不是仓猝间所能解决的问题。'

"'珠，我也知道这事是急不得的，只要是你应允了我，迟早又有什么关系？……况且我目下还负着一种重大而急迫的使命，正是匈奴未灭何以家为！……只要在我离开你之先，能从你这里得到一粒定心丸我就心满意足了。'

"'那末现在你已经得到定心丸了，你可以去努力你的事业了。'我说。

"'不错，是得到了，我现在心灵里是充满了甜美的希望，无论前途的事业是如何繁巨，都难使我皱眉的，唉，伟大的爱，珠，这完全是你的赐予呵！'

"曹那时真是高兴得眉飞色舞，他将我用力的搂在怀中，火热的唇吻着我的黑发。经过了几分钟，他像是从梦中惊醒，轻轻的放开我，站了起来，露出严重的面颜对我说道：'现在该谈到我自己的事情了，珠，你当然了解我是一个热血青年，世界上一切的不平等，和一般民众的困苦，都逼我走向革命的那条路上去，在我们第一次谈话时，我已经略略对你表示过，并且我觉得你对于我那种表示很是满意，但那时我们究竟是初交，所以关于我一切具体的事实不便向你宣布。……现在好了，我们已达到彼此毫无隔阂的地步，当然我不能再有一件事是瞒着你的，那就是说我已在两年前加入正式的革命工作了，并且我是驻平的一个很重要的宣传委员。现在为了总党部的电召，我立刻要到广州去一趟……又因为此地的警察，近来有些注意我的行踪，因此我不能不化装。我明天早车就走，所以今夜赶来和你告别。'

"我听完了曹的叙述，不禁向他看了一眼，当然你可猜想到我在这时心情的变化是怎样剧烈了。——曹有时真有些英雄的气概……但我同时又觉得我嫁给他，总有些不舒服。我当时呆呆的想着，忽听曹又向我说道：'我这一次去，早则两个月回来，迟则三四个月不定。在这个分离的时间，我们当然免不了通信，不过为了避免旁人的注意，我们不妨用个假名字。'他说到这里，就在我案上的记事小簿子上写了"长空"两个字，并抬头向我说道：'我还预备送你一个别名呢。'

"'好吧！你写出来我看看。'他果然又在小簿子上写了'微波'两个字。我们约定以后通信都用别名。谈到这里，他便向我告别。我送他出去的时候，只见天空依旧彤云密布，鹅毛般的雪片不断的飘着；我们冒着风雪走过那所荒寂的院落，就到了大门。我将他送出大门，呆呆的看着他那硕高的身影，在飞絮中渐渐的远了，远到看不见时，我才转身关门进来，那时差不多一点钟了。王妈早已睡熟，我悄悄的回到房里，本就想去睡。哪里晓得种种的思想像辘轳般不住在脑子里盘旋，远处的更声，从寒风密雪里送了过来。那种有韵律而清脆的音波，把我引到更凄冷的幻梦里。最后我从新起来，把木炭加了些在那将残的火炉里，把桌上那盏罩着深绿色罩子的电灯燃着，从正中的屉子中拿出我的日记本来，写了一阵，心里才稍觉爽快了……"

我听沁珠说到这里，便很想看看她的日记，当我向她请求时，她毫不勉强的答应了。并且替我翻了出来，我见那上面写着：

　　十一月五日　这是怎样一个意想不到的遭遇呢？！——在今夜风刮得那样凶猛，好像饿极了的老虎，张着巨大的口，要把从它面前经过的生物都吞到肚子里去。同时雪片像扯絮般的落着。这真是一个可怕的夜。人们早都钻在温软的被褥中寻他们甜美的梦去了，而谁相信，在一所古庙似的荒斋中，还有一个漂泊而伤心的女儿，正在演一出表面欢喜，骨子里悲愁的戏剧呢！

　　曹今夜的化装，起初真使我震惊，回想他平日的举动，就有点使人不可测，原来他却是一个爱国的英雄！他那两撇富有尊严意味的假须，衬着他那两道浓重的剑眉，和那一身威武慑人的军装，使我不知不觉联想到拿破仑。——当然谁提到这位历史上的人物，不但觉得他是一个出没枪林弹雨中的英雄，同时还觉得他是一个多情的风流角色呢！曹实际上自然比不上拿破仑，但是今夜我却觉得他全身包含的是儿女英雄杂糅着的气概。可是我自己又是谁呢？——约瑟芬吗？不，我不但没有她那种倾城倾国的容貌；同时我也不能像她那样死心塌地的在她情人的温情中生活着。当他请求我允许他做将来的伴侣时，在那俄顷间，我真不明白是遇见了什么事情！我一颗伤损的心流着血；可是我更须在那旧创痕上加上新的刀伤。这对于我自己是太残酷了，然而我又没有明白叫他绝望的勇气。当然我对于他绝不能说一点爱情都没有，有时我还真心实意的爱恋着他，不过不知为什么，这种的爱情，老像是有多种的色彩，好似是从报恩等等换了出来的，因此有的时候要失掉它伟大的魔力，很清楚的看见爱神的后面，藏着种种的不和谐。——这些不和谐，有一部分当然是因为我太野心，我不愿和一个已经同别的女人发生过关系的人结合；还有一部分是我处女洁白的心，也已印上了一层浓厚的色彩，这种色彩不是时间所能使它淡褪或消灭的；因此无论以后再加上任何的色彩，都遮不住第一次的痕迹，换句话说，我是时时回顾着已往，又怎能对眼前深入呢？唉，天呵！我这一生究竟应走哪一条路？这个问题可真太复杂了！我似乎是需要热闹的生活；但我又似乎觉得对于这个需要热闹的可怜更觉伤心。那末安分守己的作一个平凡的女人吧，贤妻良母也是很不错的。无奈我的心，又深感着这种生活是不能片刻忍受的。

　　唉，想起素文屡次警戒我"不要害人！"的一句话，我也着实觉得可怕。不过上帝是明白这种的情形，正是我想避免的，而终于不能避免，是谁的罪呵？！在我却只能怪上帝赋予我的个性太顽强了！我不能作一个只为别人而生活的赘疣；我是尊重"自我"的，那一天要是失掉

"自我"，便无异失掉我的生命。——曹，他也太怪了，他为什么一定要缠住我呢？我知道在这个世界上，我不能给任何人幸福，因为我本身就是个不幸的生物，不幸的人所能够影响于别人的，恐怕也只有不幸罢了！想到这里，我只有放下笔向天默祝——我虔诚的希望他：此次到广州去，能为了革命工作而忘却其他的一切，等他事完回来的时候，已经变了一个人就好了！

我看完沁珠昨夜的日记，我的心也在涌起复杂的情调，我不知道怎样对她开口。当她把日记接过去，却对我凄然苦笑道："这不像一出悲剧的描写吗……也就是所谓的人生呢！"

"是的！"我只勉强说了这两个字，而我的热情悲绪几乎捣碎了我方寸的灵台，我禁不住握住她的手黯然的说道，"朋友！好好的挣扎吧；来到世界的舞台上，命定了要演悲剧的角色，那也是无可如何的！但如能操纵这悲剧的戏文如自己的意思，也就聊可自慰了！"

沁珠对于我这几句话，似乎非常感动，她诚恳的说道："就是这话了！只要我不仅是这悲剧中表演的傀儡，而是这悲剧的灵魂，我的生便有了意义！"

我们谈到这里，王妈进来说，沁珠上课的时间快到了，我们便不再说下去。沁珠拿了书包，我们一同出了古庙分途而别。

十二

自从过了旧历的新年后，天气渐渐变了。这两天，更见和暖，当早晨的太阳，晒在房檐的积雪上时，在闪闪的银光下露出黑色的瓦来，雪水如雨漏般，沿着屋檐流了下来，同时发出潺溅的声响。马路上也都是泥泞，似乎下过雨一般，在这种大地春回的时光里，沁珠感到特别的怅惘，最使她失意的是和冰场的告别——的确在去年的一个冬天里，她不但是整天整晚把身体放在冰场，并且她的一颗心——平日多感抑闷的心，也都放在冰场上。那耀眼的刀光迷醉了她的感官，因此释放了她的灵魂。但是现在呢，时间把一切都变了面目。冰棚也已经拆毁了，地上的冰都化成了点点的水滴，渗入地里去。再看不见成群结队的青年男女，拿着冰鞋兴高采烈的往冰场上来。也听不见悠扬悦耳的音乐，一切只是黯淡沉寂。所以沁珠最近除了每天到学校上课外，多半是躲在寄宿舍里睡觉，很少和我见面。在一个星期六的下午，学校里开校友会，许多毕业的同学都来了，她们三三两两的谈论着，真仿佛出嫁的姑娘回了娘家，和那些青年的姊妹谈到过去的欢乐，和别后的新经历，另有一种情趣。我那时在旁边沉默的观察着，好像戏台底下唯一的顾客。正在这个时候，觉得一种轻悄的脚步声，停在我的背后。我正想回头看时，一双柔滑的手蒙住我的眼睛。但是一种非常熟悉的肥皂香味，帮助了我的猜想——我毫不犹豫的叫道："沁珠！"——在一阵格格的笑声中，那两只手松了下来，果然正是她。我叫她坐在我的旁边，并且对她说道："你到底也来了！"

"我本不想来的，后来想起你……我们又十几天不见面了。借此机会找你谈谈也不错！"

"你现在的生活怎么样？曹有信来吗？"

"信吗？太多了！差不多每天都有一封，有时还是快信，我也不知道他怎么有那些工夫！据他说事情也很忙！"

"唉！这就是爱情呀……它能伸缩时间也能左右空间！"

"不过我还不曾感到像你所说的那种境地！"

"那是因为你爱他还不够数！"

"唉！这话倒是真的！我每次接到他的信，就不知不觉增加一分恐惧！"

"其实你也太固执了，天下难得的是真情，你手里握住了这希罕的宝贝，为什么又要把它扔了！"

"真情吗？我恐怕那只是法国造的赝品金刚钻，新的时候很好看，到头来便只是一块玻璃了！"

"但是你究竟相信天地间有真的金刚钻没有呢？"

"真的自然有，不过太少了，我不见得就有那种好运气吧！"

"运气，唉！什么都有个运气，谁能碰到最好的运气，那也真难预料，不过我总祝福你能就好了！"

"实在这种忧虑也是多余，即使碰到这样好运气，想透了，还不是苦恼吗？……爱情从来就没有单纯性，就如同美丽的罂粟同时是含有毒质的。"

我们正谈得深切，忽听摇铃开会了，跟着一个身体肥硕的在校同学，迈着八字步上了讲台——这种的模型是特别容易惹人注意。于是全会场的视线都攒集在她身上，并且是鸦雀无声的静听她的发言，她轻轻的咯了一声道：

"今天是我们在校同学和毕业同学聚会的日子，也就是本校校友会开幕的一天，这真使我们非常高兴……"那位肥硕的主席报告到这里，忽然停住了，于是会场里起了嘈杂的私语声，我们预料今天这个会绝不会有什么精彩，坐在这里太无聊了，便和沁珠悄悄的溜出会场。

"那位胖子是哪一级的同学？"沁珠问道。

"是史地系一年级的，叫杜芬。"

"你们为什么叫她做主席？……我可以给她八个字的评语：'貌不惊人，语不压众！'"

"谁知道她们学生会里玩的什么把戏，不过现在的事情也真复杂，那些能干的小姐们，都不愿意在这种场合里混。自然现在可是出风头的地方太多，一个区区学生会怎容得下她们，所以最后只有那些三四等的角色来干了！"

我们一面谈着已来到学校的大门口，她约我到她的宿寄舍去。在路上我们买了不少零食，和一瓶红色葡萄酒。我问沁珠道："你近来常喝酒吗？"她笑了笑道："怎么，你对于喝酒有什么意见吗？"

"说不上什么意见，不过随意问问你罢了，你为什么不直接答复我，反而'王顾左右而言他'呢！"

她听了我的话不禁也笑了，并且说：

"我近来只要遇到心里烦闷的时候，就想喝酒。当那酒精在我冷漠的心头作祟时，我便倒在床上昏昏睡去。的确别有一种意境！"

"那末你今天大约又有什么烦闷的事情吗？"

"谁说不是呢！等一会你到我寄宿舍去，我给你看点东西，你就明白我心里烦不烦了！"

不久我们便来到那所古庙的寄宿舍里，王妈替我们开了房门。沁珠把那包零食叫她装在碟子里，摆在那张圆形的藤桌上，并替我们斟了两玻璃杯的酒。沁珠端起满溢红汁的杯子叫道："来，好朋友，祝你快活！"我也将酒杯高举道："好，祝你康健和幸运！"我们彼此一笑，把一杯酒都喝干了！王妈站在旁边不住的阻拦道："喂，两位先生，慢些喝吧，急酒容易醉人的！"沁珠说："不要紧，这个酒不容易醉，再替我们斟上两杯吧！"王妈把酒瓶举起来看了看道："没有多少了，留着回头喝吧！"我这时已有些醉意，因道："好吧，你就替我们收起来！"沁珠笑对王妈道："唉，我哪里就醉死了，你吓得那样，好吧，不便辜负你一片好心，你把这些东西都收了去吧！"

王妈笑着把残肴收拾开去，她走后我就问沁珠道："你要给我看点东西，究竟是些什么？"

她说："别忙！就给你看！"一面从抽屉里拿出一只小盒子，和一个绢包，她指着那个小盒子道："这是曹由香港寄给我的一对'象牙戒指'，这另一包是他最近给我的信。"她说着将绢包解开，特别找出一个绯红色的洋信套，抽出里面浅绿色的信笺，在那折缝中拿出几张鲜红色而题了铅粉字的红叶，此外又从信套里倒出五颗生长南国的红豆来。这一堆刺人神经的东西，使我不知不觉沉入迷离的幻想里去。自然那些过去的故事：如古代的宫女由御河里飘出传情的红叶呀；又是什么红豆寄相思的艳迹呀；我在这些幻想里呆住了。直到沁珠把那盒子打开，拿出那对纯白而雕饰细致的"象牙戒指"来，才使我恢复了知觉。她自己套了一只在右手的中指上。同时又拉过我的手来，也替我戴了一只，微微的笑道："从来没看见人戴这种的戒指，这可算是很特别的是不是？"

我说："物以罕为贵……况且千里寄鹅毛，物轻人意重，不过我不应当无故分惠，还是你收起来吧！"

"呸，我要两只作什么？这东西只不过是个玩意罢了，有什么希奇！"她说着脸上似乎有些不高兴。我不敢再去撩拨她，因说："好了，我不同你开玩笑了，把那红叶拿来我看看吧。"她将红叶递给我，共是三张，每张上面都提了诗句。第一张上写的是："红的叶，红的心，燃烧着我的爱情！"旁边另有一行是："寄赠千里外的微波——长空"第二张上面是题的一句旧词："愁肠已断无由醉，酒未到口先成泪。"第三张上题的是唐人王昌龄的《从军行》："琵琶起舞换新声，总是关山旧别情。撩乱边愁听不尽，高高秋月照长城。"

我看过这三张红叶不禁叹道："曹外表看来很豪爽，想不到他竟多情如此，我想你们还是想个积极的办法吧！"

"什么积极的办法呀？唉，落花有意流水无情，根本上就用不着办法！"

311

"总而言之，人各有心，我也猜不透你，不过据我的推测，你们绝不能就这样不冷不热维持下去的。"沁珠听了我这话，也点点头道："我有时也这样想，不过我总希望有一天不解决而解决就好了。"

"他近来写给你的信还是那种热烈的追求吗？"

"自然是的，不过素文，你相信吗？人类的欲望，是越压制也越猖狂。一个男人追求一个女人，也是越得不到手越热烈。所以要是拿这种的热烈作为爱的保障，也许有的时候是要上当的。……并且这还不算什么，最根本的理由——我之所以始终不能如曹所愿，是在我俩中间，还不曾扫尽一切的云翳，明白点说，就是曹，他还不是我理想中的人物。"

"关于这一点你曾经对他表示过吗？"

"当然表示过，但他是特别固执，他说：'珠，请相信我，我虽然有许多缺点，然而只要是在可能的范围中，我一定把它改好。……你想碰到这样的罕有人物又有什么办法？"

"真的，像这样死不放手的怪人也少有！"

"看吧，最终不过是一出略带灰色的滑稽剧罢了，……在今日的世界，男人或女人在求爱的时候，往往拿'死'作后盾，说起来不是很严重吗？不过真为情而死，我还未曾见过一个呢！……"

"你真是一个绝对的怀疑派！"

沁珠听了我这句话，她不禁黯然的长叹了一声，无精打采的躺到床上去。

这时微弱的太阳光，正射在水绿色的窗纱上，反光映在那一叠美丽的信封上，我不由得便伸手把那些信抽出来读了。

第一封信上写着"一月十五日，长空从广州寄"。信笺是淡绿色，光滑的墨笔字迹，非常耀眼：

敬爱的微波！

当然你能记得那次的分别——我的乔装的奇异，和那风寒雪冷的夜色，这些在平凡的生命史上，都有了不同的光彩，是含有又凄艳又悲壮的情调，这种的记忆自我们分手以来，不时的浮现在我的心上，并且使我觉得儿女柔情，英雄侠骨是一而二二而一的。所以纵然蒙你规劝叫我努力于英雄事业，但我同时不能忘却儿女情怀呢！

初到此地，什么事情都有些紊乱找不着头绪。每天从早晨跑到夜深，有时虽似乎可以偷眼休息，但想到远别的你，恨不得将夜也变成昼赶快把事情办妥，便可以回到你的身旁了。

你近来的生活怎样？叶钟凡和袁先志还在北京吗？倘使你感到寂寞可以去找他们谈谈。

这封信是在我百忙中抽空写的，没有次序，请你原谅！并盼你的回音！祝你精神爽健！

长空

一月十五日

第二封信，是曹由香港寄来的：

唉！我盼望多天的来信，竟在我移到香港时才由朋友转来，我希望得到它，如同旱苗的望霖雨。但当我使这封信的每一字一句映进我的眼帘时，我不明白我处的是人间还是地狱？唉！眼前只见一片黄沙，和万顷的怒海，寂寞和恐惧同时绞着我可怜的心。微波啊！我知道你是仁慈的，你断不忍看着一匹柔驯的小羊，在你面前婉转哀嘶，而你终不理它；让它流出鲜红的泪滴，而不肯用你仁慈的眼光向它临视吧？然而你的来信何以那样冷硬，你说"从前的一切现在想来都是无聊！"唉！这是真话吗？当然我也知道像我这样不值什么的人，在你的眼里，比一个小蚊虫还不如，那末我的心我的泪所表现的更是什么都不如了！不过微波，你当然不致否认，在我将走入死的门限时，你曾把我拉出来过吧？那时候你不是绝不顾我的，而我也因此感到有生存在世界上的意义——难道这一切都只是虚幻的梦吗？唉，纵使是梦，我也希望是比较深酣的梦，你怎么就忍心叫我此刻就醒！微波呵……只有这一滴血是我最后在你面前所能贡献的哟！

长空

这封信写到这里，忽然字迹变了血红色，最后的署名"长空"更是血迹斑斓，我看着也不由得心理上起一种陡然的变化，不想再看下去了。这时沁珠恰好转过脸来，见我那不平常的面色便问道：

"你看的是那封有血迹的信吗？"

"是的！"我只简单的回答她。

"不用再看了吧，那些信只是使人不高兴罢了！"沁珠懒懒的说，"并且那已经成了过去的事实，你把那封用绯红色纸写的一封看看好了——那是最近的。"我听了她的话便把那信抽出来看：

四月八日由香港寄

亲爱的波妹：

几颗红豆原算不了什么珍贵的东西，但蒙你一品题便立刻有了意义和价值。我将怎样的感谢你呢？不过辞旨之间似乎弥漫了辛酸的哀音，使我欣慰中不免又感到震恐，莫非这便是我们的宿命吗？不过波，请你相信，我将用我绝大的勇气和宿命奋斗，必使黯淡变为光明，愁惨化成欢乐，否则我便把这可憎厌的生命交还上帝了。

昨夜在一家洋货店里买东西，看到一对雕刻精巧的象牙戒指，当然那东西在俗人看来，是绝比不上黄金绿玉的珍贵，不过我很爱它的纯白，爱它的坚固，正仿佛一个质朴的隐士，想来你一定也很喜欢它，所以现在敬送给你，愿它能日夜和你的手指相亲呢！

我大约还有十天便可以回到北京，那时节呵——我们可以见面，可以畅谈别后的一切，唉，这是多么值得渴想的一天哟！

长空

我看完这封信，不由得又看看我手指上的象牙戒指，——我觉得我没有理由可以戴这东西，因取下来说道：

"喂！这戒指绝不是一个玩意儿的东西，我还是不戴吧！"

"为什么戴不得？你这个人真怪！难道说这便算得是我们订婚的戒指吗？真笑话了！你如果再这样说，连我也不戴了。"她说着便真要从手上取下那只戒指来，我连忙赔笑道：

"算了，算了，这又值得生什么气，我不过和你开开玩笑罢了。"

"好吧，你既知罪，我便饶你初犯，我们出去玩玩，——这几天的天气一直阴沉沉的，真够人气闷，今天好容易有了太阳！"

"好，但是到什么地方去呢！"我问她。

"天气已经不早了，我们到公园兜个圈子，回头到到东安市场吃烧羊肉，夜里到'真光'看《二孤女》……"她说着显出活泼的微笑。

"咱们倒真会想法子寻快乐！"我不禁叹息着说。

"不乐，怎么样？……眼泪又值得什么？！"沁珠说到这种话时，总露着那种刺激人的苦笑。

当她把那些信和红叶等收拾好后，我们便锁上房门，在黯弱的黄昏光影中去追求那霎时的狂欢。

十三

北方的秋天是特别的天高气爽，当我早晨站在回廊前面，看园子里那些将要凋黄的树叶时，只见叶缝中透出那纤尘不染的晴空，我由不得发出惊喜的叹息——这时心灵解除了阴翳，身体也是轻松，深觉得在这样的好天气里，找一个知心的朋友到郊外散散步，真是非常理想的剧景呢。终于在午饭后我乘着车子到沁珠那里。将要走到她的住房时，突然听见有抽搐的幽泣声，这使我吓住了，只悄悄的怔在窗外，隔了有两分钟，才听见沁珠的声音说道：

"你何必那样认真呢！"

"不，并不是我认真，你不晓得我的心……"话到这里便止住了。那是个男子的声音，似乎像是曹，但我总不便在这时候冲进去，因此我决定暂且先到别处去，等曹去后我再来。我满心怅惘的离开了沁珠的房子，无目的的向街上走去，不知不觉已来到琉璃厂，那里是书铺的集中点。我迈进扫叶山房的门时，看见一部《文心雕龙》，印得很整齐，我便买了。拿着书正往前走，迎头看见沁珠用的王妈，提着一个纸包走来：

"素文小姐，您到哪里去？……怎么不去看张先生？"她含笑说。

“张先生此刻在家吗？”我问她。

“在家。”

“一个人吗？”

“是的，曹先生才走。”

我同王妈一面走一面谈着到了寄宿舍。这时已是下午三点多钟，寄宿舍院子里那两棵大榆树，罩在金晃晃的阳光底下，几只云雀儿从房顶飞过，微凉的风拂动着绿色的窗纱。我走到里院时，看见沁珠倚着亭柱呆站着，脸色有些惨白，眼圈微微发红。她见了我连忙迎上来说道：

“你来得正好……不然我就要到学校去找你了。”

“怎么你今天似乎有些不高兴呢？”

“唉，世界上的花样太多了。……你不知道我们昨天又演了一出剧景……我不相信那是真的，不过演时也有点凄酸的味儿呢！”

“那末也仅够玩味的了，人生的一切都有些仿佛剧景呢！”

“当然，我也明白这个道理，不过在演着时，就非常清楚的意识那只是戏，而又演得像煞有介事，终不免使人有些滑稽的感想吧！”

我们谈论着这些空泛的哲理，倒把我所想知道的事实忽略了，直到王妈拿进一封信来说是曹派人送来的时，这才提醒我。当沁珠看完来信，我就要求她告诉我那一件她所谓剧景的事实。王妈替我们搬来了两张藤椅，放在榆树荫下。沁珠开始述说：

“昨天下午我同曹到陶然亭去，最初他只说是邀我去看芦花，我们到了陶然亭的时候已将近黄昏了。看秋天的阳光，仿佛是看一个精神爽快，而态度洒落的少女面龐，使人感到一种超越的美。起初我们只在高高低低的土坡上徘徊着，土坡的下面便是一望无边际的芦田，芦花开得正茂盛，远处望去，那一片纯白的花穗，正仿佛青松上积了一层白雪，这种景色，在灰尘弥漫了的古城，真是不容易看到的。我们陡然遇到，当然要鼓起一种稀有的闲情逸致了。那时我正替曹织一件御寒的绒线小衫，我低头织着，伴着曹慢慢的前进，不知不觉来到一座建筑美丽的石坟前。那地方放着几张圆形的石凳，我同曹对面坐下，他替我拿着绒线，我依然不住手的织着，一阵寒风，吹乱我额前的短发，发丝遮住我的眼，我便用手拢上去，抬眼只见曹正出神的望着我。

"'你又在想什么？……这里的风景太像画了，你看西山正笼着紫色的烟霞，天蔚蓝得那样干净——你不是说李连吉舒的一对眼像无云的蓝天吗？我却以为这天像她的眼……'

"他听了这话，似乎不大感兴趣，只淡然一笑，依然出神的沉默着，我知道不久又有难题发生，想到这里，不免有些心惊。

"'唉，珠！的确，这里是一个好地方，是一幅凄艳的画景，不但到处有充塞着文人词客的气息，而且还埋葬了多少英魂和多少艳魄。我想，倘有那末一天！……'曹黯然的描述着。

"'你又在构造你的作品吗？不然怎么又想入非非呢！'我说。

"'不呵，珠妹！你是冰雪聪明，难道说连我这一点心事都看不透吗？老实告诉你，这世界我早看穿了，你瞧着吧，总有一天你要眼看我独葬荒丘……'

"'死时候呵死时候，我只合独葬荒丘。'这是《茵梦湖》上的名句，我常常喜欢念的。但这时听见曹引用到这句话，也不由得生出一种莫名的悲感，我望着他叹了一口气。

"'唉，珠妹，我请求你记住我的话，等到那不幸的一天到来时，我愿意就埋在这里……那边不是还有一块空地吗，大约离这里只有两丈远。'他一面说一面用手指着前面那块地方。我这时看见他两眼充满了泪液。

"'怎么，我们都还太年轻呢，哪里就谈得到身后的事！'我说。

"'哪里说得定……天有不测风云，人有旦夕祸福，并且死与年轻不年轻又有多大关系，有时候收拾生命的正是年轻的自己呢！'曹依然满面凄容的说。

"'何苦来！'我只说得这句话，喉管不禁有些发哽了。曹更悲伤的将头埋藏在两手中，他在哭呢。这使我想到纵使我们演的仅仅是一幕剧景也够人难过的了，并且我知道使他要演这幕悲凉的剧景的实在是由于不幸的我，无论如何，就是为了责任心这一点我也该想法子，改变这剧景才是，然而安慰了他又苦了我自己，这时我真不知要怎么办了。我只有陪着他落泪。

"我们无言对泣着，好久好久，我才勉强的安慰他道：

"'生趣是在你自己的努力，世界上多少事情是出乎人们所预料的……你只要往好里想就行了，何苦自己给自己苦酒喝。'

"'唉，自己给自己苦酒喝，本来是太无聊，但是命运是非喝苦酒不可，也就没办法了！'曹说着抬起头来，眼仍不住向那块空地上看。

这时天色已有些阴暗了，一只孤雁，哀唳着从我们头顶撩过，更使这凄冷的郊野，增加了萧瑟的哀调。

"'回去吧！'我一面说一面收拾我的绒线，曹也就站起来，我们沿着芦塘又走了一大段路，才坐车回来，曹送我到寄宿舍，没有多坐他就走了。

"这时屋子里已经很黑了，我没有开灯，也不曾招呼王妈，独自个悄悄的倒在床上，这一幕悲凉的剧景真像生了根，盘踞在我的脑子里。真怪，这些事简直好像抄写一本小说，想不到我便成这小说中的主人翁，谁相信这是真事。……窗棂上沙沙的响起来，我知道天上又起了风。院子里的老榆树早晨已经脱了不少的叶子，这么一来明天更要'落叶满阶无人扫'了。这么愁人的天气，你想我的心情怎么好得了。真的，我深觉得解决曹的问题不是容易的。从前我原只打算用消极的方法对付他，简直就不去兜揽他，以为这样一来他必恨我，从此慢慢的淡下去，然后各人走各人的路不就了事吗，谁知道事情竟如此多周折？我越想越觉得痛苦。想找你来谈谈，时候又已经不早，这一腔愁绪竟至无法发泄，最后只好在日记簿，发上一大篇牢骚，唉，世路多艰险，素文，你看我怎么好？！"

沁珠说到这里，又指着那张长方形的桌子中间的屉子道：

"不信，你就看看我那篇日记，唉，哪里是人所能忍受的煎熬！"

我听了这话，便从屉子里捡出她的日记簿来。一页一页掀过去，很久才掀到了。嘎，上面是一片殷红，像血也像红颜色，使我不能不怀疑，我竟冲口叫出来："沁珠！这是什么东西！"

"素文！你真神经过敏，哪里有什么值得惊奇的事情！那只是一些深红色的墨水罢了，你知道现在的局面，还值不得我流血呢！"

"那就很好，我愿你永久不要到流血的局面吧！"沁珠不曾回答我话，只凄苦的一笑，依然脸朝床里睡了。我开始看她的日记：

　　九月十七日　这是旧历中秋的前一日，照例是有月亮的，但是今天却厚云如絮，入夜大有雨意，从陶然亭回来后，我一直躺着不动。王妈还以为我不曾回来，所以一直没有进来招呼我，我也懒得去叫她——她是一个好心肠的女人，见了我这样不高兴的嘴脸，不免又要问长问短，我也有些烦——尤其是在我有着悲伤烦恼的心景时，但斥责她吧，我又明知她是好意，也发作不起来。最后倒弄得我自己吃苦，将眼泪强咽下，假笑和她敷衍……所以今天她不来，正合了我的心。

但是，这院子里除了我就是她，——最近同住的徐先生不知为了什么也搬走了。——她不来招呼我，就再没有第二个人来理会我。四境是这样寂静，这样破烂，真是"三间东倒西歪屋"——有时静得连鬼在暗陬里呼吸的声音似乎都听见了。我——一个满心都是创伤的少女，无日无夜的在这种又静寂又破烂的环境里煎熬着。

最近我学会了吸烟，没有办法时，我就拿这东西来消遣，当然比酒好，绝不会愁上加愁。只是我吸烟的程度太差，仅仅一根烟我已经受不了，头发昏，喉头也有些辣，没办法把烟丢了，心更陷入悲境，尤其想到昨天和曹在陶然亭玩的那套把戏，使人觉得不是什么吉兆。

曹我相信他现在是真心爱我，追求我。——这许是人类占有欲的冲动吧？——我总不相信他就能为了爱而死，真的，我是不相信有这样的可能——但是天知道，我的心是锁在矛盾的圈子里，——有时也觉得怕，不用说一个人因为我而死，就是看了他那样的悲泣也够使我感到战栗了。一个成人——尤其是男人，他应当是比较理智的，而有时竟哭得眼睛红肿了，脸色惨白了，这情形怎能说不严重？我每逢碰到这种情形时，我几乎忘了自我，简直是被他软化了，催眠了！在这种的催眠状态中，我是换了一个人，我对他格外的温柔，无论什么样的请求，我都不忍拒绝他。呵，这又多么惨！催眠术只能维持到暂时的沉迷。等到催眠术解除时，我便毅然否认一切。当然，这比当初就不承认他的请求，所给的刺激还有几倍的使他难堪。但是，我是无法啊！可怜！我这种委屈的心情，不只没有人同情我，给我一些安慰。他们——那些专喜谤责人的君子们，说我是个妖女，专门玩手段，把男子们拖到井边，而她自己却逃走了。唉！这是多么无情的批评，我何尝居心这样狠毒！——并且老实说就是戏弄他们，我又得到些什么？

"平日很喜欢小说中的人物，所以把自己努力弄成那种模型。"这是素文批评我的话。当然不能绝对说她的话无因，不过也是我的运命将我

319

推挤到这一步：一个青春正盛的少女，谁不想过些旖旎风光的生活，像小萍——她是我小时的同学，不但人长得聪明漂亮，她的运命也实在好，——她嫁了一个理想的丈夫，度着甜蜜的生活。前天她给我信，那种幸福的气味，充满了字里行间。——唉，我岂是天生的不愿享福的人。而我偏偏把自己锁在哀愁烦苦的王国里，这不是命运吗？记得这里，我由不得想到伍念秋，他真是官僚式的恋爱者。可惜这情形我了解的太迟！假使我早些明白，我的心就不致为他所伤损。——像他那样的人才真是拿女子耍耍玩的。可恨天独给他那种容易得女子欢心的容貌和言辞。我——幼小的我，就被他囚禁永生了。所以我的变成小说中模型的人物，实在是他的……唉，我不知道说什么好，也许不是太过分，我可以说这是他的罪孽吧！但同时我也得感谢他。因为不受这一次的教训，我依然是个不懂世故的少女。看了曹那样热烈追求，很难说我终能把持得住。由伍那里我觉得人类的自私，因此我不轻易把心，这颗已经受过巨创的心，给了任何一人。尤其是有了妻子的男子。这种男子对于爱更难靠得住。他们是骑着马找马的。如果找到比原来的那一人好，他就不妨拼命的追逐。如果实在追逐不到时，他们竟可以厚着脸皮仍旧回到他妻子的面前去。最可恨，他们是拿女子当一件货物，将女子比作一盏灯，竟公然宣言说有了电灯就不要洋油灯了。——究竟女子也应当有她的人格。她们究竟不是一盏灯一匹马之类呵！

现在曹对我这样忠诚，安知不也是骑着马找马的勾当？我不理睬他，最后他还是可以回到他妻子那里去的。所以在昨夜给曹的信里，我也曾提到这一层，希望就这样放手吧！

今夜心情异常兴奋，不知不觉竟写了这么一大篇。我自己把它看了一遍，真像煞一篇小说。唉，人事变化，预想将来白发满了双鬓时，再拿起这些东西来看，不知又将做何感想？——总而言之，沁珠是太不幸了！

这篇日记真不短，写得也很深切，我看过之后，心里发生出一种莫名其妙的怅惘。

王妈进来喊我们吃饭，沁珠还睡着不曾起来。我走到床前，撼动了半天她才回过头来，但是两只眼已经哭红了。

"吃饭吧，你既然对于他们那些人想得很透彻，为什么自己又伤心？……其实这种事情譬如是看一出戏，用不着太认真！"

"我并不是认真，不过为了这些不相干的纠缠，不免心烦罢了！"

"烦他作什么？给他个不理好了！"

沁珠没有再说什么，懒懒的下了床，同我到外面屋子里吃饭。吃饭时我故意说些笑话，逗她开心。但她也只用茶泡了半碗饭草草吃了完事。——那夜我十点钟才回学校去。

十四

下午我在学校的回廊上，看新买来的绿头鹦鹉——这是一只很怪的鸟，它居然能模仿人言，当我同几个同学敲着它的笼子边缘时，它忽然宛转的说道："你是谁？"歇了歇它又说道："客来了，倒茶呀！"惹得许多同学都围拢来看它，大家惊奇的笑着。正在这时候，我忽听见身背后有人呼唤的声音，忙转身过去，只见沁珠含笑站在绿屏门旁。我从人丛中挤出去，走到沁珠面前，看她手里拿着一个报纸包，上身着一件白色翻领新式的操衣，下面系一条藏青色的短裙。

"从哪里来？"

"从学校里来……我今天下课后就想来看你，当我正走到门口的时候，看门的老胡递给我一封快信。我又折回教员预备室去，看完信才来，所以晚了……你猜猜是谁的信？"

"谁的信？……曹还在北京不是吗？"

"你的消息太不灵了，曹走了快一星期，你怎么还不知道？"

"哦，这几天我正忙着作论文，没有出学校一步，同时也不曾见到你，我自然不知道了。……但是曹到什么地方去了？"

"他回山城去了。"

"回山城吗？他七八年不曾回去，现在怎么忽然想着回去呢？"

"他吗，他回去同他太太离婚去了。"

"到底是要走这一条路吗？！"

"可不是吗？但是，离婚又怎么样？……我……"

"你打算怎么办呢？"

沁珠这时脸上露着冷淡的微笑，眼光是那样锐利得如同一把利刃。我看了这种表情，由不得心怦怦的跳起来，至于为什么使我这样恐慌，那真是见鬼，连我自己说不出所以然来。

过了些时，沁珠才说道："我觉得他的离婚，只是使我更决心去保持我们那种冰雪友谊了。"

"冰雪友谊，多漂亮的字句呵，你莫非因为这几个字眼的冷艳，宁愿牺牲了幸福吗？"

"不，我觉得为了我而破坏人家的姻缘，我太是罪人了。所以我还是抱定了爱而独身的主义。"

"当然你也有你的见解……曹回来了吗？他们离婚的经过怎么样？"

"他还不曾回来，不过他有一封长信寄给我，那里面描述他和妻离婚的经过，很像一篇小说，或是一出悲剧，你可以拿去看看。"她说着，便从纸包中取出一封分量不轻的信件给我。

那封信上写的是：

沁珠我敬爱的朋友：

"神龛不曾打扫干净，如何能希冀神的降临？"不错，这全是我的糊涂，先时怎么就没有想到呢？多谢你给了我这个启示。现在神龛已经打扫干净了，我用我一颗赤诚的心，来迎接我所最崇敬的神明。来，请快些降临，我已经为追求这位神明，跋涉过人间最艰苦的程途。现在胜利已得到了，爱神正歌舞着庆祝，赞叹这人间最大的努力所得来最大的光荣。……唉，这一顶金玉灿烂的王冕，我想不到终会戴到我的头上。但是回想到这一段努力的经过，也有些凄酸，现在让我如实的描述给你听：

你知道我是七八年不曾回家了。当我下了车子走近我家那两扇黑漆的大门前时，门上一对金晃晃的铜环映着太阳发出万道金光，我不敢就用手去叩那个门环，我在门外来往的徘徊着。两棵大槐树较我离家的时候长大了一倍，密密层层的枝叶遮住初夏的骄阳，荫影下正飘过阵阵的微风，槐花香是那样的醉人。然而我的心呢，却充满着深深的悲感，想不到飘泊天涯的游子，今天居然能回到这山环水绕的家乡，看见这儿时的游憩之所，这是怎样的奇迹呵！……但是久别的双亲，现在不知鬓边又添了几许白发？脸上又画了几道劳苦的深痕？……至于妻呢，我离她去时，正是所谓"绿鬓堆鸦，红颜如花"。现在不知道流年给她些什么礼物？并且我还知道我走后的八个月，她生了一个女儿，算来也有七八岁了；而她还不曾见过她的父亲。唉！这一切的事情扰乱了我的心曲，使我倚着槐树怔怔的沉思，我总是怯生生不敢把门上的环儿敲响。不知经过几次的努力，我才挪动我的脚步，走到大门前用力的把门环敲了几下。在当当的响声中，夹着黄犬狂吠的声音，和人们的脚步声，不久大门就打开了。在那里站着一个六十多岁的老头儿，他见了我把我仔细的看了又看，我也一样的出神的望着他。似乎有些面熟，但终想不起是哪一个。后来还是那老头儿说道：

"你是大少爷吧！"

"是的，"我说，"但你是哪一个呢？"

"我是曹升呵，大少爷出去这几年竟不认得了吗？"

"哦，曹升呀，你老得多了！……老爷太太都健旺吗？"

"都很好，少爷快进去吧，可怜两位老人家常常念着少爷呢！"

我听了这话心里禁不住一酸，默然跟着曹升到上房见过久别的父亲和母亲。唉，这两位老人都已是两鬓如霜了，只是精神还好，不然使我这不孝的游子，更不知置身何地了。父母对这远道归来的儿子，露着非常惊喜的面容，但同时也有些怅惘！

同父母谈了些家常，母亲便说："你乏了，回屋去歇歇。再说，你的妻子，她也够可怜了，你们结婚七八年，恐怕她还没记清你的相貌吧，你多少也安慰安慰她！"我听了这话，心里陡然觉得有些难过，我们虽是七八年的夫妻，实际上相聚的时候最多不过四个月，而且这四个月中，我整整病了三个多月呢！总而言之，这是旧式婚姻造下的罪孽呀！

从母亲房里出来，看见院子里站着一个七八岁的小女孩，圆圆的面孔，一双黑漆的眼睛，含着惊奇的神气向我望着。只听母亲喊道："娟儿，爸爸回来了，还不过来看看！"

　　"爸……爸……"女孩儿含羞的喊了一声，我被她这无瑕的声音打动了心弦，仿佛才从梦里醒来，不禁又喜又悲，走近去握住她的小手，我的眼泪几乎滴了下来。

　　我拉着娟儿的手一同走到我自己住的院子里。只见由上房走出一个容颜憔悴的少妇，她手里正抱着一包裁剪的衣服；她抬头看见我，最初像受了一惊，但立刻她似乎已认出是我。同时娟儿又叫道："妈妈，爸爸回来了！"她听了这话反低了头，一种幽怨的情怀，都在默默不语中表示出来。我竟不知对她说什么好！

　　晚上家里备了团圆宴。在席间，父母和我谈到我出外七八年家里种种的变故。其间最使我伤心的是小弟弟的死，母亲几乎放声哭了出来。大家都是酸楚着把饭吃完。妻呢，她始终都只是静默着。当然我有些对她不起，不过我也是这些无情压迫下的牺牲者呢！

　　深夜我回到自己房里，见一切陈设仍是她嫁时的东西，只不过颜色陈旧了些。她见我进来，从椅子上站了起来，淡然的说道："要洗脸吗？"

　　"不，我已经在外面洗过了。"

　　她不再说什么，仍旧默然坐在椅子上。

　　"怎么样？……你这几年过得好吗？"我这样问她，她还是不说什么，只含着一包眼泪，懒懒的向我望了一下。

　　"我们的婚姻原不是幸福的，因为我的生活，不安定，飘泊，而你又不是能同我相共的人，最后，只是耽误了你的青春。所以我想为彼此幸福计，还是离婚的好……你以为怎么样？"我这个问题提出后，我本想着有一场重大变化，但事实呢，真出我之所料。最初她默默的听着，不愤怒不惊奇，停了些时，她才叹了一口气道："唉，离婚，我早已料到有这么一天！"她说到这一句上，眼泪还是禁不住滴了下来。

　　"你既是早已料到，那就更好了。那末你同意不呢？"

　　"我自己命苦，碰到这样的事情，叫我有什么话说，你要怎么办便怎么办好了，何必问我呢？"

"唉，你又何必这样说。现在的世界，婚姻重自由，倘使两方都认为不幸福，尽可以提出离婚，各人再去找各的路，这是很正当的事情，又有什么命苦不命苦？"

"自然，我是不懂得那些大道理的，只是一个女人既已嫁了丈夫，就打算跟他一生，现在我们离婚，被乡里亲戚知道了，不知他们要怎样议论讥笑了！"

"唉，他们都是旧礼教的俘虏，头脑太旧了，这种人的意见也值得尊重吗？他们也配议论和讥笑我们吗？……"

"唉！"她不再说什么，只黯然长叹着。

后来我提出离婚具体的办法，我自动的把我项下应得的田产给她五十亩，作为她养赡之资，她似乎还满意。后来提到娟儿，她想带走，但父母都不肯，我也不愿意，因为她是一个头脑简单的女人，对于孩子的教育是不够资格的。——这一件事使她很伤心，她整整哭了一天一夜，最后她虽勉强同意了，但她回娘家时，很痛切的怨恨着我，连最后的一眼都不肯看我。这一刹那间，我没有理由的滴下泪来，不知是怅惘还是自愧！

我怔怔的看她上车，娟儿早被母亲带出去看亲戚去了。当她的车子的影子被垂杨遮住时，我才悯悯的走了回来，但是我陡然想到从此后你我间阻碍隔膜完全肃清，我被愧恨笼罩的心，立刻恢复到光明活泼的境地……是的，我在人间是为"自我"而努力的，我所企求的只是我敬爱的人的一颗心，现在我得到了，还有什么不满，还有什么遗憾呵！珠妹，我不是屡次对你宣誓过吗？我不是说"你的所愿，我将赴汤蹈火以求之；你的所不愿，我将赴汤蹈火以阻之"吗？现在我再郑重向你这样宣誓……

这件事情既已有了解决，我还在家做什么，我恨不得飞到你的面前，投向你温暖的怀抱中求最后的归宿。亲爱的人，愿上帝时时加福于你！……

我把这封信看后仍交还沁珠，同时我对她说："沁珠，难得曹这样诚心诚意的爱你，你就不要固执了吧！"

　　"我并不是固执，根本我就没有想到嫁给他。"

　　"那你为什么叫他把神龛打扫干净？现在他照你的意思做了，你却给他这样一个打击。小心点，不要玩掉他的性命！"

　　"放心吧，世界上哪有这样的愚人……而且他还有伟大的事业牵系着呢！"

　　"唉，老实说，我就不能放心，我劝你不要看得太乐观……"

　　"但你太替别人想得周到，就忘了自己。你想一个女孩子，她所以值得人们追求崇拜的，正因是一个女孩子。假使嫁了人！就不啻一颗陨了的星，无光无热，谁还要理她呢？所以我真不想嫁呢！"

　　"那末你就不该拈花惹柳的去害人。"

　　"那是你太想不透，其实对于他们这些男人，高兴时，不妨和他们玩玩笑笑，不高兴时就吹，谁情愿把自己打入爱的囚牢……"

　　"唉，你真有点尤三姐的态度！"

　　"你总算聪明。《红楼梦》上那些女孩，我最爱尤三姐！"

　　"就是尤三姐，她也还想嫁个柳湘莲，但你呢？"

　　"我呀，倘使有柳湘莲那末个人，我也许就嫁了。现在呢，柳湘莲已经不知去向了，而且也已经有了主，所以我今生再不想嫁了。"

　　"你也太自找苦吃，我知道你所说的柳湘莲就是伍念秋。哼，不怕你生气，那小子简直是个现世活宝贝，你也值得去为他那样牺牲。"

　　她听了，神色有些改变，我知道她久已沉眠于心底的旧情，又被吹醒了，她黯然的叹道："'曾经沧海难为水，除却巫山不是云'。"

　　我看了这种情形，莫名其妙的痛恨伍念秋的残酷，好好一个少女的心，被她损坏了。同时又为曹抱不平，我问道：

　　"那末你决心让曹碰一个大钉子了？"

　　"大约免不了吧！"

　　"唉，你有时真是铁石心肠呢！"

　　我们谈到这里，沁珠脸上露着惨笑。我真猜不透她竟能这样忍心！我为曹设身处地的想，真感到满心的怨愤，我预料这幕剧开演之后，一定免不了如暴风雨般的变化。我这里正愁思着不得解决，而沁珠却如无其事般，跑到回廊下逗着鹦鹉说笑。后来我真忍不住了，把她拖到后花园去，我含怒的问她道："沁珠，我们算得是好朋友吧？"

"当然，我们简直是唯一的好朋友！"

"那末你相信我待你的心是极诚挚的吗？"

"为什么不信！"

"既然是相信得过的好朋友，你就应当接受我的忠告，你对于曹真不该玩这种辣手段！他平日待你也就至诚得很，现在为了你特地跑回去离婚，而最后他所得于你的，只是失望，甚至是绝望！这怎么对得住人！"

"这个我也明白……好吧！等我们见了面再从长计议好了。他大约明天可以到，我们明天一同去看他。……"

"也好，我总希望你不要太矫情。"

"是了，小姐放心吧！"

不久她就回寄宿舍去，我望着她玲珑的背影，曾默默的为她祝福，愿上帝给他俩一个圆满的结果。

十五

"曹今天回来了，他方才打电话邀我们到他住的公寓去，你现在就陪我走一趟吧！"当我从课堂出来，遇见沁珠正在外面回廊等我，她对我这样说了。

"我可以陪你去，只是还有一点钟'十三经'我想听讲……"

"算了，曹急得很呢，你就牺牲这一课怎么样？"

我看见她那样心急，不好不答应她，到注册课请了假，便同她雇车去看曹。

曹住在东城，车子走了半点多钟才到。方走到门口，正遇见曹送一个三十多岁的武装同志出来，他见了我们，非常高兴的笑着请我们里面坐。我故意走到前面去，让沁珠同他跟在后面，但是沁珠似乎已看出我的用心来，她连忙追了上来。推开门，我们一同到了屋里。

"密斯特曹今天什么时候到的？"我问。

"上午十点钟。"他说。

"怎么样，路上还安静吗？"

"是的，很安静！"

我们寒暄后，我就从他书架上抽出一本最近出版的《东方杂志》来看，好让他俩畅快的谈话，但是沁珠依然是沉默着。

"你似乎瘦了些……这一向都好吗？"曹问沁珠。

"很好，你呢？"

"你看我怎么样？"

"我觉得你的精神比从前好些。"

"这是实在的，我自己也觉得是好些。……我给你的一封长信收到了吗？"

"前天就收到了。……不过我心里很抱愧，我竟成了你们家庭的罪人了！"

"唉，你为什么说出这样的话来？"

"你自己逼我如此呵！……我觉得我们应当永久保持冰雪友谊，我不愿意因为一个不幸的沁珠而破坏了你们的家庭……唉！我是万不能承受你这颗不应给我而偏给我的心！"

沁珠这时的态度真是出人意外的冷淡，曹本来一腔的高兴，陡然被她浇了这一瓢冷水，面色立时罩上一层失望痛苦的阴影，他无言的怔在窗旁，两眼默注着地上的砖块。这使我不能不放下手里的杂志，但是我又有什么办法？沁珠的脾气我是知道，在她认为解脱的时候，无论谁都挽回不来，并且你若劝她，她便更固执到底，这使得我不敢多话，只有看着失望的曹低声叹气。

这时屋子里真像死般的沉寂，后来曹在极度静默以后忽然像是觉悟到什么，他若无其事般的振作起来。他同我们谈天气，谈广州的水果，这一来屋子的空气全变了。沁珠似惊似悔的看着他这种出人意外的变态，而他呢，只装作不理会。七点钟的时候，他邀我们到东安市场去吃饭。

在"雨花台"的一间小屋子里，我们三个人痛快的喝着花雕，但曹还像不过瘾，他喊铺伙拿了一壶白干来，沁珠把壶抢了过来：

"唉，你忘了你的病吗？医生不是说酒喝不得吗？"

"医生他不懂得，我喝了这酒心就快活了。"曹惨笑着说。

沁珠面色变成灰白，两眼含泪的看着曹，后来狂呼道：

"唉！要喝大家痛快的喝吧……生命又算得什么！"她把白干满满的斟了一

杯，一仰头全灌下去了。曹起初只怔怔向她望着，直到她把一杯白干吞下去，他才站了起来，走到沁珠面前说道：

"珠！原谅我，我知道我又使你伤心了……请你不要难过，我一定听你的话不喝酒好了。"

沁珠两泪涟涟的流着，双手冰冷。我看了这种情形，知道她的感触太深，如果再延长下去，不知还要发生什么可怕的变化，因此我一面安慰曹，一面哄沁珠回寄宿舍去。曹极力压下他的悲痛，他假作高兴把沁珠送回去。夜深时我们才一同离开寄宿舍，当我们在门口将要分手的一刹那，我看见曹两眼洋溢着泪光。

第二天的下午我去看沁珠。她似乎有些病，没到学校去上课，我知道她病的原因，不忍再去刺激她。所以把昨天的事一字不提，只哄她到外面散散心。总算我的设计成功，我们在北海里玩得很起劲。她努力的划船，在身体不停的受着刺激时，她居然忘了精神上的苦痛。

三天了，我不去看沁珠。因为我正忙着开同乡会的事务。下午我正在栉沐室洗脸，预备出门时，接到沁珠的电话。她说："我到底又惹下了灾殃，曹病了。——吐血，据说很厉害。今天他已搬到德国医院去了。上午我去看过他，神色太憔悴了，唉，怎么办？……"我听了这话，只怔在电话机旁，真的，我不知道怎么办好！……后来我想还是到她那里再想办法吧！

挂上电话机，我就急急忙忙雇了车到寄宿舍去。才进门，沁珠已迎在门口，她的神色很张皇。我明白她的心正绞着复杂的情绪。

我到她那里已经五点钟了，她说："我简直一刻都安定不了。你陪我再到德国医院看看曹去吧！"我当然不能拒绝她，虽明知去了只增加彼此的苦恼，但不去也依然是苦恼，也许在他们见面后转变了局面也说不定。

我们走过医院的回廊，推开那扇白漆的房门，曹憔悴无神的面靥已射进我的眼里来。他见了我们微微的点了点头，用着颤抖而微细的声音向沁珠说："多谢你们来看我！"

"你现在觉得怎样？"我问他。

"很好！"他忽然喘起来，一阵紧咳之后又喷出几口血来，我同沁珠都吓得向后退。沁珠紧紧的握着我的臂膊，她在发抖，她在抽搐的幽泣。后来她竟制不住自己的感情，伏在曹的胸前流泪。而曹深陷的眼中也涌出泪来，他紧咬着下

329

唇，握住沁珠的手抖颤，久久他才说："珠！什么时候你的泪才流完呢？"沁珠听了这话更加哭得抬不起头来。曹掉过头去似乎不忍看她。只把头部藏在白色的软枕下。后来我怕曹病体受不住这样的刺激，便向沁珠说："时候已经很晚了，我们回去，明天再来吧！"

"对了，你们请回去吧！我很好。"曹也这样催我走。

沁珠拭着眼泪同我出了德国医院的铁栏门，她惘惘的站在夜影中只是啜泣，我拉着她在东交民巷的马路上来回的散步。

"唉，我将怎么办？"沁珠哽咽着说。

"我早警告过你，这情形是要趋于严重的，而你却那样看得若无其事般……现在是不是应了我的话……据我想，你还是牺牲了成见吧！"

"唉！"沁珠低叹着道，"那末我明天就应当去讲和了！"

"你的意思是不是已肯允许他的请求？"

"是的……只有这个办法呀！"

"你今晚回去好好的休息一夜，明早你就去把这个消息报给曹……他的病大约可以好了一半，至少他的心病是完全好了！"

"唉，世界上竟有这样神秘的事情？"

"不错，爱情只是个神秘的把戏！"

我们在平坦的马路上徘徊了很久，娟媚的月光，临照在树上身上，使我们觉得夜凉难耐，只好回去。

第三天下午我到医院去看曹，走进门时，我看见他靠在床上看书，精神比前两天大不同，我知道他一定已经从沁珠那里得到了最后的胜利，我说：

"密司特曹，我向你贺喜！"

"是的，你真应贺我将要恢复的健康……还有……"

"我知道还有……我虔诚为你们祝福，愿你们伟大的爱完成在你们未来的新生活里！"

曹听了这一篇颂辞，他欠起身，两手当胸的向我鞠躬道谢。正在这时候，房门开了，只见是沁珠手里拿着一束白玫瑰，笑容满面的走了进来：

"怎么样……医生看过说什么没有？"同时她又回过头来向我说道，"你从学校里来吗？"

"医生说我很有进步，再养息一两个星期就可以复原了。"曹含笑说。

"那末好，我为你们预备一份贺礼，等你出院那一天我再请你们一同去看电影……"

"多谢你！"曹十分高兴，当说这话时，他的眼光不住向沁珠投射，沁珠低了头，含羞的弄着手表上的拨针。这一天我们三人都十分兴高采烈的玩了一下午……我为他们悬挂的一颗心现在才重新放在腔子里了。

从那一次医院里别了曹和沁珠后，我又去看过曹两次，他确是好了。已有出院的日期，这个更使我放心，我知道他们现在已经很接近了，所以不愿意再去搅乱他们。这些时候我只常同文澜到中央公园去打地球。一天下午，我打完地球回学校，心神很爽快，打算到图书馆找一两本好小说看看。到了图书馆恰巧管理员已经走了，我只得把挂在壁上的日报，拿下一份来看，无意中在文艺栏里，看到一篇叫作《弃书》的作品。那是男女两方唱和的情书，这自然是富有引诱性的，我便从头读下去，呵，奇怪，这笔调很像沁珠和伍念秋的，我再细读里面的事实，更是他们的无疑。真怪，为什么在这个时候沁珠去发表这种东西，我怀疑得很，连忙去打电话给沁珠喊她立刻到学校来。

半点钟后，沁珠来了。她的面色很润泽光彩，我知道她这时心里绝无云翳。我把报上的情书递给她看，我暗地里留意她的面容，只见她淡红的双颊渐渐失去颜色，白色的牙齿紧咬着口唇，眼眶里充满了眼泪，她的目光由报上慢慢移到窗外的天上，久久她只是默着。

"谁把你们的信拿来发表！"我禁不住问沁珠。

"谁？……唉，除了伍念秋，还有谁！"

"这个人真太岂有此理，他自己既不能接受你的爱，现在为什么要这样做……显而易见他是在吃你们的醋，这小子我非质问他不可。"我说完等不得征求沁珠的同意，我便打电话去，找伍念秋，邀他到中央公园水榭谈话。沁珠似乎还有些踌躇，经我再三催促后，她才同我到公园去。

伍念秋已在水榭等我们，见面时他的态度很镇静，仿佛心里没有一些愧怍。"这家伙真够辣的。"我低声对自己说。他请我们坐下，殷勤的招待我们喝茶吃糖果，并且说道：

"想不到我们今天又在这里聚会！"

"密司特伍近来很努力写文章吧？……"我说。

"哪里的话……我差不多有一年不写稿子了。"

"那又何必客气呢，密司特伍……今天我才在报上读到大作呀！"

"哦，你说的是《弃书》吗？……"

"是呀……但我不明白伍先生怎么高兴把这种东西来发表？"我说时真有些愤慨。沁珠默默不言的望着我们，我知道她心里正有不同的两念交战着。伍当然比我更看得明白些，所以他被我质问后，不但毫无慌张的样子，而且故意做出多情的，悲凉的面孔，叹息道：

"其实呢，我无时无刻不祝祷沁珠前途的幸福，我听见她和密司特曹将要订婚的消息，真是非常高兴的，不过……唉，只有天知道，我这颗曲折的心，我爱沁珠已经根深蒂固，虽然因为事实的阻碍，到如今我们还只是一个朋友，而沁珠的印象是深深的占据了我整个的心，所以她一天不结婚，她在我心里一天；她若结了婚呢，我的心便立刻空虚了！因此我得到他们的好消息时，我本应当欢喜，而我呵，唉，回念前情，感怀万端，只得把从前的旧信拿来看了又看，最后使我决定在报上发表，作我们友情埋葬的纪念，这真是情不由己，并没有别的含义。"

"这是怎样一个自私自利的动物，他自己有妻有子，很可以撒开手，却偏偏惺惺作态，想要再攫取一个无瑕少女的心呵，多残忍呀！"我这样想着，真恨不得怒骂他。然而沁珠伏在桌上鸣咽的痛哭，可怜的沁珠，她真捣碎了我的心。伍呢，他在屋子里来往的打磨旋。看情形我们的质问是完全失败了，我恐怕沁珠受了这个打击，对于曹的事又要发生变化，因连忙催她回去了。

唉，这是将要使人怎样慌乱的消息呵，可怜搬出医院不到十天的曹昨夜又得了重病，血管破裂喷吐满满一脸盆的血，唉，这是培养着人们一颗心的血，现在绞出这许多……我想着真不禁全身打战，当我站在他的病床前时，我真好像被浸在冰水里。

沁珠脸色灰白，瞪注着那一盆鲜红的血，她抖战着，浑身流着冷汗。她似乎已受到良心的讥责，她不顾一切的跪在他病榻前说道：

"朋友！你假如仅仅是承受我这颗心时，现在我当着神明虔诚的贡献给你，我愿你永久用鲜血滋养它灌溉它；朋友！你真的爱我时，我知道你定能完成我的主义，从此后我为了爱独身，你也为了爱独身。"

他抬起疲软的头用力的说："珠！我原谅你，至死我也能了解你，但是珠，一颗心的颁赐，不是病和死可以换来的，我也不肯用病和死，换你那颗本不愿给我的心。我现在并不希望得到你的怜悯和同情，我只让你知道，世界上我是最敬爱你的。我自己呢，也曾爱过一个值得我敬爱的你。这就够了！"

沁珠听了这话更哭得哽咽难言。我站在旁边，也只有陪这一对被命运宰割的人儿流泪。后来曹伸出那枯白瘦弱的手指着屉子道："珠！真的，我忘记告诉你了，那些信件，你把它们带回去吧，省得你再来捡收。"

沁珠仍然只有哭。唉，这屋子里的空气太悲惨了。我真想离开那里，但又不忍心抛下这一对可怜人。

幸好，沁珠学校里来请她去开紧急会议。沁珠走后，我又极力的安慰了曹，但他的神色总有些不对，我没有办法，只有默默为他祷祝。

第二天曹就搬到协和医院去，经过医生的诊察，只说是因他受的刺激太深，只要好好的将息，不致有性命之忧，我们都放了心。

这两天正遇着沁珠学校里有些风潮，沁珠忙着应付，竟有两天不曾去看曹。我也因为感冒没有单独去看他，心想他的病既然没有大危险，休养休养自然会慢慢好起来的，也就不把这件事放在心里。

又过了一天，我正在上课，校役进来向我低声说："有人在找你。"

我莫名其妙的离开了讲堂，他又说道：

"有一位袁先生来找你，我告诉他你在上课，他说有要紧的事情，非立刻见你不可。"

我的心不期然的有些怦怦的跳起来，急忙走到会客室里，只见袁先生站在那里，气色败坏的说道："这真想不到。曹已经完了！"

"什么？"我的耳朵似乎被一声霹雳轰击着，几乎失去了知觉，但在我神志略定时，我意识到袁所带来的消息。"你是说曹……已经死了吗？"

"是的，昨天晚上死的！"

"怎么死的？"我似乎不相信他的病可以使他这样快的死去。果然不出我所料，袁说："连医生也不明白他究竟吃了什么东西死的！唉，太悲惨了！"

"沁珠知道了没有？"我问。

"还不曾去通知她……唉，这样的消息，怎好使她骤然听到，所以我来，找你想个办法。"

"我也深明白这件事情有点棘手。这样吧，我到学校去找沁珠，让她到你家里，慢慢再告诉她，你姐姐们在跟前，比较有个帮手。"

"好，那我先回去，你立刻就去找她吧！"

我们一同出学校分路进行，我坐着车子跑到沁珠的学校里，这一颗镇不住的心更跳得厉害。当我推开教员预备室的门，看见沁珠正在替学生改课卷。她抬头看见我进来，很惊奇的望着我说："你怎么有工夫到这里来？"同时她面上露着惊慌和猜疑的表情。

"你同我到小袁那里去，他姐姐找你。"

"什么事情？"她急切的问我。

"你去好了，去了自然知道。"这时学校已经是吃饭的时候，厨子开进饭来，她还让我吃饭。我恨极了，催促她快走，真奇怪，我不明白她那时怎么反倒那样镇静起来。她被我催得急，似乎有些预料到那将要知道的恶消息——正是一个大痛苦的实现。我们的车子走到西长安街时，她回过头来问我："你对我说实话，是不是曹死了？"我知道她紧张的心逼她问出这一句最不敢问而不得不问的话来，她是多么希望我给她一个否定的回答，但是我怎忍说"不是"，让她再织些无益的希望的网以增重她后来陡然得到的打击呢？但我也不忍就说"是的"。我只好把头埋藏在围巾里，装作不曾听见。这时北风正迎面吹来，夹着一阵阵的黄沙，我看她直挺挺的斜在车子上，我真不知道怎么办好，幸喜再走几步就到小袁的家里了，我急忙下车把她扶下车。正要去敲门时，小袁同他的姐姐已迎了出来，袁姐见了沁珠，连忙把哭红的眼揩了又揩，她牵住她的手叫了一声"珠妹！"沁珠听了这个声音，更料到曹是死了，她凄切的喊了一声"姐姐！"便晕倒了。这一来把我们全吓得慌了手脚，连忙把她放到床上，围着喊叫了半天，她才慢慢醒来，睁开眼向屋里的人怔望了一阵。意识渐渐恢复了，"唉，长空！"她叫了一声便放声痛哭。我们都肠断心碎的陪着她哀泣，后来又来了几个曹的朋友，他们说是下午就要去医院看曹人殓，五六点钟时须要把棺材送到庙里去，现在就应当动身前去。我们听了这话，劝沁珠洗过脸，一同到协和医院去。走进医院的接待室时，沁珠像是失了神。她不哭，只瞪视着豫王府的雕梁花栋发呆。后来把曹的衣服全穿好了，我们才来招呼她进去，她只点点头，无声的跟着我们走，忽然她站住对我说：

"你先带我到他住的房子里看一看。"

我知道这是阻挡不来，只好同她去。她走进屋子，向那张空病榻望了望，便到放东西的小桌面前去。她打开抽屉，看见里面放着两束信——是她平日写给曹的，上面用一根大红的领带束着，另外还有一封曹写给她而还不曾付邮的信，她忙抽出来看，只见上面写着：

> 珠！我已决定再不麻烦你了。你的生命原是灿烂的，我祝福你从此好好努力你的前途，珍重你的玉体。我现在无怨无恨，我的心是永远不再兴波浪的海，别了，珠妹！
>
> 长空

在这封信外还有一张四寸照片，照片的后面题着两句道："我的生命如火花的光明，如彗星之迅速。"沁珠看见这两件遗物，她一言不发的奔到曹死时睡过的床上放声痛哭。她全身抽搐着，我真不忍看下去，极力的劝解她，叫她镇静点，还要去看曹的尸体。她勉强压下悲哀，用力的握住我的手，跟我出去，临出门时，她又回头去望着那房子流泪，当然这块地方是她碎心埋情的所在，她要仔细的看过。

这时曹已经殓好，但还不曾下棺。我们走到停放尸首的冰室里，推开门，一股冷气扑到脸上来，我们都不禁打了一个寒战。一块白色的木板上，放着曹已僵冷的尸体。沁珠一见便要扑上去，我急忙把她拉住，低声求她镇静。她点点头，站住在尸体的面前。曹的面孔如枯蜡一样的惨白，右眼闭了，左眼还微睁，似乎在看他临死而不曾见面的情人。沁珠抚着尸体，默默的祈祷着，她注视他的全身衣着，最后她看见曹手上带着一只白如枯骨般的象牙戒指，正同从前送给自己的那一对，一色一样，她不禁抚弄着这已僵冷的手和那戒指，其他的朋友们都悄悄的站在后面，宇宙这时是显露着死的神秘。

将要盖棺时，我们把沁珠劝了出来，但她听见钉那棺盖上的钉子的响声，她像发了狂似的要奔进去，袁姐和我把她抱住，她又晕厥过去，经过医生打针才慢慢醒来。棺材要送到庙里去时，我们本不想叫沁珠去，但她一定坚持要去，我们

335

只好依她。这时已是黄昏时候，我们才到了庙里，我伴着沁珠在一间幽暗的僧房里休息。她不住的啜泣，听见外面杠夫安置棺材的声音时，她全身战栗着，两手如冰般的冷。过了一些时候，小袁和袁姐进来叫我们到灵前致祭。这时夕阳正照着淡黄的神幔，四境都包围在冷凄悲凉的空气中。

走到一间小屋子的门口，曹的棺材停放在里面，灵前放着一张方桌，挂着一幅白布蓝花的桌裙，燃了两枝白烛，一个铜香炉中点了三根香，烟雾缭绕。她走近灵前，抚着棺盖号啕痛哭。唉，这一座古庙里布满了愁惨的云雾。

黑暗的幕渐渐的垂下来，我们唤沁珠道："天晚了，该回去了！"

"是的，我知道，天晚了，该回去了。"沁珠失神落魄的重复了一遍，又放声痛哭起来。我们把她扶上汽车，她又闭了气，面色苍白着，手足僵硬，除了心头还有些暖气外，简直是一个尸体呢。

汽车开到袁姐家里。把她抬到床上，已经夜里了，我们忙着去请医生，但第一个医生看过，用急救法救治，不见效；又另请医生，前后换了六个医生都是束手无策。后来还是同住的杨老太婆用了一种土方法——用粗纸燃着，浇上浓醋，放在鼻端熏了许久，她才渐渐醒来，那时已深夜三点多钟了。

十六

沁珠病在袁志先家里，她软弱，憔悴，悲伤，当她微觉清醒时，口里便不住喃喃的低呼道："唉，长空！长空！"眼泪便沿着双颊流了下来。她拒绝饮食，两天以来只勉强喝了一些开水。我同袁姐百般的哄骗她，劝解她，但是毫无结果。这种太糟的局面，怎能使它延长下去？我们真急得发昏。晚上我捧了一碗燕窝请求她吃些，她依然是拒绝。我逼得无法，便很严肃问她说："沁珠，你忘了家乡的慈母同高年的老父吗？……倘若他们知道你这样……"我的话还不曾说完，沁珠哀叫一声"妈！"她又昏厥过去了。袁姐向我看着，似乎怪我太鲁莽了，然而我深知沁珠现在神智昏迷，不拿大义来激动她是无挽救的。不过现在昏厥了又怎么办？袁姐不住的撼动她呼唤她，过了半点钟，才渐渐醒来。我又把温暖的燕窝端去劝她吃，她悲楚的看着我，——那焦急而含悲的面容，我真不忍，幸喜她到底把燕窝吃下去了。袁姐同我一颗悬着的心总算放下。

几天后，她的悲哀似乎稍微好些。身体也渐渐的强健起来。——这几天来我同袁姐真是够疲倦了，现在才得休息。一个星期过去，沁珠已能起床，她揽着镜，照了自己惨淡消瘦的容颜，"唉，死究竟不容易！"她含泪的说。我们都没有回答她，只默默的看着她。下午她说要回寄宿舍去，我同袁姐雇了一部车子送她去。到了寄宿舍，我真怕她睹物伤情，又有一番周折。我们真是捏着一把汗。走进寄宿舍的大门时，她怔怔的停了一歇，叹息了一声。"唉，为了母亲我还得振起精神来做人。"她说。

"是了。"我同袁姐异口同声的说。

这一个难关，总算过去了。两天以后，沁珠开始回到中学授课去。我同袁姐也都忙着个人的事情。

一个月以后，曹的石坟已筑好，我们约定在星期天的上午到庙里起灵，十二点下葬。星期六晚上，我便到沁珠那里住，预备第二天伴她同去。夜里我们戚然的环坐在寂静的房里，沁珠握住我的手道："唉，我的恐怖，悲哀，现在到底实现了！他由活体变成僵尸，……但他的心愿也到底实现了！我真的把他送到陶然亭畔埋葬在他自己指给我的那块地方。我们一切都像是预言，自己布下凄凉的景，自己投入扮演，如今长空算结束了他这一生，只剩下我这飘泊悲哀的生命尚在挣扎。自然，我将来的结果是连他都不如的！"

沁珠呜咽的说着。这时冷月寒光，正从窗隙射进，照在她那憔悴的青白色脸上，使我禁不住寒战。我低下头看着火炉里烧残的炭屑，隐隐还有些微的火光在闪烁，这使我联想到沁珠此后的生命，也正如炉火的微弱和衰残，"唉，我永远不明白神秘的天意！"我低声叹着。沁珠只向我微微点头，在她的幽默中，我相信她是悟到了什么，——也许她已把生命的核心捉住了。

当夜我们很晚才去睡觉。第二日天才破晓，我已听到沁珠在床上转侧的声音。我悄悄的爬起来，只见沁珠枕畔放着曹的遗照，她正在凝注着咽泪呢。"唉，死是多么可怕，它是不给人以挽回的余地呵！"我心里也难过着。

到了庙里，已有许多曹的亲友比我们先到了。这时灵前的方桌上，已点了香烛，摆了一桌祭席，还有很多的鲜花、花圈等围着曹的灵柩。炉中的香烟细缕在空中纠结不散，似乎曹的灵魂正凭借它来看我们这些哀念他的人们，尤其是为他痛苦得将要发狂的沁珠——他恐怕是放心不下吧！

"呵！长空，长空！"沁珠又在低声的呼唤着。但是四境只是可怕的阴沉阒寂，哪里有他的回音？除了一只躲在树窠里的寒鸦，绕着白杨树"苦呀，苦呀"的叫着。——一切都没有回音，哪里去招这不知何往的英魂呢？！

沁珠站在灵前，默默的祷祝着，杠夫与出殡时所用的东西都已经齐备了，一阵哀切的声音由乐队里发出来，这真太使人禁不住。哀伤，死亡，破灭都从那声音里清楚的传达到我们的心弦上，使我们起了同样的颤动。沁珠的心更被捣碎了。她扶着灵柩嘶声的哀号，那些杠夫要来抬灵柩，她怒目的盯视着他们，像是说他们是一群极残忍的动物，人间不知多少有为的青年，妙龄的少女，曾被他们抬到那黝黑的土穴里，深深的埋葬了。

后来我同袁姐极力把沁珠劝开。她两手僵冷着颤栗着，我怕她又要昏厥，连忙让她坐在马车里去。那天送葬的人很多，大约总有十五部马车。我们的车子在最前面，紧随着灵柩。沁珠在车上把头深深的埋在两臂之中，哀哀的呜咽着。车子过了三门阁，便有一幅最冷静，最悲凉的图画展露在面前。一阵阵的西北风，从坚冰寒雪中吹来，使我们的心更冷更僵，几乎连战抖都不能了。一声声的哀乐，这时又扰动了我们的心弦。沁珠紧紧的挨着我，我很深切的觉得，有一种孤寂和哀悔的情感是占据在她弱小的心灵里。

车子走了许多路，最后停在一块广漠的郊野里。我们也就从车上下来。灵柩安放在一个深而神秘的土穴前。香炉里又焚起香来，蜡烛的火焰在摇荡的风中，发出微绿的光芒。沁珠拿了一束红梅和一杯清茶，静穆的供在灵前，低声祷祝道：

"长空，你生前爱的一枝寒梅，现在虔诚的献于你的灵前。请你恕我，我不能使你生时满意，然而在你死后呵，你却得了我整个的心；这个心，是充满了忏悔和哀伤！唉，一个弱小而被命运拨弄的珠妹，而今而后，她只为了纪念你而生存着了。"

这一番祷词，我在旁边听得最清楚，忍不住一阵阵酸上心头。我连抬眼看她一看都不敢，我只把头注视着脚前的一片地，让那些如喷泉般的泪液浸湿了地上黄色的土。袁姐走过来劝我们到那座矗立在高坡上的古庙里暂歇：因为距下葬的时候至少还有一个钟头。我们到了庙里后，进了一间清静的僧房坐下休息。沁珠这时忽然问我道："我托你们把照片放在灵柩里，大概是放了吧？"——这是曹入殓的那一天，她将一张最近送给曹的照片交给我们，叫我们放在曹的棺材里。——这事大家都觉得不大好，劝她不必这样做，而沁珠绝对不肯，只好依她的话办了。当时因为她正在病中，谁也不敢提起，使她伤心，现在她忽想起问我们。

"照你的话办了！"我说。

"那就好，你们知道我的灵魂已随他去了；所余下的是一副免不了腐臭的躯壳，而那一张照片是我这一生送他唯一的礼物。"她说着又不禁流下泪来。

"快到下葬的时候了，请你们出去吧！"袁志先走进来招呼我们。沁珠听见这话，她的神经上像是又受了一种打击，异常兴奋的站了起来，道："唉，走，快走，让我再细细认一认装着他的灵柩，——你们知道那里面睡着的是他——一个为了生时不能得到我的心因此哀伤而死的朋友，呵，为了良心的诘责，我今后只有向他的灵魂忏悔了！唉，这是多么悲艳的结局呵！"

沁珠这种的态度，真使我看着难过，她是压制了孩子般的哭声，她反而向我们笑——同眼泪一同来的笑。我掉过头去，五中哽塞着，几乎窒了呼吸！

来到墓地了，那边许多含悲的面孔，向深深的土穴注视着。杠夫们把灵柩用麻绳周遭束好，歇在白杨树下的军乐队，又发出哀乐来。杠夫头喊了一声口号"起"，那灵柩便慢慢悬了空，抬到土穴的正中又往下沉，沉，沉，一直沉到穴底，那穴底是用方砖砌成的，上面铺了些石灰。

"头一把土应当谁放下去？"几个朋友在低语的商量着。

"当然还是请沁珠的好，恐怕也是死者的意思吧！假如他是有灵的话。"朋友中的某人说。

"也好。"其余的人都同意。

沁珠来到土穴畔，望着那白色的棺材，注视了好久，她流着泪，俯下身去在黄土堆上捧了一掬黄土，抖战的放了下去。她的脸色白得和纸一样，口唇变成了青紫色，我同袁姐连忙赶过去把她扶住。"唉，可怜！她简直想跳下去呢！"袁姐低声向我说。我只用点头回答她。我们搀沁珠到一张石凳上坐下，朋友们不歇气的往坟里填黄土。不久那深深的土穴已经填平了。"呵！这就是所谓埋葬！"环着坟墓的人，都不禁发出这样的叹息！

黄昏时这一座新坟大致已经建筑完成了。坟上用白石砌成长方形的墓，正中竖了一座尖锥形的四角石碑，正面刻着"吾兄长空之墓"。两旁刻着小字是民国年月日弟某谨立。下面余剩的地方，题着两行是："愿我的生命如火光之闪烁，如彗星之迅速。"旁边另有几行小字是："长空，我誓将我的眼泪时时流湿你墓头的碧草，直到我不能来哭你的时候。"下面署名沁珠。墓碑的反面，刻着曹生平的事略，石碑左右安放着四张小石凳，正面放着一张长方石桌。

我们行过最后的敬礼，便同沁珠离开那里。走过草塘，前面显出一片松林。晚霞照得鲜红，松林后面，隐约露出几个突起的坟堆。沁珠便停住脚步呆呆的望着它低声道："唉，上帝呵，谁也想不到我能以这一幅凄凉悲壮的境地，作了我此后生命的背景！"同时她指着那新坟对我说道："你看！"

我没有说什么，只说天晚了，我们该回去了。她点头随着我走过一段土坡，找到我们的车子。在暮色苍凉中，我们带着哀愁回到城里去。

不觉一个多星期了，在曹的葬礼以后。那天我站在回廊下看见校役拿进一叠邮件来，他见了我，便站住递给了我一封信，那正是沁珠写来的。她说：

　　下雪了，我陡然想起长空。唉，这时荒郊冷漠，孤魂无伴，正不知将怎样凄楚，所以我冒雪到他坟旁。

　　走下车来，但见一片白茫茫的雪毯铺在地下，没有丝毫被践踏的痕迹。我知道在最近这两天，绝对没有人比我先到这里来。我站在下车的地方，就不敢往前走，经过了半晌的沉思，才敢鼓起勇气冲向前去。脚踏在雪上发出沙沙的声响，同时明显的印着我的足迹。过了一道小小的木桥，桥旁满是芦苇，这时都缀着洁白的银花，苇塘后面疏条稀枝间露出一角红墙。我看了这红白交映的景物，好像置身图画中，竟使我忘了我来的目的。但不幸，当我的视线再往东方垂注时，不能掩遮的人间缺陷，又极明显有力地展布在我的眼前。——唉，那岂仅是一块刻着绿色字的白石碑。呵！这时我深深的忏悔，我曾经做过比一切残酷的人类更忍心的事情，虽然我常常希望这只是一个幻梦。

　　吾友！我真不能描画此刻所环绕着我的世界：——冷静，幽美，是一幅不能画在纸上的画；是一首不能写在纸上的诗。大地上的一切这时都笼罩在一张又洁白又光滑的白天鹅绒的毯子下面。就是那一堆堆突起的坟墓，也在它的笼罩之下。唉！那里面埋着的是红颜皎美的少女；是英姿豪迈的英雄。这荒凉的郊野中，正充满了人们悼亡时遗留在这的悲哀。

　　唉，我被凄寒而洁白的雪环绕着。白坟，白碑，白树，白地。低头看我白色围巾上，却露出黑的影来。寂寞得真不像人间。我如梦游病者，毫无知觉的走到长空的墓前。我用那双僵硬的手抱住石碑，低声的唤他的名字，热的泪融化了我身边的雪；一滴滴的雪和泪的水，落在那无痕的雪地上。我不禁叹道："长空！你怎能预料到，你现在真已埋葬在这里，而我也真能在这寒风凛冽雪片飞舞中，来到你的坟头上唏嘘凭吊。长空，你知道，在这广漠的荒郊，凄凉的雪朝，我是独倚你的新坟呵！长空，我但愿你无知，不然你当如何的难受，你能不后悔吗？唉，太忍心了！也太残酷了呵！长空，你最后赐给我这样悲惨的境界，这样悲惨的景象，使它深深印在我柔弱的心上！我们数年来的冰雪友谊，到现在只博得隐恨千古，唉，长空你为什么不流血沙场而死，而偏要含笑陈尸在玫瑰丛中，使站在你尸前哀悼的，不是全国的民众，却是一个别有怀抱、负你深爱的人？长空！为了一个幻梦的追求，你竟轻轻地将生命迅速的结束，同时使我对你终生负疚！

　　"我睁眼四望，要想找出从前我俩到这里看坟地的痕迹，但一切都已无踪。我真不能自解，现在是梦，还是过去是梦？长空，自从你的生命，如彗星一闪般的陨落之后，这里便成了你埋愁的殡宫，此后呵，你我间隔了一道生死桥，不能再见你一面，也不能再听到你的言语！"

　　我独倚新坟，经过一个长久的时间，这时雪下得更紧了。大片大片的雪花飞到我头上身上。唉，我真愿雪把我深深的埋葬。——我仰头向苍天如是的祷祝。我此刻的心是空洞的，一无所恋，我的心神宁静得正如死去一般。忽然几只寒鸦飞过天空，停在一株白杨树上，啪啪的振翼声，惊回了我迷惘的魂灵。我顿感到身体的冷僵，不能再留在这里。我再向新坟凝视了片刻，便毅然离开了这里。

　　两天后我到寄宿舍去看沁珠，寂寞的荒庭里，有一个哀愁的人影，在那两株大槐树下徘徊着。日光正从参差的枝柯间射下来。我向那人奔去，她站住了说道：

"我寄给你的一封长信收到了吗？"

"哦，收到了！沁珠，你到底在那样的雪天跑到陶然亭去，为什么不来邀我做伴？"我说。

"这种凄凉的环境，我想还是我独自去的好。"

"你最近心情比较好些吗？"

"现在我已是一池死水，无波动无变化，一切都平静！"

"能平静就好！……我正在发愁，不久我就要离开这里，现在看到你的生活已上了轨道，我可以放心走了。"

"但你为什么就要走？"

"我的研究科已完了，在这里又找不到出路，所以只有走了！"

"唉，谈到出路，真成问题……灰城永远是这样沉闷着，像是一座坟墓，不知什么时候才能有点生气！"

"局面是僵住了，一时绝不会有生气的，我想还是到南方去碰碰运气，而且那里熟人也多。"

"你是否打算加入革命工作？"

"大概有这个意思吧！"

"也很好，祝你成功！"沁珠说到这里，忽然沉默了。她两眼呆望着遥远的红色楼角。过了些时她才又问我道：

"那末几时动身呢？"

"没有定规，大约在一个星期后吧！"

"我想替你饯行。唉，自从长空死后，朋友们也都风流云散，现在连你也要去，趁着这时小叶同小袁他们还在这里，大家痛快聚会一次吧！也许你再来时，我已化成灰了！"

"你何必这样悲观，我们都是青年，来日方长，何至于……"

"那也难说，看着吧！……"沁珠的神情惨淡极了，我也似乎有什么东西梗住我的喉管。我们彼此无言，恰巧一阵西北风又把槐树上的枯叶吹落了几片，那叶子在风中打着旋，天上的彤云如厚絮般凝冻住。唉，这时四境沉入可怕的沉闷中。

十七

正是黄昏的淡阳，射在浅绿色的玻璃窗上，我同沁珠走进宣南春饭店的一间雅座里。所邀的客人，还都不曾来，茶房送上两杯清茶，且露着殷勤的笑容道："先生们这些日子都不照顾我们啦！"

"是呀，因为事情忙……你们的生意好吗？"

"还对付吧，总得先生们多照应才好！"茶房含笑退了出去。我们坐在沙发上吸着长城香烟，等候来客。不久茶房高声喊道："七号客到。"跟着门帘掀开了，一个西装少年同一个时装的女郎走了进来，我一看原来正是袁氏姐弟。沁珠一面让他们吃烟一面问道："小叶怎么不一同来？"

"他去洗澡，大约也就要来了。"小袁说。

"沁珠今日作什么请客？"袁姐这样问。

"因为素文就要离开灰城，所以我替她饯行。"沁珠说。

"这是什么意思？你们一个个都跑了，唉，分别是多么乏味的勾当，素文。"小袁叹息着说。我们也同时受了他的暗示，人人心灵中都不期然充满了惜别的情绪。正在沉寂中，小叶悄悄的推门进来。

"少爷，只有你迟，该当怎么罚？"我对小叶说。

小叶迟疑了一下，连忙从身上摸出一只表来看过之后，立刻含着胜利的微笑，把表举向我们道："你们看现在几点钟，不是正正六点吗？"

"果然才六点！"袁姐说，"可是怎么天已暗下来了呢？"

"那是另一个问题，但不能因此而要我受罚！"小叶重新申明了一次。

"好吧，就不罚你，不过今晚是离筵，你总应当多喝几杯酒。"沁珠说。

"喝酒本来没有什么，不过我怕你又要发酒疯。"小叶说。

"唉，发酒疯！也是一种人生。我告诉你，今后我只想在酒的怀抱里睡着，因为它对于我有着非常的诱惑力，正像一个绛衣少女使骑士心荡的情感一样。"沁珠非常兴奋的说。

"小姐几时又发明了这样的哲学！"小袁打趣般的看着沁珠说。这话惹得我们都不禁笑了。这时茶房已摆上筷子羹匙，酒杯小碟子，沁珠让我们围着坐下。

当茶房放下四盘冷荤和两壶酒后，沁珠提起酒壶来，替我们都斟满了，她举起自己的杯子向我道："素文，这几年来你是眼看着我，尝试人生酸甜苦辣种种的滋味，所以只有你最了解我，也最同情我。最近一年你简直成了我身体和灵魂的保姆。想不到今天我替你饯行，在这临别的时候，我只有这一杯不知是泪是血或者就仅仅是酒的东西赠献给你，祝你前途的光明！"沁珠说时眼泪不住在眼窝里转，脸色像纸般的惨白。我接过她拿着的酒杯，一滴泪正滴在杯中，我把那和泪的酒一口气吞咽了下去。我们互相握着手呜咽悲泣，把袁姐他们也都吓呆了。这样经过了五分钟的时候，沁珠才勉强咽住泪惨笑道："我们痛快的玩吧！"

"是呵，我也想应当痛快的玩，不过……"小袁说。

"唉！你就不要多话了吧，来，我俩干一杯。"小叶打断小袁的话说。袁姐明白小叶的用意，想改变这屋子里悲惨的空气，因对我们说道："素文，沁珠，我们也干一杯。"于是大家都把杯里的酒喝干了。茶房端上一碗雨作鱼来，我们无言的吃着，屋里又是冷寂寂的。沁珠叹道："在这盛筵席上，我不免想到和长空的许多聚会畅饮，当时的欢笑，而今都成追忆！"同时她又满斟了一杯酒，凄楚的喝了下去，"唉，我愿永久的陶醉，不要有醒的时候，把我一切的烦恼都装在这小小杯里，让它随着那甘甜的酒汁流到我那创伤的心底，从此我便被埋葬了！"

小袁又替沁珠斟了两杯酒，我要想阻拦他，又怕沁珠不高兴，只好偷偷使眼色。小袁也似乎明白了，连忙停住。然而已经晚了，沁珠已经不胜酒力，颓然醉倒在沙发上了。这一次她并不曾痛哭，只昏昏的睡去，我们轻声的谈讲着，我很希望不久能平复她的伤痕，好好努力她的事业，并且我觉得在曹生前，她既不爱曹，曹死后，她尽可找一个她爱的人，把那飘泊的心身交付给他，何必自己把自己打入死囚牢里？我设想到这里，我的目光不知不觉又投向她那垂在沙发边缘上的手上了。那一只枯骨般惨白色的象牙戒指，正套在她左手的无名指上。唉，这仅仅是一颗小小的戒指呵，然而它所能套住的，绝不止一个手指头，它呵，谁知道它将有怎样大的势力，对于睡在这沙发上的可怜人儿呀？它要圈住它的一生吗？……也许……唉，我简直不敢想下去。曹的那一只干枯的无血的手指上——在他僵冷成尸的手指上也正戴着这一只不祥的东西呀！当初他为什么不买一对宝石或者金光灿烂的金戒指，而必定看上这么一种像是死人骨头制成的象牙戒指呢？难道真是天意吗？——天只是蔚蔚苍苍的呀？……我真越想越不解。

忽然一声低低的叹息，从那张沙发椅上睡着的沁珠的喉管里发出来。这使我沉入冥想的魂灵复了原。我急忙站起来，奔到她的面前，只见她这时脸色失去了酒后的红，变成惨白。她垂着眼，呼吸微弱得像是……呵，简直是一幅石膏像呢。我低声问她："喝点茶吗，沁珠？"她微微点了点头，我把一杯温和的茶送到她的唇边。她侧着头轻轻的吸了两口，渐渐的睁开了眼，她把眼光投射在屋子的暗陬里。"我适才看见长空的。"她说。这简直是鬼话呀，把我们在座的人都吓了一跳。大家都知道沁珠这时候悼亡的心情太切，对于这一个问题最好谁都不再说起，我剥了一个蜜橘，一瓣瓣的喂她吃。她吃过两瓣之后，又叹了一声道："从前长空病在德国医院时，我也曾喂过他果子露和橘瓣。唉，他现在到什么地方去了呢！？素文，你好心点，告诉我死之国里是不是长空所去的地方，我想去找他。假使我看见他，我一定要向他忏悔……忏悔我不应当给他一个不兑现的希望，以至使他哀伤到自杀！……唉！长空！长空！……"她放声痛哭了，门外隐隐约约有人在窥探，茶房也忙赶了进来，他怔怔的望望沁珠又看看我们。

　　"哦，这位小姐喝醉了，隔一歇就好，不相干的。你替我打一把热手巾来吧！"小袁对茶房这样说。我同袁姐将沁珠左右扶住，劝她镇静点，这里是饭馆，不好不检点些。同时我们又让她喝了一大杯浓茶，她渐渐清醒了。我替她拭着涟涟的泪水，后来小叶叫来了一部汽车，我同袁姐小袁三人伴她回到寄宿舍。到那里以后，小袁同袁姐又坐着原车回去，我就在寄宿舍陪着她。那一夜她又是低泣着度过，幸好第二天正是星期，可以不到学校去，我劝她多睡睡。

　　天已大亮了，我悄悄的起来。看见沁珠已蒙眬睡去，我小心的不使她惊醒。轻轻的走到院子里，王妈已提着开水走来，我梳洗后，吃了一些饼干，我告诉王妈："我暂且回去，下午两三点再来，等沁珠醒了说一声。"王妈答应了。她送我到了大门口。

　　我回到学校，把东西收拾了，吃过午饭后，我略睡了些时，又到沁珠那里。她像是已起来很久了，这时她正含愁的在写些什么东西，见我进来，她放下笔道："你吃过饭吗？"

　　"吃过了。你呢，精神觉得怎样……又在写文章吗？"

　　"不，我在写日记。昨天我又管不住自己了，想来很无聊！真的，素文，我希望你走后，我能变一个人，现在这种生活，说起来太悲惨，我觉得一个别有怀抱的人，应当过些非常的生活。我很讨厌一些人们对我投射一种哀恤的眼光。前几天我到学校去，那些同事老远的看见我来了，他们都怔怔的望着我，对我笑——一种可怜的微笑。在他们也许是好意，而在我总觉得这好意不是纯粹的；也许还含着一些侮辱的意味呢！所以从今以后，我要使我的生活变得非常紧张，非常热闹，不许任何人看见我流一滴眼泪，我愿我是一只富有个性的孤独的老鹰，而不是一个向人哀鸣的绵羊。"

"你的思想的确有了新的开展，不过是好是坏我还不敢说。不过人是有生命的，当然不能过那种死水般毫无波动的生活。我祝你前途的光明！"

"谢谢你，好朋友！我真也渴望着一个光明的前途呢。但是我终是恐惧着，那光明的前途离我太远了！好像我要从几千里的大海洋的此岸渡到彼岸；不用说其间的风波太险恶，而且我也没有好的航船，谁知道我将来要怎样？！"

"这当然也是事实，但倘使你有确定的方针，风波虽险，而最后你定能胜过险阻而达到彼岸的。沁珠，愿你好好的挣扎吧！"

"是的，我要坚持的挣扎下去。……你离开灰城后，当然另开辟一个新生活的局面了，我希望将来我们能够合作！"

"关于这一层，老实说，我也是这样盼望着。我相信一个人除了为自己本身找出路，同时还应当为那些受压迫的人们找出路。我们都二十以上的年纪了，人生的历程也走过一段，可是除了在个人的生命河中，打回旋以外，真不曾见过天日呢！所以我这次决意加入革命工作，我觉得你更合宜于这种工作，我知道你是极富于情感的人，而现在你失掉了感情的寄托，何妨就把伟大的事业来做寄托呢？"

"你的话当然不错，不过你晓得我是一个性情比较静的人，我怕我不习惯于那种活动的生活。所以你还是要先去，也许以后我的思想转变了，我再找你去吧！"

谈话的结果，我忽然得了一种可怕的暗示，我觉得沁珠的思想还没有把捉到一个核心。一时她要像一池死水平静着；一时她又要热闹紧张。呵，天！这是什么意思呵，然而我也顾不得许多了。三天后我便离了灰城。以后两年，我们虽然常常通信，而她的来信也是非常不一致。忽然解脱，忽然又为哀愁所困。后来为了我自己的生活不安定，没有确定的地址，所以通信的时候也很少了。直到她病重时，得到小袁一封快信，我便赶到这里来。而到时她却已经死了，殓了，我只看见那一副黑色的棺材，放在荒凉的长寿寺里。她！她就这样了结了她的一生！……究竟她这两年来怎样过活的？她何至于就死了？这一切的情形我想你比我知道得清楚，你能否说给我听？

这时夜幕已经垂在大地上了，虽然夏天日落得较迟，而现在已经八点多钟了，我们的晚饭还不曾吃。

"好，现在我们先去吃晚饭，饭后就在这院子里继续的谈下去，我可以把沁珠两年来的生活说给你。"我对素文说。

晚饭已经开在桌上了，我邀素文出去——饭厅在客堂的后面，这时电灯燃得通明。敞开的窗门外可以看见开得很繁盛的玫瑰，在艳冶的星光下，吐出醉人的芬芳。我们吃着饭又不禁想到沁珠。素文对我说：

"隐！假使沁珠在着，我们三人今夜不知又玩出什么花样了？她真是一个很可爱的朋友！"

"是的。"我说，"我也常常想到她，你不晓得我这两年里，差不多天天和她在一处工作游玩。忽然间说是她死了，永远再不同我说话，我也永远再不看见她那微颦的眉峰，和细白的整齐牙齿。呵，我有时想起来，真不相信真有这回事！也许她暂且回到山城去了吧？……不久她依然要回来的。她活泼而轻灵的步伐，依然还会降临到我住的地方来……可是我盼望了很久，最后她给了我一个失望！"

这一餐晚饭我们是在思念沁珠的心情中吃完的。在我们离开饭桌走到回廊上时，夜气带来了非常浓厚的芬芳。星点如同棋子般，密密层层的布在蔚蓝的天空上。稀薄的云朵，从远处西山的峦岫间，冉冉上升，下弦的残月还没有消息。我们在隐约的电灯光中，找到了两张藤椅坐下。

"你可以开始你的描述了，隐。"素文催促我说。

阿妈端过两杯冰浸的果子露来，我递给素文一杯。并向她说道："我们吃了这杯果子露，就可以开始了，但是从哪里说起呢？"我说到这里，忽然想起，沁珠还有一本日记在我的屉子里，这是她死后，我替她检东西，从书堆中搜出来的。那本东西可算她死后留给朋友们的一件好赠品，从曹死后，一直到她病前，她的生活和她的精神变化都详详细细的写着。

"素文，我去拿一件东西给你，也许可以省了我多少唇舌。而且我所能告诉你的，只是沁珠表面的生活，至于她内心怎样变动，还是看她的日记来得真实些。"我忙忙的到书房把这本日记拿了来，素文将日记放在小茶几上说道："日记让我带回去慢慢看，你先把她生活的大略告诉我。时间不多了，十二点钟以前，我无论如何要赶回家去的。"

"好，我就开始我的描述吧！"我说。

当然你知道，我是民国十七年春天回到灰城的。那时候我曾有一封信给沁珠，报告我来的事情。在一天的下午，我到前门大街买了东西回到我姨母的家里。刚走到我住的屋子门前，陡然看见一个黑色的影子，在门帘边一晃，我很惊诧，正想退回时，那黑影已站在我的面前。呵，她正是别来五年的沁珠。这是多么惨淡一个印象呵，——她当时所给我的！她穿着一件黑呢的长袍，黑袜黑鞋，而她的脸色是青白瘦弱。唉，我们分别仅仅五年，她简直老了，老得使我想象不到。但我算她的年龄至多不过二十六岁，而她竟像是三十五六岁的人。并且又是那样瘦，缺少血色。我握住她的手，我真不知说什么好，很长久的沉默着，最后还是我说道："沁珠，你瘦了也老了！"

"是的，我瘦了也老了，我情愿这样！"她的话使我不大了解，我只迟疑的望着她。她说："你当然知道长空死了，在他死后我是度着凄凉冷落的生涯。……我罚自己，因为我是长空的罪人呀！"她说到这里又有些眼圈发红。

"好吧！我们不谈那些令人寡欢的事情，你说说你最近的生活吧！"

"我还在教书……这是无聊的工作，不过那些天真烂漫的小女孩，时常使我忘了悲哀，所以我竟能继续到如今。"

"除了教书你还作些文艺品吗？"

"有的时候也写几段随感，但是太单调，有人说我的文章只是哭颜回。我不愿这个批评，所以我竟好久不写了。就是写也不想发表。一个人的东西恐怕要到死后才能得到一些人的同情吧！"

"不管人们怎么说，我们写只是为了要写。不一定写了就一定要给人看；更不一定看了就要求得人们的同情！……唉，老实说同情又值什么？！自己的痛苦还只有自己了解，是不是？"

"真对，隐，这些时候了，我们的分别。我时时想你来，有许多苦闷的事情我想对你谈谈，谢天，现在你居然来了。今晚我们将怎样度过这一个久盼始得到的夜晚呢？"

"你很久没有看见中央公园的景致了，我们一同到那里兜个圈子，然后再同到西长安街吃晚饭，让我想，还有什么人可以邀几个来，大家凑凑热闹？"沁珠对我这样说。

"我看今夜的晚饭还是不用邀别人，让我们好好的谈谈不好吗？"我说。

"也好，不过近来我很认识了几个新朋友，平日间他们也曾谈到过你，如果知道你来了，他们一定不放松我的，至少要为你请他们吃一顿饭。"

"那又是些什么人？"

"他们吗？也可以说都是些青春的骄子，不过他们都很能忠于文艺，这和我们脾味差不多。"

"好吧，将来闲了，找他们玩玩也不错！"

我们离开了姨母家的大门，便雇了两部人力车到中央公园去。这时虽然已是初春，但北方的气候，暖得迟，所以路旁的杨柳还不曾吐新芽，桃花也只有小小的花蕊，至少还要半个月以后才有开放的消息吧。并且西北风还是一阵阵的刺人皮肤。到中央公园时，门前车马疏疏落落，游人很少。那一个守门的警察见了我们，微微的打了一个哈欠，似乎说他候了大半天，才候到了这么两个游人。

我们从公园的 S 字回廊绕到了水榭。在河畔看河里的冰，虽然已有了破绽，然而还未化冻。两只长嘴鹭鸶躲在树穴里，一切都还显着僵冻的样子。从水榭出来，经过一座土山，便到了同生照相馆，和长美轩一带地方。从玻璃窗往里看，似乎上林春里有两三个人在吃茶。不久我们已走到御河畔的松林里了。这地方虽然青葱满目，而冷气侵入，使我们不敢多徘徊。忙忙的穿过社稷坛中间的大马路，仍旧出了公园。

到西长安街时，电灯已经全亮了。我们在西安饭店找了一间清静的小屋，泡了一壶茶吃着，并且点了几样吃酒的菜。不久酒菜全齐了，沁珠斟了一杯酒放在我的面前道：

"隐姊，请满饮这一杯，我替你洗尘，同时也是庆贺你我今日依然能在灰城聚会！"

我们彼此干了几杯之后，大家都略有一些酒意，这使我们更大胆的说我们所要说的话。

这一夜我们的谈话很多，我曾问到她以后的打算，她说：

"我没有打算，一切的事情都看我的兴致为转移，我高兴怎样就怎样，现在我不愿再为社会的罪恶所割宰了。"

"你的思想真进步了。"我说，"从前你对于一切的事情常常是瞻前顾后，现在你是打破了这一关，我祝你……"

唉，祝什么呢？我说到这里，自己也有些怀疑起来。沁珠见我这种吞吐的神情，她叹息了一声道："隐姊，我知道你在祝我前途能重新得到人世的幸福，是不是？当然，我感谢你的好心！不过我的幸福究竟在哪里呢？直到现在我还不曾发现幸福的道路。"

"难道你还是一池死水吗？唉，沁珠，在前五个月你给我的信中，所说的那些话，仿佛你要永久缄情向荒丘，现在还没有变更吗？"

"那连我自己也不知道。不过我的确比以前快活多了。我近来很想再恢复学生时代的生活，你知道今年冬天我同一群孩子们滑冰跳舞，玩得兴致很高呢。可是他们都是一群孩子呵，和孩子在一起，有时是可以忘却一切的怅惘，恢复自己的天真，不过有时也更容易觉得自己是已经落伍的人了，——至少在纯洁的生命历程上是无可骄傲的了。"

九点半钟敲过，我便别了沁珠回家。

十八

别了沁珠第三天的下午，我正预备走出公事房时，迎面遇见沁珠来了，她含笑道："吓！真巧，你们已经完了事吧！好，同我到一个地方，有几个朋友正等着见你呢！"

"什么人？见我做什么？"我问。

"到了那里自然明白了。"她一面说，一面招手叫了两辆车子，我们坐上，她吩咐一声："到大陆春去。"车夫应着，提起车柄，便如神驹般，踏着沙尘，向前飞驰而去。转了两个弯，已是到了。我们走进一间宽敞的雅座，茶房送上茶和香烟来，沁珠递了一根烟给我，同时她自己也拿了一根，一面擦着火柴，一面微笑说道：

"烟、酒现在竟成了我唯一的好朋友！"

"那也不坏，原也是一种人生！"我说。

"不错！这也是一种人生，我真赞成你的话，但也是一种使人不忍深想的人生呢！"

沁珠黯然的态度，使我也觉得忧伤正咬着我的心，我竟无话可安慰她，只有沉默的望着她，正在这时候，茶房掀开门帘叫道："客到！"三个青年人走了进来，沁珠替我们介绍了，一个名叫梁自云，比较年轻，其余一个叫林文，沁珠称他为政治家，一个张炯是新闻记者。这三个青年人，果然都是青春的骄子，他们活泼有生气，春神仿佛是他们的仆从。自从这三个青年走进这所房间，寂寞立刻逃亡。他们无拘无束的谈笑着，谐谑着，不但使沁珠换了她沉郁的态度，就是我也觉得这个时候的生命，另有了新意义。

在吃饭的时候，他们每人敬了我一杯酒，沁珠不时偷眼看我，可是这有什么关系呢？那夜我并不脆弱，也不敏感，酒一杯杯的吃着，而我的心浪，依然平静麻木。

我们散的时候，沁珠送我到门口，握住我的手说："好朋友，今夜你胜利了！"

我只淡淡一笑道："你也不坏，从今后我们绝不要在人前滴一颗眼泪才好！"沁珠点点头，看着我坐上车，她才进去。

自从这一天以后，这几个青年，时常来邀我和沁珠到处去玩，我同沁珠也都很能克制自己，很快乐而平静的过了半年。

不久秋天来了。一个星期天的早晨，我去看沁珠，只见她穿了一身黑色的衣服，手里捧着一束菊花，满面泪痕的站在窗前。我进去时，她不等我坐下，道："好！你陪我到陶然亭去吧！"我听了这话，心里禁不住打抖，我知道这半年来，我们强装的笑脸，今天无论如何，不能不失败了。

我俩默默的往陶然亭去。城市渐渐的向我们车后退去，一片苍绿的芦苇，在秋风里点头迎迓我们，长空墓上的白玉碑，已明显的射入我们的眼帘。沁珠跳下车来，我伴着她来到坟前，她将花轻轻的放在墓畔，低头沉默的站着，她在祝祷吧？我虽然没有听见她说什么，而由她那晶莹的泪点中，我看出她的悲伤。渐渐的她挪近石碑，用手扶住碑，她两膝屈下来，跪在碑旁："唉！多惨酷呀，长空！这就是你给我的命运！"沁珠喃喃的说着，禁不住呜咽痛哭起来。我蹲在鹦鹉冢下，望着她哀伤的流泪，我不知道我这个身子，是在什么地方？但觉愁绪如恶涛骇浪般的四面裹上来，我支不住了，顾不住泥污苔冷，整个身子倒在鹦鹉冢畔。

一阵秋风，吹得白杨发抖，苇塘里也似有呜咽的声音，我抬头看见日影已斜，前面古庙上的铃铎，叮当作响，更觉这境地凄凉，仿佛鬼影在四周纠缠，我连忙跳起，跑到沁珠那里，拉了她的手，说道："沁珠，够了，我们去吧！"

"唉！隐！你好心点吧！让我多留一刻是一刻。回到城里，我的眼泪又只好向肚里流！"

"那是没办法的呀！你的眼泪没有干的时候，除非是……"我不忍说下去了。

沁珠听了这话，不禁又将目光投射到那石碑上，并轻轻的念道："长空！我誓将我的眼泪，时时流湿你墓头的碧草，直到我不能来哭你的时候！"

"何苦呢？走吧！"我不容她再停留，连忙高声叫车夫。沁珠看见车夫拉过车子来，无可奈何的上了车。进城时，她忽然转过脸来说道：

"好了，隐！我又换了一个人，今晚陪我去跳舞吧！"

"回头再商量！"我说。

她听了这话又回头向我惨笑，我不愿意她这样自苦，故意把头掉开，她见我不理她，竟哈哈大笑起来。

"镇静点吧，这是大街上呢！"我这样提醒她，她才安静不响了。到了家里，吃过晚饭，她便脱掉那一身黑衣，换上一件极鲜艳的印度绸长袍，脸上薄施脂粉，一面对着镜子涂着口红，一面道：

"你看我这样子，谁也猜不透我的心吧？"

"你真有点神龙般的变化！"我说。

"隐！这就是我的成功，在这个世界上，只有这样的把戏，才能使我仍然活着呢！"

这一夜她是又快乐又高傲的，在跳舞场里扮演着。跳舞场里的青年人，好像失了魂似的围绕着她。而不幸我是看见她的心正在滴着血。我一晚上只在惨怛的情感中挣扎着。跳舞不曾散场，我就拉着她出去。在车子经过天安门的马路时，一钩冷月，正皎洁的悬在碧蓝的云天上。沁珠很庄严的对我说道："隐！明天起，好好的做人了！"

"嗯。"我没有多说什么。过了天安门，我们就分路了。

过了一个星期，在一个下午，我因公事房里放假，到学校去看沁珠。只见她坐在女教员预备室，正专心致志的替学生改卷子呢。我轻轻的走近她身旁，叫了一声，她才觉得，连忙放下笔，请我坐下道："你今天怎么有工夫来？"

我告诉她公事房放假，她高兴的笑道："那末我们出去玩玩吧！这样好的日子，又遇到你放假！"

"好，但是到哪里去？"我说。

"我们到北海去划船，等我打个电话，把自云叫来。"沁珠说完，便连忙去打电话。我独自坐在她的位子上，无意中，看见一封信，信皮上有沁珠写的几个字是："他的确像一个小兄弟般的爱他的姊姊，只能如此……咳，天长地久有时尽，此恨绵绵无穷期……"

这又是什么意思呢，我暗暗的猜想着，正在这时候，沁珠回来了，她看见我对着那信封发怔，她连忙拿起那信封说道："我们走吧，自云也从家里去了。"

我们到了北海，沿着石阶前去，没有多远，已看见自云在船坞那里等我们呢！

北方的天气，到了秋天是特别的清爽而高阔。我们绕着沿海的马路，慢慢的前进。蔚蓝的天色，从松柏树的桠枒中闪出，使人想象到澄清如碧水的情人妙目。有时一阵轻风穿过御河时，水上漾着细的波漪，一切都是松爽的，没有压迫，也没有纠缠，似我们这一刹那间的心情。我回头看见站在一株垂杨旁的沁珠，她两眼呆望着云天的雁阵，两颊泛出一些甜美的微笑，而那个年轻的自云呢，他独自蹲在河边，对着水里的影子凝思；我似乎感觉到一些什么东西——呵，那就是初恋的诱惑，那孩子有些不能自持了吧！

"喂，隐！我们划船去吧！"陡然沁珠在我身后这样高声喊着，而自云也从河旁走了过来："珠姊要坐船吗？等我去交涉。"他说完便奔向船坞去，我同沁珠慢慢并肩前进。在路上，我忽对沁珠说："自云确是一个活泼而纯洁的孩子呢！"

"不错，我也这样感觉着……不过他还不是一个单纯的孩子，他也试着尝人间的悲愁！"沁珠感叹着说。

"怎么，他对你已有所表白？"我怀疑的问。

"多少总有一点吧，隐，你当然晓得，一个人的真情，是不容易掩饰的，纵使他极端守秘密，而在他的言行上，仍然随时要流露出来的呢！"沁珠说。

"当然，这是真话！不过你预备怎样应付呢？"我问。

"这个吗？我还不曾好好的想过，我希望在我们中间，永远是姊弟的情谊。"

她淡淡的说。

"唉！沁珠，不要忘记你扮演过的悲剧！"我镇静的说。

"是的，我为了这个要非常的小心，不过好朋友，有时我真需要纯洁的热情，所以当他张开他的心门，来容纳我时，那真是危险，隐，你想不是可怕吗？假使我是稍不小心……"她说完微微的叹了一口气。

沉默暂时包围了我们，因为自云已自船坞办妥交涉回来了。他含笑的告诉我们，船已泊在码头旁边。我们上了船，舟子放了缆，渐渐的驰向河心去。经过一带茂密的荷田时，船舷擦着碧叶，发出轻脆爽耳的声音。我提议，爽性把船开到里面去。不久我们的小船已被埋于绿叶丛中。举目但见青碧盈前，更嗅着一股清极的荷叶香，使我飘然有神仙般的感觉。忽然自云发见叶丛中有几枝已经成熟的莲实，他便不客气的摘了下来，将里面一颗颗如翡翠椭圆形的果实，分给我们。

正在这时，前面又来了一只淡绿色的划子，打破我们的清静，便吩咐舟子开出去。

黄昏时，我们的船停在石桥边，在五龙亭吃了一些点心，并买了许多菱藕，又上了小划子，我们把划子荡到河心，但觉秋风拂面生凉。高矗入云的白塔影子，在皓月光中波动，沁珠不知又感触些什么了，黯然长叹了一声，两颗眼里，满蓄了泪水。自云见了这样，连忙挨近她的身旁，低声道："珠姊，作什么难过？"

"哪里难过，你不要胡猜吧！"沁珠说着又勉强一笑。自云也不禁低头叹息！

我深知此刻在他们的心海里，正掀起诡谲变化的波浪，如果再延长下去，我真不知如何应付了。因叫舟子把船泊到漪澜堂旁边，催他们下了船，算清船钱，便离开北海。自云自回家去，我邀着沁珠到我家里。那夜她不知写了一些什么东西，直到更深，才去睡了。我同沁珠分别后的一个星期，在一个朋友家里吃晚饭，座中有一个姓王的青年，他问我说："沁珠和你很熟吧！她近来生活怎样？……听说她同梁自云很亲密。"

"不错，他们是常在一处玩，——但还说不上亲密吧，因为我晓得沁珠是拿小兄弟般看待他的。"

"哦，原来如此，不过梁自云恐怕未必这样想呢！"那人说完淡漠的一笑。而我的思想，却被他引入深沉中去，我怕沁珠又要惹祸，但我不能责备她。真的，她并没一点错，一个青年女子，并不为了别的，只是为兴趣起见，她和些年轻的男人交际，难道不应当吗？至于一切的男人对她怎样想，她当然不能负责。

我正在沉思时，另外一个女客走来对我说道"沁珠女士近来常去跳舞吧？……我有几个朋友，都在跳舞场看见她的。"

"对了。她近来对于新式跳舞，颇有兴趣，一方面因为她正教授着一班跳舞的学生，在职业上她也不能不时求进步。"我的话，使那位女客脸上渐渐退去疑猜的颜色。

停了一停，那位女客又吞吞吐吐的说："沁珠女士人的确活泼可亲，有很多人欢喜她。"

我对那位女客的话，没有反响，只是点头一笑。席散后，我回到家里，独自倚在沙发上，不免又想到沁珠，我不能预料她的结局——不但如此，就是她现在生活的态度，有时我也是莫名其妙，恰像浪涛般的多变化，忽高掀忽低伏，忽热烈忽冷静，唉！我觉得她的生活，正是一只失了舵的船，飘荡随风，不过她又不是完全不受羁勒的天马，她是自己造个囚牢，把自己锁在中间又不能安于那个囚牢，于是又想摔碎它。"唉！多矛盾的人生呢！"我时时想到沁珠，便不知不觉发出这样的感慨。

几阵西北风吹来，天渐渐冷了。有一天我从公事房回来，但觉窗棂里，灌进了刺骨的寒风，抬头看天，朵朵彤云，如凝脂，如积絮，大有雪意。于是我走到院子里，抢了几枝枯树干，放在火炉里烧着取暖，同时放下窗幔，默然独坐。隔了一阵，忽听房瓦上有沙沙的响声，走到门外一望，原来天空霰雪齐飞。大地上，已薄薄的洒上一层白色的雪珠了。

我在门口站了一会，仍旧进来，心里觉得又闷又冷凄，因想在这种时候，还是去看沁珠吧。披了一件大衣，匆匆的雇车到沁珠家里，哪晓得真不凑巧，偏偏她又不在家。据她的女仆说："她同自云到北海划冰去了。"

我只得怏怏的回来。

这一个冬天，沁珠过得很好，她差不多整天在冰场里，因此我同她便很少见面。有时碰见了，我看见她那种浓厚的生活兴趣，我便不忍更提起她以往的伤心，只默祝她从此永远快乐吧！因此我们不能深谈，大家过着平凡敷衍的生活。

渐渐的又春到人间，便是这死气沉沉的灰城，也弥漫着春意，短墙边探头的红杏，和竹篱畔的玉梨，都向人们含笑弄姿。大家的精神，都感到新的刺激和兴奋。只有沁珠是那样的悲伤和沉默。

正是一个星期日的早晨，我独自倚在紫藤架下，看那垂垂如香囊的藤花；只见蜂忙蝶乱，都绕着那花，嗡嗡嘤嘤，缠纠不休，忽然想起《红楼梦》上的两句话是："酿得百花成蜜后，为谁辛苦为谁甜"，被一阵凄楚的情绪包围着。正在这时候，忽听见前面院子里有急促的皮鞋声，抬头只见沁珠身上穿了一件淡灰色的哔叽长袍，神情淡远的向我走来。

"怎么样？隐！"她握住我的手说，"唉！我的好时候又过去了，那晶莹的冰影刀光，它整整的迷醉了我一个冬天。但是太暂时了，现在世界又是一番面目，显然的我又该受煎熬了。"

"挣扎吧！沁珠，"我黯然说，"我们掩饰起魂灵的伤痕，好好的享受春的旖旎……"

"但是隐，春越旖旎，我们的寒伧越明显呢！"

"你永远是这样敏感！"

"我何尝情愿呢……哦，隐，长空墓上的几株松树，有的已经枯了，我今早已吩咐车夫，另买了十株新的，叫他送到那里种上，你陪我去看看如何？"

"好，沁珠，今天是清明，不是吗？"我忽然想起来，这样的问她。

她不说什么，只点点头，泪光在眼角漾溢着。

我陪沁珠到了陶然亭。郊外春草萋萋，二月兰含妖弄媚于碧草丛中。长空的墓头的青草，似乎更比别处茂盛，我不禁想起那草时时被沁珠的眼泪灌溉，再回头一看那含泪默立坟畔的沁珠。我的心，禁不住发抖，唉！这是怎样的一幕剧景呵！

不久车夫果然带了一个花匠，挑着一担小松树来，我同沁珠帮着他们种在长空的坟旁。沁珠蹲在坟前，又不禁垂泪许久，才悄然站起来望着那白玉碑凝视了一阵，慢慢转身回去。

我们分别了大约又是两星期吧，死沉沉的灰城中，沥漫了恐慌的空气，××军势如破竹般打下来了。我们都预算着有一番的骚扰，同时沁珠接到小叶从广东来的信，邀她去南方，并且允许给她很好的位置。她正在踌躇不决的时候，自云忽然打电话约她到公园谈话。

自从这一次谈话后，沁珠的心绪更乱了。去不好，不去也不好，她终日挣扎于这两重包围中，同时她的房东回南去，她又须忙于搬家，而天气渐渐热起来，她终日奔跑于烈日下。那时我就担心她的健康，每每劝她安静休养，而她总是凄然一笑道："你太看重我这不足轻重的生命了！"

在暑假里，她居然找到一所很合适的房子搬进去了。而房东只有母女两人，地方也很清静。我便同自云去看她，只见她神情不对，忽然哈哈大笑，忽然又默默垂泪。我真猜不透她的心情，不过我相信她的神经已失了常态，便同自云极力的劝她回山城的家里去休息。最后她是容纳了我们的劝告，并且握住我的手说道："不错，我是应该回去看看他们的，让我好好在家里陪他们几天，然后我的心愿也就了了，从此天涯海角任我飘零吧！这是命定的，不是吗？"

我听了她这一套话，感到莫名其妙的凄酸，我连忙转过脸去，装作看书，不去理她。

两天后，沁珠回山城去了。

她在山城仅仅住了一个月，便又匆匆北来。我接到她来的电话便去看她。在谈话中，她似乎有要南去的意思，她说："时代猛烈的进展着，我们是有狂追的必要。"

"那末你就决定去好了。"我说。

她听了我的话，脸上陡然飞上两朵红云，眼眶中满了眼泪，这是什么意思呢？我揣测着，但结果我们都只默然。不久自云来了，我便辞别回去。

一个星期后，我正预备到学校去上课，只见自云慌张的跑来，对我说道：

"沁珠病了，你去看看她吧！"

我便打电话向学校请了假，同自云到沁珠那里，只见她两颧火红的睡在床上，我用手摸摸她的额角，也非常灼烫，知道她的病势不轻，连忙打电话给林文请他邀一个医生来。不久林文同了一个中国医生来，诊视的结果，断定是秋瘟，开了药方，自云便按方去买药，林文送医生去了。我独自陪着她，只见沁珠呻吟着叫头痛得厉害。我替她擦了一些万金油，她似乎安静些了。下午吃了一剂药，病不但不减，热度更高，这使得我们慌了手脚，连忙送她到医院去。沁珠听见我们的建议，强睁着眼睛说道："什么医院都好，但只不要到'协和'去！"当然她的不忍重践长空绝命的地方的心情，我们是明白的。因此，就送她到附近的一个日本医院去。医生诊查了一番，断不定是什么病，一定要取血去验，一耽搁又是三天。沁珠竟失了知觉，我们因希望她病好，顾不得她的心伤，好在她现在已经失了知觉，所以大家商议的结果，仍旧送她到"协和"去，因为那是比较最靠得住的一个医院。在那里经过详细的检查，才知道她患的是脑膜炎，这是一种不容易救治的病，据医生说："万一不死，好了也要残废的。"我们听了这个惊人的消息，大家在医院的会客室里商议了很久，才拟了一个电报稿去通知他的家属。每天我同林文、梁自云轮流的去看她。一个星期后，她的舅父从山城来，我们陪他到医院里去，但沁珠已经不认识人了。医生尽力的打针、灌药，情形是一天一天的坏下去，她舅父拭着眼泪对我们说："可怜小小的年纪，怎么就一病不起，她七十多岁的父亲，和她母亲，怎么受得住这样的打击呢！"我们无言足以安慰他，除了陪着掉泪以外。

又是三天了。那时正是旧历的中秋后一日，我下午曾去看过沁珠，似乎病势略有转机，她睁开眼向我凝视了半响，又微微的点点头。我连忙走近去叫道："沁珠！沁珠！你好些吗？"但没有回答，她像是不耐烦似的，把头侧了过去，我怕她疲劳，便连忙走了。

夜里一点多钟了，忽听见电话铃拼命的响，我从梦里惊醒跳下床来，拿过电话机一问，正是协和医院，她说沁珠的病症陡变，叫我立刻到医院来。我连忙披了件夹大衣，叫了一部汽车奔医院去。车子经过长安街时，但见云天皎洁，月光森寒，我禁不住发抖。好容易车子到了医院，我三步两窜的上了楼，只见沁珠病房门口，围了两三个看护，大家都在忙乱着。

走到沁珠的床前时，她的舅父和林文也来了，我们彼此沉默着，而沁珠喉头的痰声急促，脸色已经灰败，眼神渐散，唉！她正在作最后的挣扎呢。又是五分钟挨过了，看护又用听筒向沁珠心房处听了听，只见她的眉头紧皱，摇了摇头。正在这一刹那间，沁珠的头向枕后一仰，声息陡寂，看护连忙将那盖在身上的白被单，向上一拉，罩住了那惨白的面靥。沁珠从此永久隔离了人间。那时惨白的月色，正照在她的尸体上。

当夜我同她舅父商量了一些善后的问题。天明时，我的心口作痛，便不曾看她下棺就回去了。

这便是沁珠最近这两年来的生活和她临终时的情形。

当我叙述完这一段悲惨的经过时，夜已深了，月影徘徊于中天，寂静的世界，展露于我们的面前。女仆们也多睡了。而我们的心滑润于哀伤中。素文握着我的手，怅望悠远的天空，低低的叹道："沁珠，珠姊！为什么你的一生是这样的短促哀伤……"素文的热泪滴在我的手上。我们无言对泣着，过了许久，陡然壁上的时钟敲了两下。我留素文住下，素文点头道："我想看看她的日记。"

"好，但我们先吃些点心和咖啡吧。"我便去叫醒女仆，叫她替我们煮咖啡，同时我们由走廊上回到房里去。

十九

我们吃过点心，便开始看沁珠的日记。那是一本薄薄的洋纸簿子，里面是些据要的记载，并不是逐日的日记，在第一页上她用红色墨水写了这样两句话："矛盾而生，矛盾而死。"

仅仅这两句话，已使我的心弦抖颤了，我们互相紧握着手，往下看：

四月五日　今天是旧历的清明，也是长空死后的第三个清明节。昨夜，我不曾睡在惨淡的灯光下。独对着他的遗影，流着我忏悔的眼泪，唉！"珠是娇弱的女孩儿，但她却作了人间最残酷的杀人犯，她用自私的利刃，杀了人间最纯挚的一颗心……唉，长空，这是我终身对你不能避免的忏悔呵！"

天光熹微时，我梳洗了，换了一件淡蓝色的夹袍，那是长空生时所最喜欢看的一件衣裳。在院子里，采来一束洁白的玉梨，踏着晨露，我走到陶然亭。郊外已充满了绿色，杨柳发出嫩黄色的芽条，白杨也满缀着翡翠似的稚叶；长空坟前新栽的小松树，也长得苍茂。我将花敬献于他的坟前，并低声告诉他"珠来了！"但是空郊凄寂，不听见他的回音。

渐渐的上坟的人越来越多了，我只得离开他回来。到家时我感觉疲倦在压轧我，换下那件——除了去看长空永不再穿的淡蓝夹袍，便睡下了。

黄昏时，泉姊来找我去学跳舞，这当然又是忍着眼泪的滑稽戏，泉

359

姐太聪明，她早已看出我的意思，不过她仍有她的想法——用外界的刺激，来减轻我内心的煎熬，有时这是极有效的呢！

我们到了一个棕色脸的外国人家里，一间宽大而布置美丽的大厅，钢琴正悠扬的响着。我们轻轻的叩着门板，琴声陡然停了，走出一个绅士般的南洋人，那便是我们的跳舞师了。他不会说中国话，而我们的英文程度也有限，有时要用手势来帮助我们语言的了解。

我们约定了每星期来三次，每次一个钟头，每月学费十五元。

今天因为是头一次，所以他不曾给我们上课，但却请我们吃茶点，他并且跳了一个滑稽舞助兴，这个棕色人倒很有兴趣呢……

四月七日　梁自云今天邀我去北海划船。那孩子像是有些心事，在春水碧波的湖心中，他失却往日的欢笑。只是望着云天长吁短叹，我几次问他，他仅仅举目向我呆望。唉，这孩子葫芦里卖的什么药呀，我不由得心惊！难道又是我自造的命运吗？其实他太不了解我，他想用他的热情，来温暖我这冷森的心房，简直等于妄想。他是一尘未染的单纯的生命，而我呢，是一个疮痂百结，新伤痕间旧伤痕的狼狈生命呀！他的努力，只是我的痛苦！唉，我应当怎么办呢？躲避开这一群孩子吧！长空呀！你帮助我，完成我从悲苦中所体验到充实的生命的努力吧！

四月九日　我才下课，便去找泉姐，她已经收拾，等着我呢，我们一同到了跳舞师家里。今天我们开始学习最新的步伐。对于跳舞，我学起来很容易，经他指示一遍以后，我已经能跳得不错了。那棕色人非常高兴的称赞我。学完步伐时，又来了两个青年男女，跳舞师介绍给我们，同时提议开个小小的跳舞会，跳舞师请我同他跳交际舞，泉姐也被那个青年男人邀去作舞伴，那位青年女人替我们弹琴。

我们今天玩得很高兴。我们临走时，棕色人送我们到门口，并轻轻对我说："你允许我做你的朋友吗？"

做朋友，这是很平常的事，我没有踌躇便答应他道"可以"。

回来时，泉姐约我去附近的馆子去吃饭，在席间我们谈得非常起劲。尤其对于那棕色人的研究更有趣。泉姐和我推测：那棕色人，大约是南洋的艺术家吧，他许多举动，都带着艺术家那种特有的风格，浪漫而热烈。但是泉姊最后竟向我开起玩笑来。她说："沁珠，我觉那棕色人，在打你的主意呢！"

我不服她的推测。我说："真笑话，像我这样幼稚的英文程度，连语言都不能畅通，难道还谈得到别的吗？"

而泉姊仍固执的说："你不信，慢慢看好了！"

对于这个问题，我们一笑而罢。回家时，我心里充满着欣慰，觉得生活有时候也还有趣！我在书案前坐下来，记下今天的遭遇。我写完搁笔时，抬头陡然视线正触在长空的照片上，我的心又一阵阵冷上来。

四月十五日　今天小叶有一封长信来，他劝我忘记以前的伤痕，从新做人，他愿意帮助我辟一条新生命的途径，他要我立刻离开灰城，到广东去，从事教育事业，并且他已经替我找好了位置。

小叶对我的表白，这已是第五次了。他是非常急进的青年，他最反对我这样残酷处置自己。当然他也有他的道理，他用物质的眼光，来分析一切，解决一切，他的人生价值，就在积极的去做事，他反对殉情忏悔，这一切的情绪——也许他的思想，比我彻底勇猛。唉，我真不知道应当怎样办了。在我心底有凄美静穆的幻梦！这是由先天而带来的根性。但同时我又听见人群的呼喊，催促我走上大时代的道路。绝大的眩惑，我将怎样解决呢？可惜素文不在这里，此外可谈的人太少，露沙另有她的主张，自云他多半是不愿我去的。

这个问题困扰了我一整天，最后我决定去看露沙。我向她叙述我的困难问题，而她一双如鹰隼的锐眼，直盯视我手上的象牙戒指，严厉的说："珠！你应当早些决心打开你那枯骨似的牢圈。"

唉，天呀！仅仅这一句话，我的心被她从新敲得粉碎。她的话太强有力了，我承认她是对的。她是勇猛的，但是我呢，我是柔韧的丝织就的身和心，她的话越勇猛，而我越踌躇难决了。

回到家里，我只对着长空的遗影垂泪，这是我自己造成的命运。我应当受此困厄。

四月十八日　早晨泉姊来看我，近来我的心情，渐渐有所转变，从前我是决意把自己变成一股静波，一直向死的渊里流去。而现在我觉得这是太愚笨的勾当，这一池死水，我要把它变活，兴风作浪。泉姊很高兴我这种态度，她鼓励了我许多话，结果我们决定开始找朋友来筹备。

午饭时，车夫拿了一个长方形的纸盒子和一封信进来说："适才一个骑自行车的人送来的。"我非常诧异，连忙打开盒子一看，里面放着一束整齐而鲜丽的玫瑰，花束上面横拴着一个白绸蝴蝶结，旁有一张片子，正是那个棕色人送来的，再拆开那封信一看，更使我惊得发抖，唉，这真是怪事，棕色人竟对我表示爱情。我本想把这花和信退回，但来人已去得远了，无可奈何，把花拿了进来，插在瓶子里，供在长空的像前，我低低的祝祷说："长空！请你助我，解脱于这烦恼绞索的矛盾中。"

五月一日　小叶今天连来了两封快信，他对我求爱的意思更逼真更热烈了。多可怕的烦纠！……唉，近来一切更加死寂了，学校虽然还在上课，我拟到南边去换换空气，并不见得坏，就是长空如果有灵，他必也赞成我去。

陡然我想起小叶的信上说："沁姊！你来吧，让我俩甜美的快乐的度这南国的春——迷醉的春吧！"我的脸不由得热起来，我的心失了平衡，无力的倒在床上，不知是悲伤还是炫惑的眼泪，滴湿了枕衣。

我抬手拿小叶的信时，手上枯骨般的象牙戒指，露着惨白的牙齿，向我冷笑呢。"唉，长空！我永远是你的俘虏！"我痛哭了。

不知什么时候，泉姊走了进来，她温和的抚着我的肩，问道"沁珠，你又自找苦吃！"

唉，泉姊的话真对，我是自找苦吃，我一生都只是这样磨折自己，我自己扮演自己，成功这样一个可怕的形象，这是神秘的主宰，所给我造成的生命的典型！

五月六日　泉姊还不晓得棕色人对我求爱的趣事，今天她照例的约我去学跳舞。我说我不打算去了。她很惊奇的看着我道："为什么？我们的钱都交了，为什么不去学？"

我说："太麻烦了，所以还是不去为妙！"

泉姊仍不明白我的话，她再三的诘问我，等到我把始末告诉了她，她才哈哈大笑道："有趣！有趣！果不出我所料。"同时又对我说道："你真真的是命带桃花运，时时被人追逐！……他送花既在两星期前，你怎么今天才决定不去呢？"

"当然有缘故，"我说，"送花本是平常的礼节往来，而且他第一封信写得很有分寸，我自然不好太露痕迹的躲避他，谁知情形越来越不对，因此决定躲避他。"

泉姊也曾谈起自云，——那孩子虽然也有些莫名其妙的在追求我，可是我对他的态度，始终是很坦白的，同时他也大年轻，不见得有什么深切的迷恋，只是一种自然的冲动，将来我替他物色个好人物，这孩子就有了交代。

现在只有小叶使我受苦，他有长空一样的深刻与魄力，这两点他差不多使我失掉自制之力。许多朋友都劝我忘记以往，毁灭过去。就是长空也以为只要他死了，我的痛苦即刻可以消逝，其实这是一个错误的观念，事实上我是生于矛盾，死于矛盾，我的痛苦永不能免除。

五月十五日　晚上我写了一封家信后，我独自在院子里梦想一切的未来，我第一高兴的是灰城的沉闷将被打破——也许我内心的沉闷也跟着打破，将来我或者能追踪素文，过一些慷慨激昂的生活，这也正是长空所希望我的吧！

一缕深刻的悲伤，又涌上心头，如果长空还活着，他不知该如何的高兴，他所希望的大时代，居然降临人间！但现在呢，唱着凯歌归来的英雄队里，再也找不到他顾长的身影。唉，长空，还是我毁了你呵！

深夜时，我是流着忏悔的眼泪，模糊的看月华西沉。

六月十二日　下午同泉姊去中央公园的茅亭里，谈得很深切。她希望我到广东去，自然我要感激她的好心，但恨我是一个永远徘徊于过去的古怪人，我不能洗涤生命上的染色，如果到广东去，我也未必快乐，而且我怀惧生活又跌进平凡，也许这是件傻事，因为憧憬着诗境般的生之幻梦，而摒弃了俗人的幸福。可是我情愿如此，幽冥中有一种潜力，策我如此，所以我是天生成的畸零人！

从公园别了泉姊，在家里吃过晚饭，独自在柳树下枯坐，直等明月升到中天，我才去睡觉。

六月十五日　自云和露沙都劝我回山城，好吧，这里是这样乏味，回到爸爸妈妈的怀里去，也许能使我高兴些。

车票已买定，明天早晨我就要和这灰城，和灰城里的一切告别了。我祈祷我再来灰城时，流光已解决了所有的纠纷。

沁珠的日记就此中断，我们只顾把一页一页的白纸往后翻，翻到最后一页，我们又发现了沁珠的笔迹：

九月十日我病了，头痛心里发闷，自云和露沙陪了我一整天，在他们焦急的表情上，我懂得死神正向我袭击吧！唉，也好，我这纠纷的生活，就这样收束了——至少我是为扮演一出哀艳悲凉的剧景，而成功一个不凡的片段，我是这样忠实的体验了我这短短的人生！……

二十

我们放下日记本，彼此泪眼相视，睡魔早已逃避得不知去向。远远的鸡声唱晓了，我掀开窗幔，已见东方露出灰白色的云层，天是在渐次的发亮，女仆也已起来。我们从新洗过脸，吃了一些点心，那一缕艳阳早射透云衣，高照于大地之上。素文提议到沁珠停灵的长寿寺去。

我们走出大门，街上行人还很少，在那迷漫了沙土的街道上，素文瘦小的身影，颓伤的前进着。转过一个弯，一家花厂正在开门，我们进去买了一束白色的荼蘼花，和一些红玫瑰，那花朵上，露滴晶莹的发着光，象征着活跃新鲜的生命，不由得使我们感到沁珠生命花的萎谢与僵死，不久的将来，就是在这里感伤的我和素文，也不免要萎谢与僵死！唉，当我们敲那长寿寺的山门时，我们的泪滴，更浸润了那束鲜花，在晨风中，娇媚的颤动着。

一个五十多岁的老人，如鬼影般的闪出山门来，素文高声的对他说：“喂，你领我们到十七号房间去。”

“哦。”老人应着，伛偻着身子，领我们绕过大殿。便见一排停柩的矮屋，黯淡的立着。走到十七号房间的门口时，他替我们开了锁，只见一张白木的供桌

364

上，摆着蜡扦香炉，和四碟时鲜水果，黑漆的灵柩前，放着一个将要凋谢的花圈，花圈中间罩着沁珠的遗像——一个眉峰微颦，态度沉默的少女遗像，仅仅这一张遗留人间的幻影，已使我们勾起层层的往事，不能自持地涌出惨伤的眼泪来。"唉，沁珠呀！你为了一个幻梦的追逐，而伤损一颗诚挚的心，最后你又因忏悔和矛盾的困境，而摒弃了那另一世界的事业，将生命迅速的结束了，这是千古的遗憾，这是无穷的缺陷哟！"

但是我们的悲叹，毫无回响，却惹起白杨惨酷的冷笑，它沙沙瑟瑟的说："世界还在漫漫的长夜中呢，谁能打出矛盾的生之网呢？"

我们抱着渴望天亮的热情，离开了长寿寺，奔我们茫漠的前途去了。